제 5권 백두선문

고조선 역사대하소설

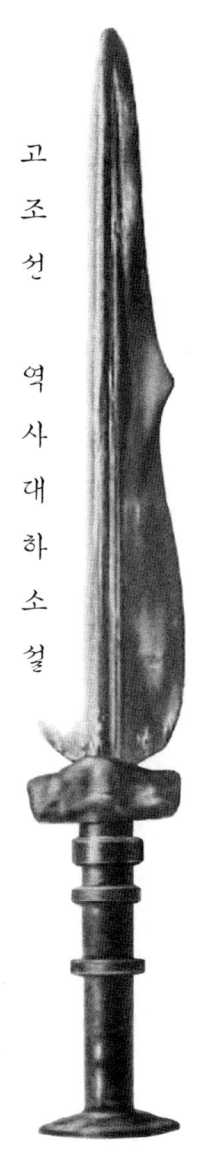

九夷原
구이원

무곡성 【武曲星】 지음

삼현미디어

서 문

"현재를 지배하는 자가 과거를 지배하고 과거를 지배하는 자가 미래를 지배한다."
조지오웰이 '1984'에서 했던 말이다.
고조선, 고구려 시대 우리의 활동 무대였던 구이원(九夷原: 캄차카 반도에서 곤륜산맥에 이르는 광활한 영토)을 잃어버린 것은 애석하나,
고향을 잃고도 기억하지 못하는 우리의 모습을 경계하며 옛 선조의 기상과 포부를 회복하길 바라는 마음으로 집필하게 되었다

시대는 단군 조선 말기와 해모수가 부여를 세웠던 시절이며,
고조선의 제후국들인 오가(五加: 백호국, 청룡국, 주작국, 현무국, 웅가국)와
동호국, 흉노국, 번조선, 마한(막조선), 동예, 동옥저, 북옥저, 동예, 읍루, 구리국, 낙랑국 협객들의 의협행을 모티브로 구이원의 모습을 그려보고자 하였다.

춘추필법(春秋筆法)의 요지 중 하나인 "중국을 자랑하고 오랑캐의 것을 깎아 내린다."는 원칙으로 서술된 중원의 역사를,
중화사상에 물든 조선의 유학자들이 그대로 가져다 비판 없이 수용함으로써 우리 스스로가 선조들을 비하시켜왔다.
그들은 우리 땅에 명멸했던 선조들의 나라 이름부터 비하시켜
예맥(獩貊: 돼지), 흉노(匈奴: 가슴부터 노예), 동호(東胡: 동쪽의 오랑캐), 물길(勿吉: 기분 나쁜 놈), 선비(鮮卑: 분명히 비천한 놈) 등으로

적어왔다.
특히, 중국 사서에 부여 제후국을 '오가(五加: 우가, 마가, 구가, 저가)'로 기록하고 있는데,
이는
당시 고조선이나 부여의 고대 문명이 실제로 낙후되고 미개한 사회여서 나라 이름을 그렇게 밖에 짓지 못했던 것이 아니고,
중원 사가들이 우리의 오가(五加)를 낮추어 '소, 말, 개, 돼지'들이라고 기록한 것에 불과한 것을,
필자는 이 책에서 백호가, 청룡가, 주작가, 현무가, 웅가로 이름을 바로 잡았다.

쏟아져 나온 '홍산문화'의 유물들과 고구려 고분 벽화의 장엄한 사신도를 보면, 상고시대 우리 배달국과 조선은 고도의 문명국이었음을 알 수 있다.
진시황의 폭정으로 도탄에 빠진 중원의 백성들을 구하고 친구인 협객 형가의 복수를 하기 위해, 철기병의 호위 속에 순행 중인 진시황의 마차를 120근 철퇴로 박살낸 주인공 창해신검 여홍의 의거가, 중원을 통일하고 기고만장하던 진시황의 간담을 서늘하게 하였고, 이를 본 중원의 백성들이, 신(神)처럼 여겼던 진시황을 더 이상 두려워하지 않고 들불 같은 항거를 일으키게 되었음을 알아야 할 것이다.

구이원의 하늘에 주작이 날아오를 날을 기다린다.

주작도

아득히 장백산 산록부터 서풍이 강하게
불어오는 몽골의 메마른 하늘가 까지
지배하던 신국(神國)의 수호자

고대의 하늘을 날아서
벽화(壁畫) 속에서 잠이 든다

어둡고 캄캄한 석실의 무덤 속에서
길고 긴 시간의 지층을 뚫고 오늘에 깨어나
세계 도처에 흩어진 신국(神國)의 후예들에게
불멸의 영광된 시간을 기억하게하고

홍익인간(弘益人間)의 꿈이 모든 들과 산으로
사해(四海)로 무한 우주공간으로 퍼져나가고
저 멀리 북두칠성과 우주의 질서를
교감하던 혼(魂)을 일깨우노니

불새가
향나무 불속에서 장엄히 몸을 태우고
아름다운 새로 다시 태어나
영원을 날았듯이

너희 겨레도 모든 회의와 나약함을
죽여 버리고 사소한 어려움
반목과 질시를 태워버리고

불새처럼
영원할 것을 기억해 주고자 함이니

목 차

프롤로그

제 5권 백두선문
白頭仙門

투치	1
마호	13
백두선문	75
미꾸라지 왕	155
동옥저 넉쇠	197
붉은 거미방	232
지주산	272
가륵성	325
구조대	360
여홍 흑림으로	403

프롤로그

환웅천황이 하늘에서 내려오시기 전, 이 세상은 말 그대로 혼돈의 세상이었다.
마귀, 요괴, 축생과 인간이 마구 뒤섞여 살며 사람과 짐승의 구별이 없었고, 식인과 수간(獸姦)이 빈번하게 행해지다 보니 마귀, 요괴는 물론이고 반인반수(半人半獸)의 요괴인간들까지 돌아다녔다.
인간들은 수백만 년을 하늘의 도(道)와 참 인간의 도리 그리고 선과 악을 모르고 오직 추위와 굶주림, 공포 아래 야수처럼 생존해 왔다.

이를 보다 못한 어지신 환웅이, 온 우주를 지배하시는 아버지 한울님께 청하여 세상에 내려가 다스릴 포부를 말씀드리고 천부인을 받아
4대 신장(神將) 풍백, 우사, 운사, 뇌공 등 무리 삼천 인을 데리고 천도(天都)인 신시(神市)를 세우셨다.
천황께선 제일 먼저 백두산 천평(天坪)에 천정(天井)을 파고 나라 이름을 배달국이라 하시며,
'홍익인간 이화세계(- 세상을 이롭게 하고 이치로 세계를 다스린다)를 개국이념으로 선언하시었다.
이에 구이원(九夷原)의 모든 사람들이 환호하며 환웅천황을 따랐다.

그러나 환웅천황을 처음부터 싫어하고 증오하며 저주하는 무리가 있었으니,

그들은 바로 그 동안의 혼돈의 세상을 지배하며 거짓과 악행을 일삼던 가달마황이라는 자와
그를 추종하는 수많은 마왕, 마귀, 요괴, 귀신, 맹수, 야수, 식인귀 등의 무리였다.
그들은 아예 교화주 천황이 가르쳐주는 천도와 인도를 외면하며 귀를 막고 눈을 감아버렸다. 세상을 뒤덮은 악의 무리들은 충혈된 붉은 눈을 당장 튀어나갈 듯 부라리고 으르렁거리며 사나운 이와 발톱, 무시무시한 뿔로 사람들을 해치고 다녔는데 식인이 예사로 이루어졌다.
그들은 환웅천황이 세운 신시 주변을 한시도 떠나지 않고 노리며 파괴하려 했고, 사람들을 죽이고 잡아먹고 노예로 부리며 환웅천황 교화를 방해했다.

 마침내 이로 인하여 선계(仙界)의 환웅천황과 마계(魔界)의 가달마황 간의 인류 최초의 대 혈전인 정마전쟁(正魔戰爭)이 일어났다. 정마전쟁은 수백 년간이나 계속되었는데,
전쟁이 시작되어 중반까지 마도의 무리의 수가 너무나 많고 헤아릴 수 없는 기나긴 세월 동안 어두운 곳에 깊숙이 박혀 있는 악의 세력과 뿌리가 세상을 뒤덮고 있어 오랜 시간 교착상태를 유지하고 있었다.
더구나 헤아릴 수 없이 많은 마왕과 요괴의 무리는 흑마법까지 써가며 사람들을 공격해와 그 피해를 차마 눈뜨고는 볼 수 없는 지경이었다.
이에 환웅천황은 다시 천계에 올라가 환인 천제께 상주하여 우주 칠백 누리를 수호하던 천장(天將) 해사자와 원수 게세르 그리고 10천 간장과 12지 신장을 데려와 사람들을 이끌고 마도의 무리와 싸웠다.
천장(天將) 해사자는 천계에서 태양을 실은 마차를 운행하던 마부로

그는 일월성신의 주천(周天)을 능히 헤아리고 무기는 불 채찍을 사용하였으며,
원수 게세르는 수백 만 천병을 통솔하던 자로 천계 용기의 화신으로 금검(金劍)과 천궁(天弓)을 사용하고
4대 신장(神將) 풍백, 우사, 운사, 뇌공은 무궁무진한 풍운조화를 부렸다. 10천간장(天干將)은 모두 지장으로 지략이 높고 용맹하며, 12지 신장(神將)은 무리를 이끄는 용맹한 장사였다.
환웅천황은 무엇보다 먼저 사람들에게 수행법과 단공(丹攻), 선(仙) 무예를 가르쳐주어, 선계의 힘이 강해지면서 싸움은 마침내 선계가 마도의 무리를 패퇴시키게 되었다.
최후로 환웅천황과 가달마황과의 결투는 건곤일척의 승부였는데 천황께서 천부신공(天府神功)으로 가달마황의 가달마공과 자웅을 겨루었다.
그 싸움은 개벽 이래 정마(正魔)간의 처음 있었던 큰 싸움이었다. 세상은 칠일칠야(七日七夜)동안 하늘이 찢어질 정도로 천둥과 벼락이 내리쳤고 땅의 속불이 터져 땅이 갈라지고 꺼지는 등 그야말로 무시무시했다. 그 순간 사람들과 마귀 요괴 짐승들은 모두 숨어서 숨을 죽이고 떨며 오직 싸움이 빨리 끝나기를 간절히 기다릴 뿐이었다.
마침내 천황이 가달마황을 죽여 그의 머리는 잘라서 비밀스런 절지(絶地)에 묻어버렸고, 피와 오장육부는 항아리에 담아 동해 해저(海底) 땅속 화옥(火獄)에 가두고 봉인하여 동해 용왕에게 지키게 하였다.
그리고 신장(神將)들에게 명하여 가달을 따르며 악을 행하던 마왕, 마귀, 요괴, 귀신, 식인귀, 괴수들을 끝까지 추적하여 제거하도록 하였는데,
이때 살아남은 일부 가달의 무리들은 사람이 살 수 없는 북쪽 동토

의 땅으로 쫓기고 도망쳐서

흑림의 어둡고 추운 지하 동굴, 황량한 계곡, 늪지, 호수에 숨어 선계를 증오하며 수천 년을 견뎌왔다. 그동안 구이원의 주인 배달국, 조선은 수천 년 동안 은성(殷盛)하며 태평성대를 누리었고 가달의 무리는 전혀 보이질 않아 사람들은 모두 그들이 영원히 세상에서 사라진 줄 알았다.

그러나 마도의 무리는 절대 없어지지 않고 오히려 무리가 불어나 죽은 가달마황을 신으로 받드는 가달마교를 조직하여, 세상 사람들의 정신이 타락해질 때마다 숨어들어와 세상을 차지하려고 넘보고 있었다.

삼신교(仙敎)가 문란해진 조선 마지막 47대 고열가 단제 시기에 조선은 열국시대에 접어들었고 가달마교의 세력은 최고조(最高潮)에 달했다.

소설 '구이원'은 당시 조선 열국의 선협(仙俠: 협객)들의 이야기이다.

고조선 역사포털 소설
'구이원 [고조선]' 으로의
시공간 이동

http://blog.naver.com/bhnah

제 1권 동 호
제 2권 흉 노
제 3권 해모수
제 4권 창해신검 여홍
제 5권 백두섬문

투 치

흉노국(國) 서쪽 변방지역. 나이 열 살의 소년 투치는 촌락 서쪽에 있는 대청객잔(大靑客殘) 옆 언덕 위의 바위에 걸터앉아 벌써 몇 시간째 대(大)초원을 바라보고 있었다.
투치는 뭔가를 눈이 빠지도록 기다리고 있었다. 투치의 앞에는 푸르디푸른 초원이 열려 있었고, 서북쪽으로 까마득히 연지산(山)이 보였다.
멀리 남쪽으로는 험준하기 이를 데 없는 만년설산 기련산맥이 초원을 동서로 가르며 달리고 있었다. 초원에는 풀어놓은 소와 말과 양떼들이 한가로이 풀을 뜯고 있었다.
기련산맥의 만년 빙하(氷河)가 녹아내린 계곡물이 수많은 지천(支川)을 만들고 초원(草原)을 적시며 유유히 흐르고 있었다. 따라서 지천의 주위에는 비옥(肥沃)한 목초지(木草地)가 자연스럽게 형성되어 있었다.
하늘에는 먹잇감을 노리는 듯 검은 독수리 한 마리가 높이 선회하고 있었다.
초원은 고요했다. 얼마나 기다렸을까.

지평선(地平線)을 바라보던 소년이 갑자기 벌떡 일어나며 소리쳤다.
"왔다!"
지평선 저 끝에 아스라하게 조그만 점이 보이고 있었다. 얼마쯤 지나 그 점이 다시 여러 개의 점으로 나누어지며, 행렬을 지어 이쪽으로 오고 있었다.
그것은 긴 대상(隊商)의 행렬이었다. 서역에서 신기한 물건들을 잔뜩 싣고 오는 50여 마리의 낙타와 상인들이었다. 소년 투치는 하루 종일 이 대상들을 기다리고 있었던 것이다.
어느덧 지평선에 걸린 태양이 초원을 붉게 물들여가자, 초원은 또 다른 모습으로 바뀌었다. 지평선 뒤로 넘어가는 태양을 향해 붉은 옷으로 갈아입고 경배(敬拜)하는 듯한 초원이 장엄한 경관을 연출하고 있었다.
얼마 후, 대상들과 낙타들은 오랜 여행에 지친 그림자를 한 줄로 드리우며 촌락을 향하여 저벅저벅 걸어 들어 왔다. 이들의 대장은 40대 중반의 붉은 턱수염을 가진 용촉이라는 사람이었다.
등에 장검을 메고 있는 그에게서 뭔지 모르게 강인한 인상이 느껴졌다.
그는 객잔 밖 넓은 빈터에 낙타와 일행들을 세워놓고 이것저것 지시를 한 후, 이곳에 익숙한 듯 객잔으로 성큼 들어와 객잔주인과 흥정을 했다. 방 값과 식사 그리고 낙타들에게 줄 사료 값을 흥정하는 모양이리라.
소년은 매어놓은 낙타들 앞에 쭈그리고 앉아 구경을 했다.
이상하게 생긴 얼굴과 기다란 이빨이 보였고, 커다란 콧구멍에서는 더운 김이 쉴 새 없이 새어 나왔다. 낙타는 아래, 위로 이빨을 갈고 있었다. 소년은 그것이 되새김질 인 줄을 모르고 재미있게 보고 있었다.
좌우로 입을 갈며 놀리는 것이 규칙적이었으며, 무슨 박자인지는 모르나 낙타는 끝없이 계속하고 있었다. 이를 지켜보던 소년도 자기 입을 좌우로 갈며 따라 해보았다.
촌락은 동서통상로인 수천 리 하서회랑(河西回廊)의 중간 요지였고, 이곳에는 몇 군데의 객잔과 여관들이 있었다.
객잔에 들기 전, 가격을 흥정한 후 쉴 곳을 결정하는 것은 대상들과 객잔 업주들 간의 오랜 관행이었다. 숙박(宿泊) 비용은 대상들의 수익에 영향을 주는 중요한 항목이었으나, 그렇다고 비용을 절약하기 위해 노숙만 할 수는 없었다.
사막, 초원을 지나온 피로를 풀어야 했고, 몸을 씻고 편안한 잠을 자는 것은 다음 여정을 위해 중요했다.
투숙 비용은 그때그때 마다 식량과 낙타 사료와 소금 가격에 따라 달라지므로,
대상들은 늘 객잔을 결정하는데 공을 들였으며, 머무는 동안 그 지역의 정치, 경제, 치안에 관한 소중한 정보를 얻었다.
그 대가로, 대상들도 자기들이 지나온 나라와 지역들 중, 어디는 흉년이 들었고, 어느 나라는 전란이 일어났으며, 어느 성(城) 미모의 과부가 이방인 누구와 결혼 했다는 등의 여러 정보가 담긴 이야기를 전해주었다.
객잔 밖에서, 길게 늘어서서 쉬고 있는 낙타들을 보던 투치는 대상들에게 다가가다 두리번거리며 누군가를 찾았다.
이내, 마음씨 좋아 보이는 터번을 벗고 있는 남자에게 다가가, 당돌하게 말을 건넸다.
"아저씨들은 어디서 오셨어요?"

두툼한 터번을 벗으며 머리를 손가락으로 빗어 넘기던 사나이가 몸을 돌렸다. 남루한 옷을 입은 한 소년이 해맑은 눈으로 자기를 쳐다보고 있었다.
사나이가 그윽하게 쳐다보며 대답했다.
"우리는 페르시아라는 곳에서 왔지. 그곳은 아주 먼 곳이란다. 그런데, 너 참 귀엽게 생겼구나. 네 이름은 뭐라고 부르니?"
"저는 투치예요.
음, 아저씨들은 그 멀리서 어떻게 오셨어요. 높은 산, 넓은 강, 험한 사막, 대초원을 다 지나 오셨나요?"
소년이 눈을 반짝이며 호기심이 가득한 얼굴로 물었다.
"어떻게 왔느냐고? 하하하하, 다들 한 걸음 한 걸음 터벅터벅 걸어서 왔지.
우리 모두 여러 개의 산, 강, 사막, 초원을 걸어서 지나 왔단다. 투치야, 너 물 한바가지만 떠다 줄래?"
 투치는 까마득히 먼 곳에서 한걸음 한 걸음 걸어서 왔다고 하는 사나이 말을 듣고 순간 머리가 아찔해졌다.
"그 먼 곳을 낙타를 안타고 걸어서 왔다고요?"
눈을 깜빡깜빡 하던 투치는 곧 '피- 거짓말.' 하는 표정으로 입을 삐쭉 내밀고는 우물로 뛰어갔다.
그리고 물을 한바가지 가득 떠다 주었다.
사나이는 그릇을 받자마자 물을 벌컥 벌컥 들이켰다. 목이 얼마나 말랐는지, 꿀꺽 꿀꺽 물 넘어가는 소리가 개울물이 흐르는 소리 같았다.
투치는 '저 정도면 초원의 계곡 물도 다 마셔 버릴 것 같다.'는 생각을 하며, 자기도 모르게 입이 벌어졌다.

물은 다 마신 사나이가 말했다.

"나는 나베이라고 한단다. 너는 어디에 사니? 엄마, 아빠는 뭐하시니?"

투치가 눈을 반짝거리며 대답했다.

"저는 마을 동쪽에 살아요.

엄마 아빠는 안 계셔요. 제가 아기 때는 흉노국이 약했는데, 진나라가 우리 초원을 수없이 약탈하고 말과 양을 빼앗아 가곤 했대요. 아빠, 엄마는 그때 모두 가축을 빼앗기지 않으려고 싸우다 돌아가셨답니다.

저는, 마을 촌장님 댁에서 양떼와 소들을 돌봐주고 있어요. 말똥, 소똥, 낙타 똥 등 연료를 모아다 줘요. 아저씨, 저는 양을 아주 잘 타요.

이곳 아이들은 말을 타기 전에 먼저 양을 탈줄 알아야 해요. 양을 타고, 활로 쥐도 토끼도 잡아요. 그리고 조금 더 크면 모두 말을 타야해요.

그런데 나베이 아저씨, 다음은 어디로 가셔요?"

투치는

아빠, 엄마가 없다는 말을 자연스럽게 했다. 얼굴에 그늘이 전혀 보이지 않았다.

햇볕에 그을린 얼굴에 까만 눈동자가 진주처럼 반짝였다. 양을 잘 탄다는 말을 할 때의 투치는 뻐기는 듯 가슴을 쭉 내밀었다.

　나베이는 아빠, 엄마가 없다고 하는 말을 듣고 외로운 아이라는 생각이 들었다.

"오르도스 성(城)으로 간단다. 그곳은 흉노국의 도성으로 번화하고 큰 성이지. 장사하러 오는 사람들이 아주 많고, 여러 나라 상인들이 모이는 곳이다.
그곳은 흉노의 칸이신, 두만 선우(單于)가 계시는 곳이기도 하다. 여기서 얼마 걸리지 않는다.
우리는 오르도스성에서 물건을 팔고 그곳의 특산물을 구입하고 되돌아온단다."
투치가 막, 입을 열려는 순간 객잔 안에서 흥정하던 대장 용촉이 나와서 지시했다.
"모두 이곳에 투숙하기로 한다.
객잔 주인이 우리가 지난번에도 여기 묵었던 것을 감안해서 방, 식사, 낙타 여물 값을 잘 해주기로 했다.
낙타를 쉬게 하고 객잔에 들라. 낙타와 짐은 조(組)를 짜서 교대로 지켜라."
명이 떨어지자 대상들이 일사분란하게 움직였다.
소년은 붙임성 있게 나베이의 짐을 들어주며 졸졸 따라다녔다. 나베이는 묵묵히 모르는 척하고 내버려 두었다.
몇 명은 방을 정한 후 짐을 내렸고, 몇은 낙타를 쉬게 하면서 여물과 소금을 먹였다. 오랜 여행을 통해 매우 익숙해진 일인 것 같았다.
투치가 자세히 보니 대상들은 모두 무기를 지니고 있었다.
'이들은 모두 무공의 고수들일 것이며, 멀리 물건을 운반하다 보면 필시 도둑 떼의 공격을 받을 것이다. 그때는 이들 스스로 지켜야 할 것' 이라고 투치는 어른스럽게 생각했다.

　사실 투치는 기회를 보고 있었던 것이다. 자기도 대상들을 따라 페르시아로 가고 싶었다.
어떻게든 이들을 따라가고 싶었으나, 누구에게 어떻게 말해야 할지 몰랐다. 일단은 마음씨 좋아 보이는 나베이 아저씨에게 부탁할 생각이었다.
투치는 촌장 댁에서 일하는 늙은 목부 할아버지 에첵과 함께 지내고 있었다. 에첵 할아버지는 우연히 초원을 지나다, 진나라 병사들에게 학살당한 사람들의 시체더미 틈에서 울고 있는 투치를 데려와서 키웠다.
아이의 이름은 촌장이 지어주었다. '투치'란 흉노어로 지혜라는 의미였다.
에첵은 자기가 젊은 시절, 대상을 따라 페르시아 등 여러 나라를 돌아다니며 본 것들을 들려주곤 했다.
재미있는 이야기를 듣던 어느 날, 투치는 문득 페르시아에 가고픈 꿈이 생겼다. 자기도 크면 에첵 할아버지처럼 페르시아와 같은 신비로운 나라들을 구경하고 싶었다.
그리고 2년 전, 그동안 키워주시던 할아버지 에첵이 갑자기 병환으로 돌아가시자, 투치는 너무나 슬프고 외로웠다.
그때 이곳을 지나가는 대상(隊商)이 오면 기필코 그들을 따라 가기로 마음먹었던 것이다.
결심을 한 듯, 입술을 꽉 다문 투치가 객잔 방으로 나베이를 따라 들어갔다. 그리고 나베이에게 자기를 페르시아로 데려가 달라고 부탁했다.
나베이가 펄쩍 뛰었다.
"아니, 뭐라고! 네가 우리를 따라 페르시아로 가겠다고?"
"네"

"안 된다! 너는 나이가 어려 길고 힘든 여행을 알 수 없단다."
"아저씨, 제가 아저씨 일을 잘 도와 드릴게요. 저는 일을 잘해요. 낙타나 말에게 물도 먹이고 풀도 먹이고 할게요. 말똥, 소똥도 열심히 모아 올게요."
투치는 간절하게 애원했다.
나베이를 올려다보는 소년의 눈은 너무나 맑고 고왔다. 나베이는 물끄러미 소년을 보다가 물었다.
"지금, 너는 누구와 살고 있니?"
"촌장님 댁에서, 저를 주워 키워주신 할아버지와 살다가 할아버지가 돌아가신 후에는 종들과 살고 있어요. 그렇지만 저는 종은 아니에요."
나베이는 투치의 사정을 들으면서 강한 연민을 느꼈다.
"투치야,
대상의 무리에 끼는 것은 내가 결정할 사항이 아니란다. 아까 본 붉은 수염의 용촉 대장님이 허락해야만 한다.
내가 저녁에 대장님께 한번 부탁해보마. 그러니 너는 그만 집으로 돌아가거라."
나베이의 말을 들은 투치는 뛸 듯이 기뻤다. 아저씨 말대로 촌장 집으로 돌아왔다.
다음날 동이 트자마자 투치는 객잔으로 달려갔다. 객잔의 대상들은 벌써 일어나 각기 짐을 정리하며 분주하게 떠날 준비를 하고 있었다.
"투치 왔니?"
하는 소리에 뒤를 돌아다보니 나베이 아저씨였다.
"안녕히 주무셨어요?"

투치가 재빠르게 머리가 땅에 닿을 정도로 인사를 했다.
"투치야, 저쪽 평상으로 가자."
객잔 마당 한편에 있는 평상으로 가서 자리에 앉은 나베이가 말했다.
"투치야, 우리가 사는 파르티아(- 페르시아 지방, 안식국) 왕국까지는 어린 네가 상상할 수 없는 위험한 길이며 멀고 먼 곳이란다.
가다가 병이 들어 죽을 수도 있고, 한 번 가면 평생 못 돌아 올 수도 있다. 그래도 괜찮겠니?"
투치는 나베이의 말을 더 들을 필요도 없다는 듯 입을 꽉 다물고 자리에서 벌떡 일어나, 나베이 아저씨에게 무릎을 꿇고 큰 절을 올렸다
"감사합니다. 나베이 아저씨."
어린 투치의 이런 모습을 본 나베이는 잠시 할 말을 잃고 말았다.
사실 나베이는 대장 용촉에게 완전한 허락을 받은 것은 아니었다.
지난 밤, 투치 이야기를 꺼내자 대장이 말했다.
"아니, 나베이.
말이 되는 소리를 하게. 건장한 사내도 힘든 여정을 저 열 살 먹은 아이가 어떻게 견딜 수 있겠나?
수천 만 리의 길이야. 여태껏 그 먼 길을 오간 열 살짜리 무역 상인은 없었네.
그리고 그동안 지나오면서 본 고아들이 한 둘인가? 우리에게 동정은 금물이네.
고아들도 말이 통하는 자기 나라에 살아야 밥이라도 얻어먹을 수 있을 것 아닌가. 다시는 접근하지 못하도록 쫓아버리게!"
그러나, 나베이는 왠지 투치의 간절한 눈빛이 가슴에 남아 지워지질

않았다.
"대장, 내가 자식처럼 돌보며 여행하겠습니다."
"허... ..."
자식처럼 돌보겠다는 나베이의 말에 용촉은 말이 없었다. 사실 나베이가 이번 대상길에 참가한 것은 바로 자기가 권해서였다.

■

  나베이는 파르티아 왕국의 도성 파사성(城) 사람이었다. 당시 파사성의 궁전은 아시아에서 가장 호화로웠는데, BC 330년 마케도니아의 알렉산더 대왕이 점령하고 불질러버렸다.
그 후 알렉산더 사후에도 추종자들이 세운 셀레우코스 제국이 지배하고 있었다.
그는 조로아스터교도(- 배화교도)로, 파르티아국(國) 파사성(波斯城)의 아나이트 신전을 지키는 무사였다.
아나이트신(神)은 전쟁, 물, 풍요, 생식을 상징하는 여신(女神)이었다.
나베이는 몇 년 전, 무단으로 신전에 침입해 야만인의 신이라며 아나이트신(神)을 모욕하고 신전의 신녀들을 추행하는 셀레우코스 제국의 무사들을 모두 죽이고 잠적했다.
그를 쫓던 셀레우코스 왕국의 군사들은 그의 처자식을 찾아내 죽여

버렸다.
어느 산간 마을에 숨어 농사를 지으며 사는 나베이를 고향의 세 살 많은 선배 용촉이 찾아왔다.
"자네, 이렇게 숨어 지내지 말고 이번에 오르도스로 가는 대상에 호위무사로 참가해주게."
나베이가 고개를 저으며
"장사 할 줄도 모르고, 더욱이 잘 알지도 못하는 먼 나라까지 간다는 것은 더욱 마음이 내키지 않습니다."
고 했으나, 용촉이 포기하지 않고 끈질기게 권했다.
"농사를 짓는 것보다 대상에 한 번 참가하면 수백 배 이익이 남네. 이국(異國)의 풍물도 구경하고 마음도 달랠 겸 나와 한 번 다녀 오세나."
용촉의 청(請)을 못 이긴 나베이는 결국 가진 재산을 모두 털어 흉노국(國) 오르도스에서 귀하게 여긴다는 물건들을 구해 참여한 것이다.
나베이가 자식처럼 돌보겠다는 말에 나베이의 처지를 잘 아는 용촉은 더 이상 아무 말도 하지 못했다.
"우리는 장사꾼일세.
아이는 자네가 챙기고 만일 따라오지 못하면 그 자리에 버리고 갈 것이네.
그리고 행여 저 아이로 인하여 손해가 생기면, 자네 몫의 이익금에서 제할 것이니 그리 알게."
"알겠소."
대상들은 준비가 끝나자 흉노국(國) 도성 오르도스로 향했다.
그리고 얼마 후, 오르도스성(城)의 무역시장에 들어가 가져간 물건을 모두 만족스러운 가격에 넘겼다.

당시 무역로(貿易路)의 오아시스 초원과 국가들은 전란(戰亂)이 많아, 파사성(城)에서 온 대상은 몇 년 만이었다. 그만큼 페르시아의 물건들은 인기가 높았고, 부르는 게 값이었다.

대상들은 그 돈으로 '파사성에서 귀한 물건'들을 잔뜩 구입했다.

나베이를 따라다니며, 이것저곳 시장을 구경하는 투치는 너무나 재미있었다.

각양각색의 옷을 입은 다양한 부족들과 끝이 보이지 않는 수 천 수만의 천막주거지, 듣도 보도 못한 산더미처럼 쌓인 상품들 그리고 한 번도 볼 수 없었던 별의별 음식들, 투치는 정신이 하나도 없었다.

대상(隊商)은 여러 날을 쉬며 여독(旅毒)을 풀리자 오르도스성(城)을 떠났다. 그들이 떠날 때는 대상들의 상품을 실은 낙타가 무려 백 마리나 되었다. 어린 투치는 다행히 한 마리 작은 낙타를 타고 갈 수 있었다.

마호(魔虎)

　여홍은 개마국을 떠나 다시 백두산으로 가는 고독한 여행길을 시작했다. 개마국에서 날이 너무 많이 지체된 것 같아 마음이 무거웠다.
걸음을 재촉하여 길을 나섰으나, 막상 들어선, 새 총관이 알려 준 길은 도저히 길이라고 할 수 없는 원시림(原始林)이었다.
사냥꾼 반랑, 반욱 형제도 백두산으로 가는 길은 개마국 보다 더 험하면 험했지 쉽지 않을 것이라고 말했다.
자기들도 사냥하러 다니면서 수많은 맹수들을 쫓아 이곳저곳을 다녀 보았으나, 이 지역의 짐승들은 한 번도 인간 구경을 해본 적이 없어서 사람을 봐도 도망치지 않을 뿐 아니라 오히려 먹이 감으로 생각하고 달려드니, 항상 주의를 게을리 하지 말라고 신신 당부했다.
여홍이 개마국을 나와 험한 산길, 계곡, 늪, 수백 장의 절벽 잔도를 따라 하루를 걷자, 호랑이, 표범, 곰은 물론이고 그동안 간간이 보이던 늑대, 여우, 너구리, 토끼, 다람쥐조차 한 마리도 볼 수 없었으니 마치 텅 빈 유령의 숲을 지나가는 것 같았다.

반랑 형제가 나를 놀리려고 한 말이 아니었나 하는 생각이 들 정도였다.

여홍의 앞에 끝없이 펼쳐진 밀림은 높이가 이삼십 장씩 자란 아름드리 수목들이 햇빛을 막고 있어 대낮에도 밤길을 걷는 것만 같았다.

수직으로 깎아지른 절벽도 자주 나타났다. 어떤 곳은 칡넝쿨과 등나무가 끝없이 뒤엉켜 있어 아예 한 발자국도 들이밀 수 없었다. 엉덩이를 붙이고 앉아 잠시 쉴 곳을 찾는 것도 어려운 지경이었다.

사흘째 되는 날, 여홍은 길을 잃고 말았다. 사람의 발길이 전혀 닿지 않던 길이라, 수풀이 무성하게 자라 방향을 그만 잘못 잡고 만 것이다.

잔뜩 흐린 하늘에 거센 바람이 불기 시작했다. 바람이 수목을 심하게 흔들어대자 그나마 흐릿하게 남아있던, 길 같아 보이는 흔적조차 사라져버렸다.

거기에, 바람에도 흩어지지 않는 자욱한 안개가 동서남북을 분간할 수 없게 만들었다.

수목이 빽빽한 원시림을 헤매며 하루가 지나자 어디선가 시원한 바람이 불어왔고, 한참을 가니 문득, 안개가 사라지며 천길 절벽이 앞을 가로막았다.

여홍이 절벽 모퉁이를 돌아서자 경치가 확 바뀌며, 넓은 분지와 저 멀리 성(城)이 보였다. 뜻밖에도 꽤 큰 성이었다.

절벽과 험한 산으로 둘러싸인 밀림에 사람들이 사는 성이 있다니, 얼른 믿어지지 않았다. 개마국을 떠날 때, 백두산을 가는 도중에 성(城)이나 마을이 있다고는 누구에게도 들은 적이 없었다.

여하튼, 여홍은 며칠 만에 보는 사람이 사는 곳이라 무척 반가웠다. 오늘은 이 성(城)에 들어가, 제대로 된 집에서 잠을 잘 수 있겠구나 생각하며 걸음을 부지런히 하여 성으로 향했다.

성(城)은, 앞은 커다란 돌로 쌓아 올린 석성(石城)이었으나 좌우 능선과 연결한 부분은 판축공법으로 쌓은 토성이었다.
성문(城門)에는 '대천성(戴天城))'이라고 쓰여 있었고, 성문은 굳게 닫혀 있었으며 앞에는 넓게 조성된 마당이 있었다.
성으로 들어가거나 나가는 사람들이 머무는 자리 같았다. 마당 오른편에는 지명(地名)을 새겨 놓은 일장 높이의 커다란 사각(四角) 돌이 세워져 있었다.
여홍이 다가가 보니 돌은 검은 빛을 띤 오석(烏石: 규산이 풍부한 유리질의 화산암)이었는데, 미끈하게 다듬어진 표면에 가림토로 '어아가(於阿歌)'가 새겨져 있었다.
뜻밖이었다.
'어아가'는 매년 천제(天祭)를 올린 후 하늘을 찬양하는 노래로, 조선 제2 대(代) 단제 '부루'가 제후국 남국(國)의 영토를 침범한 중원의 우나라를 물리치니, 온 세상의 제후들이 지어 올린 노래이다.
'어아'는 기뻐서 흥이 날 때 내는 구음(口吟)이다.

어아- 어-아
우리 한울님의 큰 은혜(恩惠)
배달의 후예들은

백년 천년 모두 잊지 않으리

어아- 어-아
선한 마음 큰활을 이루고
악한 마음 과녁이 되리니
모두 한 마음으로
큰활의 줄을 당기자
선한 마음으로 하나 되어
화살을 똑바로 날게 하자

어아- 어-아
우리 모두
큰활과 하나 되어
수많은 과녁을 꿰뚫어버리자
악한 마음은
끓는 물속의 눈과 같은 것

어-아 어-아
우리 모두 큰 활처럼
굳게 하나 되어
배달국의 광영을 이루어가자
백년 천년 은혜로운
우리 한울님, 우리의 한울님

필체가 놀라웠다. 조선 제6 대 '달문' 단군시절 신지(神誌: 벼슬)이 시던 금정(金鼎)선사의 웅혼(雄渾)한 필력(筆力)이 느껴지는 서체였다.

여홍은 크게 놀랐다. 이 대천성은 사방 수백리가 높은 산과 준령들로 둘러싸여 있어, 다른 지역과의 왕래가 거의 없는 산중마을로 보였으며, 주민 가운데 글을 잘 아는 분이 있을 것이라는 생각이 들었다.

여홍은 어릴 적에 어머니에게서 음악(音樂)과 글을 배웠는데, 어머니는

"우리 조선의 문자는 신지(神誌) 혁덕이 '사슴 발자국'을 보고 만든 녹도문(鹿圖文),

복희가 '용마(龍馬)'를 보고 만든 용서(龍書),

자부선사가 만든 '비(雨)' 내리는 형상의 우서(雨書),

치우천황 때의 꽃 봉우리 같은 화서(花書: 이른바 투전목鬪佃目),

단군왕검 시대의 녹서(鹿書)를 개선하여 만든 신전(神篆) 등이 있었다.

그러나 너무 어려워서, 제3 대 '가륵' 단군이 재위 2년(단기 153, BC 2181년)에 삼랑(三郞: 삼신을 수호하는 관직) 을보륵(乙普勒)에게 명하여, 소리를 담는 정음(正音) 38자를 짓게 하고 '가림토'라고 명명하였다.

또

중원에서 찬란한 문명을 이룬 은(殷)나라도 동이족의 나라로 갑골문자를 만들었으니, 문자에 대한 구이원 선현들의 지혜는 중원과 비교할 수 없을 정도로 높았다.

그리고 갑골문은 상형문자라 한 자, 한 자가 그림이며 그 속에 고대

동이족의 풍속과 문화(文化)가 들어있단다."
라고 말씀하셨다. 당시의 여홍은 어려서 그 말의 의미를 알 듯 말 듯 했었다.

 가림토는 원시 한글이라고 할 수 있는데, 훗날 훈민정음으로 재현 되었으며, BC 7년 일본으로 건너 가 신대(神代) 문자가 되었다.
여홍은 땅바닥에 박힌 듯 그 자리에 서서 조용히 '어아가'를 불러보았다.
옛날 어머니와 함께 부르던 때를 추억하며. 처음에는 구음(口吟)으로만 부르다가 나중에는 가사를 넣어 불렀다.
맑고 장중(莊重)한 목소리의 어아가(歌)가 산새들의 울음과 절묘하게 어울렸고,
어느새 어아가(歌)에 깊이 빠져든 여홍이 자기도 모르게 약간의 내공을 실은 듯, 창공(蒼空)을 나는 연(鳶)처럼 아름다운 선을 그리며 멀리 멀리 퍼져나갔다.
이 때, 갑자기 닫혀있던 성문이 열리며 허리에 장검을 찬 무사 한 사람이 밖으로 나왔다. 그 사람은 곧장 여홍에게 다가와 인사를 했다.
"저는 이곳 성을 지키는 읍차 나유타라고 합니다. 노래를 정말 잘 하시는군요. 어아가를 이토록 잘 부르는 분은 처음입니다. 소협은 어떻게 이곳에 오셨는지요?"
여홍은 '아! 너무 큰 소리로 불렀구나.' 하며 멋 적은 표정으로 대답했다.
"아주 멋진 축원비(祝願碑)라 흥이 나서, 저도 모르게 소리를 크게

낸 모양입니다. 방해가 되셨다면 용서하십시오. 저는 동예국(國) 사람으로 여홍이라고 합니다. 현재 선도 수행 차 백두산으로 여행 중입니다.

밀림 속에서 길을 잃고 헤매다 이곳에 오게 되었습니다. 오늘, 날이 너무 늦었기에 하룻밤 묵으려고 들렀습니다. 성 안에 객잔이 있는지요?"

읍차 나유타가 여홍의 모습을 가만히 살펴보았다.

사실 지금의 여홍은 매가촌(村)에 살던 여홍이 아니었다. 나이는 비록 18세에 불과하나 보통 사람이 겪기 어려운 난관들을 돌파해오면서,

어린 티를 완전히 벗어버렸을 뿐 아니라 광야(廣野)의 여유로움과 태산 같은 기도(氣度)를 지닌 사나이로 변모해 있었다.

나유타는 여홍의 노래 소리에 깊은 호감을 가졌다.

'조금 전, 마음에서 우러나 어아가(歌)를 부르는 소리가 이 자의 깊은 수행을 말해 줄 것이다.'

나유타가 미소를 지으며 대답했다.

"이 곳에는 일 년 내내 여행객이 한 명도 오질 않는 곳입니다. 그러니 객잔이나 주막이 있을 리 없지요.

선객(仙客)이신 것 같은데, 하루 묵으시려면 성주님 댁으로 가십시오."

하며, 나유타가 비켜섰다.

여홍은 성으로 들어가면서 이곳에 여행객이 오지 않는다는 말이 마음에 걸렸다.

'그렇다면, 이곳은 세상과 격리(隔離)되어 있다는 말인데, 무슨 까닭일까?'

성 안으로 들어서자, 조용하던 성 밖과는 달리 요소요소를 지키고 있는 다부진 체격의 무사들이 눈에 들어왔다. 삼엄한 경계 태세를 유지하며, 여홍을 바라보는 무사들의 안광이 번득이는 비수와도 같이 날카로웠다.
하나같이 수준급의 무예를 지닌 용사들로 보였다.
여홍은
'깊은 산 속의 성(城)에 웬 무림 고수 같은 자들이 있으며 또 무엇 때문에 이토록 경계를 서고 있나?' 궁금하였으나, 아직은 물어 볼 수가 없었다.
이때, 수문장(守門將: 성문을 지키는 무관)으로 보이는 무사가 여홍에게 다가와 물었다.
"소협은 강호인 같은데 이 깊은 산중에 어쩐 일이시오?"
"저는 구도 여행 중입니다. 구이원의 연원지인 백두산을 순례하고 있는 중입니다."
이에, 무사는 기가 막히다는 표정으로 여홍을 쳐다보았다.
"소협, 내 충고 한마디 하겠소. 소협은 백두산 가는 길을 잘못 잡은 것 같소.
소협이 온 동예국(國) 동북 방향이나 옥저국(國)에서 올라가야지, 대천성이나 개마국을 지나는 길은 매우 험하오. 특히 대천성을 지나서 가는 길이 제일 험한 길이요.
최근,
흉폭한 마호(魔虎)가 나타나 자기에게 저항하는 맹수들을 죽이고 밀림의 폭군으로 등극하였는데, 이제는 산에서 내려와 사람들까지 해치고 있소.
우리는 지금 마호가 나타날까 경계를 서고 있는 중이오. 이런 실정인데 어떻게 백두산으로 간다는 말이오? 소협은 여기서 하루 밤 묵고 왔던 곳으로 돌아가시오."
여홍은 무사의 말을 듣고 이곳의 사정을 짐작했다.
'아! 그래서 이렇게 경계를 서고 있었구나. 그렇다고 내가 돌아갈 수는 없지 않은가.
어떻게 여기까지 왔는데... 백두산을 지척에 두고 이대로 돌아갈 수는 없다.'
여홍은 일단 적당히 대답했다.
"무사님, 감사합니다. 여기서 오늘밤 묵으며 잘 생각해보겠습니다."
수문장이 말했다.
"생각하고 말고가 없소이다. 명(命)대로 살고 싶으면 내 말대로 하셔야 하오. 소협, 이쪽 큰 길을 따라 동북쪽 끝으로 가면 성주님의 저택이 나옵니다. 그 댁으로 가서 하룻밤 신세를 지겠다고 부탁해보시오."

여홍은 수문장이 알려 준대로 대로를 따라 걸어갔다. 대로를 걸어가면서 살펴보니,
아닌 게 아니라 아직 해가 떨어지지 않은 대낮인데도 집집마다 문을 꼭꼭 달아걸고 있었고 돌아다니는 자가 한 사람도 보이지 않았다. 호랑이에 대한 공포감을 엿볼 수 있었다.
여홍은 해가 지려면 시간이 아직 남아 있어, 성(城)을 구경하기 위해 이곳저곳을 돌아보았다.
성(城)은 천여 가구 이상이나 되었으며 생각보다 크고 잘 사는 부유한 마을이었다. 집집마다 연자방아나 디딜방아가 있었고, 그 옆에

곡식 가마니들이 쌓여 있었으며 가축들도 많이 키우고 있었다. 그런데 마을 외곽으로 사방의 산들과 연결된 길목 곳곳에 살벌하게 생긴 기관장치가 여러 개 눈에 띄었다.

그것은 말로만 듣던 '벼락틀'이었는데, 이렇게 커다란 벼락틀은 생전 처음 보았다.

벼락틀은 마을 입구와 산으로 연결된 산길 마다 교묘하게 나무 가지나 칡넝쿨 등으로 위장되어 있었다.

벼락틀은, 통나무를 판자처럼 엮어 한쪽을 땅에 고정시키고 다른 한쪽은 공중으로 들려 있었고, 그 위에 무거운 바위를 얹어놓아 벼락틀 안의 미끼를 맹수들이 물고 당기면 통나무와 바위가 벼락같이 무너져 맹수를 깔아 죽이는 장치였다.

하도 크고 대단하게 보여, 여홍이 무심코 만져보려다 벼락틀 안쪽 미끼 뒤에 숨어있는 또 하나의 날카로운 창날을 발견하고는 '이크!' 하고 가슴을 쓸어내리며 포기했다.

어떤 곳은 나뭇가지를 옆으로 굽혀서 줄을 매어놓고 있었는데, 가지 끝에는 예리한 큰 낫이 묶여 있었고, 낫은 풀 섶으로 감추어져 있었다.

만약 실수로 잘못 건드리면 휘어져 있던 나뭇가지가 펴지면서, 날아든 낫에 목숨을 잃을 것이다.

그 외에도 올가미를 매어놓은 것도 있었다. 하나같이 모두 살풍경(殺風景)한 기관 장치들이었다. 듣던 대로, 온 마을이 호랑이의 침입을 철저하게 대비하고 있었다.

여홍은 마을을 좀 더 돌아보다가, 마을 동북쪽의 솟을 대문이 높이 보이는 집으로 향했다. 그 집이 수문장이 일러 준 성주님 댁 같아 보였다.

작은 궁(宮) 같은 건물들이 있었고, 담쟁이넝쿨이 빽빽이 뒤덮인 담이 한 길 이상으로 높아 집안은 전혀 들여다보이지 않았다. 대문 앞에 선 여홍이 문을 툭툭 두드렸다.
"계십니까?"
하고 불렀으나 아무 반응이 없었다.
여홍은 안에서 듣지 못할 수도 있다고 생각하여 다시 목청을 높여 외쳤다.
"계십니까?"
잠시 후, 대문이 조금 열리며 한 노인이 밖을 내다보았다. 문틈으로 보이는 노인의 등에는 검이 메어져 있었는데, 손잡이에 달린 청실로 만든 작은 노리개가 예뻤다.
성주(城主) 댁의 총관인 듯 보였는데, 바짝 마른 몸이 단단해 보였다.
"어쩐 일이시오?"
노인이 무미건조(無味乾燥)하게 물었다.
"이곳을 지나가는 사람인데, 하룻밤 신세를 질 수 있을까 해서 찾아왔습니다."
여홍이 공손히 청하자, 노인은 여홍을 위아래로 찬찬히 살펴보고는 말했다.
"좀 기다리시오. 성주님께 한번 여쭙고 오리다"
옛 부터 우리나라는 아무리 낯선 자라도, 찾아온 자를 함부로 내치지 않았다.
한참 뒤에 노인이 돌아와 말했다.
"들어오시오."
"고맙습니다."

노인은 행랑채로 여홍을 안내 했다. 여홍이 따라가며 보니 마당은 수백 평이었고 아름다운 정원이 꾸며져 있었다.
본채는 맞은편에 있었는데 규모가 꽤 있었다. 행랑채는 그 오른편 가까이에 목조 건물로 수수하게 지어져 있었다. 노인이 여홍에게 말했다.
"이곳이 사랑채요, 들어가서 쉬고 계시오."
노인은 일이 바쁜 듯 집안으로 사라져 버렸다.
여홍이 사랑방에 들어가 보니 네 칸은 족히 되어 보이는 큰 방이었다.
사랑방이 이렇게 큰 것을 보니, 평소에 많은 사람이 방문하거나, 마을 사람들이 모여 회의를 하는 곳 같기도 했다.
방은, 한쪽에 밥이나 술을 담는 여러 개의 조두(俎豆: 제사 때 음식을 담는 그릇의 하나)가 차곡차곡 위로 쌓여 있을 뿐 그 이외에 별다른 물건이 없었다. 아랫목의 벽으로 벽장이 있었는데, 열어보니 몇 채의 이불이 잘 개어져 있었다.
한쪽 벽에는 비단으로 만든 족자가 하나 걸려 있었다. 족자는 한 폭의 아름다운 산수화였다.
옅은 안개에 쌓인 산(山) 정상의 호수가 그려져 있었는데, 물빛이 가슴이 시리도록 푸르렀고, 그 아래 높이 솟은 나무는 마치 실물(實物)과도 같이 느껴졌다.
여홍은
'이곳이 어딜까? 이렇게 신비로울 수가.. 그리고 이 나무는 어떤 나무일까?' 하고 생각했다.
이어, 겉옷을 벗어 옷걸이에 걸어놓고 방바닥에 털썩 드러누웠다. 며칠 고생을 하다 제대로 된 방에 눕자 금세 등짝이 따뜻해져 왔다.

이내 긴장이 풀리자, 길도 없는 밀림을 헤맨 피로가 쏟아지며 깜박 잠이 들고 말았다.
얼마나 잤을까,
"소협, 식사시간이에요."
하며 문 두드리는 소리에 잠이 깼다.
방문을 열어보니 열 살 정도 먹은 소년이 서 있었다. 날은 벌써 어두워져 있었고 밖에서 들어오는 밤바람이 차가왔다.
"소인은 마동이라고 합니다. 성주님께서 저녁을 함께 하시자며 소협을 모셔오라고 했습니다."
"저녁?"
벌써 저녁시간이었다. 그러고 보니, 배가 고팠다. 여홍이 '제대로 된 식사를 해 본지 벌써 여러 날이 되지 않았는가.' 생각하며 소년을 따라 나섰다.
마동은 정원 건너편에 있는 큰 건물로 여홍을 안내했다. 마동을 따라가니 저택의 대문이 활짝 열려 있었는데, 안팎으로 일정한 간격을 두고 불들이 밝혀져 있었다.
그리고
낮에는 보이지 않던 무사들이 창과 칼을 들고 순찰을 돌고 있었다. 그들의 날렵한 걸음걸이에서 모두가 상당한 무예를 지녔다는 것이 느껴졌다. 게다가, 무사들은 몹시 사나운 개들과 함께 다니고 있었다.
'이들은 훈련이 매우 잘된 무사들이다.
외적의 침입이 없는 깊은 산에 이런 뛰어난 병사들이 있다니, 혹시 어떤 강호 조직의 근거지가 아닐까?' 하는 생각이 들 정도였다.

마동은 여홍을 성주가 있는 거실로 안내했다. 거실에서 나이 지긋한 관리가 여홍을 반갑게 맞이했다.
마동이 말했다.
"저희 성주님이십니다."
성주가 말했다.
"어서 오시오. 소협, 나는 대천성(城) 성주 조이가(爪爾佳)입니다."
성주는 육십이 넘어 보였고 보통 체구의 마른 몸집이었다. 이마가 넓고 코 밑과 턱에 흰 수염이 멋지게 나 있었다.
여홍이 정중하게 인사를 했다.
"저는 동예국의 여홍이라고 합니다."
"멀리서 오신 귀한 손님이군요."
하며 성주는 여홍에게 자리를 권했다.
"내 집에 오신 귀한 손님이니, 식사나 한 번 모시고자 합니다. 우리 마을은 워낙 산속 깊은 곳에 있어서 찾아오는 손님이 거의 없소이다."
여홍이 몸을 숙여 답례했다.
"이렇게 환대해주셔서 깊이 감사드립니다. 하룻밤 폐를 끼치겠습니다."
성주와 여홍이 자리에 앉자, 시종 두 사람이 음식을 내오기 시작했다.
음식들이 금방 탁자에 올려졌다. 산속 마을답게 요리들은 몇 가지 산나물과 멧돼지 고기였다. 술도 나왔다. 여홍은 큰 환대를 받고 있다는 생각이 들었다.
산나물에 밥 한 그릇 만 내주어도 감지덕지로 이것저것 가릴 처지가 아니었다.

성주(城主)가 술병을 들어 한잔 가득이 따르며 권하였다.
"소협, 이 지역에 많이 나는 들꽃 술입니다 한번 맛이나 보시지요."
여홍이 두 손으로 잔을 들고 술을 받았다.
"감사합니다, 성주님."
두주불사(斗酒不辭: 말술도 사양하지 않음)의 여홍이었으나, 낯선 곳에 객(客)으로 와서 취할 수는 없었다.
여홍은 자기는 동예 사람이며 지금 개마국에서 오는 길이고 선도(仙道)수행을 위하여 순례(巡禮) 차 백두산으로 가는 중이라고 말했다. 개마국에서 왔다는 말에, 조이가 성주는 두 눈을 크게 뜨고 바라보았다.
"아니, 동예에서 여기까지 그 먼 길을 돌아 왔다는 말씀입니까? 그리고 무서운 개마국은 어떻게 지나 오셨습니까? 그곳을 지날 때 별일 없었나요?"
"아, 성주님은 개마국 사정을 잘 아시나요?"
"잘은 모릅니다만, 우리 대천성과 개마국은 길이 매우 험해 왕래가 거의 없습니다.
개마국 사람들은 이곳에 와본 적이 없어서 우리 대천성의 존재를 모르고 있지요. 아니, 그들은 올 수 없지요. 혹시 이곳에 올 때 안개가 많이 끼어있지 않던가요?"
"예, 안개가 너무 짙어 어떻게 왔는지도 알 수 없었습니다."
성주가 고개를 끄덕였다.
"이곳으로 오는 길은 사시사철 안개에 싸여 있어 우리 성은 보이질 않습니다.
그러나 일 년 중 단 며칠 안개가 걷히는 날이 있는데, 소협이 그 때 우리 성을 본 겁니다."

여홍은 적지 않게 놀랐다. 그렇다면 이 성은 외부와 격리된 성이라는 말이었다.
"아... 네-."
성주가 말을 이었다.
"우리는, 우연히 개마국을 다녀온 약초꾼들의 소식으로 개마국 사정을 조금 알고 있을 뿐입니다.
그들 이야기로는, 무서운 새(鳥)대가리 왕이 개마국을 다스리고 있다고 들었습니다.
그래서 주민들에게 절대 개마국(國)을 가지 못하도록 지시 하였습니다."
성주의 말을 들은 여홍은 자기도 개마국 사정을 남에게 들은 것처럼 알려주었다.
"저도 개마국 사정을 자세히는 모릅니다만,
지나오면서 들은 바로는 괴조(怪鳥)왕 마천금은 이미 죽었고, 전(前) 국왕 마천웅의 조카 마천호가 새로운 국왕이 되어 잘 다스리고 있다고 합니다."
"오! 그래요.
그것 참, 정말 다행이군요. 개마국은 아주 오랜 삼신교의 나라입니다. 잘못되어서는 안 되지요."
성주 조이가의 얼굴이 활짝 펴지면서 말했다.
"사실, 대천성까지 그 악의 세력이 들어올까 우려되어 내가 길을 아예 없애버렸지요."
'그러면 그렇지, 어쩐지...'
길이 전혀 없고 험했던 것이 이해가 간, 여홍이 궁금한 것을 참지 못하고 물었다.

"성주님, 제가 마을을 돌아보니 대낮인데도 다니는 사람을 한 사람도 보지 못했습니다. 그리고 한 가지 궁금한 것이 있습니다. 이 곳 저 곳에 벼락틀이 설치되어 있던데 이것은 모두 호랑이들 때문입니까?"

성주가 고개를 끄덕였다. 이어, 근심스런 표정으로 마을의 사정을 이야기 해주었다

"소협이 짐작하신 대로이지요. 일 년 전부터 호랑이들이 마을로 내려와 가축을 물어가고 사람도 죽이고 있습니다.

심지어 대낮에도 내려온 적이 몇 차례나 있어요. 언젠가는 대여섯 마리가 떼로 나타나 한 번에 열세 명을 물어 갔어요. 도무지 무서워서 살 수가 없어요.

그래서 사냥꾼들과 마을 사람들로 방호대(防虎隊)를 조직하여 지키고 있습니다. 우리도 살기 위해서는 필사적일 수밖에 없게 되었지요. 이미 보셨다시피 호랑이가 들어올 만한 곳에 여러 개의 벼락틀과 활낫, 올가미를 설치했더니 마을 안에 들어오는 것은 줄어들었어요.

그러나, 그곳을 지나다니는 사람들이 실수로 장치를 잘못 건드려 다치고 있지요.

우리는 생업(生業: 직업)으로, 산속으로 들어가 약초나 과일을 채집하거나 사냥을 하고 농토가 있는 성(城) 밖으로 나가 일하고 돌아와야 하는데, 호랑이들이 출몰(出沒)하여 움직일 수가 없으니 정말 큰일이오."

여홍은 이곳으로 오는 도중에 멧돼지나 늑대, 너구리, 토끼 등을 한 마리도 볼 수 없었던 이유를 비로소 알았다.

호랑이들이 설치고 다니면, 떼를 지어 다니는 시라소니, 이리(狼)

뿐만 아니라 모든 짐승들이 꼬리부터 말고 도망칠 것이니 죽음의 숲이 되어버리는 것은 뻔한 이치였다.
여홍이 성주에게 말했다.
"그런데 성주님,
호랑이는 원래 고독을 즐기며 홀로 다닌다고 알고 있습니다만, 떼로 다닌다는 말씀은 처음 듣는 이야기입니다."
"나도 그렇게 알고 있었는데 이번엔 좀 다르오. 이들은 일곱, 여덟 마리 쯤 되어 보이는데, 그 중에 마왕(魔王) 같은 호랑이 한 마리가 무리를 이끌고 있소이다. 그 놈은 멀리 북쪽의 흑림(黑林)에서 내려온 놈인 것 같소.
놈의 몸길이는 17자(- 5.1m)인데, 꼬리만도 열자는 족히 되어 보였소. 이빨은 창끝 같았고, 발톱은 긴 쇠갈고리 모양인데, 무게는 무려 백관(- 375kg)이 훨씬 넘어 보였소.
산에서 놈의 발자국을 발견하고, 뛰어오른 발자국을 재어 보니 도약폭이 무려 10장이나 되었소이다.
소협의 말대로 호랑이는 혼자 다니는 방랑자 기질이 있다는 것은 맞소이다.
그러나 연말이나 연 초에 한번 씩은 암수 모두 강열한 욕정에 사로잡히는데, 그때는 아무리 눈 바닥을 뒹굴고 부르짖어도 솟구치는 욕망을 억누를 수 없다고 하오.
사람들은 이를 '호란(虎亂)의 날'이라 부르는데, 바로 호랑이의 생리기간을 말하오. 암컷이 소변을 누어 코를 찌르는 냄새를 풍기면, 다른 산(山)의 수컷이 냄새를 맡고 우엉- 우엉 하고 목이 터져라 암컷을 부른다오.
이어, 냄새와 울음소리로 한곳에 모이게 되면 암컷은 암컷끼리, 수

컷은 수컷끼리 짝을 차지하기 위해 치열한 싸움을 벌이게 된다고 하오.
격정을 참지 못하는 신음과 노호(怒號: 성내어 소리 지름)가 터져 나오는 가운데 급기야는 피를 뿌리고 만다오.
그날 짝을 못 찾고 욕정에 날뛰던 놈들이 마을에 내려와 열세 명이나 물어 가 버린 것이오."

 성주가 들려주는 호랑이 떼들의 습성을 듣고 보니, 처음 듣는 여흥은 그저 신기하면서도 놀라울 따름이었다.
"성주님, 그럼 지금도 그 마호(魔虎: 마왕 호랑이)가 여러 마리를 데리고 다닙니까?"
"그렇소,
보통 산군(山君: 호랑이)은 자기 영역 안에서 만 활동하는데 이놈은 영역을 무시하고 모든 곳을 전부 자기 구역으로 삼고 있는 것 같으이다.
놈들은 준령을 타고 각자의 영역으로 흩어져 있다가 마호(魔虎)가 포효하면 마호의 주위로 모여드오.
우리는 마호의 포효를 다 알고 있소이다. 그의 울음소리는 마치 벼락이 치는 것 같소. 그 때는 모두가 집안에 틀어 박혀 있어야만 안전하오.
바로 어제 석양 무렵, 마호의 포효소리가 들려 왔소이다. 마호가 가까운 곳에 와 있는 것이오.
그래서 마을이 공포에 싸여 있고 나도 사람들을 무장시켜 마을을 단속하고 있는 것이오. 밤이 되면 여러 곳에 불을 피워 놓아 호랑이가 접근하지 못하도록 하고 있소이다."
"듣고 보니 과연 보통 일이 아니군요."
"마을 밖으로 나갈 수 없으니 이 성에서 살수가 없게 되는 것이오. 여기서 가장 가까운 마을도 삼백 리는 가야 하니 어디 도움을 청할 수도 없소이다."
사연을 말하는 성주의 얼굴에 수심이 가득했다.
호란(虎亂)에 대한 이야기를 듣고 난 여홍은 이 마을의 어려운 처지에 동정이 갔다.
어떻게 도와줄 수 없을까 생각해 보았으나, 도와줄 방법이 얼른 떠오르지 않았다. 이때, 밖에서 소란스럽게 외치는 소리가 들렸다.
"호랑이다!"
"호랑이가 마을에 들어왔다!"
"아악-!"
"성주님-!"
하고 다급한 소리가 들려왔다. 식사를 하던 성주(城主)가 황급히 벽에 걸어놓은 대도를 집어 들고 자리에서 일어서며, 여홍에게 말했다.
"소협은 이곳에서 식사를 마저 하시오."
여홍도 밥숟가락을 내려놓고 일어섰다.
"저도 함께 나가 보겠습니다."
순간, 여홍의 가벼운 몸놀림과 눈에 번득이는 영기(英氣: 뛰어난 기상)를 본 성주가 대답 대신 크게 고개를 끄덕이며 밖으로 뛰어 나갔다.
저택 밖에는 무사들이 횃불을 들고 십여 명이 서 있었다. 한 사내가 서쪽 길을 가리키며 말했다.

"성주님! 저쪽입니다."

성주와 여홍이 몸을 날렸다. 그곳에는 어떻게 마을로 들어왔는지, 호랑이 한 마리가 노인을 한명 물어 죽인 후 물고 가다 마을사람들과 대치하고 있었다.

커다란 수컷이었는데, 몸무게가 팔십 관(- 300kg)은 되어 보였고 몸길이도 열두 자(- 3.6m)가 넘어보였다. 누런 털 사이의 검은 띠 줄이 선명했다.

여섯 명의 무사들이 둘러싸고 창을 겨누고 있었으나, 그들은 호랑이가 울부짖을 때 마다 오금이 저려 선뜻 창으로 찌르지 못하고 잔뜩 긴장한 채 노려보고만 있었다.

그 뒤로 무사 십여 명이 횃불과 칼을 들고 자리를 지키고 있었으나, 누구도 선뜻 나서지 못하고 있었다.

호랑이도 사람들이 무기를 들고 포위하고 있어 함부로 날뛰지는 못하고 산정(山頂)을 향해 울부짖고 있었다. 동료들과 마호(魔虎)를 부르고 있는 것이다. 이 때 건너편 하달산(山)의 다른 호랑이가 응답을 하듯 포효(咆哮)하자, 산촌(山村)이 순식간에 호랑이들의 울부짖음으로 뒤덮였다.

갑자기 세찬 바람이 불기 시작했다.

여홍은

'호랑이가 바람을 몰고 다닌다고 들었는데 그 말이 사실이었구나.'

하며 성주를 따라서 사람들 틈으로 들어가 보았다.

땅바닥에 엎어진 노인은 호랑이에게 처참히 물어 뜯겨 있었다. 배가 고파 막 먹으려고 했는지 노인의 등짝은 등뼈가 전부 드러나 있었다.

여홍이 자기도 모르게 스르릉- 검을 뽑아들었다.

호랑이도 갑자기 나타난 두 사람이 신경 쓰였는지 둘을 노려보았다. 성주가 크게 호통을 쳤다.
"네 이놈! 아무리 미물이나, 너는 환웅천황님이 정하신 법도를 어겼다.
너희 족속은 산에서 내려오지 말고 사람을 해치지 않아야 하거늘, 어찌 함부로 날뛰느냐. 네 놈을 죽이고 가죽을 벗겨 나의 깔개로 만들고야 말겠다. 자 덤벼라!"
성주는 늙은 나이에도 당당했다.
성주가 흰 수염을 날리며 허리를 꼿꼿이 세우고 앞을 가로막고 서자, 뒤쪽의 무사들도 용기(勇氣)가 났다. 그의 기백은 성주로서의 위엄을 충분히 보여주고 있었다.
그는 사나운 짐승에게, 마치 죄 지은 자를 나무라듯 사정없이 야단을 쳤다.
호랑이가 성주의 말을 알아들었는지 대단히 노했다. 성주의 앞으로 두 걸음을 성큼 다가서며 커다란 아가리를 쩍- 벌리고 포효(咆哮)하자
"어흥-!"
소리와 함께, 의지와 상관없이 팔다리가 저절로 굳어버린 무사들이 주춤거리며 한두 걸음씩 뒤로 물러섰다.
이때, 기회를 잡았다고 느낀 호랑이가 성주를 향해 도약하자, 함께 솟구친 성주의 대도(大刀)가 후욱-! 소리를 내며 호랑이의 머리를 치고 나갔다.
순간, 체공(滯空) 상태의 호랑이가 왼발로 도신(刀身: 칼의 면)을 후려치자,
성주의 손아귀를 벗어난 대도가 허공에 날았고 균형을 잃은 성주가

옆으로 밀려 떨어지며 휘청거렸다.
이때, 한 무사가 기합을 지르며 호랑이에게 창을 내던졌으나 호랑이가 꼬리를 휘둘러 창을 쳐버렸고, 엄청난 힘이 가해진 창이 붕붕 돌며 다른 무사의 허벅지에 꽂히는 사이에 성주(城主)를 향하여 덮쳐 갔다.
성주의 칼과 무사의 창을 날리며 휘두른 호랑이의 창날 같은 발톱이 들이닥치는 찰나, 산천초목을 뒤흔드는 기합과 함께 하늘에서 뚝 떨어지듯 나타난 회색 그림자가 전광석화와도 같은 하얀 검광(劍光)을 일으켰다.
".........."
"앗!"
"아......"
서릿발 같은 검기가 가라앉는 가운데, 정수리가 갈라진 채 널브러진 호랑이와 사색(死色)이 된 성주 사이에, 한 사나이가 검을 들고 있었다.
사나이는 온 힘을 쏟아낸 듯, 두 발이 땅속으로 발목까지 푹 박혀 있었다. 사나이의 쾌검이 팔십 관(- 300kg)에 이르는 호랑이의 동력(動力)과 가속도를 꺾으며, 한 치의 오차도 없이 머리 정중앙을 가르고 지나간 것이다.
좌 하방으로 후려친 자세 그대로 호랑이를 쓸어보고 있는 사나이는 바로 여홍이었다.
성주를 구하기 위해 여홍이 나선 것이다.
일검으로 호랑이를 잡은 여홍의 신위(神威)에 성주(城主) 이하 모두의 눈과 입이 찢어질 듯 딱 벌어지고 말았다.
무사들과 마을 사람들은 이 엄청난 장면에 한동안 정신이 나갔으나,

죽어 나동그라진 호랑이와 성주(城主)를 구한 사나이를 번갈아 바라보다
"와-!"
"와-! 호랑이를 잡았다!"
성안이 떠나갈 듯 만세를 부르며 소리쳤다. 주변의 산이 무너질 듯한 함성이 계속되었다. 그동안 호랑이들에게 일방적으로 당하기만 하고, 한 마리도 죽이지 못한 분노를, 오늘 여홍이 해소해 준 것이다.
청년들이 달려가 성주를 부축하여 일으켰다. 성주가 일어나 여홍에게 다가왔다.
"소협, 이 보잘 것 없는 늙은이의 목숨을 구해주셔서 감사합니다."
여홍이 정중하게 포권(抱拳)을 하며 대답했다.
"별말씀을 다 하십니다. 호랑이를 두려워하지 않는 성주님을 보고, 어찌 젊은 사람이 따르지 않겠습니까?
그리고 선객(仙客)이라면 선한 사람들을 당연히 도와야 하지 않습니까?"
여홍의 겸손한 말과 무게 있는 태도를 본 성주 이하 마을 청년들은 더욱 여홍을 우러러 봤다.
성주가 말했다.
"자, 대호를 하나 잡았으니 모두 우리 집으로 갑시다. 순찰조는 정해진 대로 계속 수고를 하라.
돌아가신 노인의 사체(死體)는 잘 수습하고 내일 장례(葬禮)를 후히 치러 드립시다."
사람들은 호랑이 시체를 들고 성주 저택으로 몰려갔다.
마을 사람들은 신이나 잠도 자지 않고 어린 아이들까지 몰려 나와

밤새도록 죽은 호랑이 구경을 했다.
성주(城主) 저택에서는 불을 대낮같이 밝히고 마당에 술자리를 만들었다. 모두들 술 한 잔씩 걸치고 나자 성주가 자리에서 일어서서 말했다.
"그동안 우리는 마군(魔君) 호랑이에게 당하고만 살았습니다. 그런데 오늘 삼신님이 여선협(仙俠)을 대천성에 보내주셔서 한 마리 잡았습니다. 그러고 보니 이젠 우리도 살 수 있겠다는 희망이 생깁니다.
선협, 간절히 부탁을 드리겠습니다.
저희 마을을 위하여 이 전대미문(前代未聞: 이제까지 들어본 적이 없음)의 호란(虎亂)을 막아주셨으면 합니다. 부디 도와주십시오."
말을 마친 성주가 여홍을 향하여 땅바닥에 넙죽 엎드리자, 자리에 앉아 술과 식사를 하던 마을 무사들도 모두 여홍을 향해 무릎을 꿇고 이마를 땅바닥에 찧으며 부탁했다.
"대협, 저희를 살려 주십시오."
술을 마시다 깜짝 놀란 여홍이 마주 엎드리며 성주(城主)를 향해 말했다
"성주님, 이러지 마십시오. 이렇게 까지 안하셔도 됩니다. 제가 미력이나마 성주님을 도와 힘을 보태겠습니다. 그러니 모두 일어서 주십시오."
도와주겠다는 말을 들은 성주와 무사들은 뛸 듯이 기뻐했다.
여홍은 술을 마시는 내내 마음이 무거웠으나,
'아....!
배달국 시대부터 전해오는 금척을 백두산 아리운 대선사님께 전하라는 스승의 명을 받은 지 벌써 오래이나, 아직도 임무를 완수하지

못했고, 어머니를 죽인 적발마군의 행적은 더 없이 묘연한데 또 다시 깊고 깊은 산속의 엉뚱한 일에 발이 묶였구나.
언제나 이 무거운 짐을 벗고 자유로이 천하를 주유할 수 있을까? 아, 그러나 사정이 딱한 사람들을 외면하는 것은 너무도 어려운 일이다.
선협(仙俠)은 목에 칼이 들어와도 도(道)와 의(義)를 지켜야 한다는 두 분 스승님의 가르침을 따라야만 할 것이다.'
라고 마음을 정리하였다.
성(城)에서는 그동안 마을을 괴롭힌 호랑이를 죽인 잔치가 밤늦도록 이어졌으나, 성을 둘러싼 어두운 산속에서는 분노한 마호와 일당들이 돌아다니며 울부짖고 있었다. 그 소리에 여자와 노인, 아이들은 모두 잠을 이룰 수가 없었다.
다음날 성주는 오백여 명이나 되는 무사들을 저택의 마당으로 집합시켰다.
성(城)의 무사들이 모이자 성주가 여홍을 소개했다.
"모두들, 여소협의 지시에 따라 움직여 마호(魔虎)를 응징하도록 하자."
무사들은 모두, 대호를 잡고 성주를 구한 여홍의 초절(超絶: 인식이나 경험의 범위를 벗어남)한 무예를 목격한 터라 마음으로 복종하고 있었다.
여홍이 무사들에게 물었다.
"혹시 여러분 중에 마호(魔虎)나 그 패거리들의 사정을 잘 아시는 분이 있습니까?
호랑이들의 상황을 자세하게 들어보았으면 합니다. 앞으로의 싸움에 중요한 정보이니까요."

여홍의 물음에, 사십 정도의 눈매가 날카롭고 각진 턱의 마른 사나이가 앞으로 나섰다.

그는 마을 외곽 느티나무 골(谷)에 사는 일류 사냥꾼으로 늘 활과 창을 가지고 다녔다.

"저는 혁사리(赫舍哩)라고 합니다. 평생을 단단대령, 완달산맥, 소흥안령산맥을 타고 다니며 사냥을 하며 살았습니다.

제가 사정을 조금 압니다. 놈들을 조필령 산속에서 우연히 목격했습니다.

호랑이 떼는 모두 일곱 마리였습니다. 어제, 대협이 한 마리를 죽였으니 여섯 마리가 남았지요. 죽은 대호는 그 무리 중 서열이 두 번째이고, 암호랑이가 두 마리 있습니다. 어제 밤에 으르렁 거리는 소리를 들어 볼 때, 마호가 가까이에 와 있고 대단히 화가 난 것으로 보입니다.

옛 부터 인근에 호랑이들이 여럿 있었으나

모두들 자기 영역을 벗어나지 않고, 멧돼지나 사슴 등을 잡아먹으며 특별한 사정이 없는 한 인간을 해치지 않았고 마을에도 내려오지 않았었습니다.

그런데 작년 가을 마호(魔虎)가 나타나, 이 지역의 산군(山君)인 호랑이를 죽여 버렸습니다.

마호는 멀리 북쪽 동토(凍土)의 땅에서 이곳으로 내려온 것 같습니다. 그 생김도 여느 호랑이와는 크게 달랐습니다."

폭군(暴君) 호랑이의 외양이 다르다는 말은, 마을 사람들도 처음 듣는 말이었다.

모두 귀를 쫑긋 세우고 들었다.

"마호는 다른 호랑이들과 똑같이 누런 털이 나 있는데, 줄무늬가 특이합니다.
호랑이의 줄무늬는 원래 검은 색인데 놈의 줄무늬는 시뻘건 핏빛으로 저도 생전 처음 봅니다.
전설에 의하면, 호랑이가 삼신(三神)의 도를 닦으면 털빛이 희어져 백호가 되나, 도(道)를 외면하고 사람을 잡아먹으면 검은 줄무늬가 붉게 변한다고 들었습니다.
마호의 줄무늬가 시뻘건 것을 보니 사람을 수없이 해치고 다닌 놈인데, 이곳에 와서 자기에게 저항하는 범과 곰들을 물어 죽이고 폭군으로 등극한 것으로 보입니다.
이놈이 나타난 후 인근 수백 리의 짐승들이 씨도 안보이고 사라졌습니다.
그래서 배가 고프면 성(城)으로 내려와 가축이나 사람들을 해치고 다니는 것입니다."
여홍은 마호의 줄무늬가 붉다는 말을 듣고 이상한 생각이 들었다. 문득 개마국의 괴조가 떠올랐던 것이다.
'원래 호랑이는 누런 털에 검은 줄만 있는 줄 알았는데, 듣도 보도 못한 붉은 무늬의 호랑이가 있었다니!'
여홍이 혁사리에게 물었다.
"혁사리님, 마호와 호랑이들이 지금 어느 산(山)에 있는 것 같습니까?"
"우리 마을을 둘러싸고 있는 산은 하달산, 이한산, 해골산, 주각산으로 모두 단단대령에서 흘러나온 지맥의 산들입니다.
정확히는 말씀드리기 어렵습니다만,
저녁 식사 때가 되면 마호가 이한산 쪽에 나타나는 것 같습니다. 저는, 다른 놈들이 사냥을 해서 마호에게 바치는 것으로 보고 있습니다.

왜냐하면 그동안 마을 주변으로 내려온 놈들 가운데 마호는 없었기 때문입니다."

여홍으로서는 생소한 이야기였다.

"다른 호랑이가 먹이를 마호에게 갖다 바친다고요?"

"예, 호랑이는 평상시 사냥을 하면 안전한 곳으로 끌고 가서 먹습니다. 그리고 남는 것은 낙엽을 덮어두거나 물속에 감추어 두기도 하지요."

"그러면, 어떻게 해야 이놈들을 잡겠습니까?"

혁사리가 말했다.

"우리가 호랑이를 잡으러 산으로 가면 불리합니다. 조호이산지계(調虎離山之計: 호랑이가 산을 떠나도록 만드는 계략)를 써서, 어제처럼 혼자 내려온 놈을 상대하면 승산이 있을 것입니다. 그러나 마호는 다릅니다.

어마어마한 덩치에, 빠르고 힘이 세며 거기에 교활하기까지 합니다. 북쪽 동토의 땅에서 내려 왔다고는 하나, 저런 놈이 지금까지 어디에서 어떻게 살아 왔을까 궁금하기도 합니다."

"조호이산지계라..."

하고 여홍이 중얼거리며 잠시 깊은 생각에 잠겼다가 눈을 번득이며 말했다.

"마을 곳곳에 살상력이 뛰어난 날카로운 활낫과 대형(大型)의 벼락틀을 만들어 놓았던데, 우리가 산속으로 들어가서 한 마리씩 그쪽으로 유인하면 어떻습니까?"

"그럼, 우리가 산속으로 들어가자는 말씀입니까? 죄송합니다만, 말이 안 되는 말씀을 하시는군요. 산에 들어가는 것도 위험하지만 활낫이나 벼락틀은 자칫 잘못 건드리면 우리가 먼저 다치고 맙니다."
"그래도 그 수밖에 없을 것 같습니다. 호랑이의 숫자가 너무 많으니 한 마리씩 유인 해 볼 수밖에요."
다들 말이 없었다.
그들은 여홍이 무모하다고 생각하는 모양이었으나, 모르는 척 말을 이어갔다.
"성주님께서 여러 조를 편성하여, 무사들을 한편으로 순찰하고, 한편으로는 벼락틀 부근에 매복을 시켜 주십시오."
성주가 대답했다.
"그리하겠소. 또 다른 지시는 없소?"
"있습니다. 여러분 중 나와 같이 호랑이를 유인하러 가실 세 분만 나오셨으면 합니다."
여홍이 산에 들어갈 사람을 뽑는다고 하자, 모두가 무서워 서로의 얼굴만 쳐다볼 뿐 말이 없었다. 한동안 아무도 나서는 자가 없자, 여홍이 말했다.
"혁사리님은 저와 함께 가시겠죠?"
사냥꾼 혁사리가 씩씩하게 대답했다.
"가야지요. 이 근처의 산속을 저보다 잘 아는 자가 누가 있겠습니까?"
이어, 백인장인 무사 두 사람이 나섰다. 나유타와 액소였다.
대천성에는 오백여 명의 무사가 있었고, 다섯 명의 백인장이 있었다.
두 사람은 성주의 신뢰를 받는 무사들이었으며, 나유타는 키가 컸고 액소는 작았다.

여홍이 보니 둘 다 상당한 고수로 보였다. 나이는 모두 자기보다 열 살은 위로 보였다.
"감사합니다. 위험한 일에 나서주셔서."
나유타와 액소가 대답했다.
"무슨 말씀을... 우리 대천성의 일입니다. 아무 관계도 없는 대협이 이렇게 앞장서 주시는데 당연히 나서야지요."
성주는 여홍이 말한 대로 조(組)를 짜서 성을 교대로 지키고, 여홍은 혁사리, 나유타, 액소와 마을 주변의 기관 장치를 하나하나 자세히 살펴본 후 하달산(山)으로 들어갔다.
하달산은 깊고도 험했다.
숲은 빽빽했고 골짜기의 기복은 무척이나 심했다. 벼랑이 곳곳에 있었고 낙엽이 수백 년 쌓인 바위들 사이는 함부로 발을 내딛기가 어려웠다.
잘못 밟으면 수십 길 낭떠러지로 흘러내리는 곳이었다. 한나절을 헤맸으나, 호랑이는커녕 개미 새끼 한 마리 볼 수 없었다. 길을 안내하던 혁사리가 말했다.
"하달산에 호랑이들이 있을 만한 곳은 대충 다 보았습니다. 아마 다른 산으로 간 모양입니다. 여기서 점심을 먹고 옆의 이한산(山)으로 들어가 봅시다."
네 사람은 준비해온 수수떡으로 간단히 식사를 마치고, 이한산 쪽으로 발을 옮겼다. 이한산에 들어가 한 시진(- 2시간)을 살펴보며 어느 동굴이 올려다 보이는 곳에 이르자, 혁사리가 작은 소리로 말했다.
"여기에 몸을 숨기고 봅시다. 저 동굴이 호랑이굴 같습니다. 한번 살펴보고 가면 좋겠습니다."

여홍이 보니 5장여 높이에 굴이 입을 떡 벌리고 있었는데, 매우 크고 깊어 보였다. 안에서 무언가 나올 법 해보였다.
"아닙니다. 세 분은 여기서 기다리시지요. 제가 혼자 가서 보겠습니다."
순간, 여홍이 산새처럼 날아오르다 번개같이 몸을 뒤집으며 동굴 옆에 소리 없이 몸을 붙였다.
바람에 떠오르는 낙엽과도 같은 여홍의 경신술(輕身術)을 본 세 사람은 혀를 내두르며 크게 놀라고 말았다.
'아니!
저런 신법은 오래 수련한 선인들이나 하는 술법으로 알고 있는데, 대협이 전개하다니!'
이때,
여홍이 숨을 죽이고 가만히 굴 안을 들여다보았다.
아! 십오 장 깊이의 굴 안쪽에 호랑이 한 마리가 불룩한 배를 드러내고 잠을 자고 있었는데, 길이가 열두 자(- 3.6m)는 족히 되는 커다란 놈이었다.
호랑이들도 어제 밤새도록 산을 날뛰며 마을을 향해 울부짖으며 겁박하다 고단해서 쉬고 있는 것으로 보였다.
여홍이 아래의 세 사람에게 손을 수평으로 긋다 조용히 원을 그렸다.
동굴에 호랑이가 있으니 조용히 올라오라는 신호였다. 세 사람이 다가와 몰래 동굴 안을 들여다보았다.
사냥꾼 혁사리의 눈이 날카롭게 번득였다.
암호랑이의 튀어나온 배를 보자 단번에 마호와 짝짓기를 가진 것으로 느껴졌다.

그렇다면 이놈은 마호의 새끼를 가졌을 수도 있다. 사냥꾼 혁사리는 고민을 했다.
'사냥꾼은 새끼 밴 짐승은 사냥을 하지 않는다. 어쩐다? 그러나 어쩔 수 없지 않은가? 저 놈은 분명, 마호(魔虎)의 새끼를 가졌을 것이다.'
혁사리가 입을 꾹 다물고 손짓으로 설명했다.
'암호랑인데, 폭군의 씨를 가진 놈이오.'
혁사리의 설명에 여홍도 잠시 망설였다.
그러나 악의 씨가 자랐을 경우 얼마나 세상을 해롭게 하는지, 개마국의 마조(魔鳥)와 마천금을 보고 경험한 여홍은 빨리 활을 준비하라고 눈짓을 했다.
세 사람 모두 화살을 쟀다.
한낮의 더운 기운에 호랑이도 지쳤는지 여전히 세상모르고 낮잠을 즐기고 있었다. 감히 누가 이곳에 와서 자기를 해하겠느냐고 안심하는 모양으로도 보였다.
여홍이 손짓으로 목과 가슴을 가리켰다. 그곳을 겨냥하라는 의미였다.
이어, 여홍의 오른손이 주먹을 꽉 쥐어보이자, 세 발의 강력한 화살이 동굴 속을 유성처럼 흐르며 암호랑이의 목과 앞가슴을 깊이 파고들었다.
자고 있는 맹수를 맞추는 것은 조선의 무사들에게는 별로 어려운 일이 아니었다.
"우-엉-!"
급소에 살을 맞은 호랑이가 끔찍한 비명을 지르며 일어나 여홍 일행을 향해 도약하다 그대로 땅에 떨어져버렸다. 급소를 제대로 맞은 것이다.
"털썩!"
호랑이는 아직 죽지 않았으나, 어느새 달려든 혁사리가 호랑이의 목에 창을 깊이 찔러 넣었다.
"우-우!"
긴 비명을 한 번 더 지른 암호랑이의 숨이 끊어졌다. 혁사리가 급히 말했다.
"얼른 돌아갑시다. 암호랑이의 비명을 듣고 다른 놈들이 몰려 올 것이오."
여홍은 혁사리의 말에 공감했다.
"자, 빨리 갑시다. 이왕이면 기관 장치가 있는 곳으로 호랑이 한 마리라도 달고 갑시다."
그들은 사방을 감시하며 벼락틀이 설치되어 있는 마을 서북쪽으로 달려갔다. 반 시진(- 1시간)쯤 달렸을 때였다. 어느 절벽 모퉁이를 막 돌아서자,
"으르릉!"
하고 한 마리 대호(大虎)가 네 사람의 길을 막아섰다. 혁사리와 나유타, 액소는 너무 놀라서 숨이 콱 막혔다.
무려 열한 자(3.3m)가 넘는 놈이었다. 몸뚱이를 보니 미끈한 황색 털과 검은 줄무늬가 선명했다. 그렇다면 이놈도 마호는 아닌 것이다.
혁사리가 긴장하며 말했다.
"이놈이 서열 셋째인 것 같소."
여홍이 호랑이를 노려보며 생각했다.
'아니, 세 번째 서열이 이 정도라면 마호(魔虎)는 과연 얼마나 클

까?'

여홍이 검을 뽑아들자, 나유타와 액소는 창을 겨누었고 혁사리는 맥궁에 두 대의 화살을 쟀다.

거리가 너무 짧아 연거푸 화살을 쏠 수 없을 경우에 그가 사용하는 필사의 사법(射法)이었다.

이때, 세 사람을 자기의 뒤로 물러서라고 손짓한 여홍의 눈이 빙굴(氷窟)의 얼음 같은 한광(寒光)을 쏟아냈다. 호랑이는 웬 놈이 자기 눈을 감히 맞바라보자 노했는지 목을 비틀어 올리며 한번 포효했다.

"우왕-!"

고막이 떨어져나갈 엄청난 성량이었으나, 여홍은 태산과도 같이 한 점 동요가 없었다.

뒤에 선 세 사람은 손과 발이 저절로 떨려오는 것을 제어하기 어려웠으나,

여홍의 뒷모습에서 느껴지는 둑이 무너지기 직전의 폭발적인 기운과 검 끝에서 쏟아지는 서릿발 같은 검기에 경악(驚愕)하며 서서히 불안한 마음을 가라앉힐 수 있었다.

호랑이는 지금까지 한 번도 경험하지 못한 인간 여홍의 기세에 쉽게 덤벼들지 못하고, 좌우(左右)로 몸을 움직이며 공격의 기회를 살피고 있었다.

쇠를 긁고 바위를 굴리는 듯한 크르릉 소리가 화염처럼 이글거리는 눈빛과 뒤섞이며 숨도 쉬지 못할 극도의 살기(殺氣)를 뿜어내고 있었다.

그러나 여홍은 명경지수와 같은 마음으로 호랑이의 공격을 기다리고 있었다.

호랑이가 공격해 오는 찰나, 후발선지(後發先至: 적 보다 늦게 움직이

나, 먼저 베어버림)의 일검(一劍)으로 생사(生死)를 결정지을 작정이었다.
준령을 질풍처럼 내달리는 '신보(神步)'와 '일검수혼(一劍收魂: 일합에 혼을 거두어들임)'의 기운이 삽시간에 여홍의 전신을 타고 흐르며, 이내 북풍한설(北風寒雪)과도 같은 검기(劍氣)가 온 숲으로 퍼져나갔다.
호랑이와 여홍은 본능적으로 둘 중에 하나 만이 살아서 이 숲을 나갈 수 있다는 것을 직감했다.
점점 짙어지는 살기가 허공을 메워가자 하늘에는 산새 한 마리 날지 않았다. 여홍의 빈틈을 노리던 호랑이가 긴 정적을 더 이상 참을 수 없다는 듯 거칠게 도약했다.
5장의 거리를 단숨에 좁힌, 쇠기둥 같은 앞발이 여홍의 머리를 후려쳐 왔다.
순간, 간발의 차로 천 조각이 뒤집히듯 거꾸로 솟아오른 여홍의 검(劍)이 수레바퀴처럼 도는 회전력으로 벼락 치듯 호랑이의 허리를 훑고 지나갔다.
바위라도 베어버릴 여홍의 쾌검이 깊은 바다의 해일 같은 검풍(劍風)을 일으켰고
"서걱-!"
하는 뼈를 자르는 소리가 세 사람의 고막을 파고들었다.
혁사리와 나유타, 액소는 모두 전율(戰慄: 두려움으로 몸이 부르르 떨림)을 느끼며 눈과 입이 찢어질 듯 벌어지고 말았다. 결코 이길 수 없어 보이던 거대한 호랑이가 여홍의 일격에 천천히 주저앉고 있었다.
특히, 사냥꾼 혁사리는 너무나 잘 알고 있었다. 저 정도의 몸집은

근육을 자르는 것만도 웬만한 힘으로는 어림없으며, 더욱이 척추 뼈를 베이기 전에 피할 호랑이였으나, 만근의 힘이 실린 질풍(疾風)과도 같은 쾌검에는 어쩔 수 없었던 것이다.
세 사람은, 호랑이가 근접할 때까지 기다리는 불퇴전(不退轉)의 담력과 보고도 믿을 수 없는 무쌍(無雙)의 경신술
그리고 찰나의 기회를 놓치지 않는 쾌검과 무한한 힘을 지닌 여홍이, 자신들을 구하기 위해 하늘에서 내려온 신장(神將)으로만 느껴졌다.
여홍은, 호랑이의 빠른 속도와 순식간에 뒤바뀔 수 있는 공격로, 앞발에 실린 힘을 계산하며,
최대한 근접했을 때가 살벌한 이빨과 철 기둥 같은 좌우 연타를 피하는 동시에 반격할 수 있는 유일한 기회(機會)라고 생각했던 것이다.
물론 이 방법은 아무나 할 수 있는 것이 아니고, 거대한 곰을 때려눕힐 정도의 내공과 절세의 경신술(輕身術) 그리고 더 없이 빠른 쾌검을 지닌 자만이 펼칠 수 있는 고도(高度)의 근접 전술(戰術)이었다.
여홍의 뒤에서 긴장하며 서있던 세 사람은 안도했다. 혁사리가 말했다.
"대협의 무예가 진정 놀랍습니다. 이렇게 큰 대호를 단칼에 없애다니요."
여홍에게 크게 감복한 혁사리는 자연스럽게 여홍을 '대협(大俠)'으로 바꾸어 불렀다.
여홍이 계면쩍어 했다.
"별말씀을요, 모두 여러분이 도와 주셔서 가능했던 일입니다. 자,

오늘은 이만 돌아가십시다."
혁사리가 말했다.
"놈을 끌고 가야겠습니다. 이놈 털은 빛깔이 매우 아름다워 값이 많이 나갈 것입니다. 더구나 뼈와 내장은 약(藥)으로도 쓰이지요."
여홍이 웃었다
'아니, 죽을 뻔 했다가 살아난 사람이 호피를 욕심내는군. 그래, 사냥으로 평생을 살아온 사람이니...'
"예, 끌고 가십시다."
혁사리는 호랑이의 앞, 뒷발을 칡넝쿨을 뜯어 단단히 묶은 후, 긴 나무를 다리 사이에 꿰어 나유타와 메고 내려갔다.
성(城)에서 호랑이를 유인해 오기를 기다리던 무사들은 적어도 한사람은 반쯤 죽어 내려 올 줄 알았으나, 모두가 아무 탈 없이 대호 한 마리를 메고 내려오자 눈이 휘둥그레지며 놀란 입을 다물지 못했다.
혁사리와 나유타, 액소는 성주(城主)와 사람들에게 여홍이 호랑이와 정면으로 싸워 이긴 일을, 앞을 다투어 가며 거품을 물고 이야기했다.
성주가 여홍에게 다가왔다.
"소협은 진정 신협(神俠)이십니다. 호랑이를 세 마리나 잡았습니다. 소협이 대천성에 있는 한, 두 다리를 쭉 뻗고 잘 수 있을 것 같습니다."
"마호의 암호랑이는 제가 아니라 세 분의 용사(勇士)가 활로 잡으셨습니다."
하고 공을 세 사람에게 돌리며 겸손해 했다.
또 다시 마을에서는 술자리가 벌어졌다. 혁사리는 잡아온 호랑이의 배를 갈라 간과 염통 내장을 꺼내 술안주로 내놓았다. 마을 무사들은 아이들까지 모두 몰려나와 밤새도록 호랑이 잡은 이야기를 듣고 또 들으며 즐거워했다.

 다음날 성주와 마을 다섯 장로, 여홍, 혁사리, 나유타, 액소 등이 모여 회의를 했다.
성주가 말했다.
"어제는 참 통쾌한 날이었습니다. 호랑이를 셋이나 잡았으니 저놈들도 네 마리 밖에 남지 않았습니다. 그래서 그런지 어제 밤은 으르렁대는 호랑이가 없었습니다."
혁사리가 말했다.
"그러나 성주님, 너무 마음 놓으시면 안 됩니다. 아무리 생각해도 어제는 마호가 다른 곳에 가서 산에 없었던 것 같습니다. 그러니까 이렇게들 조용하지요."
모두들 듣고 보니 그 말이 맞는 것 같았다. 마호는 쉽게 물러 갈 놈이 아니었다.
더구나 자기 새끼를 가진 암놈을 죽여 놓았으니, 미쳐 날뛰며 무서운 보복을 해 올 것이 분명했다. 마호는 일반 호랑이들과는 생김부터가 다르다고 하지 않던가.
화가 치밀어 오른 마호를 상상하며 사람들은 다시 공포에 사로잡혔다.
여홍은 이들의 겁먹은 얼굴을 보고 안심시켰다.
"호랑이 셋이 죽었으니 이제 마호만 남은 것입니다. 마호만 죽이고 나면 나머진 저절로 흩어질 겁니다."

성주가 눈치를 채고 마을 사람들에게 용기를 북돋았다.
"만물의 영장인 인간을, 호랑이가 어찌 이길 수 있겠소? 어제처럼 소협을 도와 마호와 싸웁시다!"
성주의 말에 사람들은 용기(勇氣)를 되찾았다. 여홍이 성주에게 말했다.
"오늘 한 번 더 어제 다녔던 길로 올라가 보겠습니다."
여홍이 혁사리와 나유타, 액소에게 눈짓을 하니 세 사람이 함께 자리에서 일어났다.
성을 나온 여홍 일행은 이한산 동굴로 향했다. 혁사리가 선두에 섰고 여홍, 나하타와 액소가 뒤를 따라갔다.
이들이 계곡을 따라 산 중턱 쯤에 올라가고 있을 때였다 갑자기 산 위에서 호랑이의 포효가 들려왔다.
"어흥-!"
"우헝-!"
온 산을 들썩이는 어마어마한 울부짖음이었다. 이렇게 큰 포효는 대천성이 생긴 이래 처음이었다. 암놈이 죽은 것에 분노한 마호가 하늘을 무너뜨리고 사람의 피를 말리는 듯한 소리를 내고 있는 것이다.
혁사리와 나유타, 액소가 잔뜩 긴장을 하며 여홍을 돌아보았다.
"대협, 마호가 돌아 온 것 같습니다. 계속 갈까요?"
여홍은 대답 대신 머리를 끄덕이자, 그들은 다시 올라가기 시작했다. 잠시 후
"우-우-엉!"
울부짖는 폭군의 소리가 귀가 멍멍할 정도로 들려왔다.
혁사리, 나유타, 액소는 얼마나 겁이 났는지, 발을 더 이상 내딛지

못하고 여홍만 바라보았다.
마호의 분노가 극에 달한 것 같으니 아무래도 그만 돌아가는 것이 좋지 않겠느냐며 사정하는 듯한 눈치였다. 여홍이 말없이 앞장을 섰다.
여홍은 마호의 울부짖음이 아무리 생각해봐도 개마국 마조의 괴성(怪聲: 괴이한 소리)과 같은 악마의 음계(音階)에 속한다고 확신하며, '이놈을, 오늘 어떻게든 제거해야만 한다.'는 생각으로 전의(戰意)를 불태우고 있었다.
그들은 더욱 발소리를 더욱 죽여 가며 동굴 쪽으로 올라갔다. 그 동안에도 마호의 울부짖음은 계속되었다.
조금만 더 가면 동굴 입구가 보일 정도의 장소에 이르자, 여홍이 말했다.
"그만 올라가십시다."
세 사람이 걸음을 멈추고, 여홍을 보며 다음 지시를 기다렸다.
"나유타님과 액소님은 저쪽 숲속에 숨어 계시다가, 내가 호랑이를 이곳으로 유인하면 활로 잡아주세요.
만약 활로 성공하지 못하면, 무조건 벼락틀을 설치한 방향으로 도망치셔야 합니다."
두 사람이 지시를 받고 움직이자, 여홍이 혁사리에게 말했다.
"혁사리님은 저와 함께 동굴로 올라갑시다. 그리고 내가 마호와 싸울 때 틈을 보아 활로 공격해주세요. 그리고 혁사리님도 상황이 좋지 않으면 제 염려는 마시고 두 분이 숨어 있는 곳으로 도망을 하세요."
"알았소. 그런데 대협 혼자서 마호와 상대하겠다는 것이오? 그건 너무 위험한 것 같소이다."

"걱정하지 마십시오. 저도 생각이 있습니다."
마호는 동굴 밖으로 보이지 않았다. 여홍은 마호가 동굴 안에 있다고 생각되었다. 사방을 둘러보던 혁사리는 십사 장 떨어진 나무들이 밀집한 수풀 속에 몸을 감추었다.
혁사리가 숨는 것을 확인한 여홍이 검을 들고, 동굴 앞으로 몸을 날리자,
"크르릉"
하는 저음의 울림이 동굴 안에서 들려왔다. 동굴의 마호(魔虎)가 이미 적의 침입을 알고 몸을 일으키는 소리였다.
여홍이 몸을 드러내고, 비수와 같은 안광(眼光)을 번득이며 동굴 안을 똑바로 들여다보았다.
어떤 놈이 겁 없이 자기 거처를 들여다보는 것에 분노한 마호가 눈을 부릅뜨고 으르렁 거렸다. 이어, 자기 새끼를 가진 암호랑이를 죽인 놈으로 보였는지, 여홍과 눈이 마주치자 대뜸 동굴 밖으로 튀어나오며, 울부짖었다.
"크-우-엉!"
이 한산(山)을 통째로 들었다 놓는 듯한 굉량한 소리에 온 숲이 흔들리며 뿌연 돌가루와 흙먼지가 사방으로 일었다.
뭉게구름 같이 이는 먼지 속에 드디어 마호가 전신을 드러냈다. 과연 커다란 황소보다도 훨씬 더 거대했다. 몸길이가 열일곱 자(-5.1m)는 되어 보였고,
시뻘겋게 벌어진 아가리는 소대가리도 한 입에 삼켜버릴 정도로 컸다.
혁사리의 눈에는 여홍의 몸이 당장이라도 호랑이 입으로 빨려 들어갈 것만 같았으나, 여홍은 태연히 화염이 이글거리는 마호의 눈을

마주 보며 호통을 쳤다.
"네 이놈!
우매한 짐승이라고 하나, 한울님이 정하신 천도(天道)를 지켜야 마땅하거늘, 너는 어찌하여 네가 있어야 할 북쪽 동토의 땅을 버리고, 평화로운 구이원에 기어들어 왔느냐?
그리고 마귀나 악령들의 행동을 흉내 내는 것은 어떤 이유이고, 네 놈의 얼룩무늬는 왜 그리 붉은 게냐?
내 오늘 너를 죽인 후,
네 가죽을 나무에 걸어 이 밀림에서도 삼신의 뜻이 지엄하고 엄연(儼然: 누구도 부정할 수 없을 정도로 명백함) 하다는 것을 뭇 호랑이들에게 알릴 것이니라!"
혁사리가 숨어서 여홍의 모습을 보니 기가 막혀 숨을 못 쉴 지경이었다.
자기 목숨이 바람 앞에 등불 같은데, 여홍이 맹수에게 삼신(三神)의 가르침을 설교하고 있지 않은가? 그가 보기에, 여홍의 무예가 절륜하고 호기(豪氣)가 하늘을 찌를 듯하나, 아직 나이가 어려서인지 제정신이 아닌 것만 같았다. 사람도 아닌 짐승을 상대로 훈계를 하다니..
괜히 마호의 더러운 성질만 돋우어 결국에는 물려 죽게 될 것이라는 생각이 들 때, 마호가 여홍을 향해 고루거각(高樓巨閣)이 무너지듯 달려들었다.
흉폭한 마호의 오른 발이 쇠몽둥이처럼 옆구리를 치고 들어오자, 여홍의 검이 좌우동수(左右同守: 좌우를 동시에 지킴)의 술법으로 번개처럼 움직이며,
창날 같은 오른 발톱을 막아내는 동시에 이어지는 마호의 왼 발톱

을 봉쇄했다.

"캉! 캉!"

소리와 함께 시퍼런 불꽃이 튀었다. 마호는 이제까지 모든 적을 네 번의 타격만으로 해치워 왔으나, 여홍의 검과 부딪치는 찰나, 암벽(岩壁)을 때린 듯한 충격으로 공격을 이어가지 못하고 물러났으며, 여홍 또한 백관(- 375kg)의 체중이 실린 마호(魔虎)의 쌍권(雙拳: 두 주먹)에 검술(劍術)을 더 이상 펼치지 못하고 한 걸음 물러서고 말았다.

이를 지켜본 혁사리가 까무라칠 듯 놀라며 벌어진 입을 다물지 못했다. 미쳐버린 마호의 앞발 연타를 정면으로 받아낸 여홍의 철담(鐵膽: 무쇠 같은 담력)과 신력(神力)에 그 어떤 생각도 떠오르지 않는 텅 빈 머리가 되고 말았다.

이어, 냉정을 되찾은 마호가 여홍의 왼쪽으로 돌기 시작했고, 여홍 역시 마호의 걸음걸이에 따라 자세와 방향을 바꿔나갔다. 서로의 힘을 한 차례 가늠한 터라 섣불리 공격하지 못하는, 극도의 긴장과 팽팽한 탐색전이 이어졌다.

크르릉 소리를 내며 돌던 마호가 이내 결심한 듯 거대한 몸을 날리며 도약했다. 아까와는 달리, 말 그대로 비호(飛虎)의 기세로 치고 들어간 것이다. 지면에서의 백중지세(伯仲之勢: 우열을 가리기 힘든 형세)를 피하고, 위에서 아래로 떨어지는 힘으로 여홍의 목숨을 취하려는 뜻으로 보였다.

마호의 거대한 몸이 천막 같은 그늘을 만들며 여홍의 머리 위로 떨어질 찰나, 자세를 낮춘 여홍이 질풍처럼 이동하며 서로의 위치를 바꾸었다.

난생 처음으로 이와 같은 싸움을 보게 된 혁사리는 그저 놀라울 뿐이었다.
마치 절륜한 무예를 지닌 고수들이 생사(生死)를 결정짓는 마지막 승부를 벌이는 것만 같았다.
일거수일투족(一擧手一投足)에 모든 내력을 쏟아 붓는 여홍과 마호의 격돌이 사냥꾼으로만 평생을 살아온 혁사리를 극도의 긴장 상태로 몰아갔다. 두 번째 공격이 무산된 마호가 불길 같은 눈으로 돌아보며 다시 여홍을 향해 다가갔다.
이때, 마호의 걸음이 좌우를 이리저리 오가며 여홍의 진로를 막는 듯 움직였다.
동굴을 등지고 있는 여홍을 동굴 쪽으로 몰아가려는 의도 같았으나, 여홍이 돌연 좌장(左掌)을 뒤집으며 마호를 향해 비스듬히 후려치자, 훅-! 소리와 함께 마호의 머리, 가슴과 다리 그리고 마호의 좌우 허공(虛空)을 노린 다섯 가닥의 창날 같은 내경(內勁)이 들이닥쳤다.
여홍의 검만을 조심하던 마호는 뜻밖의 수법에 흠칫 하였으나, 이내 두 개의 앞발을 번개처럼 교차하며 세 가닥의 내경을 정면으로 끊어 쳤다.
영리한 마호가 여홍의 암수(暗數: 속임수)가 펼쳐진 좌우 빈 공간으로 피하지 않고, 커다란 앞발을 들어 여홍의 탈명장(奪命掌)과 정면으로 부딪친 것이다.
그러나
손바람을 쳐낸 마호는 탈명장에 충격을 받았는지 자기도 모르게 우엉- 하고 신음을 토했고, 여홍은 여홍대로 손목이 시큰거려 내심 크게 놀라고 말았다.
'아니, 무적의 탈명장을 이렇게 막아버리다니. 아, 놈의 내력이 굉장

하구나. 정말 무서운 놈이다.'

여홍의 등에 진땀이 흘렀다. 마호의 앞발을 보니 엄지발톱이 한자였다. 저 발에 맞으면 일격에 몸이 찢어질 것이다. 개마국에서 본 괴조의 발톱 만하다고 느껴졌다.

이때, 어슬렁거리던 마호가 번쩍 날아오르며 덮쳐 오자, 여홍이 연기처럼 우측으로 빠져나갔다. 마호의 일격을 벗어났을 즈음, 열자나 되는 마호의 꼬리가 휘어지며 바위라도 굴려버릴 힘으로 여홍을 공격했다.

예기치 못한 기습에 놀란 여홍이 황급히 피했으나 왼 어깨를 스치고 지나갔고, 이어 강력한 채찍에 맞은 듯 여홍의 몸이 크게 흔들리자 의기양양해진 마호가 여홍을 향해 돌진하며 쇠기둥 같은 앞발을 휘둘렀다.

급변하는 상황에 놀란 혁사리가 시위를 당기는 찰나, 미끄러지듯 뒤로 물러선 여홍의 검(劍)이 질풍처럼 열 개의 방위를 후려쳤다. 스승 상도(常刀)의 절예 십검수일(十劍守一: 열 개의 방위를 지키는 쾌검)을 펼친 것이다.

유령처럼 움직이는 열 개의 검영(劍影)이 거친 파공음과 함께 포말(泡沫)과도 같은 하얀 검광을 일으켰고, 이미 여홍의 신력(神力)을 겪어본 마호가 빈틈을 엿보느라 멈칫거리는 찰나, 쌔-액! 하는 소리와 함께 허공을 찢으며 날아든 화살이 마호(魔虎)의 옆구리에 박혔다.

마호의 온 신경이 여홍에게 집중되어 움직임이 현저히 줄어들자, 내내 기다리던 혁사리가 활시위를 놓은 것이다.

사실,

혁사리는 머리를 겨냥했으나 강궁(强弓)이 낸 소리에 마호가 급히 몸을 틀어 급소를 피하고 말았다. 뜻밖의 화살을 맞은 마호가 몸을 휙 돌리며 혁사리를 향해 내달렸다.

그리고 미쳐 버린 상태에서 9장을 뛰어오른 마호의 신위(神位) 앞에 혁사리는 두 발이 꽁꽁 얼어붙고 말았다. 통렬한 일격을 노리는 화염과도 같은 마호의 눈빛이 혁사리를 공포에 빠뜨리며 한 걸음도 뗄 수 없는 상태로 몰아갔다.

한 번에 거리를 좁힌 마호의 철각(鐵脚)이 넋이 나간 혁사리를 후려치는 찰나, 밤하늘의 별빛 같은 검화(劍花: 검의 궤적을 따라 이어지는 검광이 꽃잎처럼 보이는 것)가 폭우(暴雨)를 타고 치는 번개처럼 마호의 허리로 떨어져 내렸다. 흔적도 소리도 없이 따라붙은 여홍의 쾌검이 불을 뿜은 것이다.

여홍이 절세(絶世)의 경신술을 지녔다는 것을 모르고, 혁사리를 잡기 위해 거침없이 9장의 거리를 도약한 것이 마호의 되돌릴 수 없는 실수였다. 자신의 뒤를 엄습하는 느닷없는 검기에 놀란 마호가 몸을 뒤틀며 피하는 순간,

"서걱-!"

하는 소리와 함께 뼈가 보일 정도로 왼쪽 엉덩이를 베인 마호가 끔찍한 고통으로 비틀거리며 울부짖었다. 갑자기 다른 산의 호랑들이 호응하며 포효하기 시작했다.

당연히 이기리라 믿었던 우두머리, 마호가 다친 것을 알고 분노한 것이다.

그러나, 마호는 쓰러지지 않았다. 오히려 화가 극에 달한 마호가 검붉은 피를 줄줄 흘리며 난폭하게 달려들었다. 돌아버린 마호의 공격을 피해 여홍이 나무들 뒤로 몸을 날려 피했다. 성난 마호가 여홍의 뒤를 쫓았다.

이때 마호의 공격에 죽을 뻔했던 혁사리가 뒤에서 호흡을 가라앉히고 마호를 향해 연거푸 화살을 쏘아댔으나 마호의 속도가 얼마나 빠른지 한 대도 맞지 않고 비켜 나갔다.
산 아래쪽으로 내빼는 여홍과 뒤를 쫓는 마호의 그림자가 나무들을 스치고 바위를 뛰어넘으며 숨 막히는 아슬아슬한 장면을 연출했다. 때때로 몸을 감추고 무자비하게 후려치는 탈명장에 강한 충격을 받기도 했으나 마호는 결코 쓰러지지 않았다. 오히려 더욱 힘이 솟는 듯 포효하는 모습이 마치 저승사자도 외면하는 불사호(不死虎) 같았다.
다른 산의 호랑이들이 호응하며 연이어 울부짖는 소리가 대천성과 그 주위를 공포로 덮어버렸으나, 엄청난 거리를 달리며 힘을 쏟은 탓으로 여홍의 검에 갈라진 마호의 엉덩이가 더 크게 벌어지며, 끓는 물이 넘치듯 선홍색 피가 꾸역꾸역 밀려나오기 시작했다.
마침내 분노가 극(極)에 달한 마호가 여홍이 숨은 나무를 후려치거나 몸으로 부딪칠 때마다 그릇이 깨지듯 부러지며 힘없이 기울어졌다.
상처 입은 마호는 밀림과도 싸우고 있는 것이다. 뒤의 혁사리는 여홍과 마호의 걸음을 도저히 따라잡을 수가 없었다.
마호를 흘깃 돌아보는 여홍의 눈이 빙굴(氷窟)의 얼음처럼 차갑게 번득였다.
자신의 검에 베이고 탈명장을 몇 번이나 맞은 마호가 갈수록 무서운 괴력을 뿜어내는 것만 같았다. 마호가 지나온 숲은 아예 쑥대밭이 되고 있었다.
여홍이 신보(神步)를 최고도로 발휘하여 나유타와 액소가 있는 곳으로 내달렸다. 이곳이 초원(草原)이었다면 예측하기 어려운 싸움으로 이어졌으리라.

여홍은 나유타와 액소 두 사람이 숨어있는 곳을 지나, 아름드리나무에 날아올라 마호(魔虎)를 기다렸다. 마호는 이제야 잡았다는 듯 거침없이 나무를 타고 기어 올라갔다.

그때였다.

마호를 내내 기다리던 나유타와 액소가 나무를 타느라 등을 보인 마호를 향해 각기 두 대의 맥궁을 연거푸 날렸다. 또 다른 복병이 있는 줄 전혀 알지 못한 마호의 좌우 등짝과 엉덩이에 네 대의 화살이 푹- 푹 깊숙이 박혔다. 그 중 한 대의 화살은 여홍의 검에 갈라진 곳을 비집고 뚫으며 파고들었다.

"크억!"

고통스러운 소리를 뱉어낸 마호(魔虎)가 그만 힘을 잃고 땅으로 떨어졌다.

그러나 그것도 일순간, 벌떡 몸을 일으킨 마호가 두 사람을 향해 뛰어오르며 덮쳐 갔다.

화살을 네 대나 맞고 털썩 떨어지는 것을 보고 '드디어 잡았구나.' 하며, 쾌재(快哉: 마음먹은 대로 잘 되어 내는 외침)를 부르던 두 사람은 마호가 덮쳐오자 혼비백산했다.

피하기에는 이미 늦었다. 일반의 호랑이는, 여홍의 검과 장풍에 다친 상태에서 화살을 네 대나 맞으면 움직이지 못했을 것이나, 마호는 그렇지 않았다. 여전히 괴력을 발휘하는 것이 놀라울 따름이었다.

마호가 발악하듯 휘두른 쇠스랑 같은 앞발이 나유타의 두개골을 부숴버리기 직전,

표범처럼 몸을 날린 여홍이 탈명장을 휘두르자, 강물이라도 뒤엎을

내경(內勁)이 마호의 뒤통수를 무겁게 타격했다. 엉덩이뼈가 드러나는 상처에 이어 머리가 부서지는 충격을 받은 마호가 털썩 주저앉을 듯 휘청거리다 몸을 돌리는 찰나,
만근의 힘이 실린 여홍의 쾌검이 폭풍처럼 마호(魔虎)의 목을 치고 지나갔다.
순간, 목이 반쯤 잘린 머리가 뒤로 꺾이며 거대한 몸뚱이가 옆으로 서서히 쓰러졌다. 마호는 더 이상 움직이지 않았다. 숨통이 끊어진 것이다. 밀림 수백 리를 누비며 극악무도한 행패를 부리던 폭군이 마침내 생(生)을 마감한 것이다.
머리가 부서질 뻔 했던 공포로 혼(魂)이 반쯤은 날아간 나유타와 믿지 못할 마호의 죽음에 흥분한 액소, 혁사리에게 마호(魔虎)의 뒤처리를 맡긴 여홍이 천천히 자리에 앉으며 깊은 생각에 빠져들었다. 언제부턴가 까마귀 일곱 마리가 하늘을 날며 마호의 시체를 내려다보고 있었다.
'아,
이렇게 무서운 짐승이 도대체 어디서 온 것일까? 혁사리는 저 북쪽에서 온 것 같다고 했는데 그곳은 어떤 곳일까? 개마국(國)에서 본 괴조는 가달성(城)에서 보냈다고 했는데 혹시 마호도 그 곳에서 오지 않았을까?
가달성(城)의 우두머리는 누구이며, 괴조(怪鳥)나 마호(魔虎)를 어떻게 그리 쉽게 다룰 수 있는 것일까?'

한참이 지난 후, 정신을 차린 혁사리가 나유타와 액소를 두고 다가왔다.

"대협, 내가 명적(鳴鏑)을 한 대 가지고 있습니다."
혁사리가 화살 통에서 명적(鳴鏑: 전쟁에서 쓰는 화살의 하나. 우는 살)을 꺼내 하늘 높이 쏘아 올렸다.
"씨-잉!"
하고 화살이 흰 연기 꼬리를 만들며 하늘로 솟구쳐 오르자, 여홍은 한적한 곳을 찾아 운기조식을 했다.
여홍이 운기조식을 끝낼 즈음 산 아래 쪽이 요란해지며 한 무리의 사람들이 나타났다.
성주가 오십여 명의 무사들을 데리고 나타난 것이다. 그들은 모두 창칼을 들고 활을 메고 있었다. 그들은 마호(魔虎)가 죽어 있는 곳으로 달려와, 한동안 턱이 빠질 듯 입을 벌린 채 아무 말도 하지 못했다.
그들은 마호와 난장판이 된 숲을 바라보며 이들의 싸움이 얼마나 치열했는지를 짐작하며 혀를 내두르고 말았다. 성주가 여홍에게 다가와 말했다.
"마호를 죽이셨군요. 소협, 정말 고생이 많으셨습니다. 소협은 저희 대천성의 은인이십니다.
산의 악마를 없애주셨으니 어떻게 감사를 드려야 할 지 모르겠습니다."
"조선의 선객(仙客)이라면 누구라도 나섰을 것입니다. 은혜라니요. 이제 그만 내려가시지요."
성주와 여홍이 앞서 내려가자, 무사들이 마호의 시체를 들것에 꿰어 마을로 돌아왔다. 마호를 없앴다는 소식이 온 산촌에 삽시간에 퍼져 나갔다.
주민들은 그동안 자기들을 괴롭혀온 마호의 시체를 구경하러 몰려

나왔다. 구경하러 몰려나온 사람들이 서로의 길을 가로막아 도로가 미어터질 지경이었다.
사람들은 폭군(暴君) 마호의 거대함에 놀랐으나, 아이들은 신나게 동요를 불렀다.

마호의 송곳니는 창날보다도 날카로워
수레도 씹을 것 같아
놈을 저승으로 데려가러 온 저승사자도
벌벌 떨었네
긴 엄지발톱은 쇠 갑옷을 찢고
붉고 큰 아가리는 화염을 토해 내는데
북녘의 찬바람을 몰고 온 허리는 장성
(長城)같이 튼튼하구나
한울님이 주신 힘을 올바로 쓰지 않고
원시림의 폭군이 되어 함부로 날뛰다
창해신검의 손에 한 장의 호피 깔개가
되어버렸네

이들의 노래는 전설과도 같이 바람을 타고 구이원 전역으로 멀리 멀리 퍼져나갔다.
 다음날 성주는 대천성 중앙의 삼신당으로 성(城)의 백성들을 모두 불러 천제(天祭)를 올렸다.
성주와 다섯 장로는 백단향을 피워 올린 후, 술과 마호의 가죽과 고기를 올리고 사람들과 함께 '어아가'를 부르며 마을을 지켜주신 것에 감사했다. 그리고 마호와 싸운 혁사리, 나유타, 액소에게는 사냥을 하지 않아도 될 정도의 재물을 내렸다. 천제가 모두 끝나자 잔치가 벌어졌다. 사람들은 종일 마시고 노래하고 춤을 추며 즐거워했다.

마을 사람들과 함께 즐기며 하루를 보낸 여홍은 다음날 아침 성주의 거실로 찾아가서 작별 인사를 했다.

"이제는 제 갈 길을 가겠습니다."

성주(城主)가 듣고 화들짝 놀랐다. 예상보다 너무 빠르다고 생각한 것이다.

"가기는 어디로 가신다는 말입니까? 우선, 대천성의 일품인 산삼차(茶) 한 잔 하시지요."

하며 거의 강제로 여홍의 손을 잡아 자리에 앉혔다. 그리고 정중하게 말했다.

"소협, 이곳 사람들은 마음속으로 소협이 이곳에서 눌러 살았으면 하고 있답니다.

외부에서는, 대천성에 오고 싶어도 길이 험하고 사시사철 안개에 덮여 있어 쉽게 찾을 수 있는 곳이 아닙니다.

그런데 소협은 이곳을 오셨고, 때 마침 위기에 빠진 대천성을 구하셨습니다.

이는 다 신령하신 삼신의 뜻일 겁니다. 소협, 이곳 대천성은 고운 여인들이 많습니다.

이곳은 고대(古代)에 선녀들이 살던 마을로, 비록 산간 마을이라고는 하나 역사가 깊은 마을입니다. 농사는 자급자족이 되고 유목도 하며 서당(書堂: 글방)이 있어 글을 아는 사람이 많습니다. 어지러운 강호를 유랑하는 것보다 이곳에서의 선인(仙人) 같은 삶이 더 편할 것입니다."
여홍은 성주의 간곡한 청(請)을 정중하게 거절했다.
"성주님의 호의에 감사드립니다만, 편안하게 이곳에 머무를 수 없는 형편입니다. 저는 사부님의 명으로 화급히 처리해야 할 중요한 임무가 있습니다.
이는 제가 목숨을 바치는 한이 있더라도 반드시 완수해야할 일입니다. 그동안 너무나 많은 시간을 허비했습니다. 다행히도 마호(魔虎)와의 싸움이 잘 마무리되어 가벼운 마음으로 떠날 수 있게 되었습니다."
'아! 소협과 같은 천하 고수(高手)가 목숨을 바칠 정도의 사명이 있다니, 마호(魔虎)를 상대하는 것보다 훨씬 더 어려운 일일 것이다.'
성주는 더 이상 여홍을 잡을 수 없었다.
"소협이 가시는 곳을 물어도 되겠습니까?"
"저는 백두선문으로 가고 있습니다."
여홍의 대답을 들은 성주의 눈썹이 꿈틀했다. 뜻밖이라는 표정이었다.
"소협, 그럼 백두선문은 전에도 가보신 적이 있습니까?"
"아닙니다, 처음입니다. 저는 사부님의 명(命)을 받고 가는 길입니다"
"사부님은 뉘신지요?"
여홍은 성주에게 사부(師父)의 이름을 알려주어도 괜찮다고 생각했다.
"상도(常刀)님 이십니다."
"상도?"

성주가 아무리 기억을 더듬어 보아도 처음 듣는 이름이었다. 그도 그럴 것이 오래 전부터 세상과 격리된 산 속에서는 알기 어려운 일이었다.

성주가 말했다.

"이리 결례를 무릅쓰고 자세히 묻는 것은 마을의 은인께 조금이라도 도움을 주고 싶은 마음에서입니다. 여기서 백두산은 멀지 않습니다.

그러나 남은 길은 지금까지의 어느 곳 보다 험할 것입니다. 백두선문은 사람들의 출입을 통제하고 있습니다. 그리고 대숭전은 산(山) 깊은 곳에 있었으나, 이백여 년 전 더 깊은 곳으로 자리를 옮겼지요.

이후 백두선문은 찾아보기가 더욱 어려워졌습니다. 만일 소협이 무슨 일인지 말씀해주신다면, 선문(仙門)을 찾는 일에 작은 도움이나마 드릴 수 있을 것입니다."

여홍은 성주의 정성스러운 말에 흔들렸으나,

'사부님은, 금척 이야기를 누구에게도 꺼내지 말라고 이르셨다. 사람들이 알면 마음이 돌변하여 목숨이 위험할 것이라고 까지 말씀하셨다.'

생각이 여기에 이른 여홍이 대답했다.

"아리운 대선사님께 전해야만 하는 일입니다."

"오! 아리운 대선사님?"

"네"

성주가 크게 놀랐다.

"대선사는 더욱 뵙기가 어렵지요. 삼십년 전 백두산 천평에서 신시(神市) 개천대제(開天大祭)를 올릴 때 한번 뵈었을 뿐이오. 그 이후로는 한 번도 뵈올 수 없었습니다."
성주의 말에, 여홍은 걱정이 되었으나 어쩔 수 없었다. 성주는 구체적인 이야기를 듣고 싶었으나, 여홍이 피하는 것을 눈치 챘다. 무언가 매우 중요한 일임을 짐작했다.
사실, 성주 조이가는 대천성을 도와준 여홍의 의협심에 감동하여 어떻게든 답례를 하고 싶었으나, 여홍은 마음을 열지 않았다. 서운한 마음이 없지는 않았으나, 여홍의 사명이 의로운 일일 것이며, 또한 여홍은 장차, 구이원(九夷原)의 위대한 인물이 될 것이라고 믿고 있었다.
성주는 조용히 차를 마시며 여홍에게 차를 권했다. 이어 여홍에게 백두산에 대한 이야기를 들려주었다.

"백두선문(白頭仙門)은 다른 여섯 선문과는 다른 곳입니다. 구이원의 성산(聖山)인 백두산에 소재하며 선문 중의 으뜸입니다.
환웅천황은 개천 이후 선도(仙道)의 가르침으로 구이원을 다스리고 교화시키셨습니다.
그 오묘한 철리(哲理: 현묘한 이치)는 이미 중원에까지 전해진 지 오래입니다.
'홍익인간 이화세계'의 드높은 통치 철학의 발원지가 바로 백두산입니다. 신시(神市), 신읍(神邑)도 바로 백두산의 천평(天坪)에 건설했지요.
환웅천황께서 신시를 세우신 후, 구이원 전역에 도를 전파하고자 백두선문을 세우셨습니다.
따라서 백두선문은 개천(開天)의 정신과 도(道)를 잘 보존하고 있는

곳이기도 하며,

뛰어난 선사, 선인, 선녀, 선리(仙吏: 관리), 선협(仙俠: 협객), 선장(仙將)을 헤아릴 수 없이 배출했습니다. 그러나 언제부턴가, 특별한 일이 아니면 조정이나 세속(世俗)의 일에 전혀 관여하지 않고 있습니다."

여홍은 성주의 이야기에 귀를 기울였다. 성주의 낭랑한 목소리가 이어졌다.

"소협, 이제 우리 대천성(戴天城)의 내력을 말씀드리지요. 조금 긴 이야기입니다.

사실, 이 성의 백성들은 환웅천황이 하늘에서 내려와 신단수 아래 세우신 신시, 신읍(神邑)에 살던 사람들의 후손입니다.

당시 신시에는 환웅천황을 호위하는 4대 신장(神將) 풍백, 우사, 운사, 뇌공 외에도 천황을 따라온 무리가 있었습니다. 구이원의 9부 81종족 3천여 명이 바로 그들입니다.

그 후 배달국 제14대 치우천황 때에 이르러 신읍의 천기(天氣)가 쇠하자, 도성을 청구(靑丘)로 천도하게 되었습니다. 신읍의 백성들 대부분이 옮겨갔으나, 신읍을 버려 둘 수 없어 치우천황은 일부를 남겨 지키게 하였지요.

천산(天山) 백두산은 구이원 선도(仙道)의 발원지로 신앙과 의식과 역사의 출발지였기 때문이었습니다.

다시,

많은 세월이 흘러 배달국이 문을 닫고 새로운 단군왕검 시대 (BC 2333년)에 들어섰는데, 언제부턴가 백두산의 기후가 악화되어 사람들이 살기 어렵게 되었지요.

그래서 백두선문은 더 깊고 아늑한 곳으로 들어갔으며 부득이 신읍에 남아 살던 마을 선조들은 이곳으로 터를 옮겨와 살게 되었습니다.
그들은 백두산과 신읍을 버릴 수 없어서, 그나마 제일 가까운 이곳에 성을 쌓고 살게 된 것입니다. 비록 오랜 세월이 흐르고 선문과의 왕래는 없어졌으나, 백두산에 악의 세력이 깃드는 것을 막고 신시의 옛터를 수호하라는 치우천황으로부터 받은 사명은 대천성의 백성들에게 비밀리에 전해지고 있습니다.
사방이 산으로 둘러 쌓여있고 외적의 침입이 없는 곳인데도 모든 마을 젊은이들에게 무공을 가르쳐 온 이유가 바로 이 때문입니다 오로지 성지(聖地) 백두산을 수호(守護)하고자 하는 사명 때문입니다"
이야기를 마친 성주는 여홍을 저택 안 후원의 대웅각(大雄閣)이라는 현판이 걸려 있는 건물로 안내하였다.
안에는 배달국 시절 열여덟 분 천황의 모습이 벽화로 그려져 있었고, 박달나무 단(壇) 위에 단목(檀木)으로 만든 위패가 모셔져 있었다.
오른쪽 단에는 12지 신장(神將)의 위패가 있었고, 그 뒤로 백두산 일대와 천지(天池)의 풍경 그리고 개천(開天) 당시 마귀와 요괴들을 상대로 싸우고 있는 12신장들의 모습이 그려져 있었다. 벽화를 보고 있노라니, 그 속에서 천둥과 번개가 치는 소리가 들리는 것 같았다.
성주가 들려주는 이야기를 듣던 여홍은 두 주먹이 자기도 모르게 불끈 쥐어졌다.
'아,
우리 조선은 쉽게 그냥 만들어진 나라가 아니고 환웅천황과 수많은

신장들이 마왕과 마귀, 요괴, 귀신들을 물리치고 세우신 나라이다!'
하고 새삼 깨달았다.

성주가 역대 천황들의 앞에 놓인 향로에 향을 한 움큼 집어넣자, 꺼져가던 향불이 살아나며 향내가 퍼져나갔다.

성주가 말했다

"함께 절을 올립시다."

여홍이 향을 한주먹 집어 향로에 넣은 후, 성주와 같이 참배를 했다.

이어, 단으로 다가간 성주가 14번째 치우 천황의 위패를 두 손으로 잡고 한 바퀴 돌리자, 앞의 커다란 제단이 비스듬히 움직이며 바닥으로 큰 구멍과 함께 밑으로 내려가는 계단이 나타났다.

여홍은 생각지도 못한 변화에 깜짝 놀라며 성주와 계단만 바라보고 있었다.

성주가 말했다.

"소협 따라 오시오."

성주는 좌우 벽에 걸려있는 커다란 촛대에 불을 붙였다. 두 개의 왕 촛대에 불이 붙자 지하통로가 환하게 드러나 보였다.

성주는 벽면의 움푹 들어간 곳에 놓여 있는 등(燈)에 불을 붙여 들고 앞장서 걸어갔다. 여홍이 한참을 따라 들어가니 밀실이 하나 나타났다.

안에는 박달나무로 깎아 만든 12지 신장(神將)의 인형들이 세워져 있었다.

신장들은

『자(子)신장은 채찍, 축(丑)신장은 철퇴, 인(寅)신장은 부채, 묘(卯) 신장은 구겸창(槍), 진(辰)신장은 언월도(刀), 사(巳)신장은 사모창

(槍), 오(午)신장은 곤봉(棍棒), 미(未)신장은 봉(棒), 신(申)신장은 쌍검, 유(酉)신장은 비수, 술(戌)신장은 장검, 해(亥)신장은 삼지창』

을 들고 있었는데, 하나하나의 표정이 너무나 생생하였다.

사방 벽과 천장에는 12신장(神將)들의 무공 초식들이 그려져 있었다.

한눈에 지금은 실전된 정마전쟁 당시 고대(古代)의 절기들이라는 것을 알아본 여홍이 성주에게 물었다.

"성주님, 이 인형들은 12지 신장들이 아닙니까? 여기는 어떤 곳입니까?"

성주가 대답했다.

"12지 신장들은 정마전쟁(正魔戰爭) 당시 환웅천황을 도와 가달마황과 마귀, 요괴들과의 싸움에서 큰 공을 세우신 분들로, 그 분들의 전공(戰功)을 기려, 신읍에서는 신장전(神將殿)을 세워 위패를 모시고 매년 제사를 올려왔습니다. 그러나 신읍의 기후변화로 더 이상 살 수 없게 되자, 신장전의 인형과 벽화를 가지고 이곳으로 옮겨 온 것입니다.

당시의 초대 성주님과 장로들은 태평성대가 이어지자, 후손들에게 무예 수련에 시간을 허비하지 말고, 심신수양으로 덕을 쌓으라는 지시를 내리셨습니다. 그리고 이곳은 성주들만 들어가도록 정하였습니다. 따라서 대웅각 지하에 이 밀실(密室)이 있는 것도 저만 알고 있습니다."

여홍이 이해가 잘 안되었다.

"성주님만 들어오게 되어있는 곳에 제가 이렇게 들어오면 되겠습니까?"

"앞으로는 저희 대천성 무사들에게 모두 공개하여 수련을 시킬 작정입니다.
환웅천황이 가신 이후 오랜 세월 백두산 지경에는 악의 세력이 들어 올 수 없었습니다. 그러므로 굳이 12신장의 무공을 연마하지 않아도 괜찮았으나, 지금은 상황이 바뀌었습니다.
이번 마호도 그렇고, 개마국을 혼란으로 빠뜨렸던 괴조도 단순한 괴물은 아닌 것 같습니다.
조선의 선교를 파괴하려는 악마들이 배후에서 움직이고 있는 것 같습니다. 대천성의 무사들이 12신장의 무예를 익혀야 한다는 생각이 들었습니다.
그래서 마호를 없애, 우리 대천성을 구해준 소협께 답례로 먼저 보여드리는 것입니다. 제가 기한을 사흘 드리겠습니다. 여기 계시면서 구경하시지요."
사실, 여홍은 밀실에 들어서자마자 인형들에게서 눈을 뗄 수 없었다. 벽화에 어떤 마력이 있는지 여홍의 마음을 크게 흔들고 있었던 것이다.
여홍이 성주에게 깊은 감사의 마음을 표했다.
"벽화들을 구경할 기회를 주셔서 감사합니다."
"그럼, 소협은 이곳에 계시오. 식사는 이곳으로 들이겠소이다."
여홍은 성주의 호의를 받아들여 사흘 동안 12신장들의 무공 초식들을 살펴보았다.
여홍은 이이활신술(術)을 기본으로 신보(神步), 십검수일, 일검수혼, 삼권양퇴, 귀식대법, 탈명장 등의 무예를 익힌 이후, 크고 작은 격전들을 통해
상대의 기운 하나하나를 감지하고 대응하던 수준에서, 기(氣)를 처

음 포착하는 순간 적이 선택하게 될 가장 빠르고 효과적인 1, 2, 3차 공격로를 예측하는 경지까지 이르렀으나, 스승 발해어부를 만날 때까지는 자신의 깨달음을 검증할 길이 없어 못내 아쉬워하던 때였다.

십이신장(十二神將)의 무예를 깊이 살펴본 여홍은 '최단시간에 승부를 결정' 짓고자 하는 자신의 생각이 잘못되지 않았음을 확인하고 기뻐하며, 열두 개 무기들의 다양하고 기이한 초식들을 정밀하게 들여다보았다.

특히, 유(酉)신장(神將)의 비술(匕術) 가운데 선풍비(旋風匕: 회오리처럼 나는 비수)가 페르시아 단검(短劍)을 지니고 있는 여홍의 마음을 사로잡았다.

백두선문(白頭仙門)

　대천성을 떠난 여홍이 산속으로만 며칠을 걸어 목적지인 백두산 지경에 접어들었다. 말로만 듣던 백두산이었다. 천신만고 끝에 백두산에 드디어 도착한 것이다. 감회가 깊었다.
백두산!
일찍이 수천 년 전 환웅천황이 신시(神市)를 건설하신 곳이며, 해사자와 4대 신장 풍백 우사 운사 뇌공, 12지 신장(神將)들이 마귀, 요물들과 싸운 전설들이 골짜기마다 깃들어 있는 곳이기도 했다. 환웅천황은 이곳에서 개국이념 '홍익인간 이화세계'를 선언하셨고 이에 맞서는 가달마황과 수많은 마귀, 요괴, 괴수, 괴조 무리들과 기나긴 전쟁을 하여 마침내 승리하셨다.
백두산 지경은 지금까지 지나온 그 어느 준령보다도 아름드리 수목들이 가득했다.
수령이 수만 년 되어 보이는 수목들이 끝없는 밀림의 바다를 이루고 있었다. 산꼭대기를 올려다보았으나 정상은 안개와 구름에 가려 보이지 않았다.

산자락 어느 곳을 살펴보아도, 백두선문의 표식이나 선문으로 올라가는 길로 보이는 곳은 없었다. 오르고 올라도 백두선문은 커녕 지나가는 사람 한 명 구경할 수 없었다.
처절하게 돌아가신 사부님의 명령을 거의 완수하게 되었다는 기쁨으로,
잠 한 숨 자지 않고 야생 과일로 끼니를 때우면서 백두산 전역을 오르내리며 헤맨 지 이레가 지나자, 여홍은 정신적으로 극심한 피로를 느끼며 지칠 대로 지쳐버렸다.
'백두산까지 힘들게 왔는데, 선문을 지척에 두고 찾지 못하고 있다니. 이를 어쩐다? 어디 지나가는 사람이라도 있어야 물어나 보지... 이럴 줄 알았으면, 대천성(城) 성주님께 좀 더 자세히 알아보고 올 걸.'
하며 몹시 후회를 했다.
이 날도 여홍은 한나절이나 산속을 헤매다, 배가 몹시 고파오자 과일 하나를 따먹고, 시원해 보이는 시야가 툭 트인 나무아래 벌러덩 드러누웠다.
어디선가 바람이 살살 불어 왔다. 산바람이 그렇게 시원할 수가 없었다. 바람이 온몸을 스치는 가운데, 어떻게 해야 하나 고민하던 여홍은 7일 동안 사람은커녕 그 흔한 토끼 한 마리 볼 수 없었던 탓이었는지,
자기도 모르게 무인(武人)으로서 잃지 않아야 할 경계심(警戒心)마저 사르르 풀어지며 깊은 잠속에 빠져 들어갔다. 시간이 얼마나 흘렀을까,
뭔가 몸이 조여드는 것을 느낀 여홍이 흠칫 놀라며 일어나려 했으나, 힘을 쓸 수가 없었다.

어디서 나타났는지 모를, 당나귀만한 크기의 얼룩덜룩한 흑거미가 거미줄을 토해내며 여홍의 몸을 칭칭 감고 있었던 것이다. 전신이 거의 다 감기고 두 어깨와 머리만 남아있었다.

여홍이 다급히 몸부림 쳤으나, 도무지 한 줌의 기운도 끌어올릴 수 없었다. 온몸의 근(筋)과 혈맥이 가닥가닥 눌려 그 기능을 거의 잃어가고 있었다.

보통의 거미와는 다르게, 전신에 돼지의 갈기 털 같은 것이 나 있는 특이한 소리를 내는 흑거미였다.

"딱딱딱 따따딱"

거미가 맛있는 사냥감을 잡아놓고 흥분하여 내는 소리였다. 잠이 깨서 눈을 뜨고 꼼지락거리는 여홍을 보고 입맛이 더욱 당겼던 것이다.

여홍은 거미의 겹눈과 마주치자 정신이 아뜩해졌다.

흑거미는 눈을 게슴츠레 감았다 뜨면서 싱싱하게 살아 있는 인간을 잡아먹을 기쁨에 부르르 몸을 떨면서 기괴(奇怪)한 소리를 질러댔다.

'이제 너를 잡숴주마.' 하는 의미 같았다.

"딱따라따라따따락딱."

여홍은 정신을 차릴 수가 없었다. 꼼짝없이 죽었다는 생각이 들었다.

이 때였다.

"꺅-!"

하는 소리와 함께 하늘을 가리는 거대한 그림자가 거미의 머리 위로 내리 덮쳤다.

군침을 삼키며 입을 벌리던 흑거미가 느닷없는 습격에 기겁을 하며 몸을 피했다.
막 시식을 하려는 때에 웬 놈이 나타나 방해를 하자, 흑거미는 화가 극도로 치밀었다.
흑거미가 여덟 개의 긴 다리로 방어의 자세를 취하고 보니, 불처럼 타오르는 눈빛의 커다란 선학(仙鶴)이 체공 상태에서 자기를 노려보고 있는 것이 아닌가.
순간, 거미가 나무 위로 오르며 길고 끈적끈적한 황금빛 거미줄을 원뿔형으로 쏘아대자, 선학은 좌우의 날개로 바람을 일으켜 거미줄을 찌그러뜨렸다.

거미에게 먹히기 직전에 살아난 여홍이 보니 자기를 구해준 학은 '개마국의 황조(黃鳥)'보다는 약간 작았으나, 날개의 길이만도 수장은 될 듯했고 빛깔이 눈처럼 희고 아름다웠다.
붉고 긴 부리로 거미의 머리나 눈을 찍어댔고 양 발톱으로는 몸통을 공격했다.
어떤 때는 양 날개로 사람이 권법을 하듯 휘두르거나 내려치기도 했는데,
선학의 학권(鶴拳)은 고수(高手)가 무예를 펼치는 것과 같이 매우 힘찬 가운데, 공수(攻守: 공격과 수비)의 기술이 다양했고 그 연결이 군더더기 없이 부드럽고 우아했다.
그러나 흑거미의 대응 또한 예사롭지 않았다. 빳빳한 털을 거칠게 세운 채,
끽끽- 괴성을 지르며 눈 깜빡할 사이에 사방에 거미줄을 치고 둥둥 떠다니다, 여덟 개의 발로 선학(仙鶴)을 어지럽게 공격하며 얼기설

기 쳐놓은 거미줄로 조금씩 몰아가는 모습이 더 없이 영악(靈惡)했다.

앞발로 치고 들어가다 몸을 뒤집으며 다른 여섯 개의 발로 잡으려 들거나, 뒷발로 날아 중간의 네 다리로 연달아 차면서 앞발 좌우연타를 날리는 움직임이 현란하기 이를 데 없었다.

거미의 각영(脚影: 발그림자)이 사방에 친 거미줄을 배경으로 어지럽게 이어지자, 선학이 화가 난 듯 "끼악-!" 소리를 지르며 기이한 각도로 오른 발을 휘저었다.

순간, 칼날 같은 발톱이 거미의 난폭한 앞발과 부딪치며 "카캉!" 소리를 냈다.

이때, 백중지세를 느낀 선학이 날아오르자, 거미가 그네를 타듯 줄을 잡고 허공으로 솟구치며, 예측하기 어려운 각도에서 여덟 개의 발로 선학을 옭아매려 들었다.

거미의 간계를 간파한 선학이, 더 높이 피하는 척하다 거미의 발에 걸려들기 직전,

거미의 등 뒤로 뚝- 떨어지며 쇠갈고리 같은 두 발로 번개처럼 거미를 움켜잡으려 했다.

선학에게 등을 잡히면 거미줄도 끊어지고 허공으로 끌려갈 것을 잘 아는 거미가 다급하게 '머리통을 거꾸로 돌리며' 녹색 기운을 내뿜었다.

"쓰-"

초록빛 연기가 선학에게 뿜어져 나갔다. 거미의 머리가 부엉이처럼 회전하다니, 짐작하지 못했던 기습이었다. 흑거미가 지닌 비장의 수법으로, 연기에 쏘인 생명체는 바로 녹아버리는 무서운 독(毒)이었다.

예상치 못한 공격에 놀란 선학이 거미를 습격하던 발을 거두고 황급히 솟아오르는 사이, 거미가 줄에 매달린 채 다시 아래로 떨어지며 가까운 나무로 자리를 옮겨가려 하자, 이를 본 선학이 바람처럼 쫓아갔다.
거미는 전략을 바꾼 듯, 선학을 피해 주위의 나무들과 땅을 재빠르게 오르내리며, 초록 독(毒)연기를 내뱉는 동시에 거미줄의 반경을 조금씩 넓혀 나갔다.

한편, 거미줄에 묶인 여홍은 거미가 선학과 싸우느라 자리를 뜨자, 몸을 감고 있는 거미줄이 미세하나마 느슨해진 것을 느꼈다.
거미가 줄로 감고 있을 때에는, 거미가 쏟아내는 강력한 기운이 줄을 타고 흐르며 여홍의 기경팔맥을 빈틈없이 틀어막았으나, 거미줄에서 거미가 떨어지자 한 가닥 실낱같은 내기(內氣)가 흐를 수 있게 된 것이다.
지금 선학과 왕거미의 싸움은 누가 이길지 장담할 수 없는 박투(搏鬪)였다.
만에 하나, 선학이 실수라도 한다면 선학이나 자신은 거미의 기가 막힌 성찬(盛饌: 풍성하게 잘 차린 음식)이 되고 말 것이다. 어처구니없는 실수로 위기에 빠졌으나, 천하의 기재(奇才) 여홍이 선학이 만들어준 절호의 기회를 놓칠 리 만무했다.
거미가 눈치를 채지 못하도록 의식을 잃은 듯 고개를 툭 떨군 채, 한 번 들이쉰 숨으로 물속에서 하루를 버틸 수 있는 귀식대법과 자연의 기운을 도인(導引)하는 이이활신술(以耳活神術)을 펼치기 시작했다.

거미와 선학의 싸움은 점점 더 치열해지고 있었다. 그동안 미루고 미뤄왔던 '백두산의 주인'을 가르는 건곤일척(乾坤一擲)의 혈투(血鬪)로 보일 정도였다. 실오라기 같은 숨조차 조금씩 밖에 들이쉴 수 없는 지루하고도 초조한 시간이 흐른 끝에, 요철(凹凸) 모양으로 찌그러졌던 근(筋)이 펴지며, 여홍의 기경팔맥이 본래의 모습을 되찾아갔다.

구석구석으로 흩어져 있던 기운이 제 둥지를 찾아가는 새처럼 단전으로 흘러들면서, 여홍이 본래 지니고 있던 고도의 집중력을 되찾았고, 이이활신의 '화로(火爐)'가 선천지기를 깨우며 하늘의 기운을 도인하기 시작하자, 이제껏 거미줄에 눌려 있던 일갑자의 진기(眞氣)가

사지백해 삼백육십오혈(穴)을 흐르며 화산(火山)이 폭발하기 직전과도 같은 힘을 응축(凝縮)해 나아갔다. 여홍은 둘 중 어느 하나가 물러서지 않는 한, 죽을 때까지 싸울 것으로 보고 체력을 회복하자마자, 선학과의 결투에 몰입한 거미를 기습하고자 마음을 먹고 있었다.

거미는 선학의 부리에 찍히고 발톱과 날개에 두들겨 맞아 다리를 절고 있었으며, 선학도 거미와의 난타전으로 곳곳에 깃털이 빠지고 여러 군데에 상처를 입고 있었다. 이윽고 여홍이 사자(獅子)가 용을 쓰듯 몸을 비틀자, 질기고 두꺼운 거미줄이 늘어나며 약간의 틈이 생겼다.

여홍이 품속에서 아악성주 하룬에게서 받은 페르시아산(産) 단검을 빼어 들고 거미줄을 상하로 긋자, 번득이는 비수(匕首)에 칭칭 감긴 거미줄이 소리 없이 잘려나갔다.

이때, 거미줄에서 탈출한 여홍을 본 선학이, 거미의 주의(注意)를 분

산시키려는 듯,

"카악-!"

소리를 내며 눈에 불을 켜고 사납게 덤벼들자, 화가 치민 거미가 줄에 매달린 채 좌우의 앞발을 몽둥이처럼 미친 듯이 휘둘렀다.

"파팍! 팍! 퍽!"

맷집이 누가 센가를 재기나 하듯 부딪쳐 대던 선학과 흑거미가 숨을 고르느라 거리를 두고 떨어지는 찰나, 여홍이 화가 치민 표범처럼 몸을 날리며 좌장(左掌)을 휘둘렀다.

다섯 줄기의 창날 같은 바람이 흑거미를 찢어버릴 듯 치고 들어갔다.

여홍이 전력으로 탈명장(奪命掌)을 펼친 것이다. 느닷없이 들이닥치는 살기에 깜짝 놀란 흑거미가 바닥을 나뒹굴며 피하자, 탈명장이 일으킨 흙먼지가 거미의 눈을 가렸고, 어느새 다가선 선학의 쇠갈고리 같은 발톱이 거미의 왼 어깨를 파고들었다. 흑거미는 본능적으로 오른쪽 앞발을 뻗어 선학의 다리를 붙잡았다.

어깨를 내주는 대신, 상대의 숨통을 끊고자 하는 고수(高手)의 수법과도 비슷했다. 선학과 여홍의 협공을 받은 거미가, 목숨을 걸고 승부수를 던진 것이다.

어떻게든 둘 중 하나를 없애야만 위기에서 벗어날 가능성이 있다고 판단한 것이다. 기습으로 선학의 발목을 잡은 거미가 우둑- 소리가 나도록 목을 뒤로 꺾으며 녹색 독기가 일렁이는 입을 벌리려고 하자,

발을 빼기 위해 몇 번 퍼덕이던 선학이 돌연, 강철 같은 부리로 거미의 정수리를 찍어갔다. 거미에게 잡힌 발을 빼낼 수 없다는 것을 안 선학이 마음을 바꾸어 양패구상(兩敗俱傷: 양쪽 모두 패하여 상

처를 입음)을 선택한 것이다. 이를 본 거미가 스물 스물 입가에 흐르는 독기(毒氣)를 내뿜기 위해, 아가리를 쫘-악 벌렸다.
설명은 길었으나, 눈 깜빡할 사이에 전개된 무섭도록 살풍경(殺風景)한 장면이었다.
둘 다 더 이상의 뾰족한 수가 없음을 깨닫고 최후의 일격을 가하는 공멸(共滅: 함께 사라짐)의 순간,
"악-!"
하는 울음 섞인 비명을 타고 나는 '섬광(閃光)'이 하늘을 찢는 회오리를 일으키며 흑거미의 머리를 뚫고 들어갔다.
이어 선학(仙鶴)을 잡은 거미의 발이 풀리며 육중한 몸이 나동그라지자,
위기에서 벗어난 선학이 하늘로 치솟는 가운데, 10여장 떨어진 바위 뒤에서 열한 살 남짓의 소녀가 환하게 웃으며 달려 나왔다. 담비 가죽옷을 입은 귀여운 소녀였다.
이슬 같은 눈물이 가득한 눈으로 선학을 올려다보던 소녀가 여홍을 향해 폴짝 돌아섰다.
조금 전의 섬광은 12지 가운데 '유(酉: 닭) 신장(神將)'의 선풍비(旋風匕: 회오리처럼 나는 비수)였다.
여홍이, 목숨을 내놓고 최후의 일격을 감행하는 거미를 없애기 위해 회오리바람과 같이 궤적(軌跡)을 포착하기 어려운 선풍비를 날린 것이다.
비수 자체가 돌면서 가공할 속도로 나는 탓에, 거미는 궤적마저 곡선으로 뒤틀리는 비수의 파공음을 들었으나, 어깨에 박힌 선학의 발톱으로 인해 눈을 뜨고도 당할 수밖에 없었다.
거미와 선학이 격돌하기 직전, 여홍이 던진 비수가 거미의 시야(視

野)에서 사라지는 찰나 회오리처럼 다시 휘어지며 거미의 머리에 틀어박힌 것이다.
이때, 소녀의 옆으로 선학이 날아 내리며 소녀에게 살짝 기대자, 소녀가 방긋 웃으며 선학을 안아주며 쓰다듬었다. 여홍이 포권을 하며 먼저 말을 꺼냈다.
"선학이 나의 목숨을 구해주었소이다. 낭자, 고맙소. 나는 동예의 여홍이라 합니다."
거미로부터 자기를 구해준 소녀에게, 나이가 어리다고 초면에 하대를 할 수는 없었다.
'낭자'라는 호칭을 들은 소녀는 얼마나 재미있는지 깔깔거리며 웃었다.
"낭자? 호호호... 태어나서 처음으로 듣는 소린데, 음... 싫지는 않네요. 오빠, 난 청련이라고 해요."
얼굴에 한가득 미소를 띠우고 있는 소녀의 입술이 마치 진달래 꽃잎처럼 고왔다.
여홍은 선학과 다정하게 서있는 소녀가 신비로우면서도, 대뜸 '오빠'라고 하는 활달한 모습이 오래 전부터 알아온 동생 같은 느낌이 들어 좋았다.
"오빠는 어떡하다 거미에게 잡혔어요? 조금 전, 비수(匕首)를 날리는 수법으로 보아 흑거미에게 쉽게 당했다는 것이 믿어지지 않아요."
여홍이 대답했다.
"내가 여러모로 부족한 탓이오. 다시 한 번 낭자께 감사드리오."
소녀는 구구절절 핑계를 대지 않는 여홍이 멋있다고 느꼈으나, 한편으로는

'오빠'로 불렀는데 또 '낭자'라고 칭(稱)하는 여홍이 너무 고리타분해 보여 입술을 삐죽 내밀었다.
"핏, 앞으로는 청련이라고 부르세요. 그리고 여명(黎明)이 오빠를 구했지만, 오빠도 거미를 죽여 여명을 도왔으니 서로 빚이 없는 셈이에요.
홍이 오빠, 나 지금 배가 고픈데 일단은 우리 집으로 밥 먹으러 가요."
여명은 선학의 이름이었다. 산속에서 딱히 갈 곳이 없는 여홍은, 듣던 중 반가운 소리였으나 좋아라고 따라나서기도 어색해 잠시 머뭇거리다 대답했다.
"음.. 그럼, 청련이 신세 좀 질까?"
"오빠, 여명의 등에 타세요. 내가 앞에 앉을게요."
선학은 이미 소녀의 말을 알아들은 듯 몸을 돌리고 있었다. 선학의 등은 개마국의 황조(黃鳥)만큼이나 넓적했다.
새를 타고 난다는 사실에 여홍은 마음이 설레었으나, 문득 개마국에서 있었던 새들과의 깊은 교감(交感)이 떠올랐다.
'친하지 않은 사람을 용납할까?'
라고 생각한 여홍이 선학에게 정중하게 포권(抱拳)을 취하며 말했다.
"도형(道兄), 실례를 범하겠소이다."
이때,
앞을 보고 있던 선학이 여홍에게 얼굴을 돌리고, 알아들은 듯 부리를 끄덕이며
"꾸욱, 꾸욱."
소리를 냈다. 여홍과 선학의 이 같은 모습을 본 청련의 눈에 이채

(異彩)가 떠오르며 화사한 미소가 감돌았다. 여명을 마치 사람 대하듯 하는 여홍과 이에 응하는 여명의 모습이 너무나 자연스럽고 보기 좋았던 것이다. 청련이 여홍을 다시 한 번 쳐다보았다.

 이윽고 선학이 바람을 타고 하늘 높이 떠올랐다. 일다경(- 차 한 잔 마실 시간) 정도, 끝없이 펼쳐진 준령(峻嶺)들과 원시림 위를 날던 선학이 구름을 뚫고 높이 솟아있는 한 봉우리의 중턱 분지(盆地: 평평한 지역)에 가볍게 날아 내렸다.
10여장 떨어진 곳에, 얼굴 가득 미소를 짓고 있는 푸른색 도포의 중년 선인(仙人)이 들어왔다. 청련이 선인(仙人)에게 달려가며 소리쳤다.
"정사(精師)님! 여명과 이 오빠가 힘을 합쳐 나쁜 흑거미를 해치웠어요."
청련의 말을 듣고, 선인(仙人)이 놀란 듯 뒤의 여홍을 응시하자, 여홍이 예(禮)를 갖추었다.
"동예에서 온 여홍이라고 합니다. 거미에 목숨을 잃을 뻔한 저를 청련 낭자와 '여명 도형(道兄)'이 구해주었습니다."
도형이라는 말에 선인 역시 청련과 같은 느낌이 들었는지, 여홍을 다시 보았다.
선인은 이미 한 차례의 눈길로 여홍이 예사롭지 않은 인물임을 알아보았다. 여홍의 언행이 지극히 겸손하나, 여명의 등에서 뛰어내리는 가벼운 몸놀림과 걸음걸이에서
흔히 볼 수 없는 절세(絶世)의 내공과 경신술(輕身術)을 직관한 것이다.

여명과 함께 라고는 하나, 흑거미는 쉽게 없앨 수 있는 요물(妖物)이 아니었다.
"중앙정사라 하오. 거미와 싸운 여명은 이곳 백두선문 경내의 선학령(仙鶴嶺)에 사는 천년 학이오.
최근,
어디선가 요물들이 나타나 수천 년 선도의 요람인 '백두선문(白頭仙門)'의 수행을 방해하고 있어, 청련이 여명과 함께 한 번씩 살펴보고 있었소이다."
중앙정사의 말에 귀를 기울이던 여홍이 그만 깜짝 놀라고 말았다. 여기가 바로, 동예를 떠난 지 4년. 수많은 우여곡절을 겪으며 발바닥이 닳도록 찾아 헤매던 백두선문이라니, 진정 놀라지 않을 수 없었다.
이곳에 도착하기까지의 고된 여정(旅程)이 주마등(走馬燈)처럼 스치며, 믿을 수 없는 사실과 마주한 벅찬 감동이 여홍의 가슴을 뒤흔들었다.
중앙정사는
'비범(非凡)한 기도(氣度)'를 보이던 여홍이 백두선문이라는 말 한 마디에 모래가 무너지듯 평정(平靜)을 잃고 마는 변화를 한 눈에 포착했다.
여홍에게 깊은 사연이 있으리라고 짐작한 중앙정사가 차분하게 말했다.
"소협, 우리 약선암(藥仙菴)으로 가서 이야기를 나누기로 합시다."
잠시 후, 숲 속의 아담한 약선암에 든 여홍이 내내 기다린 듯 말을 꺼냈다.
"중앙 정사님, 이곳이 백두선문 맞습니까?"

"그렇소, 백두선문이오. 그리고 여기는 약선암(藥仙菴)이라고 부르오."

여홍은 안도의 한숨을 길게 내쉬었다. 드디어 백두선문을 찾은 것이다.

"저는 동예의 여홍이라고 합니다. 저는 백두선문의 아리운 선사님을 찾아 뵙기 위해 왔습니다."

중앙정사와 청련이 서로를 돌아보며 크게 놀랐다. 아리운 대선사님을 찾아온 사람이라니..

"아리운 대선사님?"

"네.."

"무슨 일인데 대선사님을 찾으시오?"

"저의 사부님으로부터 받은 명입니다. 사부님이 말씀하시길 반드시 아리운 대선사님을 직접 뵙고 전하라는 물건이 있습니다. 제 사부님은 고열가 단제의 금위대장을 지내신 상도(常刀)라는 분입니다."

여홍은 4년 전, 상도(常刀)를 만나게 된 사연과 이곳에 이르기까지의 여정을 중앙에게 들려주었다.

중앙은 여홍의 이야기를 듣는 중간 중간에 긴 한숨을 토하거나 눈을 크게 뜨고 놀라움을 감추지 못했다. 조선의 실정을 짐작한 그는 안타까워했다.

청련은 외부인을 보는 것은 처음이라 자리를 뜨지 않고, 진주 같은 눈동자를 굴리며 꼬옥 붙어 앉아, 여홍의 이야기에 흠뻑 빠져 들었다.

중앙정사는 여홍이 사부의 명을 이행하기 위해 4년 동안 그 먼 길을 돌고 돌아 백두산까지 온 것에 탄복했다.

"소협이 이 깊은 골짜기의 백두선문에 오게 된 것은 필시 한울님의 도움이 있었다고 밖에 볼 수 없소.
그러나 소협, 대선사님은 여기에 계시지 않아 만날 수 없소. 그 분은 신룡(神龍)과 같은 분이라, 백두산의 어느 구름 속에 계신 지 알 수 없소이다.
사실, 우리도 대선사님을 뵌 지가 삼년이 넘었소이다. 보고 싶다고 해서 쉽게 뵐 수 있는 분이 아니오. 지금 백두선문은 그 분의 사제이신 백룡(白龍) 선사가 이끌고 계시오.
사정이 이러하니, 소협이 직접 백룡선사님께 전해드리면 안되겠소이까?"
여홍은 난감했으나
'사부님께서는 백두선문(白頭仙門)의 사정을 모르고 나에게 명하신 것이다. 사부님이라도 이 같은 상황이면 백룡선사님께 드리지 않았겠는가.'
라고 생각하며 대답했다.
"아리운 대선사님이 이곳을 떠나신지 삼년이 넘으셨다면 어쩔 수 없는 일이지요. 정사님의 말씀대로 백룡선사님께 직접 전해드리겠습니다."
중양이 고개를 끄덕였다. 이어 선사님을 뵙고 오겠다는 말과 함께 방을 나가며 청련에게 일렀다.
"청련아,
네가 나를 대신하여 소협을 편안하게 대접하고 있어라."
청련의 얼굴이 활짝 펴졌다.
"네, 다녀오셔요."
중양 정사가 나간 후, 여홍은 청련이 상당히 발랄하다고 생각했다

조그만 얼굴의 선이 곱고 분명하며 백두산의 대자연이 키운 밝고 맑은 성격이 느껴졌다.
이때, 청련이 말을 걸었다.
"저는 어릴 때부터 이곳 약선암에서 살았어요. 바깥세상은 한 번도 나가본 적이 없어요.
정사님 말씀으로는, 내가 아주 어릴 적에 조나라의 침략으로 부모님이 죽었고 길바닥에 버려져 울고 있는 나를 정사님이 데려왔다고 해요. 그 후 저는 쭉 이곳에서 살아 왔어요."
여홍은 어린 청련이 고아(孤兒)라는 사실에 마음이 아팠으나, 구김살 하나 없는 활달한 모습을 보고 백두선문(白頭仙門)의 따뜻함을 느꼈다.
청련이 말을 이었다.
"학은 내 친구예요. 새벽에 하도 일찍 일어나서 내가 여명(黎明)이라고 이름을 지었어요."
여홍은 어린 아이가 선학의 이름을 아주 잘 지었다는 생각이 들었다.
"청련아, 여명은 어디에 사니?"
"선학령(仙鶴嶺)에 살고 있어요. 제가 조그맣게 불러도 어떻게 들었는지 금방 날아와요."
청련이 어깨를 으쓱거리며, 여명의 이야기를 자랑삼아 이야기 해주었다.
여홍은 중앙정사를 기다리는 동안 약선암 밖으로 나가보고 싶었다.
"청련아, 나를 안내해 줄 수 있니? 백두선문을 한 번 돌아보게."
"알았어요.
그런데 선문 경내에서는 조용히 다녀야 되요. 방마다 흰 수염이 땅

에 닿을 정도로 긴 도인들이 많아요. 오빠는 외지인이라 더욱 조심
해야 되요. 소란을 피우면 박쥐들이 사는 절벽 감옥(監獄)에 가두고
수행을 시키거든요. 그곳은 매우 춥고 어두운 곳이랍니다."
"박쥐 동굴?"
여홍은 박쥐동굴 소리를 듣자, 개마국에서 보았던 흡혈 박쥐가 생각
났다. 그곳의 박쥐들은 정말 무서웠다. 여홍이 고개를 끄덕이며 따
라나섰다.

 맑은 날이었다. 약선암은 백두선문의 전각(殿閣)들과 조금 동 떨어
져 있었으나, 상당히 큰 암자였다.
세 개의 동(棟: 건물을 세는 단위)이 있었는데, 여홍이 이야기를 나눈
곳은 제일 끝 건물이었다. 가운데는 약제실이고 또 다른 곳은 의선
각((醫仙閣)으로 각종 의서(醫書)들이 보관되어있는 곳이라고 했다.
중앙정사는 선의(仙醫)로서 의술이 뛰어났으며 약선암을 책임지고
있었다.
여홍이 청련의 안내에 따라 한참을 아래로 내려가니, 백두선문의 본
전(本殿: 여러 건물 중에 주가 중심이 되는 건물) 대숭전(大崇殿)이 나
타났다.
말로만 들어오던 대숭전이었다. 대숭전을 중심으로 좌우로 여러 채
의 전각들이 늘어서 있었다. 궁궐 같았다. 대숭전은 과거 신시(神市)
의 소도(蘇塗)로, 수천 년을 지탱해 온 구이원의 구심점이며 문명의
발원지였다.
환웅천황은 백두산 천평에 두 개의 우물, 자정(子井)과 여정(女井)을
파고 신시를 세우신 후, 소도(蘇塗)를 지으셨는데, 그 소도의 본전이

바로 대웅전이었다.

천황이 주곡, 주명, 주형, 주병, 주선악 오사(五事)를 두고 세상의 360여 가지 일을 주관하며, 선교의 진리를 가르치고 홍익인간의 건국이념을 처음 선언하신 곳이기도 했다.

여홍은 대웅전으로 들어가, 환인(한울님), 환웅(한검님), 단군(한배님) 상(像) 앞에 놓인 향로에 향을 집어넣고 절을 올린 후 내부를 돌아보았다.

왼쪽 벽은 청룡, 오른편은 백호, 북쪽은 현무, 남쪽으로는 주작의 사신도(四神圖)가 그려져 있었는데, 당장이라도 뛰쳐나올 듯 생동감이 있었다.

천정을 보니 천극성(天極星: 북극성, 단제를 상징하는 별)을 중심으로, 동서남북의 하늘에 청룡좌, 백호좌, 주작좌, 현무좌를 구성하는 각각의 일곱 별들을 그린 '28수(宿)의 성좌도(星座圖)'가 펼쳐져 있었다.

환웅천황은 하늘의 4성좌(星座: 별자리)가 천극성(天極星)을 호위하듯,

이 땅에도 동서남북에 사신(四神: 청룡, 백호, 주작, 현무)을 배치하여 구이원(九夷原)을 수호(守護)하게 하셨던 것이다.

여홍은 대웅전을 돌아보며,

천황님이 하늘과 같은 나라가 이 땅에 이루어지기를 염원하셨다는 것과

지도(地道)는 천도(天道)를 따르고, 인도(人道)는 천도와 지도를 따라야 한다는 것을 이해하였다.

이때, 벽화만 정신없이 구경하는 여홍을 지켜보던 청련이 말을 걸었다.

"오빠!"

"왜?"

"칫, 오빤 바보 같아. 무슨 그림을 그렇게 넋을 잃고 보고 있어요?"

"아! 그림들이 모두 살아있는 것 같아서? 누가 그렸을까?"

"옛날에 이곳에서 수행하시던 화선(畵仙)들이 그리셨대요."

"대단한 솜씨야. 그런데 이곳에는 도인(道人)들이 몇 분이나 계시지?"

"저도 잘 몰라요. 다들 백두산 어느 깊은 곳에서 수행하고 계신대요. 제대로 알고 있는 분은 선사님과 정사, 법사님들뿐이에요. 모두 한 자리에 모인 것을 한 번도 본 적이 없어요. 다만, 각 전각을 관리하는 도인들만 한 달에 한 번 열리는 선회(仙會) 때 볼 수 있어요."

"그런데 지금은 왜 도인들이 한 분도 안보이지?"

"지금은 모두 수행(修行) 중이거나 무예(武藝)를 연공하고 계실 거예요."

여홍은 청련과 이야기를 하면서 이곳저곳을 돌아보았다. 대강 돌아본 여홍이 말했다.

"여명(黎明)이 잘 지내는지 궁금하군, 여형(黎兄)을 한번 볼 수 있을까?"

청련이 좋아라고 손뼉을 쳤다.

"내 그럴 줄 알았어요. 선문만 돌아보면 따분해요. 선학과 놀면 시간 가는 줄 몰라요."

라고 하며 여홍을 이끌고 선문 뒤쪽으로 갔다.

수목이 울창하게 자라있는 숲속으로 작은 길이 보였다. 길을 따라 조금 올라가니 수목은 없고 풀만 무성한 빈 공터가 보였다. 청련이 산 위의 계곡을 향해 자작나무 호각을 꺼내 불었다.
"삐-삐"
앳된 새 울음 같은 소리가 울려 퍼지자 얼마 후 커다란 선학이 천천히 날아왔다.
여명은 두 사람을 살피며 크게 선회(旋回)하다, 청련의 옆에 있는 사람이 자기를 도와 거미를 죽인 여홍이라는 것을 알아본 듯
"꾸욱"
소리를 내며 아래로 내려와 앉았다. 여홍은 개마국(國)에서 붕새 황조(黃鳥)를 본적이 있었다. 여명(黎明)은 황조보다 약간 작아 보였다.
여명이 여홍을 반가워하며 부리를 여홍의 몸에 살며시 대자, 여홍도 기뻐하며 다정하게 말했다.
"도형(道兄)이 나를 구해준 은혜가 크오."
여홍의 말을 알아들은 여명이 기쁜 듯 목을 길게 빼고 "꺄-앙-"하는 맑고 청아한 소리를 길게 냈다.
여명이 목청을 뽑자, 여홍이 생각이 난 듯 품속에서 피리를 꺼내며 말했다.
"여형(黎兄), 내가 여형에게 감사의 의미로 한 곡조 들려주고 싶소이다."
청련이 두 눈을 동그랗게 크게 떴다.
"오빠, 피리를 불 줄 아셔요?"
"응, 조금."
여홍이 조금 떨어진 큰 나무 아래에 앉자, 청련이 호기심이 가득한 눈으로 턱을 고이고 앉아 여홍을 바라보았다.
여홍이 악선(樂仙) 적보월의 '대황만리(大黃萬里: 황새가 만 리를 날

다)'라는 곡을 불기 시작했다. 개마국에서 황조(黃鳥)에게 불러주었던 곡이었다.
"삘릴리리 삐리 삐삐리 삘리리리리 ...."
아름다운 선율이
능선을 타고 바람에 실려 허공으로 퍼져나갔다. 웅장하면서도 심금을 울리는 피리소리가 하늘을 맴돌자 구름들도 음률을 타는 듯 두둥실 움직였다. 이때, 피리 소리에 눈빛을 반짝이던 여명(黎明)이
"꺄-!"
하고 울어 제치며 하늘 높이 날아올라 피리의 가락에 맞추어 춤을 추기 시작했다. 천년 선학의 춤은 더 없이 신비롭고 아름다웠으며 또한 웅장했다.
피리 소리에 취한 여명(黎明)은 여러 가지 춤사위를 보이며 즐거워했다.
여명(黎明)의 춤을 처음 보는 청련도 피리와 여명을 번갈아 쳐다보다 조금씩 선음(仙音)에 빠져들면서, 자기도 모르게 춤을 추었다.
여홍은 어려서부터 어머니로부터 음악을 배웠고, 개마국에서 마음보(魔音普)를 익힌 후 절대음감을 터득하여 마음(魔音)과 대(對)가 되는 선음(仙音)을 체득하고 있었다.
여홍은 청련과 여명이 좋아하자, 알고 있는 몇 곡(曲)을 더 불어주었다. 이윽고, 연주가 끝나자 청련이 환하게 웃으며 부러운 표정으로 물었다.
"오빠, 피리 소리가 너무 좋아요. 피리는 누구에게 배웠어요?"
"어머니한테 배웠어."
"그럼, 오빠 어머니는 음악을 잘 하시겠네요?"
"잘하시지,

어머니는 동예악선(東濊樂仙) 적보월(笛步月) 님의 제자였단다."
"적보월?"
"응, 구이원에서 음악을 제일 잘하는 분이야."
"오빠는 좋겠다!"
"왜?"
"피리를 잘 불어서... 저.. 오빠, 부탁이 하나 있는데 들어주실래요?"
청련의 마음을 짐작한 여홍이 웃으며 대답했다.
"뭔데? 세상에서 제일 귀여운 동생인데 들어주어야 하지 않겠어?"
청련은 자기를 귀엽다고 하는 여홍의 말이 왠지 달콤하게 느껴졌다.
"오빠, 나 피리 좀 가르쳐 줄 수 있어요?"
여홍이 고개를 끄덕이며 흔쾌히 대답했다.
"그래, 가르쳐 줄게."
"와! 신난다!"
청련이 토끼처럼 깡총깡총 풀밭을 뛰어 다녔다. 여명도 좋은지
"꾸웅-"
소리를 내며 그 큰 몸으로 청련의 뒤를 졸졸졸졸 따라다녔다. 잠시 후, 여홍이 청련을 불렀다.
"그렇게 뛰어다니기만 하면 어떡해? 빨리 와서 피리를 배워야지!"
청련이 후다닥 여홍의 앞에 앉았다. 여홍이 진지해진 청련을 보고 미소를 지으며 말했다.
"자, 이제 시작해 볼까? 청련 아씨?"
여홍이 자기를 보고 아씨라고 불러주자, 청련의 얼굴에 웃음꽃이 활짝 피었다.
"잘 봐, 구멍이 여섯 개... 손으로 구멍을 이렇게 막았다 열었다 하

며 소리를 내는 것이란다…………"
여홍은 운지법을 가르쳐 주면서 청련에게 연습하게 했다.
그렇게 시간을 보내다, 약선암으로 돌아오니 중양정사가 여홍을 기다리고 있었다.
"어디를 다녀왔소?"
"예,
청련과 이곳저곳을 돌아보고 선학 여명과 어울리다 왔습니다."
중양정사가 말했다.
"아까,
산 위에서 피리소리가 들리고, 여명이 하늘 높이 날아올라 음률에 맞춰 춤을 추는 것을 보았는데 피리는 소협이 분 것이오?"
"예, 제가 불었습니다."
"지금까지 살아오면서, 한 번도 들어보지 못한 훌륭한 솜씨였소. 소협, 음악은 어디서 배웠소이까?"
"어머니께 배웠습니다."
"아… 어머님은 강호(江湖)의 분이시오?"
"아닙니다. 그런데 동예악선 적보월(笛步月) 님께 배웠다고 하셨습니다."
"오!"
중양정사(中陽精師)의 눈이 크게 떠졌다.
"그럼, 어머님은 생존해 계시오?"
여홍이 비통한 얼굴로 대답했다.
"아닙니다. 적발마군이라는 자의 적염장에 뜻하지 않게 돌아가셨습니다."
이어 지난 사정을 말씀드렸다. 적발마군이라는 말에 중양선사는 매우 놀라워했다.

"적발마군? 그자는 오래 전 강호에서 사라졌다고 하던데, 그자가 다시 나타났단 말이오?"

"네, 아직 어머니의 원수를 갚지 못하고 있는 불효자입니다."

"음.. 안 되었소. 그러나 반드시 원수를 갚을 날이 올 터이니 너무 자책하지 마시오."

"네..

그런데 정사님, 백룡(白龍)선사님을 뵈러 가신 일은 어찌되었습니까?"

"내일 아침, 객청(客廳)으로 가서 뵙기로 했소이다."

"예, 감사합니다."

다음날,

여홍은 중앙정사와 함께 대숭전 객청으로 가서 백룡선사를 뵈었다. 흰색 도포에 박달나무로 만든 360개 장주(長珠)를 목에 걸고 있는 백룡선사가 용두장(龍頭杖: 용머리 지팡이)을 들고 자리에 앉아 있었다.

팔십 가까이 보였으나, 여전히 홍안(紅顔)이어서 진짜 나이가 얼마인지는 짐작할 수 없었고, 따뜻한 미소가 입가에 서려 있었다. 인자하고 신령스러워 보였.

청련의 말대로 흰 수염이 땅에 닿을 것처럼 보였다.

"자네가 여홍인가?"

"예, 여홍이라고 합니다."

백룡선사는 여홍을 보자 자리에 앉으라고 했다. 그리고 말없이 여홍을 바라보았다.

"오... 아주 귀한 상(相)이구나, 어디 손 좀 보자."

하며 여홍의 좌우 손을 잡고 손바닥을 살피다, 문득 기이한 빛이 스쳐 지나갔다.
백룡선사는 눈을 감고 뭔가를 생각한 후 혼자 고개를 끄덕였다. 중양정사가 말했다.
"소협, 선사님께 전하겠다는 말을 해보시오."
여홍은 먼저, 비단 천으로 싼 금척(金尺)을 선사에게 올리며 아뢰었다.
"저는 동예국 매가성(城) 밖에서 홀어머니를 모시고 살던 나무꾼입니다. 제가 잠시 모셨던 상도(常刀) 사부님은 대(大)조선 황궁의 금위대장이셨습니다.
'고열가 단제'께서 단제의 자리에서 물러나시면서 상도 사부님을 은밀히 불러 명하셨다고 들었습니다.
금척은 조선 제일의 보물로, 조선이 문을 닫게 되었으니 더 이상 황궁(皇宮)에 보관할 수 없으며, 한울의 물건을 용렬한 제후들이나 사악하고 전쟁을 좋아하는 중원의 손에 들어가게 해서는 안 된다고 하셨답니다.
이에 명을 받은 사부가 아리운 대선사님을 뵈러 오던 중, 오가(五加)와 연(燕) 그리고 알 수 없는 세력의 끝없는 추격을 뿌리치고 친구가 성주(城主)로 있는 매가성에 도착하였으나,
도움을 가장한 동예국(國)의 매가성주 '매루'의 간계에 빠지고 말았습니다.
매루는 스승님의 비파골(骨)을 뚫어 쇠사슬을 끼우고, 발목에는 차꼬(- 발목에 채우는 형구刑具)를 채워 토굴(土窟) 감옥에 가두었습니다.
스승님은 죽고 싶어도 죽을 수 없는 처지에서 모진 고문을 받으시

다, 금척의 소재를 발설하지 않기 위해, 기어이 스스로 목숨을 끊으셨습니다.
저는 스승님이 돌아가시기 한 달 전, 스승님과 사제(師弟) 아닌 사제의 인연을 맺었습니다.
단제의 밀명은, 지금은 구이원이나 중원 모두 혼탁한 시대이므로 하늘의 물건은 하늘의 뜻에 맡겨야한다는 것이었습니다.
스승님은
"나는 곧 죽게 될 것이니, 나를 대신해서 네가 백두선문의 아리운 선사님께 전해드리기만 하면 모든 것은 선사님께서 알아서 할 것이니라."
고 말씀하셨습니다.
제가 스승님의 영(令)을 받고 매가성(城)을 몰래 떠났으나, 제게도 살수들의 추적이 끝없이 이어졌으며, 그들을 피해 우여곡절을 겪으며 멀리 돌아오다, 백두선문(白頭仙門)에 오기까지 4년의 시간이 걸렸습니다."
여홍은 스승 상도의 죽음을 언급할 때에 깊은 슬픔으로 울먹이며 말을 이어나갔다.
백룡선사는 여홍의 사정을 듣고 긴 탄식(歎息)을 토해내며 칭찬했다.
"어린 사람이 너무나 큰일을 했다. 그동안 얼마나 고생이 많았느냐. 자네 사부의 처지가 가련하고 안 되었구나.
금척과 실전된 금규는 환웅천황이 신시(神市)를 설계하실 때 사용하신 물건이었다.
이 땅을 하늘에서와 같은 행복한 나라로 만들고자, 금척과 금규를 가져오셨느니라.

금척과 금규는 신비하기 이를 데 없는 보물로, 천황께서 포부를 들려주고 주문을 외우자, 스스로 알아서 신시(神市)의 '설계도'를 그렸다고 한다.
개천(開天) 시(時), 하늘에서 가지고 내려온 천부인 3개(- 검, 거울, 북)는 '금척, 금규'와 함께 모두 천계(天界)의 물건이다.
신정(神政)시대에 온 누리를 돌보시던 해사자님이 관리하고 계셨던 것으로,
이후 전해져 내려오다 전란으로 천부인 3개는 없어지고 금척, 금규만이 단군 조(朝)에 전해진 것이다.
그리고
단제는 황궁에 금척전(殿)과 금규각(閣)이란 건물을 짓고 보관해왔으나,
후일의 전란(戰亂)으로 도적들이 금규를 훔쳐가 아직까지도 그 행방을 알 수 없다.
'천부인과 금척(金尺), 금규(金規)'는 모두 하늘로 돌려보내야 마땅한 것이다.
환인 천제께서는 '구이원의 운명을 구이원 스스로 결정'해 나가기를 바라셨다. 사람들의 마음속 깊이 자리하고 있는 선(善)을 믿으신 것이다.
만약, 천기(天器) 금척이 악의 손에 들어가면 선이 악에 지는 것은 당연하다.
나는 이 금척을 '배달국(國) 보본단의 비밀 석실(石室)'에 감추어 둘 것이다.
먼 훗날, 배달의 혼불(- 인간의 혼을 이루고 있는 푸른 빛)이 되살아나나고

우리 겨레가 '하늘에서 내려온 민족'임을 스스로 깨닫는 동시에, 배달 혼(魂)의 고향인 북두칠성(北斗七星)의 세계(世界)를 알게 되는 날이 올 때에야, 비로소 금척(金尺: 황금 자)을 다시 보게 될 것이니라."

 이야기를 마친 백룡선사가 중앙정사에게 비단으로 감은 금척을 건네주며 풀어보라고 했다.
중앙정사가 금척에 감긴 비단을 풀어내자, 안에는 다시 혈의(血衣) 조각으로 감싸있었고 그 안에 금척이 있었다.
정사(精師)가 피에 물든 옷 조각을 살펴보니, 사슴 발자국 모양의 붉은 글자들이 쓰여 있었다.
중앙정사가 흠칫 놀라며 여홍을 돌아보았다.
"소협...., 이것은 녹도문이오. 이 핏물이 든 천이 무엇인지 아시오?"
여홍은 그제야 오랫동안 잊어버리고 있던 스승의 이야기가 떠올랐다.
"아! 그것은 스승님께 듣기를, 전에 다물의 난을 일으키셨던 언륵 원수님이 저자거리에서 참수된 후, 목은 성문 위에 걸리고 몸은 시장 쓰레기장에 버려졌답니다.
마침 그 날 폭우가 심해 지키는 사람이 없어, 친구이신 스승님이 몰래 수습해 은밀한 곳에 묻어드렸다고 했습니다.
당시, 언륵님이 입고 있던 옷 안쪽에 혈지(血指)로 쓴 글이 적혀있어 잘라내 보관해온 것이라고 하셨습니다.
스승님은,
죽음을 앞둔 언륵님의 글이라 매우 중요한 것으로 여기고 읽어보려고 했으나. 상고(上古) 시대의 문자여서 그 내용을 알 수 없었다고 하셨는데, 그동안 까맣게 잊고 있었습니다."
백룡선사가 침중(沈重)한 표정으로 혈의(血衣)를 살펴보며 중양정사에게 말했다.
"음...
혈의는 언륵 원수가 남긴 유훈(遺訓)일 것이다. 중양은 혈의를 장경각의 작지(鵲知)선사에게 보내 알아보도록 하라."
"예, 알겠습니다."
이어, 중양정사가 여쭈었다.
"금척은 겉보기에 단순히 금으로 만든 자일뿐인데, 도대체 어떤 비밀이 있어, 중원과 오가(五加)의 여러 세력이 탐욕을 부린 것입니까?"
백룡(白龍)선사가 대답했다.
"금척(金尺)과 금규는 단제의 상징일 뿐 아니라, 홍익인간 이화세계의 도구이며 또한 북두칠성(北斗七星)의 정보가 기재되어 있다고도 한다.
전해오는 말에 의하면, 금척은 능히 하늘과 땅의 조화에서 인간 만사(萬事)에 이르기까지 재지 못하는 것이 없다고 한다.
그리고
금척의 앞뒷면에 우주생성의 이치와 천부(天賦)의 법이 적혀 있다고 하는데,
전부 알 수 없는 수(數)로 새겨져 있어 이해할 수 없다고 한다.
오로지, 수(數) 만이 하늘과 교감할 수 있는 유일한 언어라는 뜻이 담긴 것으로 보인다.
또 하나,

강호인들은 금척에 구이원 최고의 무공이 기록되어 있는 것으로 알고 있어 흑, 백 양도를 가리지 않고 금척을 얻고자 날뛰는 것일 게다."
여홍은 백룡(白龍)선사의 말씀이 얼른 이해가 가지 않는 부분이 많았다.
"선사님의 말씀을 모두 이해하지는 못하오나, 금척이 과연 조선의 보물이라는 것을 알 수 있었습니다.
그리고 무엇보다, 사부님이 제게 내리신 임무를 완수하게 되어 기쁘기 한량(限量)없습니다."
백룡선사가 얼굴 가득 미소를 지으며 말했다.
"그래,
자네는 고열가 단제의 지시를 상도(常刀) 사부와 함께 완수하였다. 이제 모든 짐을 내려놓아도 된다. 자네의 공(功)이 말할 수 없이 크도다."
백룡선사로부터 치하의 말을 들은 여홍은 마음 졸이며 살수(殺手)들을 피해 도망치던 그동안의 피로가 일순간에 사라지는 것을 느꼈으나,
자애로운 스승 상도(常刀)와의 이별이 떠오르며 또 다시 눈물이 흘러내렸다.
"네, 정말 제가 할 일이 끝난 것이군요."
"그렇다.
자네가 그토록 고생을 했으니, 이곳에서 푹 쉬면서 백두선문의 무예와 의술(醫術)을 배우고 가라. 그것이 내가 해줄 수 있는 답례(答禮)이다."
백룡선사가 중앙정사를 돌아보며 말했다

"여소협은 하늘의 북두칠성 중 '요광성(星)'의 기운을 받고 태어난 사람이다.
그의 무예가 이미 드높은 경지에 이르러 있으니, 백두선문의 '비장(祕藏)의 무예'를 익힐 수 있도록 안내하라."
중앙정사가 물었다.
"선사님, 어떤 무예가 좋겠습니까?"
"여소협은
천랑성(天狼星)의 기운을 받아 태어난 자와 상극(相剋)이다. 아마 한울이 그를 상대하기 위해서 내려 보내신 것 같으니, 북두권이 좋겠구나."
선문의 수석(首席) 정사인 중앙은 크게 놀랐다. 백두선문에서 '정사(精師)' 이상의 인물만이 익힐 수 있는 북두권은, 선문의 '존폐(存廢)'를 가르는 절체절명의 위기를 대비하여 창안한 초식으로, 칠보(七步: 일곱 걸음)를 넘기기 전에, 온몸의 기운을 응축(凝縮)시킨 정권으로 타격해 승부를 결정짓는 극히 위험한 술법(術法)이었던 것이다.
상대의 내공과 무예가 훨씬 높고 강할 경우에는, 북두권(北斗拳)을 펼친 자의 목숨까지 위태로워질 수도 있는 초식이 아니던가.
더구나, 천랑성은 천계의 무법자로 알려진 '피를 부르는 늑대의 별'이었던 것이다.
중앙이 떨리는 목소리로 물었다.
"선사님, 천랑성은 과연 누구입니까?"
"음……."
백랑선사는 대답을 하지 않은 채 눈을 감으며 깊은 명상에 들어갔다.

이에, 중양은 공손히 읍(揖)하고 여홍을 데리고 조용히 대숭전을 물러 나왔다.

 여홍은 다음 날 청련과 함께 백두산 이 곳 저 곳을 돌아본 후, 백두선문의 북두권(北斗拳)을 배웠다.
북두권은 일곱 걸음을 딛는 동안, 만근(萬斤)의 힘을 싣고 지르는 일곱 번의 철권이 상대의 좌우상하와 구미혈(鳩尾穴: 명치) 중 어느 한 곳을 통렬(痛烈)하게 타격하는 권술(拳術)로, 일명 '북두칠권(北斗七拳)'이라고도 불리고 있으며 적(敵)으로 하여금 정면 격돌을 할 수 밖에 없는 극한의 상황으로 몰고 가, 둘 중 하나는 반드시 중상을 입거나 죽음을 맞게 되는 수법이었다.
그만큼, 상대의 발을 따라잡을 수 있는 빠른 신법과 더 없이 심후한 내공을 지닌 자만이 과감(果敢)하게 펼칠 수 있는 권법(拳法)이었으나,
일 갑자(甲子: 60년)를 상회하는 내공(內功)을 지닌 여홍은 그동안의 실전 경험과 대천성에서 접한 12지신장(神將)의 기이한 무술로 더욱 심오한 경지의 '무리(武理)'를 깨달아가고 있었기에 며칠 지나지 않아 난해하기 이를 데 없는 북두칠권의 정수(精髓)를 완벽하게 깨달았다.
천부(天賦: 하늘이 내림)의 근골(筋骨)과 하나를 들으면 열을 헤아리는 여홍의 눈부신 진도에 중양정사는 놀라움을 금치 못했다.
특히, 북두칠권(北斗七拳)을 힘든 기색이 없이 열 차례를 반복하며 큰 나무들을 꺾고 부러뜨리면서 반경(半徑) 20장의 숲을 평지로 바꾸어가자, 백두권을 전수하라고 하신 백룡선사의 혜안(慧眼)에 고개

를 끄덕였다.
흑거미를 해치운 것으로 여홍의 무예를 어느 정도는 짐작하고 있었으나, 이는 백룡선사가 칠순(七旬: 70세)에야 이룬 노화순청(爐火純靑)의 경지였던 것이다.
북두칠권은 한 차례 펼치고 나면 내력이 반감(半減) 되어, 연이어 전개할 경우 위력이 떨어질 수밖에 없었으나, 그다지 내공의 소모가 없어 보이는 여홍의 불가사의(不可思議)한 회복력에 감탄할 뿐이었다.
중양정사는 가까스로 세 번을 내지를 수 있는 자신을 돌아보며 혀를 내둘렀다.

만리객의 이이활신술(術)로 불과 열 네 살의 나이에 노화순청(爐火純靑)의 경지를 연 여홍은
스승 발해어부로부터 자부선사의 귀식대법(龜息大法)을 배운 이후 스스로도 느끼지 못하는 사이에 자연의 호흡을 완성해가고 있는 중이었다.
토납(吐納)을 의도하지 않아도, 이미 몸의 일부가 된 일 갑자가 넘는 순양(純陽)의 기운이
일상의 호흡 속에 천기(天氣)를 도인하며, 온몸의 혈(穴)과 수없이 많은 모공(毛孔)을 씻어 내리는 과정에 있었다.
향후,
삼백육십오 혈(穴)과 팔 만 사천 개의 모공이 '하늘의 그물'처럼 이어지는 날, 망망대해(茫茫大海)의 숨결 같은 내공(內功)을 얻게 될 것이다.

여홍이 내력 소모가 지극히 큰 북두칠권을 열 차례 연이어 펼칠 수 있었던 것은, 일권(一拳)을 내지르는 동시에 이미 체화(體化)된 '마음의 화로' 규(竅)가 선천지기와 함께 천기(天氣)를 도인하며 순양의 기운을 만들어 나간 것이었으니, 여홍이 겪은 전후의 사정을 알고 나면 그리 놀라운 일도 아니었다.
어느 날, 중앙정사가 여홍을 조용히 불렀다.
"백두선문에 왔으면 반드시 환웅천황이 삼천여년 전 신시(神市)를 세웠던 천평에 가보아야 하오.
천평(天坪)을 보지 않고는 영산(靈山) 백두산을 안다고 말할 수 없을 것이오."
여홍은 다음날 청련과 함께 천평에 올랐다. 천평은 백두선 중턱의 넓은 들이었다. 큰 숲들이 끝없이 전개된 웅장하고 호쾌한 모습이 과연 나라를 세우기에 적합해 보였다.

천리천평(千里天坪)!
구이원 최초의 나라 신국(神國)의 옛터이며, 신읍(神邑)이 있었던 자리였다. 하늘이 주신 보배로운 땅이며 조선 역사의 출발점이었다. 여홍은 감격했다. 이 아름답고 신령스러운 땅의 자손이라는 것이 자랑스러웠다.
그러나 지금의 천평은 문명이 피어나던 그런 벌판이 아니었다. 신시(神市)의 모습은 흔적도 없는 드넓은 수해(樹海)였다.
푸른 하늘 아래 이슬처럼 빛나는 햇빛과 맑고 고운 수 만개의 꽃들이 물결이 치듯 출렁이고 있었다.
이깔나무(- 소나무 과에 속한 낙엽교목), 자작나무, 전나무, 들쭉나무,

산(山)철쭉, 백합, 매젓, 장미의 바다가 몇 백리나 이어지는지 도시(都是: 도무지) 알 수 없었다.
여홍은 신시시대에 천황이 직접 팠다는 두 개의 우물 자정(子井)과 여정(女井)을 찾아보았으나 보이지 않았고, 소도(蘇塗)의 자취도 찾을 길이 없어 아쉬웠다.
몇 군데 불에 탄 흔적들이 있는 것을 보니 중앙정사의 말씀대로 이천년 전에 큰 불이 난 이후로 산(山)의 모습이 크게 변한 것 같았다.
때 마침 불어오는 바람이 드넓은 천평(天坪)을 지나가고 있었다.
고대 신시(神市)시대의 찬란한 문화를 상상하며 텅 빈 평원을 우두커니 서서 바라보다 가슴속 깊은 곳에서 솟구쳐 오르는 무한한 그리움을 이기지 못하고 가까운 바위에 걸터앉아 피리를 불기 시작했다.
적보월님의 '신시(神市)의 기억'이라는 곡이었다.
아름다운 피리의 선율이 천평을 감싸고 흐르자, 어디서 날아왔는지 모를 형형색색(形形色色)의 새들이 노래하는 가운데 노루, 사슴, 토끼 등 수 많은 짐승들이 나타나 이리저리 뛰어다니며 놀았다.
문득, 피리의 선율을 타고 여홍의 어깨에 내려앉아 지저귀는 작은 새와 가까이 와서 자기의 다리에 코를 부비는 사슴과 토끼들이 청련을 지금까지 한 번도 겪어보지 못한 황홀경(恍惚境)으로 빠져들게 했다.
소녀 청련은, 피리를 불며 '천평(天坪)의 일부'가 되어버린 듯한 여홍이 더 없이 아름답게 느껴졌다.
연주를 끝낸 여홍은 이어 백두산 정상의 천지(天池)에 올라가 보려고 했으나, 갑자기 돌풍이 일며 비가 억수같이 쏟아져 내리는 탓으로 '후일 다시 오리라.' 마음먹고 백두선문(白頭仙門)으로 돌아왔다.
이후,
여홍은 시간이 날 때면 청련에게 피리를 가르쳐 주었다. 음악적 재능이 있었는지, 청련은 얼마 지나지 않아 자기 힘으로 몇 가지의 곡을 불 수 있었다. 거기에 피리를 불다 입에 물고 잠이 들 정도로 너무나 열심이어서 배우는 속도가 무척이나 빨랐다.
"오빠, 내가 피리 불어줄까요?"
여홍이 홀로 전망이 좋은 산 능선에 올라 경치를 감상하고 있을 때면 어떻게 알고 왔는지 여홍이 만들어준 대나무 피리를 들고 쫓아왔다.
"그래, 한곡 불어보렴."
청련이 신이 나서 자세를 잡고 여홍이 가르쳐준 '동예의 아씨'라는 곡을 불렀다.
"이제는 제법 잘 부는구나."
"오빠, 이제 다른 곡들도 좀 가르쳐주셔요."
여홍이 대답했다.
"지금까지 배운 걸 조금 더 잘 부르게 되면, 새로운 곡을 가르쳐줄게."
"칫, 오빠는..."
하며, 피리를 들고 새카만 눈을 깜빡이던 청련이 방긋 웃으며 말했다.
"오빠.. 그럼 우리, 여명을 타고 용시(龍市)에 놀러가요."
"응? 어디?"
여홍이 말하는 사이에, 청련이 목에 걸고 있던 자작나무 호각을 꺼내 불었다.

"삐-삐-"
그러자 잠시 후 여명이 나타나 청련의 앞에 내려앉았다. 청련이 말했다.
"여명아, 우리를 비룡산(飛龍山)에 있는 용시(龍市)로 태워 줘."
여홍이 궁금해 하는 얼굴로
"용시(龍市)?"
하고 묻자, 청련이 끄덕이며 살포시 미소를 지었다. 그때, 여명(黎明)이 알아들었다는 듯 목을 빼고 길게 울어 제쳤다.
"꺄-악"
이어, 몸을 낮추어 여홍과 청련을 태우고 붕- 창공으로 날아올랐다.
여명은 순식간에 하늘 높이 날기 시작했다. 밑을 내려다보니 아름다운 풍경이 펼쳐져 있었다.
백 여리를 날아간 여명이 이윽고 어느 원시림의 큰 벌판에 내려앉았다. 매우 드넓은 곳이었으나, 아무것도 없어 공허(空虛)하고 쓸쓸하였다.
청련이 말했다.
"정사님께 들었는데, 이곳은 신시(神市)시대 '용(龍)을 팔고 사는 장터'였다고 해요."
여홍은, 어릴 적에 고대(古代) 선인들이 용을 부렸다는 말을 어머니로부터 들은 적이 있었다. 그때는 믿지 않았으나, 지금 이곳에 와보니 사실이었던 모양이다. 여홍이 감탄했다.
"아!"
청련은 여홍을 데리고 고대에 용시(龍市)가 있었던 흔적을 알려주었다.

"이곳 용시(龍市) 터에는 지금도 산짐승들이 함부로 들어오지 않는 답니다. 참 신기하죠?"
"아! 그렇군…"

 먼 훗날 시인(詩人) '청마(靑馬) 유치환'은 '고대 용시도(古代 龍市 圖)'라는 시(詩)로 용시(龍市)를 노래하였다.

『 아득한 옛날 삼신산(三神山) 산록 만리 벌에는
  한 해에 한 번 나라의 용시(龍市)가 섰었나니
  이 날이면
  안개 자욱한 먼 원시림에
  구관조(九官鳥) 우짖는 이른 아침부터
  온 나라에서 길들여 먹이던 용(龍)을 이끌고
  수만의 사람들이 모여들어
  치수(治水)하고 투룡(鬪龍: 용을 싸움붙임) 하고
  용으로써 용을 잡는 가룡(家龍)을 여기에서
  서로 팔고 사고 바꾸기를
  행하였나니
  번갯불 찬란한 눈망울과
  창검(槍劍)같이 곧은 수염의 번쩍이는 비늘에
  오색찬란한
  청룡, 황룡, 웅룡(雄龍: 수컷 용), 자룡(雌龍)!

  머리를 저으면 불길 같은 아가리에

푸른 운하(雲霞: 구름과 노을)가 일고
한 번 꼬리치면 삼신산(三神山)이 울림 하는
아늑한 지명(地鳴: 땅울림)
아아,
이 휘황(輝煌: 눈이 부시도록 환함)한 운하 사이를
사람들은 사람들로
호사롭게 더불은 봉황(鳳凰)을 어깨에 얹은 이
봉의 눈 나룻 푸른 젊은이
나부끼는 눈썹에 동안(童顔)의 늙은이
모두가 늠름한 가운데 유연(悠然)히 옷자락을
끌고 지나치면
서로 공손히 읍하고 어깨 치면 호탕한 웃음도
섞어
사나운 짐승을 꾸짖어 간색(看色: 물건의 좋고
나쁨을 살펴봄)하고
흥정하는
구름같이 펼쳐진 이 저자(- 시장)의 변두리엔
또한
수단(繡緞: 수놓은 것처럼 짠 비단)을 드리운
장사치의 장막에서 오르는
화려한 채색 자주 빛 연기에 풍악소리
계집들의 환대의 웃음소리
수많은 구경꾼 건달들과 어울려
고대의 기나긴 하루해가 저물도록 이 용시는
찬란(燦爛)한 화폭처럼

겨울 줄도 모르고 아득히 은성(殷盛: 번성함)
하는 것이었다.

용시(龍市)를 구경한 후, 청련이 호각(號角)을 불어 여명(黎明)을 불렀다.
"여명아, 이제 우리를 소룡(小龍)호수로 태워다 줘."
두 사람을 태운 여명은 다시 순식간에 동쪽으로 삼백 여리를 날아 어느 아름다운 호수 가에 내려앉았다.
수 만년씩 자란 원시림 속의 그림 같은 호수를 본 여홍은 또 한 번 감탄했다. 여전히 태고(太古)의 신비를 간직하고 있는 곳이었다.
"여기가 포가리산(布庫哩山)이고 이 호수가 소룡(小龍)호수인데, 예쁜 새끼용이 살았데요."
청련은 여홍에게 자기의 견문(見聞: 지식)을 자랑하듯 말했다.
"그런데 이름이 왜 '소룡(小龍)호수'일까?"
청련이 대답했다.
"이 호수는 아주, 아주 옛날 하늘의 선녀들이 내려와 목욕을 하고 올라가는 곳이었는데, 어느 날 나쁜 흑선(黑仙)들이 나타나 어린 선녀들을 잡아 가려고 했데요.
그때, 호수에 살고 있던 '작은 용'이 나타나, 선도(仙道) 최고 경지에 오른 금선(金仙)과 겨룰 정도의 흑선들을 물리치고 선녀들을 구해주었답니다.
그 일로 '작은 용'은 환인 천제님으로부터 공(功)을 인정받고 하늘로 올라갔데요. 오빠, 재미있죠?"
"응, 재미있네. 그런 아름다운 전설이 감추어져 있다니! 아, 그런데 흑선들은 어떤 자들이지?"
여홍은 흑선이라는 말을 처음 듣는지라, 궁금해서 청련에게 물었다.
"흑선이요?
중앙정사님 말씀이, 선인들이 천도, 지도(地道), 인도(人道)를 따르며 심신을 수양하는 데 반하여, 흑선들은 처음에는 선문의 수행자들이었으나 점차 도(道)을 거스르는 수련을 하다 마도(魔道)에 빠져, 세상을 어지럽히는 악인들이래요."
악인이라는 말에, 문득 여홍의 짙은 눈썹이 꿈틀거렸다.
"혹, 지금도 그 흑선(黑仙)들이 어딘가에 있을 거라는 말씀은 안 하셨니?"
"네, 선사님들이나 선협들에게 쫓겨 어딘가 어둡고 암울한 곳에 숨어 무공을 연마하다가 틈만 보이면 나타난답니다.
흑선들은 모두 마공(魔功)을 연마하여 약탈과 살인을 밥 먹듯이 한데요."
이야기를 끝낸 청련이 호수 가에 보이는 갈대숲으로 달려갔다. 여홍도 바짝 따라갔다.
청련이 신을 벗고 갈대숲으로 들어가더니 웬 통나무배를 하나 끌고 나왔다. 통나무배는, 커다란 나무를 잘라 속을 파내고 만든 세 사람 정도 탈 수 있는 크기였다.
청련이 먼저 훌쩍 뛰어오르자, 여홍은 영문을 몰라 멈칫 보고만 있었다.
"오빠, 얼른 타셔요."
여홍이 배에 타자, 청련이 노를 집어 주었다.
"오빠가 노를 저어요. 나는 구경해야 해요."
여홍은 웃었다.

"그래."
여홍이 노를 젓기 시작하자, 호수의 수면(水面) 위를 미끄러지듯 나아갔다.
때마침 산들바람이 불어왔다. 여홍은 마치 선경(仙境) 속에 들어온 것만 같았다. 청련은 경치에 푹 빠져 뱃전에 턱을 고이고, 호수 먼 곳을 바라보고 있었다.
"이곳은 나 혼자 놀러오는 곳이에요."
"정말 아름다운 곳이구나. 어떻게 알았는데?"
"여명(黎明)이 가르쳐 주었어요."
"여명이?"
"네, 어떤 때는 선학령에 사는 학(鶴) 수십 마리가 이 호수로 날아와 물을 마시는 걸 본 적도 있어요."
"수십 마리씩이나?"
여홍은 자기 귀를 의심했다. 한 마리도 보기 힘든 선학이 수십 마리씩 날아온다니 놀라웠다. 어느 덧 배는 호수 가운데로 들어서고 있었다.
여홍이 노를 저으며 내려다보니 물고기들이 많이 보였다. 그런데 물고기들은 보통의 물고기들과 달랐다. 기가 막히게도 모두가 색색(色色: 여러 가지 빛깔)이었다.
빨강, 노랑, 파랑, 보라, 초록 등 수많은 색깔의 물고기들이 평화롭게 유영(遊泳)하고 있었다.
"청련아, 물고기들이 신기하게도 모두가 색색이구나. 정말 예쁜걸?"
"이 호수 속은 또 다른 세계 같아요. 여기에 오면 시간 가는 줄을 몰라요."

"정말 그렇겠구나."
"오빠, 금선어도 한번 찾아보셔요."
"전설의 금린선어(金鱗仙魚)?"
"네, 선계에만 산다는 물고기요. 비늘이 모두 금빛이랍니다. 이곳에 살고 있어요."
여홍은 노를 저으며 금선어를 찾아보았으나 눈에 띠지 않았다. 한참 후 호수 한 가운데에 이르자, 다른 물고기들에 둘러싸인 속에서 찬란한 황금빛이 번득이는 것을 보았다.
'혹시, 금선어?'라고 생각한 여홍은 말로만 듣던 전설의 물고기를 꼭 한번 보고 싶었다.
여홍은 천천히 노를 저어가며 그 빛을 따라가 보았다.
그러나
놈은 쉽게 모습을 보여주지 않았고, 물살이 빨라지는 지점에 이르자 갑자기 더 깊은 곳으로 빨려 들어가듯 사라지려고 했다. 금선어와 함께 헤엄치던 다른 물고기들은 여전히 이리저리 몰려다니고 있었다.
여홍은 호기심이 일었다. 금선어를 보기 위해 호수 속을 한 번 들어가 보기로 했다.
여홍이 청련에게 말했다.
"청련아, 내가 물속에 들어가 금선어를 잡아올게."
느닷없는 말을 들은 청련이 토끼눈을 뜬 채, 엉덩방아를 찧으며 깜짝 놀랐다.
"아니, 뭐라고요! 금선어를 잡으로 오빠가 이 깊은 물속에 들어가겠다고요?"
"그래, 금선어를 잡아와야겠다."

"오빠 안 돼요! 금선어는 천계에서 내려온 물고기로 도(道)를 알고 있데요.
사해(四海)의 용왕들도 금선어에게는 예(禮)를 표한답니다. 만약 그들을 해치면 무서운 벌을 받는다고 했어요!"
청련의 외침에 여홍은 흠칫 마음을 고쳐먹으며, '절대 금선어를 잡지 않고 구경만 하고 돌아와야지.'라고 생각했다.
"그럼, 금선어가 어떻게 생겼는지 보고만 올게."
라고 말하며, 청련이 가타부타 말릴 틈도 없이 바람처럼 몸을 던졌다.
소녀 청련은 물에 뛰어든 여홍이 익사(溺死)할까 무서워 심장이 콩닥콩닥 뛰었으나, 사실 여홍은 움직이지 않으면 물속에서 열두 시진(-24시간)을 버틸 수 있는 귀식(龜息: 거북이 호흡)과 잠수 상태에서 두 시진(-4시간) 이상을 유영할 수 있는, 수중무예(水中武藝)의 절대(絶代: 당대에 견줄 만한 상대가 없을 만큼 뛰어남) 고수(高手)였다.
물속은 조금 차가웠다.
여홍은 배에서 수면(水面)을 투시하며 보아둔, 금선어가 사라진 방향으로 헤엄쳐 들어가며 스승 발해어부의 절예, 분수공(分水功: 물살을 좌우로 가르는 공력功力)을 펼쳤다.
잘 아는 곳이 아니기 때문에 생각지 못한 괴변을 대비하기 위해서였다.
분수공(分水功)은 바다가 뒤집히는 폭풍우(暴風雨)가 치지 않는 한, 어떤 강한 물살에서도 중심을 잃지 않고 나아갈 수 있는 영법(泳法)이었다.
처음에는 금선어로 보이는 밝은 빛을 쫓아 가는 것이 어렵지 않았으나 얼마 후 갑자기 사라져 버렸다. 종적이 묘연했다. 호수 아래를 이리저리 찾아다녔으나 도저히 찾을 길이 없었다.

얼마나 지났을까. 무릎까지 감겨드는 수초(水草) 숲을 헤쳐 가는 중에 네 가닥의 수초가 여홍의 두 발을 문어발처럼 감으며 끌어당겼다.

일순, 수초의 억센 힘을 느낀 여홍이 비상(非常: 예사롭지 않음)한 손놀림으로 페르시아 단검을 꺼내 두 다리 사이로 긋자, 가볍게 잘려나갔다.

날카롭기가, 웬만한 쇠는 어렵지 않게 자를 수 있을 정도였다. 단검은 저 멀리 페르시아에서 만들어진 것으로, 번조선 왕검성(城)에 갔던 아악성주가 큰돈을 주고 구입해 자나 깨나 품속에 지니고 다니다,

가달오귀(五鬼)를 없애고 아악성(城)의 여러 생명을 구해준 여홍과의 작별(作別)을 못내 서운해 하며 사례(謝禮)의 뜻으로 선물한 것이었다.

후일, 몇 번 사용해 본 여홍이 그 예리함에 감탄을 금치 못하고 '금비수(金匕首)'라는 이름을 붙였다.

수초는 호수 속의 별종인 식인(食人) 수초였다. 웬만한 자는 탈출을 몇 번 시도해보지도 못하고 죽게 만드는 무서운 풀이었으나, 귀식대법과 분수공으로 물속의 움직임이 땅에서와 별반 다르지 않은 여홍에게는 문제도 아니었다.

한참을 헤엄쳐 가니 금선어가 사라진 듯한 바위가 보였고 그 뒤로 돌아서자 문득 굴(窟)이 하나 나타났다. 여홍이 굴속으로 들어가다, 육지의 동굴 같은 공간을 발견하였다.

이어, 물속으로 사라진 여홍이 수면을 뚫고 비스듬히 솟구쳐 오르며

가볍게 올라섰다. 상당히 넓고 깊은 동굴이었다.
안으로 들어가니 뜻밖에도 선인(仙人) 한사람이 목이 잘린 채 죽어 있었다.
여홍이 살펴보니 선인은 먼저 독(毒)이 묻은 암기에 대추혈(大椎穴: 목을 숙였을 때 도드라지게 튀어 나온 뼈 부위의 혈)을 맞고 쓰러진 상태에서 목이 잘린 것이었다. 선인은 어느 악독한 자에게 암습을 당한 것이다.
'이 분은 누굴까? 호수 아래 사람의 발길이 닿지 않는 곳에서 수련을 하며 지내신 분 같은데...
그리고 이곳을 누가, 어떻게 알고 여기까지 들어와 암습을 가하였을까?'
동굴 안을 돌아보던 여홍이 신광(神光)을 번득였다. 동굴 속에 또 다른 동굴이 있을지도 모른다는 생각이 든 것이다.
누가 보아도, 있는지 없는지를 알아보기 어려웠으나, 어느새 노화순청의 진력(眞力: 참된 힘)으로 오관(五官: 귀, 눈, 코, 혀, 피부)의 기능을 극도로 끌어올린 여홍이 벽면의 매끄럽지 않은 미세한 굴곡을 포착한 것이다.
벽에 걸린 등잔에 불을 켜들고 돌아서다 왼편 아래 어두운 곳에 드러난 벽면의 요철(凹凸)을 놓치지 않고 옆으로 밀자, 스르르 벽이 열렸다.
조심스럽게 들어가 보니, 안쪽의 벽에 그려진 벽화가 한눈에 들어왔다.
북두칠성의 성좌도(圖)와 주변의 별들 그리고 그 아래에 검법의 초식으로 보이는 일곱 개의 그림이 그려져 있었는데, 섬세하게 그려진 도인(道人)들이 평이(平易: 까다롭지 않고 쉬움)하면서도 기이한 검초를 보여주고 있었다. 의외의 장소에서 뜻밖의 그림을 마주한 여홍은 일순(一瞬), 표현하기 어려운 신비감과 외경심이 절로 일었다.
그림을 들여다보던 여홍은 저절로 흥이 났다. 도인들이 펼치는 칠검(七劍)이 희한하게도 악보(樂譜)의 음을 내는 여러 가지 음표로 느껴졌다.
개마국에서 마음(魔音)을 익힌 후, 겪어보지 않은 선음(仙音)을 직관했던 여홍은 십이 신장(神將)의 무예를 연구하다, 상도(常刀) 사부님이 말씀하신 '천하동귀(天下同歸)' 또한 '율려'의 산물이 아닐까 하는 생각을 해 보았었다.
벽화의 검로(劍路)에서 섬광이 스치듯 율려를 느낀 여홍은 자기도 모르게 검을 뽑아 흉내를 내보았다.
언뜻, 쉬워 보이는 검초였으나 백여 번을 따라해 본 후에야
길을 잃은 배가 이윽고 항로(航路)를 찾은 것처럼 미끄러지듯 움직이기 시작했다.
칠검(七劍)은 간결한 가운데 극히 심오(深奧)한 변화를 담고 있었다.
북두칠성은 대웅좌(大雄座: 큰곰별자리) 속에서 육안으로 가장 뚜렷하게 보이며,
각기 천추(天樞: 하늘의 지도리)
    천선(天璇: 하늘의 옥)
    천기(天璣: 하늘의 둥글지 않은 구슬)
    천권(天權: 하늘의 저울추)
    옥형(玉衡: 옥저울대)
    개양(開陽: 陽氣양기를 펼침)
    요광(搖光: 빛을 움직여 흔듦) 이라는 이름을 가진 일곱 개의 별이다.

여홍은 어느새 밤이 온 것도 모르고, 검법의 오의(奧義: 깊은 뜻)에 빠져 들어갔고 긴 시간이 흐른 후에야 눈을 떴다. 이때, 누군가의 말소리가 들려왔다.

"얘야, 이제 그만 일어나거라."

여홍이 깜짝 놀라며 뒤를 돌아보자, 흰 도포를 입은 노인 둘이 앉아 있었다.

아무도 없는 곳으로 생각했던 여홍의 온몸에 식은땀이 쏟아져 내렸다.

이들이 사악한 인물들이었다면 자신의 목숨은 이미 사라진 것이나 다름없었다.

그러나 다행히도 두 분 모두 이웃집 할아버지 같은 느낌을 주고 있었고, 매우 신령스러운 눈같이 흰 수염이 한자가 넘게 자라있는 분들로, 족히 백 살은 넘어 보였으나 얼굴빛이 발그레한 동안(童顔)이었다.

그 중 한 도인(道人)이 궁금한 표정으로 물었다.

"너는 어디에서 온 누구냐?"

"저는 동예국(國)에서 온 여홍이라고 하오며, 지금 백두선문에 머물고 있습니다."

"오! 그럼, 네가 바로 금척(金尺)을 가져온 아이인 게냐?"

여홍은 적이(- 어지간히) 놀랐다. 처음 보는 분들인데 어찌 자기를 알아볼 수 있을까?

"저를 어떻게 아십니까?"

"백룡선사에게 들었다. 네가 참으로 장한 일을 했더구나. 우리는 일금선(一金仙)과 칠금선(七金仙)이라고 한다."

"아, 네..."

여홍이 좀 어리둥절해 하면서 계면쩍어 하자, 두 선인은 미소를 지으며 자기들을 소개했다.

"백두선문에서는 우리를 칠대금선(七大金仙)이라 이른다.

'금선(金仙)'은 선계(仙界)에서 제일 오래된 늙은이로, 구이원의 성산(聖山) 백두산의 정기를 수호하는 임무를 갖고 있는 선인을 말한다.

아리운 선사(仙師) 보다 한 배분이 높은 '칠대금선'은 선문의 일에 관여하지 않으나, 각기 여러 곳에 흩어져 백두산의 영기(靈氣)가 바르게 순환하는지를 관찰하며 지낸다.

만약 천기(天機: 하늘의 기밀)에 이상이 생기면, 구이원과 조선에 재난이 일어난다고 했다.

백두산은 구이원의 혼(魂)이다. 지금 백두산에 어두운 기운이 스며들고 있어 그 원인을 찾고 있던 중, 금선(金仙) 두 분의 행적이 묘연하여 와본 것인데 이미 누군가에게 해(害)를 당하고 돌아가셨구나. 혹시 네가 이곳에 들어왔을 때 특이한 무엇인가를 보지 못했느냐?"

여홍이 청련과 선학 여명(黎明)을 타고 호수에 온 것부터 소상하게 말씀드리고,

금선어를 쫓아 동굴에 이르렀으며, 벽에 그려진 검법을 따라하다 무심(無心)의 경지에 들게 된 것까지 이야기하자,

일금선과 칠금선은 서로 얼굴을 마주보며 크게 놀라고 말았다. 일금선이 물었다.

"오! 칠성도(七星圖)의 검법을 따라해 보았다고 했느냐?"

"네"

칠금선이 감탄하며 말을 이었다.

"칠성검법은 백두선문의 대선사와 칠대금선에게만 비밀리에 전하는 무공이다.

이곳은 선문(仙門)의 다섯 개의 비밀 도관 중 한 곳이다. 그리고 칠성도는 검법 외에 천지 창조의 이치와 하늘의 문을 여는 기오막측(奇奧莫測: 기이하고 심오함이 측량할 수 없음)한 비밀이 숨겨져 있다고 하며,

내공이 부족한 자가 욕심만으로 이 검법을 따라했다가는 예외 없이 기혈이 역류하여 피를 토하고 죽게 되는데, 네가 따라할 수 있었다니, '미증유(未曾有: 지금까지 유례類例를 찾을 수 없음)'의 네 경지가 놀라울 따름이다.

북두성좌도(圖)는 네가 가져온 금척과 지금은 사라고 없는 '금규'로 그린 것이라고 전해지고 있으나, 우리도 그 이치를 깨우치지 못하고 있다.

여기 돌아가신 분은 이금선(二金仙)이시다. 마왕의 무리들이 칠성도를 발견했다면 벽화를 통째로 뜯어갔을 것이다. 우리는 이금선(二金仙)을 묻어드린 후, 악의 세력이 알아 버린 이 동굴을 폐쇄시킬 것이다.

그리고... 우연히 이곳을 찾은 네가 칠성검을 터득했다고 하니 이 또한 하늘의 뜻이라는 생각이 드는구나.

자, 우리가 지켜 볼 터이니 어디 네가 깨달은 칠성검법을 펼쳐 보아라."

여홍이 자리에서 일어나 공경의 마음을 담아 예(禮)를 올린 후 검(劍)을 뽑아들자, 두 금선의 눈이 기대 반 호기심 반으로 예리하게 번득였다.

"……….."

잠시 후, 여홍이 가상의 적을 축으로 추, 선, 기, 권, 옥형, 개양, 요광의 자리를 밟으며 검을 휘두르자, 1년을 구성하는 춘하추동(春夏秋冬)의 변화가 일시에 펼쳐지는 듯한 검광(劍光)이 무수히 나부꼈다.

추(樞: 지도리)의 자리에서 이는 일촉즉발의 기세가 상대를 거세게 압박했고

선(璇)에서 뿜어내는 옥빛 검기가, 둥글지 않은 구슬(- 璣)의 궤적으로 떠오르는 가운데 폭우처럼 내려친 검이 수평으로 뒤집히며 반공을 가르자, 가을날의 맑고 투명한 물과 같은 검광이 동굴을 뒤덮었다.

이를 본 금선(金仙)들의 눈빛이 흔들리는 순간, 빙굴(氷窟)의 한기(寒氣)를 내뿜는 검이 하늘의 저울추(- 權)가 날아가듯 일 만근(萬斤)의 호를 그렸고, 이어 추(錘)가 사라진 저울대(- 玉衡)처럼 튀어 오른 여홍이 검(劍)과 일체(一體)가 되어 회전(回轉)하며 **열 개의 공간**을 후려쳤다.

마지막으로 여홍이 검(劍)을 거꾸로 쥐고 예(禮)를 갖추자, 십방(十方: 열 개의 방위)을 번개 치듯 오가던 검광이 연기처럼 흔들리며 사라져 갔다.

부동(不動)의 추(樞: 지도리)에서 선(璇), 기(璣), 권(權) 옥형(玉衡), 개양(開陽)의 동선을 따라, '모였다 흩어지고 다시 모이는 구름'처럼 바뀌는 검의 변화가 지극히 경이로웠다.

칠성검법(七星劍法)은 춘하추동의 섭리를 검(劍)으로 표현한 것이었다.

설명은 길었으나, 모든 변화가 물이 흐르듯, 광풍(狂風)이 몰아치듯 몇 번의 호흡지간에 이루어졌으며 추(樞)와 요광(搖光)의 방위 외에

는, 일반 고수(高手)의 눈으로는 포착하기 어려운 전광석화와도 같은 절정(絶頂)의 쾌검(快劍)이었다.
"음....."
여홍이 검무(劍舞)를 마치자, 잠깐의 정적(靜寂)이 흐른 후 일금선이 고개를 끄덕이며 입을 열었다.
그의 얼굴에는 백 년을 수행했음에도 가라앉히기 힘든 격동이 번지고 있었다.
"하늘이 내리신 천하 기재(奇才)로다. 조선의 홍복(洪福: 큰 행복)이로고....!
내 나이 이미 107세, 천수(天壽)를 누렸으나 쓰러져 가는 조선이 안타까워 눈을 감지 못하고 이 땅에 조금 더 머무르고 있었을 뿐이었다.
백두권을 열 번이나 내지른 아이가 있다고 한 백룡의 말을 듣고 크게 놀랐으나, 어린 네가 율려(律呂)를 이해하고 있고, 누군가의 가르침 없이 벽화만으로 칠성검(七星劍)의 정수(精髓)를 터득할 줄은 상상조차 하지 못하였다.
이제야, 마음을 놓고 하늘에 올라 신국(神國)의 열성조(列聖朝)님들을 뵈올 낯이 있게 되었느니. 으핫하하하....하하하,,, 하하하하하하하하하...."
눈물을 글썽이며 끝없이 파안대소를 터트리는 일금선을 본 여홍은 보잘 것 없는 자신에게 내려지는 칭찬에 몸 둘 바를 몰라 하며 그 자리에 무릎을 꿇고 엎드렸다.
이윽고 웃음을 그친 일금선(一金仙)이 한 없이 인자한 눈빛으로 여홍을 내려다보며 말했다.
"너는 10성의 경지를 깨우친 것이다. 홍아, 잘 들어라. 칠성검은 북두칠성을 보고 창안한 것이란다. 칠성은 우주의 율려(律呂)를 타고 움직이는 성좌이니라.
그러나 율려는 보이지 않는 것. 끝없는 수행(修行)으로 네 마음이 율려와 하나가 되는 날, 비로소 천하제일검(天下第一劍)이 될 것이니라."
여홍이 머리를 조아리며 대답했다.
"소생,
절차탁마(切磋琢磨)를 게을리 하지 않겠으며, 악을 물리치고 구이원(九夷原)의 도(道)를 바로 세우는 데에 혼신(渾身)의 힘을 바치겠습니다."
"암, 그래야지."
여홍은
이금선(二金仙)을 안은 일금선과 칠금선의 뒤를 따라 동굴을 나왔다.
금선들을 뒤따라 동굴 안으로 더 들어가 보니 위로 올라가는 협소한 통로가 나 있었다. 좁은 길을 따라 한참을 올라간 끝에 동굴 밖으로 나왔다.
밖은 호수가 아닌 수목들이 우거진 숲이었다. 동굴을 돌아보니 나무와 풀들이 입구를 가려 알아차리기 어려웠다. 칠금선(七金仙)과 함께 좋은 자리를 찾아 이금선을 묻은 일금선(一金仙)이 여홍을 돌아보았다.
"홍아,
여기서 헤어져야 할 것 같구나. 육대금선(六大金仙)이 모여서 할 일이 있단다. 이제 그만 돌아가거라.
소룡(小龍)호수로 가서 기다리면 여명(黎明)이 널 데리러 올 것이다.”
라고 말하며 바람처럼 밀림 속으로 사라져 버렸다. 두 분의 모습이 보이지 않자,
여홍도 만리신보를 발휘하여, 청련이 통나무배를 끌어낸 곳으로 돌아 왔다. 갈대숲에 배가 숨겨져 있었다.
하늘의 해를 보니 신시(- 오후 3시 반 ~ 5시 반)쯤 으로 보였다. 청련이 자기를 기다리다, 배를 이곳에 갖다놓고 선문(仙門)으로 돌아간 것 같았다.
이곳에서 백두선문은 너무 멀고 모르는 길이라 금선들의 말씀대로 선학을 기다려 보기로 했다.

 여홍은 '여명(黎明)'이 하늘에서 보고 쉽게 찾을 수 있도록 햇볕 좋은 풀밭을 찾아서 벌렁 드러누웠다. 하늘은 높고 푸르렀다. 오래 간만에 드러누워서 보는 하늘이었다. 불현 듯, 매가촌(村)에서 아침 일찍 산에 가 나무를 한 짐 해놓고 꿀 같은 낮잠을 자던 일이 생각났다.
참으로 오랜 만에 편안함을 느꼈다. 바람이 호수를 스치며 살랑살랑 부는 가운데, 처음 보는 새들이 수없이 하늘을 오고 갔다. 여홍은 색색의 물고기들이 살고 온갖 새들이 지저귀며 나는 이 호수가 바로 선경(仙境)이라는 생각이 들었다.
풀밭에서 새들이 짹짹 삐삐 거리는 소리를 듣고 있던 여홍이 갑자기 벌떡 일어나 앉았다.
'그렇지, 왜 그 생각을 못했지? 아.. 이 바보!'
주먹으로 머리를 몇 번이나 두들기던 여홍은 피리를 꺼내 불기 시

작했다.
그 유명한 동예악선 적보월의 대황만리였다. 지난번에 이곡을 불자 선학이 춤을 추지 않았던가. 여홍은 선학 여명(黎明)이 피리 소리를 듣고 날아오기를 고대하며 피리를 불었다.
아름다운 선율이 바람을 타고 '소룡호수' 위를 날아 멀리 퍼져나갔다. 한창 피리를 불고 있을 때였다.
"꺅-!"
하고 청아한 울음소리가 먼 서쪽 하늘에서 들려왔다. 한 마리의 선학(仙鶴)이 붉은 노을을 등지고 여홍이 있는 곳으로 날아오고 있었다.
청련을 태우고 있는 선학이었다.
얼마 안 있어 선학이 여홍이 앉아있는 풀밭에 내려앉았고, 청련이 폴짝 뛰어내리며 달려왔다. 그리고 곧장 여홍의 품속으로 파고들었다.
"오빠! 도대체 어디 갔었어요? 난, 오빠가 물속에서 죽어버린 줄 알았다.. 내가 밤새도록 얼마나 울었는지 알아요?"
여홍은
'오빠가 죽어버린 줄 알았다'는 말을 할 때, 청련의 가녀린 몸이 부르르 떨리는 걸 느끼고 부드럽게 안아주었다.
"죽긴 왜 죽어,
내가 수영을 얼마나 잘하는데. 오빠는 하루 종일 물속에 있어도 괜찮아. 분수공이라는 수중(水中) 무예를 펼치거든! 울긴 또 왜 우니, 바보같이."
"아니, 날 더러 바보라는 거예요? 오빠가 바보지, 내 허락도 없이 금선어를 보겠다고 무턱대고 물속에 뛰어 들었잖아요!"

그리고 조그만 주먹을 쥐고 여홍의 눈앞에 들이밀었다. 여홍은 청련의 작은 손이 정말 예쁘다고 생각했다.
"앞으로 또 이런 일이 생기면 여명(黎明)을 다시는 안태워 줄 거예요!"
뽀로통해 있는 청련이 너무 귀여운 여홍이 문득 장난기가 발동했다.
"안태워 줘도 돼.
난, 다시 물속에서 놀다 올 거야. 거기 들어가 보니까 아주 재미있던데? 그럼, 청련이 혼자 돌아가!"
하고 물속에 뛰어들 듯한 자세를 취하자, 당황한 청련은 어쩔 줄 몰라 하며 여홍을 애걸하듯 올려다보았다. 그러나 여홍이 모르는 척 하고
"에이, 빨리 들어가야지."
라고 하자
"앙-!"
하고 어린 청련은 그동안 참고 있던 서러움과 울음보가 터져 버렸다.
"아-앙, 바보 오빠..... 제발 가지 마."

청련은 부모형제 하나 없는 고아로 외롭게 자라오다 마음씨 착한 오빠가 생겨 짧은 시간이었으나 심심하지 않아서 좋았다.
그런데 함께 배를 타고 온 여홍이 금선어를 잡으러 물에 뛰어든 후 밤새도록 나타나지 않자, 물속에서 죽은 것으로 알고 큰 충격을 받았다. 어린 청련이 놀라는 것은 지극히 당연한 일이었다. 이를 본 여홍이

'에고, 내가 너무 심했나?'라고 생각하며 청련을 달랬다.
"그래그래, 오빠, 안 갈게. 청련아, 울지 마. 오빠가 물속에서 겪었던 이야기를 해줄게."
다시는 물속에 들어가지 않겠다는 여홍의 말을 듣고서도, 마음이 놓이지 않은 청련은
몇 번이나 손가락을 걸고 한울님, 환웅천황님, 단군 할아버지, 백두산 천지(天池), 심지어 여명(黎明)에게까지 맹세를 시키고 나서야 울음을 멈추었다.
청련이 어느새 웃음이 가득한 얼굴로 말했다.
"오빠, 여명(黎明)을 타고 가면서 호수(湖水) 속 이야기를 해 줘요."
"네.. 아씨. 분부를 받들어 모시겠습니다."
"호호호.. 오빠가 나더러 아씨래!"
조금 전까지도 눈물을 뚝뚝 떨구던 청련이 언제 그랬냐는 듯, 까르르르 하고 웃자, 여홍도 따라 웃으며 호수에서의 일을 차근차근 들려주었다. 그리고 물었다.
"청련아, 오빠가 없어진 걸 중앙정사님께 말씀 드렸니?"
"예,
오늘 새벽에 말씀 드렸는데 걱정을 많이 하셨어요. 그런데 오빠를 찾으러 가자고 졸랐더니,
정사님 말씀이 흑도(黑道)에서 누가 찾아온다나 봐요. 대선사님도 안계시니 선문을 비울 수 없다고 하시며 저 혼자 가서 하루 더 찾아보라고 하셨어요."
여홍이 깜짝 놀라며 물었다.
"흑도 누구?"
"음산파의 음산노괴(陰山老怪)가 시비를 걸러 찾아오는 것 같았어

요"
여홍은 구이원의 제1 선문에 감히 시비를 거는 무리가 있다는 사실에 놀라지 않을 수 없었다.
"음산파? 음산파는 어디에 있지?"
"멀리 고비사막에 음산산맥(陰山山脈)이라는 곳이 있는데, 산맥 북쪽의 깊은 곳 어딘가에 있대요. 음산파는 아주 오래된 사도(邪道) 방파랍니다."
뜻밖의 음산파에 불길한 예감이 든 여홍이 백두선문을 향해 날아가는 여명에게 말했다.
"여형, 조금만 더 빨리 갈 수 있겠소? 나쁜 놈들이 선문을 공격할지도 모르오."
여홍의 말을 들은 여명이 지금까지와는 비교할 수 없을 정도로 빠르게 날기 시작했다.
"후-욱! 훅--"
바람을 스치는 소리가 세차게 이는 가운데, 아래로 보이는 경관이 눈에 잡히지 않을 정도로 뒤로 사라져갔다.
여홍과 여명의 서두르는 모습을 본 소녀 청련은 가슴이 콩닥콩닥 뛰었다.
아직 백두선문이 시야에 들어오지 않았으나, 온몸의 내력을 끌어올린 여홍의 귀로 일련(一連)의 기합 소리와 병장기 부딪치는 소리가 아스라이 들려왔다. 이윽고, 여명이 선문 상공에 도착했을 때였다.
아래를 보니,
큰 마당에 팔십여 명의 백두 선인이 각종 무기를 들고 중앙정사의 뒤로 포진(布陣)하고 있었다.
바닥에는 이십일 명의 백두의 제자들이 피를 흘리며 여기저기 쓰러져있었고, 흑의 복면인과 백두선문의 담중사범(擔重師範)이 마주보고 서 있었다.
그 뒤로 왼팔이 부러진, 은으로 만든 반쪽 가면을 쓴 자와 얼굴에 노란 색칠을 한 자(者)가 보였는데,
좌우로는 흑의 복면인 여섯이 늘어서 흉악한 살기를 쏟아내고 있었다.
그리고 멀리 떨어진 곳에 그늘처럼 조용히 서있는 붉은 복면객이 뒷짐을 진 체 관망하고 있었다.

 여명(黎明)이 선관 한쪽 빈자리를 향해 하강하는 도중에 여홍이 몸을 날려 지면에 내려섰다.
싸움은 흑의 복면인과 선문의 담중정사가 장법으로 겨루고 있었다.
담중은 무예를 지도하는 교관이었으나, 상기(上氣)된 안색으로 보아, 담중정사가 흑의 복면에 밀리는 듯 보였다. 흑의복면이 귀신같은 목소리를 뱉어냈다.
"흐흐흐흐,
담중! 너희들 중에 나의 살용장(殺龍掌: 용을 죽이는 장법)을 오초 이상 받아낸 자는 없다.
백두선문이 허수아비 같은 놈들만 모인 곳이라는 걸, 구이원(九夷原)에 널리 알리고,
오늘, 너희들의 허접한 현판을 흑두문(黑頭門)으로 바꾸어버릴 것이다.
너희 둘이서 음산노괴(陰山老怪)를 이겼다고 하나, 결코 나의 상대는 아니다. 너 같은 흔해빠진 약골들 말고 백룡(白龍)과 아리운을

빨리 데려오너라."
팔이 부러진 은가면이 음산노괴인 모양이었다. 말을 끝낸 흑의복면이 우장(右掌)을 휘젓자 우악스러운 바람이 담중을 향해 거칠게 쏟아졌다.
이에, 담중정사가 이를 악물고 노괴의 살용장을 정면으로 맞받아쳤으나
"꽝"
하는 소리와 함께 네 걸음이나 밀려나며 검붉은 피를 울컥 토해냈다. 의기양양해진 흑의복면이 비웃음을 날렸다.
"흐흐흐,
넌 이미 중상(重傷)을 입었다. 무술 교관이라는 자가 겨우 이 정도라니.. 백두에 또 누가 있어, 나의 살용장(殺龍掌)을 받아보겠느냐!"
이를 본 중양정사(中陽精師)의 눈빛이 가라앉으며 얼굴이 일그러졌다.
'저들 여덟 명에 의해, 고수(高手) 이십일 명이 죽거나 내상을 입었고 이제는 믿었던 담중 마저 패하고 말았다.
적들은 아홉 명에 불과하나,
흑의 복면은, 사질(- 한 대 아래의 제자) 담수에 이어 구초 만에 담중을 무너뜨렸다.
이미, 선문의 차기(次期) 정예 담수, 담우, 담가, 담여, 담호가 나머지 흑의 복면의 손에, 몇 수 나눠보지도 못하고 부상을 입은 상태이다.
나 혼자, 흑의 복면 둘까지는 감당할 수 있으나, 그 이상은 역부족이다.
아.,, 여기저기 흩어져 수행을 하고 있는 형제들을 모두 불러들였어

야 했는데.. 음산노괴가 어디서 이런 마귀 같은 자들을 데리고 왔을까? 그리고 아직 나서지 않은 저 붉은 복면은 깊이를 헤아릴 수 없는 무서운 실력자일 것이다.
백룡선사님과 칠대금선이 오시지 않는 한, 이놈들을 상대할 수 있는 방법은 칠성대진 뿐이다.'
중앙정사를 힐끗 쳐다본 흑의 복면은 백두선문에서 더 이상 나설 사람이 없다는 것을 눈치 채고, 뒤에 서있는 '노란 얼굴'에게 지시했다.
"낄낄낄낄낄낄, 너는 빨리 저 대숭전의 허접한 간판을 떼어내고, 우리 흑두문(黑頭門)의 자랑스러운 현판을 걸도록 해라."
"예!"
노란 얼굴이 몸을 날려, 마당 한 귀퉁이에 놓여있던 마대를 풀자, 길고 넓적한 판이 하나 나왔다. 귀신이 흘려 쓴 듯한 '흑두문(黑頭門)'이라는 현판이었다. 이들은 오늘 백두선문을 접수할 수 있다고 확신하고 있는 듯했다.
노란 얼굴이 현판을 들고 대숭전 쪽으로 향하자 크게 노한 중앙정사가 외쳤다.
"무례한 놈들, 백두선문은 환웅천황님이 가달마황을 죽이고 세우신 후 수천 년이 흘렀다. 이때까지 너희들 같이 못된 놈들은 생전 처음 보았다.
내 살계(殺戒)를 범하지 않으려고 했으나, 네놈들을 오늘 한 놈도 돌려보내지 않을 것이니라."
이어 붉은 복면을 향해 몸을 날리며, 곁에 서 있는 맏도비에게 지시했다.
"칠성대진을 펼쳐라!"

중양의 말이 떨어지기 무섭게 맏도비가 바람처럼 움직이며 외쳤다.
"칠성대진을 펼쳐라!"
순간,
뒤에 서있던 선인들이 기다리고 있었다는 듯 일사불란한 동선을 그리며 붉은 복면을 제외한 여덟 명의 적들을 에워싸자, 칠성대진과 8인의 침입자가 일으키는 살기가 부딪치며 폭풍전야의 긴장이 마당을 가득 채웠다.
이때, 자기들을 포위하는 백두 문도들의 움직임에 아랑곳 하지 않는 복면 6인의 태연한 모습에, 음산노괴와 노란 얼굴 역시 조금도 두려워하지 않는 자세로 전의를 불태웠다.
미동도 하지 않는 붉은 복면의 분위기가 그들 모두의 사기(士氣)를 좌우하는 듯했다.

 칠성진은 일곱 명의 칠성검진과 사십구 인의 칠성대진(七星大陣)으로 나뉘는데,
일곱 개의 칠성검진으로 이루어진 칠성대진은, 원 안으로 가둔 소수의 적을 뿔뿔이 흩어질 수밖에 없도록 공격 한 후, 분산된 적들을 일곱 개의 검진으로 가두어 하나하나 격파해 가는 천라지망과도 같은 진(陣)이었다.
원래, 칠성진은 환웅천황이 북두칠성의 운행을 보고 창안한 진법으로, 평범한 사람들이 배우기에는 '더 없이 어려운 이치(理致)'를 담고 있었다.
정마전쟁(正魔戰爭)에 참여했던 영웅들은 후일, 평범한 무인(武人)들도 쉽게 펼칠 수 있는 방법을 연구하다, 진법의 강맹함이 크게 떨어

지지 않는 선에서, 진(陣)의 무궁한 변화를 약간 줄이는 쪽으로 결단을 내렸다.
이 과정에 영웅 각자의 깨달음이 달리 적용되면서 구이원 각지의 칠성진(七星陣)은 서로 비슷해 보이면서도 조금씩 다른 형태(形態)와 기세를 갖게 되었고,
천하를 안정시켰던 천황의 칠성진에 비해, 그 변화무쌍함과 위력(威力)이 삼분지이(三分之二) 정도 밖에 되지 않았으나, 아직까지는 흉악(凶惡)하고 사악(邪惡)한 무리들을 없애기에 조금도 부족하지 않았다.

적들을 에워싼 49인이 미끄러지듯 움직이기 시작했다. 유성(流星)이 날 듯 이합집산(離合集散)하는 49인이 다양한 진(陣)을 만들며 파상 공격을 가하자, 음산노괴와 노란 얼굴 그리고 육인의 흑의복면이 각기 장(掌)을 쓰거나 도(刀)를 휘두르며 여덟 개 방향으로 날뛰기 시작했다.
"훅, 후-욱!"
"캉! 캉-캉!"
"쌔-액, 슥- 휙, 쓰윽."
손바람이 스치고 병장기가 격돌하는 소리가 천지사방을 뒤흔드는 가운데, 붉은 복면의 앞에 선 중앙정사가 일장(一掌)을 천천히 무겁게 밀어냈다.
칠성대진이 펼쳐진 이상,
오늘의 싸움은 붉은 복면과 자기의 비무(比武)에 달려있다고 생각한 것이다.

너무도 태연한 그의 기도가 마음에 걸렸으나, 우선 우두머리로 보이는 붉은 복면의 기습을 차단하고 내공을 시험해 보지 않을 수 없던 것이다.

자기를 향해 밀려오는 대하(大河)와도 같은 손바람을 본 붉은 복면이 좌수(左手)를 들어 가볍게 긋자

"파파팍!"

소리와 함께 중앙이 일으킨 바람이 쇠에 부딪친 나무가 꺾이듯 힘을 잃으며 허공으로 흩어졌고,

굳센 내경(內勁)의 충돌로 중앙정사의 어깨가 흔들리며 반걸음 뒤로 밀려났다.

붉은 복면의 수도(手刀)에 놀란 마음을 감추려는 중앙과 달리, 붉은 복면은 중앙을 보며 고개를 크게 끄덕였다.

"백룡의 수석 제자라더니, 과연 명불허전이군.. 나의 참수도(斬手刀)를 견디다니."

상대의 예사롭지 않은 수도(手刀)에 다음 공격의 수를 고민하던 중앙은 '참수도'라는 말을 듣는 순간, 얼음물에 처박힌 듯 정신이 번쩍 들었다.

이십오 년 전 백두선문에 입문한 지 얼마 지나지 않아, 스승에게 들었던 중원의 마인(魔人)들 중 '수도(手刀)의 명인(名人)'이 중앙의 뇌리를 스친 것이다.

삼십팔 년 전 중원에서, 오직 수도(手刀) 만으로 67인의 고수를 무너뜨린 정사(正邪) 중간의 무인(武人)이 있었는데, 그의 절학(絶學)이 바로 참수도(斬手刀)였다.

정(正)도 사(邪)도 아닌 그를 마인이라 칭하는 이유는, 그와 비무를 마친 후의 상대는 정사(正邪)를 가리지 않고 죽거나 폐인이 되어버

렸으며 또한 스스로 이름을 밝히는 법이 없어, 참수도에 죽지는 않았으나 반신불수가 된 자들은 자신이 '어디의 누구에게' 패한 것인지를 알지 못한 채 깊은 한(恨)을 안고 살아야만 했기 때문이었다고 들었다.

격전 중에는 그 어떤 것에도 흔들리지 않는 마음을 가져야 하나, 중양은 저절로 이는 한기(寒氣)를 어찌할 도리가 없었다. 붉은 복면은 분명 탁자를 미는 정도의 힘밖에 쓰지 않았으나, 자기의 10성 장풍(掌風)을 국수 가락 자르듯 갈라 친 것이다.

기억이 정확하다면, 중원에서 적수를 만나지 못한 저 자(者)는 구이원으로 넘어와 당시 천하제일의 고수로 알려진 발해어부를 찾아 다니던 초(超) 고수이나, 백두의 수석 제자로서 이대로 물러설 수는 없는 법, 자리를 비운 스승을 대신하여 지금의 상황을 통제할 수 있어야만 했다.

이윽고 마음을 가라앉힌 중양이 북서(北西)와 동남(東南)을 밟으며 천천히 검을 뽑아 들자, 차가운 눈발과도 같은 새하얀 기운이 뿜어져 나왔다.

중양은 이미 절정에 이른 무예를 선보이고 있었다. 부드러운 발검(拔劍)으로 복면의 움직임을 견제하는 극한의 예기(銳氣: 날카로운 기운)를 일으킨 것이다.

이를 본 붉은 복면 또한 자세를 바꾸었다. 중양정사의 내공이 깊지 않으나, 일반 수준을 넘어선 고수였다. 승패를 판가름하는 것은 내력(內力)만이 아닐 것이다.

붉은 복면의 수도(手刀)가 문득 중양(中陽)의 왼 무릎을 향하자, 칼날 같은 기운이 일며 우측 공간을 가로막았다.

검의 자유로운 변화를 제한하는 일수(一手)였다. 실로 담대한 자였다. 중양의 검을 바로 앞에 두고 이 같은 수를 보이는 사람은 아직까지 없었다.

이에 중양이 검을 수평으로 누이며 복면의 좌측으로 바람처럼 이동하는 순간, 복면의 수도(手刀)가 장(掌: 손바닥)으로 바뀌며 중양의 검(劍)을 향해 태산 같은 기운을 쏟아냈다.

다음에 이어질 중양의 움직임을 한 박자(拍子) 빠르게 봉쇄한 것이다. 급히 서두르지 않으면서도 상대의 균형(均衡)을 깨는 절묘한 수법이었다.

더 이상의 공격은 이어지지 않았으나, 이를 지켜본 여흥의 눈빛이 차갑게 가라앉으며 소리 없이 금비수(金匕首)를 빼들었다.

중양정사가 감당하기 어려운 붉은 복면의 놀라운 무예를 알아본 것이다.

한쪽에서는 칠성대진과 팔인(八人)의 침입자가 치열하게 싸우고 있었다. 엄밀한 검광 속에 적들을 가두고자 하는 일곱 개의 검진과 이를 파해(破解)하려는 자들의 신형이 얼음판의 팽이처럼 빠르게 돌아갔다.

선인들은 난무하는 흑의복면들의 장(掌)을 일곱 개의 원이 맞물리는 사이로 흡수하면서, 1진(陣) 칠검(七劍)을 막는 적들의 뒤를 여섯 개의 검진이 돌아가며 기습하다, 돌연 14인의 진(陣)을 형성하며 포위망을 넓히기도 했다.

어부의 능수능란한 손놀림에 따라 작아졌다 커졌다 하는 그물과도 같은 칠성대진이었으나, 흑의복면 여섯이 휘저어대는 심후한 장력(掌力) 또한 변화무쌍하여 두 진영의 승부는 쉽게 나지 않을 듯 했다.

어느 쪽도 우위를 점하지 못하는 공방이 이어지는 가운데 일곱 개의 '칠성검진'이 흩어지며 다시 49인의 칠성대진으로 바뀌자, 담중을 꺾은 흑의복면의 입에서 귀기(鬼氣)가 풀풀 나는 차가운 비웃음이 흘러나왔다.
"낄낄낄, 이까짓 차륜전으로 우리가 지칠 줄 알았느냐? 네 놈들이 도(道)를 닦는다고 어여쁜 계집도 고기도 모르는 불쌍한 놈들이라, 흰 쌀밥에 고기도 먹여주고, 계집도 여러 명 안겨 주려고 했는데 이리들 고집을 부리니 어쩔 수 없구나. 나의 손이 독하다고 원망하지 마라. 흐흐흐흐!"
흑의복면의 마지막 말이 신호라도 되는 듯, 복면 여섯과 음산노괴의 손바닥이 동시에 뒤집히며 거칠고 사나운 바람을 세 차례 연이어 쏟아냈다.
평생을 수련했을 그들의 공력은 과연 놀라웠다. 스물 한 가닥의 장풍에 실린 웅후한 내력이 칠성대진의 다음 변화를 일시에 틀어막았다.

 두 곳의 싸움을 지켜보던 여홍은
'북두선문의 객(客)으로 주인을 제치고 감히 나설 수는 없으나, 좀 더 시간이 흐르면 되돌릴 수 없는 국면과 마주하게 될지도 모른다.'고 생각하며,
한동안은 이상이 없을 칠성대진을 잊고, 극도의 긴장 상태에서 붉은 복면과 대치하고 있는 중앙정사에게로 눈을 돌렸다.
이때 중앙은 자신의 동선과 빈틈을 꿰뚫어 보는 붉은 복면의 스산한 눈길을 애써 외면했다.
'상대는 변칙이나 단순한 용기와 기백만으로 어찌 해 볼 수 있는 자

가 아니나, 백두선문의 수석 제자로서 사문(師門)의 명예를 더럽힐 수는 없다.'
생각을 끝낸 중양이 질풍처럼 전진하며 검을 후려치자, 빛살 같은 검광이 복면의 정수리를 향해 호를 그렸다.
복면이 조금이라도 피하려 들면 기선(機先)을 잡을 수 있을 것이며, 그렇지 않으면 목숨을 건 양패구상의 수법으로 오늘의 승부에 변화를 주고자 한 것이나,
중양의 검이 일도양단의 기세로 떨어지는 짧은 순간 붉은 복면의 좌수도(左手刀)가 믿을 수 없는 속도로 검신(劍身)을 타격하는 동시에, 검이 밀리며 생긴 공간으로 다섯 개의 철지(鐵指)가 으스스한 살기를 일으키며 비수와도 같이 쇄도했다.
사실, 붉은 복면은 조금 전 선학의 등에서 뛰어내리며 지면에 발이 닿는 순간 먼지 한 톨 일으키지 않는 여홍이 신경을 자극했으나, 그리 마음에 두지 않았었다.
그러나 얼핏, 여홍의 눈에 스치는 별빛 같은 신광(神光)을 발견하고 여홍이 비록 어리다 하나, 과거 자기의 손에 스러져 간 자(者)들과는 차원이 다른, 수십 년 간 마주치지 못한 고수일지도 모른다는 생각이 들어 지금까지와는 다르게 12성의 참수도(斬手刀)를 벼락같이 펼친 것이다.
서둘러, 성가신 중양(中陽)을 정리하고 새로운 일전(一戰)을 준비하려는 의도였으나, 바위라도 자를 듯한 철지비수(鐵指匕首: 비수 모양의 쇠손가락)가 중양의 목을 치려는 찰나, 하늘을 찢는 청련의 비명과 함께 하얗게 날이 선 비수가 무서운 속도로 회전하며 붉은 복면의 관자놀이로 들이닥쳤다.
여홍과의 거리는 10장, 일반적으로 아무리 빨라도 중양을 해치우고

난 후에 도달해야할 기습이었으나, 상상하기 어려운 속도로 근접한 비수(匕首)에 붉은 복면은 다 잡은 중양정사를 포기할 수밖에 없었다.
순간, 금비수(金匕首)를 피해 머리를 뒤로 젖힌 붉은 복면이 어느새 거리를 좁히고 여홍의 1장 앞에 다가섰다.
"너는 누구냐?"
누군가 저승사자의 목소리를 들은 사람이 있다면 붉은 복면이 내뱉는 말에 놀라 혼(魂)이 달아나고 말았을 것이다.
궁금한 듯 바라보는 붉은 복면의 눈에서 한 번도 두려움을 느껴보지 못한 자(者)만이 가질 수 있는 '패도적(霸道的)인 기운'이 쏟아져 나왔다.
이를 느낀 소녀 청련이 자기도 모르게 아기 사슴처럼 몸을 떨었고 저승의 문턱에서 살아난 중양정사 또한 극도의 긴장 속에 빠져들었다.
질문을 받은 여홍이 담담하게 대답했다.
"창해(滄海)의 여홍이라 하오. 모름지기 사나이는 광명정대해야 하는 법, 음산파의 이름으로 거짓 방문한 귀하는 어디에서 온 누구시오?"
창해라는 말을 듣는 순간, 붉은 복면의 눈에 이채(異彩: 색다른 빛)가 스쳤다.
아까의 느낌이 틀리지 않았던 것이다.
'내 앞에서 조금도 흔들리지 않는 기도(氣度: 국량)를 보이며, 세 치 혀로 천하의 참수도(斬手刀)를, 음산파의 이름 뒤에 숨은 용렬한 자로 몰아가는 말솜씨.
역시, 나이에 비해 녹록치 않은 풍진강호(風塵江湖)의 경험과 깊고

높은 무예(武藝)를 지닌 자만이 보일 수 있는 담대(膽大)한 모습이 아닌가?'
붉은 복면이 말했다.
"구이원에 혜성과 같이 나타난 창해신검을 여기서 만나게 되다니.. 발걸음이 헛되지 않았군.
모두가 나를 참수도(斬手刀)라 부르지. 그리고 오늘은 가달성의 흑무 신분으로 왔네. 일찍부터 가달오귀와 흑살귀를 해치운 창해신검이 누구인지 궁금했는데, 실제로 보니 소문 이상의 실력자임을 알겠네."
여홍은 참수도라는 붉은 복면이 가달성(城)의 흑무이며 자기를 알고 있다는 말에 흠칫하며 말했다.
"과찬의 말씀이오."
"내 단도직입적으로 한 가지 묻겠네. 자네의 사부는 누구인가? 혹, 발해어부가 아니신가?"
가달오귀와 흑살귀를 없애고 쌍산의 쾌검, 도림이걸을 물리친 창해신검이 전설(傳說)의 고수(高手) 발해어부의 제자라는 소문이 천하에 파다한 것을 모르고 있는 여홍이 미묘한 표정을 지으며 대답했다.
"나의 사부님을 아시오?"
참수도가 안도하듯 눈을 반짝 빛내며 말을 이었다.
"어찌 모를 수가 있겠는가? 어옹(漁翁)을 만나기 위해 천하를 떠돈 지 수십 년이거늘."
여홍은 참수도가 발해어부를 찾아다닌 사연을 알지 못했기에 의아한 표정을 지을 수밖에 없었다. 이를 본 참수도가 차분한 표정으로 말했다.

"어옹(漁翁)께서는 아직 살아 계신가?"
"그렇소이다만, 귀하가 사부님의 안부를 묻는 이유가 무엇이오?"
"오...!
이리 반가운 소리를 듣다니. 그럼 어디로 가야 어옹을 만나 뵐 수 있는지 내게 알려줄 수 있을까?"
참수도의 눈에서 막역한 사이의 친구를 찾는 듯한 간절함을 느낀 여홍이 고개를 갸웃하며 물었다.
"나의 사부님을 찾는 이유를 물어봐도 되겠소이까?"
"음.. 별 일 아니네. 천하무적이라 일컫는 어옹에게 한 수 가르침을 받아보려는 게야."
참수도의 말에 여홍이 놀랐다.
더 없이 부드럽게 이야기하고는 있으나, 이 자의 무예로 보아 가르침 운운(云云)하는 것은 핑계일 뿐 스승님과 무술의 고하(高下)를 가리고자 하는 의도임을 알아차릴 수 있었던 것이다.
손녀 두약을 데리고 초야(草野)에 은거하신 하늘같은 스승님을 어지럽게 해드릴 수는 없는 일이었다.
"스승님은 구름 속의 신룡(神龍)과 같은 분으로, 지금 천하를 주유하시는 중이라 나 또한 존안(尊顔)을 뵙고 싶으나 어디 계신지 알 수 없소이다."
여홍의 대답을 들은 참수도의 눈에 실망감이 스쳤으나, 이내 차가운 빛으로 바뀌며 말했다.
"어옹을 찾을 수 없다면, 어옹이 나를 보러 오게 하는 것도 괜찮겠지. 그래, 그 방법이 좋겠군. 음..."
이 소리를 들은 중양정사의 표정이 굳어졌다.
참수도와 여홍의 결투는 정해진 수순이었으나, 참수도가 생각한 방법이 무엇인지 바로 알아차렸기 때문이다. 선문과 이 자(者)와의 싸움이, 자칫 40년 전 천하제일(天下第一)의 고수(高手) 발해어부까지 끌어들일 수 있는 상황으로 전개 된 것이다. 참수도의 계획은 분명했다.

여홍을 제거하면 발해어부가 어찌 가만히 있겠는가. 사랑하는 제자의 복수를 위해 자기를 찾아오지 않겠냐는 뜻이리라.

중원 제일의 고수 참수도(斬手刀)는 발해어부에게 따라다니는 '천하제일(天下第一)'이라는 수식어가 일생(一生)을 두고 불만이었던 것이다.

이어, 여홍에게 물었다.

"사부의 무예는 어느 정도나 이어 받았는가? 어디, 자네 솜씨를 한 번 구경 할 수 있겠나?"

그동안 대화를 나누며 대강의 일을 짐작한 여홍이 가볍게 포권(抱拳) 하며 대답했다.

"소생의 재능이 미천하여 사부님의 절예를 반도 깨우치지 못했으나, 귀하의 가르침을 받아보겠소이다."

여홍이 자세를 갖추자, '신검(神劍)'이라는 자가 검을 뽑지 않는 것에 붉은 복면은 이내 고개를 끄덕였다.

"자, 먼저 공격하게. 권각(拳脚)에는 눈이 없네. 나는 힘을 다할게야."

중앙은 내심 크게 놀랐다. 그의 입에서 힘을 다하겠다는 소리를 들어 본 사람은 천하에 없었다.

이는 조금 전에 겪어 본 금비수의 무예와 여홍의 태연자약한 기도(氣度) 그리고 40년이 지난 지금까지도, 양원(兩原: 구이원과 중원)의 산하(山河)를 떨게 하는 발해어부의 '탈명장(奪命掌)'이 참수도로 하여금 방심할 수 없게 만들었을 것이다.
"실례하겠소이다."
한 마디 짧게 내뱉은 여홍이 드디어 움직이기 시작했다. 반쯤 말아 쥔 오른손으로 상대의 우측 가슴을 가리키며 한 발 이동하자, 붉은 복면의 신형이 공간을 접듯 다가서며 전광석화와 같은 수도(手刀)를 횡(橫)으로 그어갔고 동시에 여홍의 오지(五指)가 환영처럼 사선을 그었다.
탈명장이 뿌린 다섯 줄기의 내경(內勁) 중 네 가닥이 참수도의 비수 같은 기운을 끊고 나머지 한 개의 창날 같은 기운이 복면의 얼굴로 휘어져 들어갔다.
순간,
흠칫 하며 움직인 복면의 좌수도(左手刀)가 자기의 얼굴로 들이치는 내경을 갈라 치자, 깃발이 강풍에 접혔다 펴지는 소리가 나는 가운데, 탑(塔)이라도 무너뜨릴 여홍의 철각(鐵脚)과 무쇠 같은 주먹이 소나기처럼 이어졌다.
젊은 시절, 그토록 찾아 헤맸던 발해어부의 제자를 만나, 기대 반 흥분 반으로 '탈명장'과 일차 격돌한 붉은 복면은 내심 놀라움을 금치 못했다.
다섯 가닥의 내경(內勁)은 과거에 이미 알고 있었으나, 여홍이 그 중 네 가닥만으로 자신의 10성 공력이 실린 참수도를 차단했을 뿐 아니라,
격돌의 여파가 조금도 없는 기세로 권각(拳脚)을 퍼붓고 있지 않은 가? 더구나 일권(一拳), 일각(一脚)이 예상하기 어려운 각도에서 가파른 계곡을 나는 유령(幽靈)처럼 쇄도했다.
이미 신보(神步)에 몸을 실은 여홍이, 대 제국 조선의 근위대장 상

도(常刀)가 혈투 끝에 사선(死線)을 넘으며 깨우친 삼권양각을 펼친 것이다.

이 정도의 공력(功力)과 박투술(搏鬪術)을 상상하지 못했던 붉은 복면이 일순(一瞬), 눈에 보이지 않는 속도로 움직이며 막고, 베고, 지르고, 틀고, 차고, 피하며 야수(野獸)와도 같이 격돌하였다.

해일 같은 권각(拳脚)과 바위라도 부숴버릴 수도(手刀)의 파공음과 누가 누구인지 모를 무수한 그림자가 거친 바람과 흙먼지를 일으키는 가운데,

반복적으로 들리는 주먹만 한 우박이 떨어지는 격타 음(音)이 중앙과 청련의 가슴을 타들어가게 했다.

누구도 승리를 장담할 수 없는, 용호상박(龍虎相搏)의 격투가 정신 없이 이어가길 3각(- 45분)여, 발해어부도 아닌 그 제자와의 싸움이 여의치 않게 돌아가자 체면이 서지 않는 듯, 붉은 복면의 눈에 안개와도 같은 살기가 스치며 우수도(右手刀)를 괴이한 각도로 틀며 베어갔다.

스스로 천하를 오시(傲視: 오만하게 봄)하며 이름 붙인 참룡수(斬龍手: 용을 참하는 손)를 전개한 것이다. 참룡수는 여홍의 탈명장과 무형식의 삼권양각을 상대하기 위해 꺼내든 비장(祕藏)의 술법으로, 무림(武林)에 발을 들인 이후 한 차례도 펼칠 일이 없었던 참수도의 절예(絶藝)였다.

그러나 여홍은 이 싸움에 생사(生死)를 결하는 자세로 임하고 있었다.

붉은 복면이 지금까지 만났던 자들과는 차원이 다른 일대(一代) 고수라는 것을 알아보았으나, 더 없이 존경하는 사부님과 일전(一戰)을 치르고자 하는 자를 좌시할 수는 없었다. 더욱이 이 자는, 구이

원을 무너뜨리려는 무도(無道: 지켜야할 도리에 어긋남)한 중원의 무사가 아닌가.
12지 신장(神將)의 무예를 익힌 이후, 상대의 기(氣)가 발(發)하는 순간 신보(神步)를 '1, 2, 3차 공격로'를 간파하는 수준까지 끌어올린 여홍은
흑의 복면 6인의 무예가 비범하여, 참수도와의 싸움이 끝나기 전에 칠성대진이 무너질 수도 있다는 생각으로,
용(龍)을 쫓듯 꿈틀거리는 참룡수를 보는 즉시 과감한 승부수를 던졌다.
기이하게 꿈틀거리는 참룡수의 1, 2차 공격을 피해냈으나, 변화무쌍(變化無雙)하게 이어지는 3차 궤적에 넋을 잃은 듯 휘청거리던 여홍이, 참룡수의 살기가 몸에 닿으려는 찰나, 실 끊어진 연처럼 비켜서며 만근의 바위라도 산산조각 낼 탈명장(奪命掌)을 무자비하게 내질렀다. 일갑자가 넘는 진력(眞力: 참된 내공의 힘)을 일장에 모두 실어 버린 것이다.
설명은 길었으나, 광풍(狂風)을 쫓는 섬전(閃電)과도 같은 반격이었다.
참룡수의 3차 변화에 혼(魂)이 달아난 듯 흔들리던 여홍이, 타격 직전에 사라지자, 소스라치게 놀란 붉은 복면이 본능적으로 좌장을 휘둘렀고
이어
"펑-!" 하는 굉음과 함께 붉은 복면의 왼 손목이 무참하게 꺾이며 뒤로 날아갔다. 한 번의 오판(誤判)으로 수십 년 쌓아올린 참수도의 명예가 땅에 떨어지는 순간이었다.
사실, 둘의 싸움은 승부를 내기 어려운 호적수(好敵手)끼리의 결투

였으나, 붉은 복면이 발해어부를 유인하고자 시작한 여흥과의 격투가 길어지면서 평상심을 잃어버리는 순간 그의 패배가 정해졌는지도 모른다.

오랜 세월 적수를 만나보지 못한 붉은 복면은 자신이 창안한 참룡수를 과신한 나머지, 활로를 잃어버린 듯 당황하는 여흥의 수를 읽지 못하고, 마지막 남은 한 줌의 진력(眞力)마저 모두 쏟아 붓고 말았던 것이다.

만리객의 이이활신술(術)로 14세에 노화순청의 경지와 신보(神步)를 체득한 여흥이, 스승 상도(常刀)와 발해어부를 만나 극상승의 무예를 완성하였으며, 12지 신장(神將)의 무술에 이어 백두선문의 북두칠권과 칠성검마저 손바닥을 뒤집듯 터득해버린 천하 기재(奇才)라는 사실을 알 수 없었던 붉은 복면의 뼈아픈 실책이었다.

순간,

허공으로 튕겨져 나간 붉은 복면이 쪼개진 의자처럼 날아가며 긴 휘파람을 불자, 눈앞의 믿기 어려운 결과에 중양과 담중 그리고 칠성대진 49인의 입이 찢어질 듯 벌어지는 사이, 대진(大陣)에 갇혀있던 8인이 악을 쓰며 진(陣)을 뚫고, 붉은 복면의 뒤를 따라 꽁지가 빠지게 사라졌다.

일망무제의 구이원(九夷原)을 '들었다 놓는' 경천동지의 사건이 일어난 것이다.

가달성(城) 흑무(黑巫)의 신분으로 나선 중원(中原) 제일의 '참수도'가 천하무적(天下無敵)으로 알려진 '발해어부'의 제자 창해신검에게 무릎을 꿇었다는 소문이, 구이원(九夷原)과 중원의 무림계를 강타하였다.

구이원의 신예(新銳), 창해신검의 무예가 이 정도일 줄은 어느 누구도 상상하지 못한 일이었다.

고열가 단제의 퇴임 이후, 듣도 보도 못한 가달성(城)의 악한들이 여기저기에서 발호(跋扈)하는 어수선한 시기에,

답답했던 가슴을 시원하게 뚫어주는 단비와도 같은 소식이 아닐 수 없었다.

구이원의 협객들 모두가 대(大)영웅을 추앙(推仰: 높이 받들어 우러러 봄) 하며 한 번 마주하기를 소원하였다.

나중에는

'꿈에 나타나 참룡수(斬龍手: 용을 참하는 수도)를 응징해달라고 하는 용(龍)들의 간청'을 창해신검 여홍이 들어준 것이라는 소문까지 더해지면서, 삼척동자들마저 폴짝폴짝 뛰어 놀며 뜻도 모르는 '창해신검(滄海神劍)' 넉 자(字)를 작은 입에 하루 종일 달고 다닐 정도가 되었다.

여홍이 백두선문에 머문 지 어느덧 일 년이 지났다. 그간 자신이 지닌 무예를 점검하고 연구하며 침잠(沈潛)을 거듭한 결과 예전보다 더욱 정심한 내공을 지니게 되었다.

이제 떠날 때가 온 것이다. 그동안 선교의 철리(哲理), 구이원의 정치 역사와 국제정세, 선문의 의술 및 선단 제조법을 배우고 말로만 듣던 역(易)을 배웠다.

역은 배달국 제5세 태우의(太虞儀) 천황의 열두 아들 중 막내이신 태호 복희(伏羲)님이 만드셨다고 하였다.

<참고>

중국에서는 복희씨를 중원 사람이라고 하는데 이는 잘못된 주장이다. 복희님이 활동한 천수라는 지방은 고대에는 중원이 아니고 구이원에 속한 곳이다.

그 후 춘추시대에도 중원(中原)은 지금의 하남성, 산서성 남부, 섬서성 서안 부근, 산동성 중서부, 강소성 일부에 불과했으며, 그 밖의 지역은 구이원에 속했다.

현재,

중국이 삼황오제의 삼황 속에 복희씨를 포함시켜 숭배하고 있다고 해서, 구이원의 인물을 중원 사람으로 바꿀 수는 없는 일이다.

중국의 석학, 곽말약 선생도

"태호 복희씨는 중원 사람이 아니고, 아마도 구이인(九夷人)것이다." 라고 언급한 적이 있다.

조지오웰의

"현재를 지배하는 자가 과거를 지배하고 과거를 지배하는 자가 미래를 지배한다."

는 말이 새삼스럽다.

현재 영토를 차지하고 있는 중국이 과거의 역사까지 지배하려드는 것이다. 미래가 걱정되지 않을 수 없다.

중앙정사가 말했다.

"환웅천황께서 우주의 질서를 살피시어, 지도는 천도를 따르고 사람은 천도와 지도를 본받고 살아야 한다고 하시며 인도(人道)를 정립하셨소.

그 이치를 수(數)로 밝혀 용마(龍馬)의 몸에 정리해 놓으신 것을 하도(河圖)라 하오. 그러나 천도와 지도에 인간이 가야하는 길이 있다는 것을 이해하기는 너무나 어려웠소.
복희님은 천(天), 지(地), 인(人)의 상관관계를 연구하다 팔괘를 창안했는데
음양의 이치로 하늘, 연못, 불, 우레, 바람, 물, 산, 땅을 상징하는 팔괘를 만들고, 다시 팔괘(八卦)의 자리를 바꾸어 자연의 변화와 의미를 그려 보이시며, 천지의 이치를 따라야 하는 인도(人道)를 도출하여 설명하셨소이다."

선문을 떠나기 전, 여홍은 어디로 가서 무엇을 할 것인가 고민했다. 처음에는 먼저 매가성(城)으로 돌아가서 상도 스승님의 원수를 갚고 어머니를 살해한 원수 적발마군을 찾아 나서려고 하였으나, 중앙선사가 만류했다.
"어디 있는지 모르는 원수를 무작정 찾는 것보다는, 선문을 위협하고 오가(五加)의 권력투쟁과 조선의 몰락을 기회로 독버섯처럼 자라는
가달성(城)을 비롯한 귀문(鬼門), 음산파 그리고 중원에서 넘어온 악한들을 없애는 길을 가다 보면 저절로 그 자의 행적을 찾을 수 있을 것이오.
시끄러운 강호를 바로 잡고 의로운 사람이 구이원을 이끌도록 소협이 도와주시오. 이는 곧 천하 창생을 돕는 길이외다."
여홍이 물었다.
"정사님, 아직 어린 제가 어찌 그런 큰일을 감당 할 수 있겠습니

까?"
중앙정사가 대답했다.
"그렇지 않소. 소협은 이미 누구도 해내기 어려운 임무를 완수했소이다. 조선의 보물 금척을 지키지 않았소? 이 한가지만으로도 충분하오."
여홍은 막연했다.
"조선에서 누구를 도우면 되겠습니까?"
"홍익인간을 실천하는 자를 도우시오."
여홍이 다음에 이어질 말을 기다렸으나, 중앙은 더 이상 아무 말도 없었다.
"알겠습니다."
"고맙소."
여홍이 떠나는 날, 누구보다도 슬퍼한 사람은 그동안 정이 들대로 들어버린 청련이었다. 청련이 선문 앞에서 눈물을 흘리며 전송했다. 여홍이 청련이 머리를 쓸어주며 말했다.
"청련아,
너는 어려서 잘 모르겠지만, 만나면 헤어지고 헤어지면 또 다시 만나게 되는 것이란다."
청련이 소리 내어 울었다.
"몰라, 몰라. 앙-! 사람들은 왜 만났다 헤어지고, 헤어졌다 또 만난다는 거야? 그냥 계속 같이 살면 되지! 오빠는 나빠, 나쁘단 말이야!"
여홍은 할 말이 없었다. 서럽게 목을 놓아 우는 청련을 선문 앞에 두고 조용히 돌아섰다.

미꾸라지 왕

 청련을 놔두고 떠나는 마음은 언짢았으나, 스승님의 심부름을 잘 마쳤고 오랫동안 쉬었기 때문에 선문을 나선 여홍의 발걸음은 가벼웠다.
여홍은 생모를 찾아 북옥저국(國)으로 가고 있었다.
금척을 백두선문에 전달하는 임무를 마치고 나자, 이제는 궁금했던 자신의 신상에 대하여 알고 싶었다.
생모(生母)가 전해준 비단 손수건을 중앙정사에게 보이고 물었다.
"이것은 제가 갓난아기 때, 두레박에 실린 채 강을 떠내려 오며 손에 쥐고 있었답니다.
손수건 주인이 제 생모이신 것 같습니다. 어떻게 하면 이 손수건 주인을 찾을 수 있을까요?"
여홍의 사정을 들은 바 있는 중앙정사가 손수건을 펼쳐놓고 대답했다.
"예강의 상류는 소(小)흥안령 산맥 쪽이고 그 너머는 북옥저국(國)이오. 그리고 손수건으로 만들어진 비단이 매우 아름다운 것으로 보아 북옥저의 북쪽에 있는 신녀국(神女國)에서 짠 비단 같소이다. 그러나 어디까지나 추측일 뿐이오."
"네. 북옥저국(國)의 신녀국이요?"
"그렇소."
"신녀국은 어떤 곳입니까?"
"말 그대로 여인들이 사는 여(女)신전이오. 원래는 배달국(國) 환웅천황 당시 웅녀님이 지금의 자몽성(城) 부근에 세우셨는데 세월이 흘러 땅의 기운이 쇠하자,
조선국(國)에 들어 단군의 둘째 부인 누미라님이 북옥저의 차구산(山)으로 옮기셨소이다."
여홍이 고개를 갸우뚱하며
"정사님, 신녀국에서 비단도 짰습니까?"
중양이 고개를 끄덕였다.
"그렇소.
신녀국의 신녀들은 스스로 경작해 식량을 해결하고 비단도 짜서 팔아 그 돈으로 필요한 물건들을 사오. 신녀국의 비단은 구이원에서 최고의 품질을 자랑한다고 하며 저 멀리 제나라나 오월(吳越) 지방에서도 찾는다고 하오."
여홍이 말했다.
"신녀국(國)에 한 번 가보겠습니다."
중양정사가 말렸다.
"소협, 신녀국은 여인들만의 신성한 수행도장이라 아무나 함부로 들어갈 수 있는 곳이 아니오.
오랜 기간, 연락을 못하고 지냈으나, 북옥저 감성대의 삼양법사가 우리 백두선문 출신이오. 그러니 먼저 북옥저의 도성 가륵성(城)으

로 가서 내 소개로 왔다 하고 신녀국을 방문하게 도와달라고 청해 보시오."
여홍은 여러 가지 생각으로 마음이 복잡했다.
홀로 있을 때면 어머니를 잃고 하루아침에 고아가 되어버린 슬픔에 젖어 눈물을 흘린 것이 한두 번이 아니었다. 어머니가 숨을 거두시기 전, 손수건을 건네주며
"나는 네 생모가 아니다.
두레박을 타고 예강을 흘러내려 오던 너를 아버지가 데려왔단다."
고 하셨을 때 큰 충격을 받았었다.
그 후,
누군지도 모르는 부모로부터 버려졌다는 사실과 키워주신 어머니마저 돌아가셨다는 슬픔이 견딜 수 없었다.
"내 운명은 왜 이리 평탄치 않은 걸까?"
그러다
시간이 흐르면서 생모(生母)에 대한 원망이 그리움으로 바뀌어가며 낳아준 어머니를 한 번쯤은 보고 싶었다. 혈육(血肉)의 정(情)이 무언지, 지금 여홍은 손수건 한 장을 들고 막연히 찾아 가고 있는 것이다.
'틀림없이 피치 못할 사연이 있었을 거야.'
하다가도
'어머니를 찾아도 혹, 나를 잊었거나 매정하게 모르는 체 하면 어쩌지?
함께 한 시간이 잠시라도 있었을 텐데 나를 버리고 난 후, 편안하게 지내셨을까?'
라는 생각에, 여홍의 가슴은 더 없이 허전하고 쓸쓸한 바람이 몰아

치고 있었다.

선문을 떠나기 전 중앙정사가 금척을 감싸고 왔던 언흑 장군의 혈의(血衣) 조각에 대하여 말했다.

"녹도문으로 쓴 글의 뜻을 알려달라고 장경각 작지(鵲知) 선사님께 보냈으나,

선사님이 며칠 전 '칠대선문 회의' 차(次) 바이칼선문에 가셔서 돌아오시려면 아무래도 시일이 많이 걸릴 것이오. 당장에는 무슨 내용인지 알 수 없게 되었소.

선사가 돌아오시고 나서야 가능할 것이니, 후일 다시 한 번 이곳에 들러주시오."

여홍이 대답했다.

"알겠습니다. 그리고 정사님, 북옥저 가륵성(城)으로 가는 길을 좀 알려주십시오."

중앙정사가 말했다.

"백두산 지리는 연보정사가 나보다 더 잘 알고 있소."

여홍이 연보정사(連步精師)에게 길을 물으니 정사가 가는 길을 상세하게 알려주었다.

"이곳에서 가륵성(城)을 가려면 두만강을 따라가면 되오. 두만강은 백두산 동쪽에 있는 홍토산 남쪽 홍토수(紅土水), 천녀용궁지의 약류하(河), 무두봉(峰) 기슭 칠성지(七聖池: 삼지연의 옛 지명)의 물이 합류하면서 시작되어 동북쪽으로 무려 천리를 흐르며 동해로 들어가는 강이오.

그러나 두만강 전 구간을 따라 가려면 시간이 오래 걸릴 것이오. 무산에는 조선 최대의 철광 산지가 있소.

무산 진(津: 나루터)까지만 가면 거기에 벌목한 목재와 철광석을 운

반하는 뗏목 터가 있으니, 뗏목을 타고 경흥까지 가면 가륵성으로 가는 길을 잡을 수 있소이다."
여홍은 연보정사가 가르쳐 준대로 먼저 무두봉 칠성지(七聖池)로 갔다.
울창한 원시림이 병풍처럼 둘러싸인 칠성지는 태고의 신비가 어려 있었다. 푸른 하늘의 흰 구름이 호수에 내려와 쉬고 있는 것 같았다.
오래도록 칠성지와 폭포의 선경(仙境)에 푹 빠져있던 여홍은 아쉬움을 뒤로하고 길을 재촉했다. 지나가는 산기슭으로 이름 모를 야생화들이 수 없이 피어있었다.
두만강 상류 이백 리는 기암절벽과 울창한 수림(樹林)으로 협곡과 산들이 계속되었으나, 절정의 무예를 지닌 여홍은 잠시도 쉬지 않았고 닷새 후 무산진 나루터에 도착했다.
여기서 강을 건너면 동예국(國)이었다. 무산진에는 정말로 뗏목 터가 있었다. 무산진은 제법 큰 마을이었고 구이원 최대의 노천(露天) 철광산지가 있어 그런지 광부로 보이는 사람들이 주막마다 붐볐는데, 구이원과 중원 각지에서 철광을 사러 찾아온 상인들도 많이 보였다.
사람들에게 물어보니, 철광석을 산 상인들은 뗏목을 이용해 두만강을 건너거나 하류 경흥으로 옮긴 후, 그곳에서 배에 실어 목적지로 운송해 간다고 했다.
여홍이 돌아다니다 강변에서 뗏목을 엮고 있는 사람들을 발견했다. 그들 중 책임자로 보이는, 구레나룻이 멋진 사나이에게 다가가 말했다.
"실례합니다. 제가 경흥까지 가려고 하는데 뗏목을 좀 탈 수 있을까요?"

사내가 뗏목을 엮다 허리를 펴고 여홍을 돌아보았다. 등에 검(劍)을 멘 영준한 젊은이였다. 잠시 여홍을 바라보던 사내가 조용히 말했다.

"이 뗏목은 철광석을 싣고 경흥까지 가오. 젊은이, 뗏목은 한가한 여행객이 타는 나룻배나 상선(商船), 여객선이 아니오. 자리도 비좁은 뗏목을 타려면 뗏목공이 되어야 하는데, 물길에 떠내려가는 뗏목을 코놀대, 놀대, 짚음대, 뗏노로 쉬지 않고 모는 것은 매우 힘든 일이오."

여홍이 시원스레 대답했다.

"뱃삯을 드리고, 경흥까지 놀지 않고 일하며 가겠습니다. 태워주십시오."

".........."

놀지 않겠다는 말이 마음에 들었는지 사내가 여홍의 아래 위를 살펴보았다. 균형 잡힌 강인한 몸에서 바위와도 같은 기운이 느껴졌다.

"전에도 뗏목을 타 본적이 있소?"

"이번이 처음입니다."

"그럼, 수영은 할 줄 아시오?"

"수영은 잘 하는 편입니다."

그제야 사내가 승낙 했다.

"마침 뗏목공을 한 명 찾고 있었는데, 괜찮다면 그렇게 하시오. 대신 뱃삯은 필요 없고 뗏목을 함께 몰아주면 그것으로 갈음 하겠소. 그러나 뗏목에 탄 후에는 반드시 나의 지시를 따라야만 하오."

여홍은 이틀 뒤 철광석을 가득 실은 뗏목을 탔다. 사내는 이름이 목욱(木旭)으로 무산출신이었다.

뗏목을 타기 전, 목욱은 여홍을 먼저 뗏목공들에게 소개하고, 꺼꾸리 라고 부르는 일꾼에게 뗏목 각 부위의 이름과 사용법을 가르쳐 주도록 했다.

뗏목 위에는 대형 목재 틀이 만들어져 있었고, 그 안에는 철광석들이 가득 실려 있었다. 뗏목은 6개나 되었고, 각 뗏목에는 뗏목공이 두 명씩 탔다.

여홍은 목욱이 탄 첫 번째 뗏목에 탔다. 처음에는 목욱이 뗏목을 직접 몰며 뗏목 모는 방법을 선보이다 여홍에게 뗏노를 넘겼다.

"한 번 해보시오."

지켜보던 여홍이 뗏노를 받아들고 노를 젓기 시작했다. 물 짚음대와 뗏노를 능숙하게 다루며 물살이 빠른 구간을 수달처럼 헤쳐 나가는 여홍을 본 목욱은 크게 놀라고 말았다.

'음,

이 젊은이는 정말 총명하고 대단하다. 뗏목 모는 방법을 딱 한 번 보여주었을 뿐인데, 엄청난 무게의 철광이 실린 뗏목을 가볍게 몰아가다니...!'

무공을 모르는 목욱은, 여홍이 수중무예(水中武藝)의 절대 고수이며 심후한 내공과 분수공(分水功: 물살을 가르는 무예)으로 노를 젓고 있다는 사실을 짐작할 수 없었다.

뗏목을 모는 일은 내내 힘들지 않았다. 물길이 부드러운 구간에 들어서면, 여유가 생겨 강물이 흐르는 대로 뗏목을 놔두고 두만강 양안(兩岸)의 풍경을 감상할 수 있었다. 목욱은 선구(船口)라는 큰 나루터에서 하룻밤 쉬어간다고 했다.

여홍은 모처럼 시간이 나자, 목욱의 지시에 따라 뗏목을 강변에 세워놓고 선구 일대의 풍광을 돌아보았다. 너무나 편안하게 느껴지는 포근한 곳이었다.

가까운 산에 올라 유유히 흐르는 강(江)을 내려다보던 여홍은, 자신의 인생에 대한 알 수 없는 슬픔이 일자 품속에서 피리를 꺼내 불었다.

서글픈 피리소리가 강물을 따라 흘러갔다. 이 선구(船口) 나루터는 먼 훗날 국민가수 김정구가 부른 '눈물 젖은 두만강'이라는 노래가 생긴 곳이다. 선구에서 하룻밤 묵은 일행은, 다시 두만강을 타고 부지런히 일광산(日光山) 지경을 지나 도문, 온성, 경원을 거쳐 경흥에 도착했다. 일광산은 훗날 수월대사가 화엄사를 세우게 되는 곳이다.

경흥에 도착한 여홍은 잠시 정들었던 목욱, 꺼꾸리를 비롯한 뗏목공들과 헤어진 후, 나루터에서 배를 타고 강을 건너 북옥저로 들어갔다. 드넓은 들판이 열려 있었다. 한참을 걷다, 피로를 느낀 여홍은 어느 강가의 높이 자란 버드나무가 그늘을 만들어 주고 있는 것을 보고 잠시 쉬어가기로 했다.

버드나무에 툭 기대고 앉아 있노라니, 낳아주신 어머니 생각이 절로 일었다.

생모(生母)에 대한 원망이 그리움으로 바뀌어가기 시작한 이후로는 어머니를 보고 싶은 마음이 가슴 가득 차오르고 있었다.

강물에 버려졌다는 사실을 처음 알았을 때에는 큰 충격을 받았으나 천성이 착한 여홍은 얼굴도 모르는 어머니를 이해하고자 노력해오고 있었다.

'나는 지금의 부모님을 만나 잘 살아왔다. 이별을 슬퍼하지 않을 사람이 어디 있겠는가. 아직 눈도 제대로 못 뜬 아기를 강(江)에 띄워 보낼 수밖에 없었던 절박한 사정이 있었을 것이다. 상도(常刀) 사부님이 뜻밖의 배신을 당했듯, 어머니도 피치 못할 사연과 곡절이 있지 않았을까?
그 이유가 어디에 있든 만나게 되면, 두고두고 괴로워하셨을 어머니를 안아 드리리라....'
이 생각 저 생각, 점점 더 깊이 빠져 들어가는 여홍에게 꿈인 듯 생시인 듯, 한 늙은 거북이가 말을 걸었다.
"요광성(星)님께 인사드립니다. 저는 동해 용왕을 모시고 있는 거북이입니다."
'아니, 거북이가 날 요광성이라 부르고 자기를 용궁(龍宮)에서 왔다고 하네?'
여홍은 어리둥절했다.
"네? 지금 저를 요광성(搖光星)이라고 부르신 겁니까?"
거북이가 눈을 껌뻑껌뻑하며 되물었다.
"아... 대협은 자신이 요광성의 화신(化身)인지 모르셨습니까?"
여홍은 자기가 요광성과 관련이 있다는 말을 백두선문의 백룡선사로부터 들은 적은 있었다.
"하... 제가 요광성의 화신이라니요?"
"북두칠성 일곱 별 중 막내별입니다."
여홍이 갸우뚱하며 물었다.
"아, 그건 그렇다 치고, 제게 하실 말씀이라도..?"
거북이 거듭 예를 갖추며 말했다.
"저는 용왕님의 명을 받들어 대협께 도움을 청하러 왔습니다. 다름이 아니오라, 이곳에서 동쪽으로 하루를 가시면 사람들이 권하(圈河: 훈춘琿春 소재)라고 부르는 지역에 구도포자(九道泡子)라는 아홉 개의 크고 작은 늪이 나옵니다.
그 아홉 개 호수 중(中) 제일 큰 호수에는 천년 묵은 미꾸라지 한 마리가 살고 있습니다."
여홍이 깜짝 놀랐다. 어린 시절, 작은 냇가에서 미꾸라지를 잡으면서 살아온 여홍으로서는 도무지 이해가 되지 않았다.
"아니,
미꾸라지가 어떻게 천년을 살죠? 그럼, 거북님만큼이나 오래 산다는 말입니까?"
늙은 거북은 좀 부끄러운 듯 얼굴이 붉어졌다. 그리고 입맛을 다셨다.
"사정은 이렇습니다. 천 년 전 천궁에서 연회가 한 차례 있었는데, 천도원(天桃園)의 동자들에게 복숭아를 따오라고 지시를 했습니다. 그런데
동자들은 평소 장난이 무척 심했습니다. 그날도 동자들이 장난을 치다가 복숭아 세 개를 하계(下界)로 떨어뜨렸는데 그 복숭아가 하필이면 모두 구도포자에 떨어진 것입니다.
그때 이 미꾸라지가 호수에 떠다니던 천도복숭아를 다 먹어치웠고 그로 인하여 수명이 크게 늘어 지금까지 천년을 넘게 살고 있습니다."
"아! 예, 그래서요?"
"미꾸라지는 오래 살다보니 몸이 무려 스무 발이나 자랐고, 구도포자에서 왕 노릇을 하면서 자기보다 작은 물고기들을 잡아먹으며 살아왔습니다.

놈이 헤엄을 칠 때면 고요하기만 한 호수에 집 채 만 한 파도가 일고, 꼬리를 툭 치면 온 늪이 움찔 움찔 요동을 칠 정도인데, 이 왕 미꾸라지가 이따금 강을 타고 동해에 들어와 물고기들을 닥치는 대로 물어죽이거나 잡아먹고 있습니다.
이는 용궁에 처음 생긴 재앙으로, 급기야는 그 화(禍)가 인간계에까지 미치고 있습니다.
놈이 어쩌다 사람 맛을 본 이후로는 백성들이 구도포자 부근을 아예 지나다닐 수 없게 되었으니, 큰 우환덩어리가 아닐 수 없습니다. 어떤 때는 물 아래 숨어 있다가 튀어나와 물가에서 놀고 있는 아이들을 잡아먹으며, 감히 인간을 희롱하고 천리(天理)를 거스르고 있습니다."
여홍은 생전 처음 듣는 이야기에 정신이 푹 빠져버렸다.
"아주 나쁜 미꾸라지네요. 구도포자와 바다와 온 세상을 어지럽히는 놈이군요."
거북이는 왕 미꾸라지 이야기를 하면서 분노로 몸을 떨고 있었다.
"그뿐이 아닙니다.
놈은 큰 야심이 있는데, 그것은 동해의 용왕이 되겠다는 것입니다. 사정이 이러하니 우리 용왕님의 체면이 구겨질 대로 구겨지고 말았습니다.
미꾸라지가 용의 흉내를 내고 있으니 빨리 없애지 않으면 북해, 남해, 서해의 용왕들에게 면목이 서지 않을 것입니다. 이 얼마나 창피한 일입니까?"
여홍이 물었다.
"용궁에도 병사들이 많이 있다고 들었는데, 그들을 보내어 잡지 그러셨어요?"

"왜 안 보냈겠습니까?
고래 장군은 몸이 커서 올 수 없는지라 용궁의 상어, 뱀장어, 문어, 바다표범 장군(將軍)들을 보내봤으나, 구도포자는 땅으로 둘러싸인 험지이고, 미꾸라지는 진흙 뻘 속을 자유자재로 돌아다니며 싸우니 어디 싸움이 되어야 말이지요. 모두가 패하고 만신창이가 된 채 쫓겨 왔습니다.
그런데 오늘 천문을 보다 백두산 위의 하늘에 머무르던 요광성(星)이 이곳을 지나는 걸 발견했습니다.
천계(天界) 요광성의 화신 여대협이 이곳을 지나고 계셨던 것입니다.
그래서 '못된 미꾸라지를 제거해 주십사.' 하는 용왕님의 부탁을 전하고자 이렇게 찾아온 것입니다. 부디 저희들을 외면하지 말아주십시오."
말을 끝낸 거북이가 납작한 몸을 더욱 엎드리며 연신 머리를 조아렸다.
여홍은 난감했다.
'아, 이런... 이제 겨우 금척을 전하는 책임을 다하여 살 것 같았는데...
놈은 보나마나 무서운 괴물일 것이다. 이를 어쩐다? 신녀국(國)에 가서 어머니를 찾아야 하는데...'
고민을 하던 여홍은
'어머니를 찾는 일이 중요하나, 의협의 길을 가고자 하는 내가 이 일을 외면할 수는 없다.'
고 생각을 정리한 후, 흔쾌히 대답했다.
"알겠습니다. 세상에 해악을 끼치는 놈이라면 제가 한 번 힘을 다해 보겠습니다."
도와주겠다는 여홍의 답(答)을 들은 거북이가 반색을 하며 말했다.
"대협, 정말 고맙습니다."
이어,
코를 박듯 두 번 세 번 절을 하는 거북이를 만류하다 눈을 뜬 여홍은 기이한 꿈을 꿨다는 걸 알았다. 너무도 소상하고 생생하여 사방을 둘러보았으나 아무도 보이지 않았다.
여홍이 일어나 옷에 묻은 흙을 털다 문득, 멀리 강 가운데로 헤엄쳐 가는 뭔가가 보였는데 한 마리의 큰 거북이였다.
이때 깜짝 놀라는 여홍을, 헤엄쳐 가다 고개를 돌린 거북이가 한참을 응시하다 물속으로 사라졌다. 거북이는 조금 전 꿈속에서 본 용궁의 늙은 거북이였다.
꿈인지 생시인지 구분이 안 된 여홍이 손으로 자기 볼을 세게 꼬집었다.
"아얏!"
아팠다. 생시임이 틀림없었다. 여홍은 다시 앉아 꿈을 곰곰이 생각해보았다.
'음, 그래, 한 번 가보자. 정말 구도포자라는 곳이 있는지.'
하고 자리에서 일어나 북쪽으로 향했다. 저녁 무렵 호수가 많은 드넓은 벌판에 도착했다.
거기서 동쪽으로 좀 더 가자 나지막한 언덕 아래에 작은 마을이 있었다.
전형적인 농촌(農村)이었으나, 어딘지 모르게 침울해 보이는 마을이었다.
하룻밤 묵어가기 위해 한 촌가(村家: 시골집)의 문을 두드렸다. 마침

촌부(村夫: 시골에 사는 남자)가 마당에서 장작을 패다 고개를 돌리며 내다보았다.
"말씀 좀 여쭙겠습니다. 이 동네의 이름이 무엇입니까?"
촌부(村夫)가 여홍을 살펴보더니
"이곳은 구포리(九泡里)라고 하오. 소협은 이 마을에 어쩐 일이시오?"
촌부(村夫)의 말을 들은 여홍은
'마을 이름이 구포리인 것을 보니 필시 가까이에 아홉 개의 호수가 있을 것이다'라고 생각했다.
"예, 저는 가륵성(城)으로 가고 있습니다. 혹시 이곳에 객잔이나 여관 같은 곳이 있나요?"
촌부가 웃으며 말했다.
"이 작은 마을에 무슨 여관이나 객잔이 있겠소? 조금 더 길을 따라가면 주황색 긴 담장이 나올 것이오. 그 집 사랑방에서 하룻밤 지내고 가시오. 이 마을의 촌장 댁이오."
여홍은 촌부에게 인사하고 촌장 집으로 가 대문을 두드리자, 머슴이 달려 나왔다.
"여홍이라는 사람입니다. 북옥저국(國) 도성 가륵성으로 가는 중인데, 하룻밤 묵어갈 수 있는 지요?"
"따라오시오."
그리고 촌장이 있는 곳으로 데려가서 말을 전했다. 촌장은 오십 여세 되어 보이는 사람이었다.
촌장은 여홍의 영준한 모습에 조금 놀라는 표정이었다.
"소협, 여기 말뚝이가 사랑채로 안내해줄 것이오. 편히 묵고 가시오."

머슴의 이름이 말뚝이인 모양이었다. 감사를 표한 여홍이 이어 촌장에게 물었다.
"촌장님, 한 가지 여쭙겠습니다. 혹 부근에 구도포자라는 곳이 있습니까?"
여홍의 말을 들은 촌장(村長)의 얼굴이 갑자기 굳어졌다.
"있소. 그런데 왜 그러시오?"
"여기에 온 김에, 아홉 개의 호수를 한 번 구경하고 싶어서 그럽니다."
촌장(村長)은 할 말을 잃었는지 입을 딱 벌렸고, 이어 기가 차다는 듯 말했다.
"허... 거기에는 사람을 잡아먹는 괴물이 살고 있어서 아무도 갈 수 없소. 너무도 위험하오.
거기 사는 왕 미꾸라지 때문에, 근처의 비옥한 들에 농사도 짓지 못하고 있는 실정이오. 소협, 그냥 여기서 쉬다가, 가던 길이나 어서 가시오."
거북이 말이 사실이었던 것이다. 여홍이 심각한 표정을 지으며 말했다.
"그렇다면 더욱 더 보고 싶습니다. 그리고 그 미꾸라지를 잘 아는 분을 소개받고도 싶습니다만."
"허어! 점점."
여홍이 촌장에게 정색하며 말했다.
"부탁입니다. 제가 한 번 그 미꾸라지 왕이라는 놈과 겨루어 보겠습니다."
촌장은 기도 안 찬 표정을 짓다가, 여홍이 젊은 혈기에 그런가보다 하며 타이르듯 말했다.

"지금까지 우리 마을에서 수많은 강호 무사들을 고용해서 싸워보았으나, 모두 미꾸라지 밥이 되었소이다. 행여 무모한 생각일랑 하질 마시오."
여홍이 웃으며 대답했다.
"촌장님의 염려에 감사드립니다. 이곳으로 오는 도중에 구도포자의 괴물 이야기를 들었습니다. 그래서 그 마물을 제거해 볼까 합니다만."
촌장은 여홍의 진지한 눈빛과 당당하고 용기 있는 모습에 마음이 움직였다.
"죽어도 탓을 않겠다면 그리 해보시오. 대신 내가 소개를 해 줄 사람이 있소. 마을 북쪽으로 가면 뚝 떨어진 구석으로 초가집이 하나 있는데 주사리라는 노인이 살고 있소. 찾기는 어렵지 않을 것이오. 이십년 간 혼자서 왕 미꾸라지와 싸워 온 사람이오. 그를 만나 보시오."
여홍이 몹시 궁금한 듯 물었다.
"촌장님, 그 노인은 무슨 이유로 그리 오랫동안 미꾸라지와 싸워왔나요?"
"주사리 노인은 자기 아들, 며느리가 병으로 죽고 손자와 살아왔는데, 어느 날 손자가 열다섯 살 때 멋모르고 호수에 낚시 하러 갔다가 미꾸라지에게 잡아먹히고 말았소. 그래서 미꾸라지와 철천지원수가 되어 싸우고 있소이다."
"아, 네에... 그러면 노인은 무공의 고수인가요?"
촌장이 고개를 가로저었다.
"무공? 무공은 무슨, 무공의 무자도 모르오. 그러나 그는 낚시의 명수요. 그래서 늘 긴 낚싯대를 들고 구도포자에서 미꾸라지를 잡으려고 하는데 그게 어디 말이 되는 소리요? 스무 발이나 되는 미꾸라지를 낚시로 잡겠다니, 참.
미꾸라지는 하도 영악해서 걸리지도 않을뿐더러, 미끼만 살짝 따먹고 낚시 줄을 끊어 버린다오.
오히려 노인이 잡아먹힐 뻔했던 적이 한 두 번이 아니오. 그 때마다 우리가 나서서 도와주지 않았으면 주노인은 벌써 저 세상으로 갔을 거요.
호수에 가지 말라고 그렇게 말려도 툭하면 호수로 찾아가 위험에 빠지곤 하오. 주노인은 지금 우리 마을의 골치 아픈 존재가 되어 있소이다."
여홍은 노인의 심정이 이해가 갔다. 미꾸라지라는 놈이 노인의 대를 끊어버렸으니 그도 그럴 것이라고 생각했다.

다음날 아침 일찍 여홍은 촌장이 알려 준 주노인의 집으로 갔다. 엉성한 싸리나무 울타리가 담장을 대신하고 있었다. 밖에서 마당 안이 다 들여다보였다. 집 마루에 봉두난발의 노인이 마루에 한 다리로 걸터앉아 밥을 먹고 있었다.
여홍이 물었다.
"주노인 되십니까?"
밥숟가락을 입으로 가져가던 노인이 휙 고개를 돌렸다. 그리고 밖에 서있는 여홍을 한동안 쏘아보더니
"자네는 누구신가?"
"저는 여홍이라고 합니다."
"여홍? 이 마을 사람이 아니구먼?"

"네"
"그런데 내 집에는 웬일인가?"
"이 마을을 지나다가 사람들을 괴롭히는 왕 미꾸라지가 있다고 해서 그놈을 없애려고 왔습니다. 제 말을 들은 촌장님이 주노인을 한 번 만나보라고 하더군요."
주노인은 얼마나 반가운지 마룻장이 들썩거릴 정도의 소리로 말했다.
"엉! 그래? 어서 들어오시게! 그런데 아침은 먹었는가? 안 먹었으면 같이 들세."
"아침은 촌장님 댁에서 일찍 먹었습니다. 노인께선 마저 식사를 하시고 이야기 나누시지요."
주노인은 여홍의 말을 듣더니 들고 있던 숟가락을 상위에 내려놓고 밥상을 한쪽으로 밀어버렸다.
"아니네. 다 먹었네. 소협, 반가우이. 여지껏, 고수라고 하는 무사들이 수 없이 왔지만 모두가 나를 무시하고 상대하려고 들지 않았네. 그런데 소협이 처음으로 나의 도움을 받으러 온 걸세. 그러니 나는 밥을 안 먹어도 배가 부르네."
여홍은 찬찬히 주노인의 얼굴을 바라보았다. 이마에 주름이 깊게 파였고 머리와 수염은 자랄 대로 자라 지저분했다. 눈빛은 술에 취한 것 같기도 했다.
노인이 말했다.
"소협, 미꾸라지는 벌써 여러 명의 강호 고수들을 해치웠네. 소협은 어떤 방식으로 싸우려는가?"
여홍이 엄숙한 얼굴을 하며 대답했다.
"저는 옛 선객들을 본 받아 수행 중에 있습니다. 인간을 해하는 마물은 내 검이 용서하지 않을 것입니다."
"알겠네. 그러나 음.... 소협도 그 아까운 목숨을 걸어야만 할 걸세."
여홍을 흘깃 바라보는 주노인의 표정이 영 미덥지 않은 표정이었다. 주노인의 마음을 알아본 여홍이 우장(右掌)을 들어 가볍게 흔들자,
"우르릉!"
소리와 함께 바위라도 날려버릴 웅후한 손바람이 마당을 휩쓸고 지나갔다. 노인은 무공을 모르는 사람이었으나, 여홍의 신위(神威)를 보고 한동안 벌어진 입을 다물지 못했다.
"대단하군!"
여홍이 싱긋 웃으며 말했다.
"너무 염려마시고, 저를 도와주시기만 하면 됩니다. 먼저 왕 미꾸라지에 대해 알려주셨으면 합니다."
"알았네.
미꾸라지는 천년을 넘게 산 마물이네. 크기도 스무 발이 넘고 피부는 쇠가죽처럼 단단하다네. 그리고 날카롭고 강한 이빨도 가지고 있어, 아무 것도 모르고 호수 가에 물 마시러 온 멧돼지를 갈기갈기 찢어버린 적도 있네. 교활한 데다 힘이 얼마나 좋은지, 물 밖으로 십여 장을 뛰어오르며 호수 속에서 몸을 뒤집으며 날뛰기 시작하면 땅이 흔들리고 근처의 아홉 개 호수가 출렁거리는 게 마치 바다에 폭풍이 부는 것 같네.
미꾸라지는 진흙 속을 돌아다니는 습성이 있는데, 이놈은 힘이 좋아서 호수들 사이의 땅이 무른 것을 이용해 아홉 개 호수를 마음대로 뚫고 돌아다닐 뿐 아니라,
동해 쪽으로 길을 내려고 맨땅에 머리를 박아가며 구멍을 뚫고 있

네.
지금까지 싸웠던 이들은, 놈이 아홉 군데를 어느 곳이든 왕래할 수 있다는 것을 모르고, 자주 머무는 제일 큰 호수만 바라보고 접근하다가,
뒤쪽에서 나타나 기습하는 걸 피하지 못하고 잡아먹히거나 강철 같은 꼬리에 맞아 절명(絶命)하고 말았다네. 다, 이 늙은이의 말을 무시했던 탓이지."
여홍이 물었다
"어떻게 싸우면 좋겠습니까?"
"동해의 고래나 깊은 바다 속의 백상어가 아니면 물속에서는 이길 수 없는 싸움이네."
"그럼...?"
"어떻게든 물 밖으로 끌어내서 싸워야지. 미꾸라지는 밖으로 나오면 아무래도 약해질 것이네."
"미꾸라지가 힘이 좋아 뻘이나 땅 속에서도 마음대로 활동 한다면서요."
"그래도 날뛰는 물속보다는, 밖에서 상대하는 것이 나을 걸세. 미꾸라지의 움직임을 볼 수 있고 나도 도울 수가 있으니."
여홍은 속으로 생각했다.
'나는 귀식대법과 분수공(分水功)으로 물속에서 두 시진 반(- 5시간)을 돌고래처럼 자유로이 움직일 수 있다.
게다가 쇠도 자르는 금비수(金匕首)를 지니고 있으니 조금도 두려울 것이 없으나. 마물이 무서운 상대라고들 하니 조심해서 나쁠 것은 없으리라.'
"알겠습니다. 그럼, 미꾸라지를 어떻게 호수 밖으로 끌어낼 수 있을

까요?"
"미꾸라지는 마을사람들의 얼굴을 모두 알고 있네. 그리고 모르는 자가 오면 고수(高手)들이 자기를 잡으러 온 줄 알고 경계부터 하네.
자네가 호수로 바로 가지 않고, 먼저 내게 온 것은 정말 잘한 일이네."
여홍은 기가 막혔다.
"아! 미꾸라지가 사람 얼굴도 알아봅니까?"
"그래서 말인데, 내가 미꾸라지를 밖으로 유인하겠네.
손자가 죽은 후 십년동안 미꾸라지를 잡으려 했네. 놈은 흙이나 모래 속에 숨어있기를 좋아하지만, 숨 쉴 때만큼은 머리와 등을 위로 하고 물 위를 둥둥 떠다니지. 그때, 숨어 있던 내가 이 쇠갈퀴 바늘이 달린 낚싯대를 휘두르며 괴롭혔지.
그래서 놈도 수면 위에 떠서 밖을 살피다 나만 발견하면, 잡아먹으려고 기를 쓰고 뛰쳐나온다네."
여홍은 주노인이 직접 미꾸라지를 유인하겠다는 말에 걱정이 앞섰다.
"노인께서 직접 미꾸라지를 유인하시는 것은 몹시 위험할 것입니다. 다른 방법을 찾는 것이..."
여홍이 걱정을 하자 주노인은 한바탕 크게 웃어 제쳤다.
"으하하하! 너무 걱정하지 말게. 나만큼 놈을 잘 아는 사람도 없을 걸세. 나도 다 생각이 있네."
하고 부엌으로 들어가더니 나무로 만들어진 멋지게 수염이 난 메기 두 마리를 들고 나왔다. 나무 메기는 세 자 정도의 크기였다. 무슨 나무로 어떻게 만들었는지 얼핏 보면 진짜 살아있는 메기같이도 보였다.
"나무로 만든 메기 아닙니까?"
"내가 미꾸라지를 잡으려고 수 없이 낚시를 던져도 물지를 않더군. 놈은 글쎄 지렁이나 벌레들은 쳐다 보지도 않았네. 그래서 어느 날 강에서 메기를 잡아다 미끼로 썼더니, 이놈이 눈깔을 치켜뜨고 글쎄, 원수를 만난 듯 달려들어 뜯어 먹더군. 물론 낚시 바늘은 피해서 말일세.
그 후 몇 번이나 미끼를 바꿔 시험해본 결과, 놈이 메기를 미워한다는 것을 알았네. 아마, 어릴 적에 메기들한테 먹힐 뻔 했던 기억 때문이 아닐까 생각하네.
또, 미꾸라지가 몇 가닥의 자기 수염보다 메기수염이 멋지고 위엄있게 생겨서 질투하고 있다는 것도 알아냈네.
그래서 산에 들어가 메기 색깔과 똑같은 나무를 구해, 가짜 메기를 만드는 데 무려 일 년이나 걸렸지.
이어, 나무메기를 멧돼지 기름에 끓이고 담가놓아 그놈이 군침을 질질 흘리도록 만들었다네. 나는 이것으로 물 밖으로 유인해낼 것이네."
여홍이 냄새를 맡아보니 과연 멧돼지 기름 냄새가 진하게 배어있었다.
종일 주노인이 손자의 원수를 갚으려고 왕 미꾸라지와 싸워온 이야기와 구도포자 일대의 지리를 설명 들은 여홍은
'이번 싸움이 괴조(怪鳥)나 마호(魔虎) 보다 힘들면 힘들었지 쉽지는 않겠구나.' 하는 생각을 했다.
다음날
주노인은 사시(巳時: 오전 9시 반~ 11시 반)가 지나자, 햇볕이 쨍쨍

내리쬐는 것을 보며, 여홍에게 얼굴이 반은 가려질 정도의 큰 밀짚 모자를 주었다.
"이걸 쓰면 미꾸라지가 소협을 이 곳 농사꾼으로 알거네. 지금이 싸우기 유리한 시각이네. 놈은 어느 호수 위에 떠올라 쉬고 있을 게야. 소협은 내 뒤에 멀찌감치 따라오게."
여홍이 뒤따라가며 노인이 든 낚싯대를 살펴보니 참나무로 만든 일곱 발 길이의 긴 낚싯대였고,
낚시 줄은 엄지손가락 굵기의 밧줄로 끝에는 세 가닥으로 갈라진 쇠갈고리 두 개가 달려있었다. 갈고리에 가짜 메기 두 개를 끼울 모양이었다.
그런데 희한하게도 낚시 바늘이 걸린 낚시 줄에 삼 촌 정도 되는 '다섯 개의 작은 바늘'이 달려 있었다.
여홍은 작은 바늘은 또 어떤 용도인지 묻고 싶었으나, 곧 알게 되겠지 하고 단념했다.
여홍은 노인이 긴 낚싯대와 나무메기를 들고서도 휘적휘적 가볍게 걷는 것을 보고, 그가 이십 년 간 왕 미꾸라지와 싸우다 자기도 모르게 상당한 내공이 생겼다는 것을 알았다.
거의 한 시진 정도를 걸어가니 넓게 펼쳐진 들판이 보였다. 비옥한 땅이었다.
이 좋은 땅을, 미꾸라지 한 마리 때문에 농사를 짓지 못한다는 생각 하니 미꾸라지가 매우 괘씸했다.
'오늘 내 이놈을 반드시 제거하리라!'
앞서가던 노인이 갑자기 멈추어서라고 손짓했다. 여홍이 멈추어 서자 노인이 말했다.
"놈이 지금 몇 번째 호수에 있는지 모르겠군. 저 바로 앞에 보이는

호수가 네 번째 호수일세."
과연 우거진 갈대 수풀 속으로 물빛이 비쳤다. 노인이 바짝 엎드린 채 기어가더니 여홍을 불렀다.
"소협, 이리 오게. 놈이 이곳에는 없네."
"그럼 어떡하지요?"
"호수들 사이에서 싸우면 불리해. 놈은 호수 밑을 오가며 공격해 올 것이니 가능하면 호수 바깥을 등지고 싸워야 하네."
"잘 알겠습니다."
주노인은 한참을 호수를 지켜보다가 두 번째 호수로 갔다. 역시 두 번째 호수에도 미꾸라지는 없었다.
"저기 있는 호수가 제일 큰 호수야. 놈이 저기서 쉬고 있을 공산(公算: 확률)이 크네."
여홍이 보니 거리가 이십 장 정도였다. 천천히 다가가는 노인을 따라 발을 디뎌보니 발이 푹푹 빠지는 진흙 뻘이었다. 절반 쯤 가자, 앞서가던 노인이 멈추라는 신호를 보냈다. 호수 가는 갈대들이 많이 자라 수면이 가려 있었다. 노인이 살금살금 접근하며 몸을 낮추고 낚싯대를 내려놓았다.
순간, 여홍이 뻘밭을 딛지 않고 바람이 스치듯 노인의 옆에 다가섰다.
여홍의 신법을 본 노인이 눈을 크게 떴다. 여홍이 미소를 지어 보이며 갈대 사이로 호수를 바라보았다.
과연 호수 가운데에 거대한 미꾸라지가 머리와 등을 수면 위로 한 채 떠다니고 있었다.
주노인은 낚시 줄에 가짜 메기를 꿰고, 허리에 차고 있던 작은 병을 풀어 바닥으로 쏟으니 그 안에서 통통한 미꾸라지 십여 마리가 쏟

아져 나왔다. 땅에 떨어진 미꾸라지들이 진흙 속으로 파고들기 시작했다
"흥"
주노인은 가볍게 콧방귀를 끼며 그 중 다섯 마리를 잡아 다섯 개의 작은 바늘에 순식간에 끼워버렸다.
여홍은,
노인이 낚시 바늘을 던지면, 메기 두 마리가 미꾸라지 다섯을 쫓는 것처럼 보일 것이고, 이를 발견하고 화가 치민 왕 미꾸라지를 유인하려는 것이라고 짐작하였다.
여홍은 노인이 무거운 낚싯대를 호수로 제대로 던질 수 있을 것인가가 걱정 되었으나, 걱정은 불필요한 낭비였다. 노인은 이십 년을 왕 미꾸라지와 싸워온 결과 기운이 일반 무림인(武林人) 못지않았다.
노인은 여홍에게 몸을 낮추라 하고, 씨름꾼이 상대를 끌어당기듯 낚싯대를 번쩍 들어 허공에 두 세 차례 돌렸다.
윙윙- 하는 소리가 들리는 순간 미끼를 단 낚시 바늘이 멋진 포물선을 그리며 날아가 호수 이십 장쯤 되는 곳에 풍덩 소리를 내며 떨어졌다.
그곳은 왕 미꾸라지로부터 십여 장 쯤 되는 곳이었다. 낚시를 던진 주노인은 천천히 좌우로 낚싯대를 움직여 물속의 메기를 살아있는 것처럼 보이도록 움직였다.
작은 바늘에 걸려 있는 미꾸라지 다섯 마리도 물속에서 몸부림을 쳤다.
주노인이 찌를 노려보며 말했다.
"미꾸라지가 나를 발견하고 완전히 나올 때까지 소협은 몸을 숨기

고 있어야만 하네."
여홍은 고개를 끄덕이며 검을 뽑아들고 몸을 바닥에 낮추었다. 호수에서 낮잠을 즐기고 있던 왕 미꾸라지는 대노했다.
뭔가 물속에 나타나 자기의 단잠을 깨우자 물속으로 푹 들어갔다 공중으로 뛰어오르기를 반복하며 두 눈알을 사방으로 굴리며 살펴보았다.
곧이어 수면 아래에서 미꾸라지들을 쫓는 두 마리 메기를 발견하고 요동을 치며 다가섰다.
거칠게 튀는 물방울을 본 주노인이 조금씩 뒤로 물러나며 미끼를 자기 쪽으로 당겼으나, 순간 주노인의 몸이 휘청거리며 호수로 빨려 갈 듯했다.
그러나 주노인은 이십 년을 왕 미꾸라지와 싸워온 낚시의 달인이었다. 낚싯대를 움직이며 바늘로 왕 미꾸라지의 약을 살살 올리고 있었다.
이리저리 한참을 쫓아다니 화가 머리끝까지 치밀어 오른 왕 미꾸라지가, 세상에서 제일 미운 메기들이 새끼 미꾸라지를 괴롭히는 걸 더 이상 참지 못하고 거품을 물고 덮쳤다. 순간 싹 몸을 튼 메기가 빠져나갔다.
그야말로 정교한 손 기술이었다. 잡힐 것 같으면서도 아슬아슬하게 피하는 메기의 곡예에 왕 미꾸라지의 눈이 뒤집혔다. 이때 메기가 숨이 넘어갈 듯 호수가로 도망치자 왕 미꾸라지가 쫓아왔다. 주노인은 호수 기슭까지 왕 미꾸라지를 유인한 후, 두 마리 메기를 번쩍 허공으로 들어 미꾸라지의 머리통을 내리쳤다.
낚싯대로 나무 메기를 조종하는 주노인의 기막힌 솜씨를 본 여홍은 혀를 내두르고 말았다.

'오, 주노인의 낚싯대 다루는 솜씨는 개마삼편의 채찍 술(術) 못지않구나. 단지 무공을 배우지 않아 연속 공격과 결정타를 가하지 못할 뿐이다.'

나무메기로 머리를 맞은 왕 미꾸라지가 물속에서 발악하듯 몸부림을 치자 해일 같은 물벼락이 밀려왔다. 주노인은 날렵하게 낚싯대를 거두고 몸을 드러내며 구도포자가 쩌렁쩌렁 울리는 목소리로 약을 올렸다.

"푸하하핫! 메기 맛이 어떠냐, 이놈아!"

"쿠쿠쿠쿡쿠쿡!"

왕 미꾸라지는 상대가 바로 주노인 것을 알아보고 수염을 곤두세우며 분노하다 갑자기 물속으로 사라졌다. 이를 본 주노인이 황급히 소리쳤다.

"소협, 발밑을 조심하게!"

하고 부랴부랴 멀찌감치 몸을 피했다.

사실 주노인도 미꾸라지가 이 정도로 괴성을 지르는 걸 본 적이 없었다.

여홍이 내공을 끌어올리며 발밑의 변화를 주시하였다. 출렁거리던 수면은 가라앉고 있었으나

10여 장 깊이의 땅 속에서 꿈틀거리는 살기(殺氣)를 감지한 여홍이 미끄러지듯 삼장 뒤로 물러서는 순간,

물컹물컹한 진흙 속에서 왕 미꾸라지의 거대한 머리가 솟아올랐다. 머리통이 소머리보다도 컸다. 칙칙하게 검은 눈이 한없이 교활해보였다.

여홍을 발견한 왕 미꾸라지가

"쿠욱-!"

하고 번개처럼 몸을 뒹굴며 6개의 진흙덩어리를 날려 보냈다.
"휙, 휙, 훅, 후, 슉, 휘익-!"
덮쳐오는 진흙들을 피해낸 여홍이 미꾸라지의 빈틈을 찾아 비수(匕首)와도 같은 안광(眼光)을 번득였다.
그동안 상대한 인간들은 자기가 땅속에서 솟아오르자마자 속수무책으로 잡아먹히거나, 그나마 무술을 익힌 자들도 첫 공격은 피하더라도 이어진 진흙 공격에 정신을 못 차리고 서너 번째 진흙에 맞고 쓰러졌는데,
지금 눈앞의 인간은 뭔가 다르다는 걸 깨달은 왕 미꾸라지가 잠시 몸을 웅크리고 여홍을 노려보았다. 잠깐의 대치 후, 여홍이 미꾸라지를 향해 서서히 발을 옮겨가며 우장(右掌)을 들어 올리자, 심상치 않은 기운을 느낀 미꾸라지가 몸을 뒤집으며 움직이기 시작했다. 미꾸라지의 눈이 더욱 시커먼 색으로 바뀌며 이동하는 속도가 빨라졌다.
"투닥, 툭, 훅, 탁, 타닥........."
여홍은 똥 덩어리 같은 진흙의 파편들이 시야를 가리는 가운데 자기를 노리고 주위를 도는 미꾸라지의 모습에 기가 막혔다. 이놈 역시, 쉽게 당하지 않을 것 같은 자기의 허점을 찾고 있는 것이 아닌가.
순간, 여홍의 좌장(左掌)이 반원을 그리자 강력한 바람에 흙덩이들이 밀려났고, 이어 벼락 같이 다섯 줄기의 내경(內勁)을 쏟아내며 몸을 날렸다. 발을 딛기 어려운 진흙 바닥이라 하나, 이미 일 갑자를 훌쩍 뛰어넘는 내공을 지닌 여홍에게는 그다지 장애가 될 수 없었다.
창날 같은 기운에 놀란 미꾸라지가 뒤로 물러서자 어느새 다가선

여홍이 눈이 시리도록 푸른 섬광(閃光)을 일으켰고, 기겁을 한 미꾸라지가 순식간에 땅 속을 파고들었으나,
"스슥!"
소리와 함께 여홍의 금비수가 미꾸라지의 꼬리에 가까운 몸통을 일촌 깊이로 가르고 지나갔다. 검붉은 피가 튀는 동시에 미꾸라지는 진흙 속으로 사라지고 말았다.
다람쥐만큼이나 빠른 왕 미꾸라지였다. 본능적으로 여홍이 꺼내 든 금비수(金匕首)의 무서움을 알고 안전한 땅 속으로 내빼고 만 것이다.
이를 본 주노인은 진흙 위를 평지처럼 움직이는 여홍의 신법과 십여 개의 묵직한 흙뭉치를 날려버리는 손바람 그리고 미꾸라지를 베고 지나간 광속(光速)의 금비수에 경악을 금치 못했다.
구도포자를 찾았던 수많은 무술가들 중에 가장 뛰어난 인물로 짐작하기는 하였으나, 이 정도의 고수(高手)일지는 꿈에도 생각하지 못했다.
난생 처음 생명의 위험을 느낀 왕 미꾸라지는 진흙 밭 속을 이리저리 헤집고 다니며 기습하려할 뿐, 도통 밖으로 나올 생각을 하지 않았다.
발밑으로 근접하는 놈에게 장풍(掌風)을 날리면 옆으로 사라져버렸고, 금비수를 들면 아예 가까이 오지도 않는 미꾸라지와 무료(無聊)한 공방을 이어가던 여홍이 다른 묘안(妙案)이 없나 머리를 굴리기 시작했다.
아무리 무술의 고수라 하나, 보이지 않는 적을 상대로 이길 수는 없는 법. 미꾸라지와 대치한 지 반 시진(- 1시간)이 지나자, 여홍이 느닷없이 몸을 빼며 호수로 달려가 몸을 날렸다.

"솨-!"

하고 물에 뛰어든 여홍을 본 주노인은 가슴이 콱 막히고 눈알이 튀어나올 만큼 놀라고 말았다.

태산 같이 믿고 있던 여홍이 스스로 무덤을 파듯 호수 속으로 들어가다니, 이제 보니 미련하기가 천하에 따를 자 없는 젊은이가 아닌가.

삽시간에 수십 수백 가지의 생각이 머리를 맴돌았으나, 곧 이어질 참사(慘事)에 손발이 떨려왔다.

예의 바르고 무예도 뛰어난 여홍을 보고, 이제야 손자의 원수를 갚을 수 있겠구나 하는 희망으로 들떠 있었는데, 이토록 어처구니없는 행동을 하다니. 탄식하는 주노인의 입에서 자기도 모르게 절망의 침이 흘러내렸다.

여홍이 호수에 뛰어들자, 왕 미꾸라지가 기쁜 듯

"으흐흥"

소리를 내며 서둘러 진흙 속으로 파고 들어갔다. 이제야 여홍을 잡게 되었다고 생각하는 것 같았다.

여홍은 물속이 진흙 밭보다 한결 나았다. 귀식대법을 펼치며 호수 바닥으로 깊이 잠수해 들어갔다. 사실 조금 전, 입수(入水)할 때 물방울 하나 튀지 않고 물귀신처럼 종적이 사라진 것만 보더라도 능히 왕 미꾸라지의 몸놀림과 비교할 만한 놀라운 수중(水中) 무공이었으나, 복수에 눈이 먼 미꾸라지는 여홍을 잡으러 가기 위해 뻘 속으로 처박고 들어가느라 조금도 알아차리지 못했다. 여홍은 잠깐 사이 깊고 어두운 곳으로 헤엄쳐 들어가 큰 암초(暗礁) 뒤에 숨어 미꾸라지를 기다렸다.

그 때 호수의 한쪽 진흙 바닥이 쩍쩍 갈라지며 호수 전체가 흙탕물로 변하기 시작했다. 이어 거대한 왕 미꾸라지가 뻘 속에서 요란하게 몸을 드러내며 몸부림치듯 곧장 호수 면을 향하여 솟아올랐다. 왕 미꾸라지는 예전의 무사들처럼 여홍이 아직 수면 위에 있을 것으로 생각하는 모양이었다.

 이를 본 여홍이 미꾸라지를 따라 솟아오르며 조용히 따라붙었다. 여홍을 잡아먹을 욕심에 눈이 뒤집힌 미꾸라지는 호수 바닥의 바위 뒤에 여홍이 숨어있으리라고는 짐작조차 못했다.

귀식대법으로, 두 시진 반(- 5시간)을 물속에서 활동할 수 있는 여홍이 돌고래처럼 물살을 가르며 빠르게 쫓아갔다. 지금껏 물속에서 자기를 기습하고자 하는 자를 한 번도 만나보지 못한 미꾸라지는 칼에 베인 복수의 일념(一念)으로 여홍의 추격을 상상도 하지 못했다.

분수공(分水功)을 절정으로 펼치고 있는 여홍는 잠깐 사이 왕 미꾸라지와의 거리를 좁히며 미꾸라지가 일으키는 물살을 건드리지 않고 같은 속도를 유지하며 틈을 노렸다.

이윽고 수면 가까이 이른 미꾸라지는 여홍이 보이지 않자, 좀 더 반경을 넓혀 오른쪽을 훑어보다가 그래도 보이지 않자 성질 난 눈깔을 뒤집으며 왼쪽으로 급히 방향을 틀었다.

순간, 물살이 요동치자 여홍이 부표(浮標)처럼 미꾸라지 등에 올라탔다.

느닷없는 여홍의 습격에 놀란 왕 미꾸라지가 몸을 꼬았다 펴기를 반복하며 적을 떨어뜨리고자 몸부림을 쳤다.

여홍은 당장이라도 떨어질 듯 요동쳤으나, 어느새 12성 내공을 주입한 철수(鐵手: 쇠 같은 손)를 미꾸라지의 몸통에 박아 넣고 움켜잡았다.

생살이 뚫리자, 극통을 느낀 미꾸라지가 수면 위로 솟구치며 앞뒤 좌우상하로 뒹굴고 펴고 구부리며 발광을 했다.
미꾸라지가 죽지 않기 위해 발악하자 호수 전체가 들썩이며, 수없이 많은 포말(泡沫)이 날고 여기저기에서 물기둥이 솟구쳤다.
웬만한 사람이라면 힘이 빠져 진즉 떨어져나갈 위력이었으나, 무한한 힘을 가진 여홍이 한 번 잡은 놈을 쉽게 놓아줄 리 만무(萬無)했다.
단, 굉장한 힘으로 빠르게 움직이는 탓에 금방이라도 손이 빠져버릴 수 있는 각도(角度)를 피하며 일단은 놈의 힘이 어느 정도 빠지기를 기다리기로 했다. 자칫 서둘러 공격하려 하다 천금(千金) 같은 기회를 놓칠 수도 있기 때문이었다.
한편, 여홍이 호수에 뛰어든 후, 여홍의 허망한 죽음을 기정사실로 생각한 주노인은
'아까운 젊은이를 끌어들이지 않았어야 했는데..'
하고 후회의 뚝뚝 눈물을 흘리다, 갑자기 물기둥을 일으키며 수면 위를 미친 듯이 뒹구는 미꾸라지를 보고 처음에는 여홍을 잡아먹은 기쁨에 저 지랄발광을 하다가 이제 나까지 먹어치우려고 할 것으로 착각했다.
그러나 어지간히 자리를 피했다 싶어 뒤를 본 노인은 그때까지도 가라앉았다 떠오르기를 반복하는 미꾸라지를 보고 자기도 모르게 몸을 돌려 호수로 다가갔다.
주노인은 눈을 가늘게 뜨고 시력을 잔뜩 모아 미꾸라지를 살펴보았으나 별다른 것은 없어보였다.
'내가 모르는 미꾸라지의 천적(天敵)이라도 나타난 것이 아니면, 놈이 저 정도의 광란(狂亂)을 보이지는 않을 텐데...'

라는 생각도 해보았으나, 이내 헛된 꿈이나 꾸는 스스로를 나무라며 힘없이 고개를 젓다.
우연히 미꾸라지 등에 붙어있는 젖은 낙엽 같은 큰 물체를 발견하였다.
다시 1각(- 15분)여를 눈알이 빠지도록 보던 주노인은 미꾸라지 등에 달라붙은 것이 사람이라는 것을 알아냈고, 좀 더 지나 미꾸라지에 매달린 자가 여홍이라는 사실을 알게 되었다.
순간,
끓어오르는 감동과 놀라움으로 무릎을 꿇어버린 주노인이 두 손을 마주 쥐고 눈물을 흘렸다.
'이럴 수가! 왕 미꾸라지와 힘을 겨루며 이토록 긴 시간을 물속에서 견딜 수 있는 사람이 있다니.'
멀리 보이는 모습이기는 하나, 여홍이 위태로워 보이지 않아 안도의 한숨을 내쉬는 순간 미꾸라지가 물속으로 곤두박질치듯 들어가더니 이제까지와는 다르게 수면으로 떠오르지 않았다.
시간이 초조하게 흘러 1각이 지나자 주노인의 얼굴이 다시 암울해졌다.
여홍의 숨은 벌써 넘어갔을 지도 모른다. 더 없이 교활한 미꾸라지가, 찰거머리 같이 붙어있는 여홍을 물을 먹여 죽이기로 작전을 바꾸고 물속 깊이 들어가 버린 것이다.
주노인의 가슴이 타들어가는 사이에도 시간은 하염없이 흘러만 갔다.
"아... 반 시진(- 한 시간)이나 흘렀다. 혹시나 하며 기다린 내가 어리석은 놈이지.
젊은이, 미안하오. 그러나 내 기필코 놈을 잡아 죽여 소협의 한(恨)

을 조금이나마 풀어 주리다."
여홍의 죽음으로 맥이 탁 풀려버린 주노인은 다시 일어설 수가 없었다.

여홍은 미꾸라지가 전략을 바꿔 호수 바닥으로 들어가자 오히려 쾌재를 불렀다.
아무리 왕 미꾸라지라 하더라도 물속의 수압(水壓)으로, 좀 전까지와 같이 몸부림을 칠 수는 없기 때문이었다.
여홍을 괴롭히기 위해 반 시진이 넘도록 이리저리 급하게 방향을 틀며 괴롭혔으나 여홍은 꿈쩍도 하지 않았다. 그 사이 금비수가 베고 지나간 부위는 더 벌어졌고
여홍의 철지(鐵指)에 구멍이 뚫린 곳에서는 더 많은 피와 진물이 흘러나오고 있었다.
여전히 포악하게 움직이고는 있으나 몸통에 박은 왼손으로 지쳐가는 기색을 느낀 여홍이 문득, 금비수를 놈의 등 한가운데에 박고 급류에 밀려가듯 거꾸로 헤엄치자, 나무껍데기 같이 두꺼운 왕 미꾸라지의 등짝이 좌우로 쩌억 갈라지며 속살과 검붉은 피가 쏟아져 나왔다.
"크윽!'
왕 미꾸라지가 고통스러운 괴성을 지르며, 여홍을 잡으려 몸부림을 쳤으나 금비수를 꽂은 채로 비틀며 좌측으로 헤엄쳤다. 아예 왕 미꾸라지를 갈기갈기 찢어놓을 작정이었다.
비릿한 핏물을 뒤집어쓴 채 유영하는 여홍은 마치 물속의 마귀와도 같았다.

아무리 흔들어도 떨어지지 않는 여홍의 비수가 온몸을 난자(亂刺)하자, 왕 미꾸라지는 도저히 견딜 수가 없었다.

모기 알이나 올챙이를 잡아먹고 사는 미물로 천성이 겁이 많았으나, 어떻게 운이 닿아 천도복숭아를 먹고 구도포자와 동해 가까이에서 왕 노릇을 해왔는데, 오늘 여홍 같은 무서운 인간을 만나게 되리라고는 상상도 하지 못했다.

그제야 끔찍한 공포를 느낀 미꾸라지가 땅속으로 도망치기 위해 수직 하강하며 호수바닥에 머리를 처박으려 하자, 여홍이 어느새 금비수를 ㄱ자(字)로 벌어진 몸통의 중앙으로 되돌리는 동시에 배속 깊이 찔러 넣고 온 힘을 모아 횡(橫)으로 잡아당겼다.

"우지직 뚝-!"

하며 그 억센 척추 뼈가 잘려나가는 소리가 났다. 이어 엄청난 고통에 몸부림치던 왕 미꾸라지가 가까이 있는 바위에 머리를 콱-! 들이박으며 더 이상 움직이지 않았고, 바위는 몇 조각으로 부서져 버렸다.

이를 본 여홍이 수초(水草)처럼 움직이며 미꾸라지의 목을 깊이 긋고 지나갔다.

"꾹- 욱!"

소리와 함께 인간과 선한 동물들을 죽이며 동해용왕 자리까지도 넘보던 왕 미꾸라지가 드디어 생을 마감했다.

잠시 후 호수의 수면 위로, 미꾸라지가 흘린 대량의 피가 떠오르자 넋을 놓고 앉아있던 주노인은 '아, 여홍이 죽었구나.' 하고 절망의 눈물을 떨구었다.

노인은 탄식을 하다, 미꾸라지가 잡아먹고 남긴 여홍의 신체 일부라도 떠오르면 땅에 묻어주기 위해, 발을 동동 구르며 호수 가를 맴돌

앉다.
이때, 믿어지지 않는 일이 주노인의 눈앞에 펼쳐졌다. 거대한 왕 미꾸라지 사체가 수면으로 둥둥 떠오른 것이다.
노인이 놀라 두 눈을 부비고 다시 치켜뜨는 순간 거친 포말(泡沫)을 일으키며 수면을 뚫고 돌고래처럼 높이 솟아오르는 생명체가 있었다.
머리를 풀어헤친 귀신 모습이었는데 입으로 짐작되는 곳은 눈이 부시도록 푸른빛이 번들거렸다.
이건 또 무슨 괴물인가 하고 소스라치게 놀란 주노인이 주춤주춤 물러서다,
어느새 머리카락을 뒤로 넘기며 자기를 향해 손을 흔드는 여홍을 발견하고 경악(驚愕)의 눈물과 환희의 탄성을 지르며 다시 주저앉고 말았다.
물귀신은 다름 아닌, 이미 죽은 줄로만 알았던 여홍이었다. 그가 산발(散髮)이 된 머리 그대로 푸른빛의 금비수를 물고 튀어 오른 것이다.

여홍이 갈대밭으로 나와 주저앉자, 주노인이 눈물이 채 마르지 않은 얼굴로 얼씨구절씨구- 춤을 추며 달려왔다.
"아이고, 정말 고생했네. 그 누구도 못한 일을 해주었네. 소협이 마물을 죽이다니, 내 손자의 원수를 갚아주어 고맙네. 정말 고마우이. 난, 이제 죽어도 여한이 없네."
여홍이 숨을 두어 차례 몰아쉬고 나서 말했다.
"정말 무서운 놈이었습니다. 어디서 이런 마물들이 자꾸 나오는지

모르겠습니다. 삼신(三神)의 도가 땅에 떨어져 난세(亂世)가 오면 마(魔)가 비집고 나온다는 어느 선인의 말씀이 맞는 것 같습니다."
두 사람이 호수 가에서 이야기를 하는 동안 구포리 사람들이 몰려왔다.
사실 이들은 여홍과 주노인이 싸우러 가는 것을 알고, 멀리서 응원하며 미꾸라지와의 격투를 지켜보고 있었으나, 여홍이 호수로 뛰어든 후로는 주노인의 몸짓과 표정 외에는 그 결과를 알 방법이 없었다.
여홍이 물속으로 뛰어들 때에는 그들 또한 주노인과 마찬가지로 절망했고, 미꾸라지 등에 매달린 여홍을 본 주노인이 무릎을 꿇고 흐느끼자 같이 울었으며,
물귀신에 놀라 뒷걸음질 칠 때는 덩달아서 몸을 떨며 무서워하다가, 환희(歡喜)의 탄성을 질렀을 때에는 승리를 직감하고 모두가 기뻐했다.
백장 떨어진 곳에 서있던 마을사람들이 주노인의 손짓을 보고 몰려왔다.
이들은 호수에 떠있는 왕 미꾸라지 사체(死體)를 발견하고 목을 놓아 함성을 질렀다.
"만-세! 만-세! 만-세!……. 여대협 만세-! 주노인 만세-!"
"드디어, 악마가 죽었다!"
촌장이 여홍에게 읍(揖: 공경의 뜻을 나타내는 禮예)을 하며, 감사의 마음을 표했다.
"대협(大俠), 이 은혜를 어떻게 갚아야할지 모르겠습니다. 우리 마을의 화근을 없애주셔서 이제야 마음 놓고 농사를 지을 수 있게 되었

습니다."
촌장은 여홍을 자연스럽게 대협으로 바꾸어 불렀다. 여홍이 소탈하게 웃으며 대답했다.
"은혜라니요. 남의 어려움을 보고 외면하지 않는 것은 구이원의 오랜 전통입니다."
"절륜한 무예를 지닌 분이 이리도 겸손하시니, 진정 대협(大俠)이십니다."
이때 주노인이 촌장에게 말했다.
"촌장님, 마을의 원수 왕 미꾸라지를 잡았으니, 잔치를 하시는 것이 어떤지요?"
촌장이 대답했다.
"하하하, 내가 이러고 있을 수가 없지. 미꾸라지를 땅에 묻어버리고, 이놈에게 해를 당한 이들의 위령제(慰靈祭)를 지낸 후에 잔치를 벌이기로 합시다."
잔치는 사흘 동안이나 이어졌다. 잔치를 시작한지 마지막 날, 저녁을 먹고 촌장 집 사랑채에 쉬고 있을 때였다. 말뚝이가 문을 두드렸다
"대협(大俠), 촌장님이 지금 권하정(圈河亭)에서 뵙자고 하십니다."
권하정은 후원에 있는 정자였다.
 정자(亭子)는 약간 지대가 높은 곳에 있어 시원한 들바람이 불어왔다.
곡식이 익어가는 들판이 정겹게 내려다보이는 곳이었다. 정자에는 간단한 상이 차려져있었고, 촌장(村長)과 촌장 비슷한 연배의 노인이 앉아있었다.
노인은 작았고 얼굴이 햇볕에 새까맣게 타 있었다. 이마에 깊이 파

인 주름에서 삶을 위해 쏟은 땀과 세월이 느껴졌다. 여홍이 자리를 잡고 앉자 촌장이 소개했다.
"대협, 이분은 서천리 촌장 인돈이라 하오. 오늘 대협에게 부탁할 일이 있다고 해서 나를 찾아 왔소."
촌장은, 서촌리는 구포리에서 서북쪽으로 이백 리 밖에 있는 마을이라고 했다.
여홍은 뜻밖이었다.
"아니, 그 먼 곳에서 저를 어떻게 알고.."
촌장이 대답했다.
"서촌홀은 이곳에서 말을 달리면 하루면 가는 거리입니다. 대협(大俠)이 구도포자의 마물, 왕 미꾸라지를 죽였다는 소문이 벌써 그곳까지 전해진 모양입니다. 발 없는 말이 천리를 간다고 하지 않소이까?"
"제가 무슨 큰일을 했다고..."
"하하하하. 어찌 그 일이 작은 일이라 하십니까? 대협은 저희 마을의 은인이십니다."
여홍이 다시 겸양하며 서촌리 촌장에게 물었다.
"촌장님, 제게 하실 말씀이 무엇인지요?"
여홍이 말문을 터주자 인돈이 고마워하며 이야기했다.
"예, 저희 마을은 팔백 여 호(戶) 되는 마을입니다. 주변의 물이 좋아 가물어도 농사에 그리 영향을 안 받는, 비옥한 논밭이 있는 곳입니다.
모두들 한울의 가르침대로 착하게 살며 미풍양속을 지키고 있고, 더구나 예로부터 내려오는 공동 계(契)를 조직해 각종 문제를 해결해 가고 있습니다.

아무 걱정이 없는 마을이었습니다. 그런데 근래에, 우리가 감당할 수 없는 큰 우환거리가 생겼습니다."
여기까지 말을 하다 멈춘 인돈이 갑자기 일어나 큰절을 하며, 울음 섞인 목소리로 말했다.
"대협, 우리를 살려주십시오."
여홍이 당황하며
"아니, 촌장님 이러지 마시고 앉아서 차분하게 말씀을 하시지요."
그러나 인돈은 일어나지 않았다.
"도와주시겠다는 말씀을 듣기 전에는 죽을 때까지 이대로 있겠습니다."
여홍은 이런 경우에 익숙하지 않았다. 어쩔 줄 몰라 하다가 같이 엎드려 머리를 바닥에 박았다. 그리고 도와달라는 뜻으로 구포 촌장을 보았으나, 구포 촌장도 난감한지라 슬그머니 몸을 돌리며 여홍의 눈길을 피했다.
여홍은 당황했으나 '하... 그곳에도 왕 미꾸라지가 있나?' 하는 생각이 들면서
"촌장님, 제가 할 수 있는 일이라면 도와드리겠습니다. 이제 일어나십시오."
라고 말해버리고 말았다.
그제야 인돈이 허리를 펴고 여홍의 손을 잡으며 감격해했다. 구포 촌장도 미소를 지으며 돌아앉았다.
"대협, 정말 고맙습니다."
여홍이 인돈에게 차분하게 말했다.
"그럼, 사연을 들려주시지요."
인돈이 이야기를 시작하였다.

"우환은 마을에서 백이십 리 떨어진 지주산(蜘蛛山)이라는 곳의 붉은 거미방 때문입니다.
붉은 거미방은 도적떼 무리로 하나같이 흉악한 놈들입니다. 숫자도 삼백 명이 훨씬 넘습니다. 방주는 '붉은 거미'라고 부르며 그의 스승은 '만독거미' 라고 한답니다.
삼년 전부터 이 자들이 나타나 재물을 뜯어가다가 삼 개월 전에는 마을 처자를 오십 명이나 끌고 갔습니다. 제 며느리도 끌려갔습니다.
마을이 아주 초상집이 되어 버렸습니다."
여홍은 붉은 거미방 도적들이 진짜 나쁜 놈들이라고 생각하며 물었다.
"마을의 남자들은 가만히 있었습니까?"
당시 조선은 선교의 가르침을 따르면서도 선(仙)무예를 배워, 외침(外侵)이나 도적을 막기 위해 병사를 소집하는 나라의 명령이 내려오면, 언제라도 나설 수 있도록 가가호호 모두가 무기를 갖추고 있었다.
"왜, 가만히 있었겠습니까?
건장한 삼백 명의 남자들이 무기를 들고 지주산으로 쳐들어갔으나, 절반이 죽고 반만 살아 돌아왔는데 살아 돌아온 이들도 부상자가 태반이었습니다. 놈들은 모두 강호의 고수로 일반 병사들로는 상대가 안 되었습니다. 무공은 초식마다 잔인 했습니다. 그 뿐이 아닙니다."
여홍은 궁금했다
"또 다른 것이 있습니까?"
"예, 그들은 모두 독(毒)을 사용하고 있었습니다."

여홍이 신음했다.
"음"
다음날 해가 뜨자마자, 여홍은 서촌리 촌장(村長) 인돈을 따라 나섰다.

동옥저 넉쇠

동옥저 남갈사성(함흥)성 밖 서북쪽에 있는 북산(北山) 삼일암(三一菴) 마루에 흰 도포를 입은 도인 척정(斥情)이 근엄한 모습으로 걸터앉아 있었다. 박달나무로 만든 지팡이를 짚고 마당 가운데를 응시하는 그의 눈에서 안광이 번득이고 있었다.
마당에는 딱 벌어진 어깨와 석탑(石塔) 같은 체격의 십육 칠 세 소년이 땀을 뻘뻘 흘리며 무공 연마에 한창이었다.
"그래,
큰물이 협곡(峽谷)을 통과하는 것과 같다. 지금 소용돌이치고 있는 곡지(曲池: 팔꿈치), 합곡(合曲: 엄지 검지 사이)의 기운을 벼락처럼 내질러라!
돌개바람은 거기에서 이는 것이다."
"허허, 아직도 약해. 그래 가지고 어디 가서 행세나 할 수 있겠느냐?
쯧쯧... 그래, 그렇지! 좋구나. 힘이 빠지면 좌우로 움직이며 기력을 되찾아라."

소년이 도인의 말대로 팔을 힘차게 휘젓자, 억센 돌개바람이 후-욱! 하고 마당 끝에 있는 도토리나무를 후려쳤다.
"우지끈!"
허리 굵기의 나무가 부러졌다. 도인은 그제야 만족한 듯 머리를 끄덕였다.
"됐다. 돌개바람은 그 정도면 됐다. 이번에는 쇠도리깨를 돌려보아라."
소년이 자두나무 옆에 기대 놓은 쇠도리깨를 집어 들었다. 보기만 해도 묵직해 보였다. 손에 잡은 쇠도리깨 끝, 쇠 두껍에는 고대(古代) 치우천황의 얼굴이 새겨져 있었다. 소년은 치우천황을 존경하는 모양이었다.
준비를 마친 소년이 스승 앞에서 단정하게 예를 갖춘 후, 팔방으로 몸을 날리며 도리깨를 휙휙 휘둘렀다. 거인(巨人)이 연자방아를 돌리듯, 가슴 떨리는 묵직한 파공음을 일으키는, 패도적인 도리깨질이었다.
접었다 폈다 허공을 휘저으며 돌려 치고 후려쳤다. 앞을 치나 싶으면 어느새 뒤를 때렸고, 허깨비처럼 신형(身形)이 흔들리는 순간 사우(四隅: 서남, 서북, 동남, 동북)를 타격한 도리깨가 종횡(縱橫)으로 날았다.
보리나 밀, 콩 등을 타작할 때 사용하는 도리깨가 살벌한 기세로 넓은 마당을 빈틈없이 장악해 가고 있었다.
큰 바위라 할지라도 넉쇠의 도리깨와 부딪치면 산산 조각이 날 것만 같았다. 지켜보던 스승이 매우 만족한 듯 고개를 끄덕이며 말했다.
"그만 됐다. 이제야 볼만 하구나. 도리깨의 도, 개, 걸, 윷, 모 5식은 모두 나의 사조(師祖)께서 창안하셨다. 평화로운 마을에 도적과 해적 떼가 쳐들어와 피해를 보게 되자, 언제든 즉각 대응할 수 있는 도리깨 타법(打法)을 창안하신 후 농가(農家)의 청년들에게 가르치셨다.

도리깨는 농가(農家)라면 어느 집이나 가지고 있고 손에 익숙해 사용하기 좋으며, 검이나 창과 달리 베거나 찌를 수 없는 단점이 있으나,

접었다 펴는 예측 불허의 속공과 다섯 가지 기이한 술법으로 안전거리 확보에 내내 긴장할 수밖에 없는 적(敵)을 단번에 타격하고 제압하는 무서운 무예이니라.

단,

좁은 공간에서의 격투를 대비해 내가 알려준 단검술과 대추권(大椎拳: 큰 방망이 권법) 또한 부단히 수련해야 할 것이다. 오늘은 그만 돌아가거라."

소년은 도인을 향해 더 없이 공경하는 자세로 인사를 드리고 산을 내려갔다.

이 소년의 이름은 넉쇠였다. 넉쇠는 집안이 어려워 남갈사성 성주(城主) 정이로 저택의 일을 해주며 집안 살림을 돕고 있었다.

넉쇠가 사부 '척정'을 만난 지도 벌써 5년이 흘렀다. 5년 전 어느 날 아침이었다.

성주 정이로 댁 대문 앞에 늙은 걸인이 한 사람 구걸하고 있었다.

"이리 오너라!"

그럴 듯하게 부르는 목소리에 긴장을 한 하인들이 내다보았는데 웬

다 늙은 거지가 새벽부터 구걸을 하고 있었다. 늙은 하인 하나가 고함을 질렀다.

"아니, 거지가 뭘 모르나봐. 여기가 감히 어딘 줄 알고. 그리고 이 댁 어르신들이 아직 아침도 안 드셨는데 새벽부터 먼저 밥을 달라고 하나.

쌍! 재수 없게 시리, 자고로 구걸도 예의염치가 있어야 하거늘. 이놈아, 빨리 꺼져라. 너 줄 밥은 없다.

그리고 잘 들어 둬라. 이 댁의 밥 먹는 순서를 말이다. 예로부터 가마솥에 밥을 해서 밥상을 차리면

제일 먼저 어른들이 자시고, 다음으로 남은 그 상을 받아 부인과 아이들이 드시고, 다시 그 먹다 남은 상을 하인들이 먹게 되느니라. 마지막으로 우리가 남긴 것들을 거두어 개를 먹이게 되어 있느니라. 거지 밥은 바로 개 다음이거늘 네놈은 때를 몰라도 너무 모르는 구나!"

그러나 늙은 거지는 능청스러웠다.

"그래서 거지가 된 것 아닙니까? 도(道)를 닦다가 너무 배가 고파 산에서 내려왔습니다.

며칠 굶었습니다. 식은 밥이라도 좋으니 아무거나 요기 할 것 조금만 주십시오."

늙은 하인이 화를 내며 냉정하게 말했다.

"무어? 도(道)?

네가 도를 닦아 신선이 되면 난 한울님이라도 되겠다, 나 원 참, 기가 막혀서, 아니 이놈이 빨리 꺼지래도!"

그런데 늙은 거지도 끈질겼다.

"이 집이 성(城)에서 제일 부자 댁 아닙니까?"

"에-라, 이놈아!"
하인이 도저히 말로 해서는 안 되겠다 생각했는지 몽둥이를 들고 나가 늙은 거지를 때렸다. 이 때, 매 맞는 늙은 거지를 지켜본 넉쇠는 마음이 몹시 아파왔다.
얼마나 배가 고팠으면 새벽같이 구걸을 할까 생각하며 얼른 부엌에 들어가 어제 먹다 남은 밥으로 대충 주먹밥을 만들어 늙은 거지의 손에 들려주었다.
"어서 가셔요, 할아버지. 다음부터는 좀 늦게 오셔서 제게 달라고 하세요."
"정말 고맙구나."
늙은 거지가 엉성하게 뭉쳐진 주먹밥을 받아들고 떠나갔다.

 며칠 후 넉쇠가 혼자 성주 저택 밖의 공터에서 도리깨로 보리타작을 하고 있을 때였다. 성주 댁 마름(- 땅 주인 대신 소작지를 관리하는 사람)은 매우 혹독한 사람이었다.
마름은 넉쇠에게 보리타작을 잔뜩 시켜 놓고 일을 보러 나갔다. 이삼백 평 정도의 평지에 커다란 멍석을 깔고 보리 단을 열심히 타작하고 있었다.
종일 일을 해도 끝날 수 없을 것 같았다.
기를 쓰고 땀을 뻘뻘 흘리며 도리깨질 하는 넉쇠의 귀에 문득, 노인의 목소리가 들려왔다.
"이 녀석, 그렇게 느려 터져서야 언제 이 많은 보리타작을 끝내겠느냐?"
넉쇠가 고개를 돌려보니 며칠 전에 주먹밥을 준 거지 노인이었다.

넉쇠가 기가 막힌 듯 이마에 흘러내리는 땀을 닦으며 조금 퉁명스럽게 되물었다.
"그럼, 어떻게 해야 하는 건데요?
이 일대(一帶: 지역의 전부)에 나만큼 힘이 좋은 사람은 없을 걸요?"
이 말을 들은 늙은 거지가 느닷없이 다가와 도리깨를 홱- 뺏어 들고 말했다.
"이 녀석, 지난번 네게 주먹밥 얻어먹은 값으로 한 수 가르쳐주마. 잘 보아라.
힘으로만 무식하게 땅바닥을 쳐대지 말고, 두 발을 이렇게 딛고 서서 가볍게 돌려라. 도리깨의 회전력과 네 몸의 기운이 조화를 이루어야 하느니..
그래야 힘 안들이고 큰 기운을 끌어내어 타작할 수 있느니라. 잘 봐라."
고 하며, 밥 그릇 들 힘도 없어 보이는 노인이 어디서 그런 힘이 나는지 도리깨를 가볍게 휘두르기 시작했다.
이어, 윙- 윙 소리를 내는 도리깨가 멍석 위의 보리 단을 춤을 추듯 타작(打作)하며 이쪽 끝에서 저쪽 끝으로 휩쓸고 지나가자, 수없이 많은 보리들이 모래성(城)이 무너지듯 앞을 다투어 쏟아져 나왔다.
어찌 보면 도리깨에 맞기 싫은 보리들이 스스로 껍데기를 벗어버리고 튀어나오는 것 같기도 했다.
휘적휘적 산책 하듯 걷는 노인이 몇 차례 왔다 갔다 하자 한숨이 절로 나오던 그 많은 보리타작이 십분지구(十分之九)가 끝나버렸다.
노인의 기가 막힌 솜씨에 쩍 벌어진 넉쇠의 입이 다물어질 줄을 몰랐다.

"낄낄낄낄낄, 잘 보았느냐? 그럼, 나머지는 네가 한번 해 보아라."
넉쇠가 거지 노인에게 홀린 듯이 시키는 대로 해보았다. 어설픈 동작이었으나, 과연 타작이 훨씬 수월했다. 신바람이 난 넉쇠가 한참을 일하다 돌아보니 거지 노인은 벌써 어디론가 사라져버리고 없었다.
그리고 또 다시 며칠 후, 넉쇠가 성주 댁 담벼락에 참나무를 쌓아놓고 도끼로 장작을 패고 있을 때였다. 오늘도 마름은 장작을 하루 안에 끝내라고 했다. 넉쇠는 아직 장작패기에 익숙하지 않았다. 툭하면 빗맞은 통나무가 튀어나가기 일수여서 손바닥에 피가 맺힐 지경이었다.
도끼를 들고 몸살을 하며 나무를 몇 개 패지도 못한 넉쇠는 벌써부터 목이 말라왔다. 넉쇠가 우물물을 한 사발 가득 떠다 벌컥벌컥 들이켰다.
"그게, 장작 패는 거냐? 도끼로 네 발등이나 찍지 마라. 에잉! 둔한 녀석 같으니."
넉쇠가 물을 마시다 돌아보니, 지난번에 타작을 가르쳐준 거지 노인이 아닌가. 그날 이후 보통 노인이 아니라고 생각해왔던 넉쇠가 공손하게 대답했다.
"어르신, 오셨어요? 장작패기는 더 서툴러서 그렇습니다."
그 말은 들은 거지 노인이 말했다.
"도리깨질도, 힘으로만 하면 안 된다고 했잖아. 이것도 똑 같으니라! 잘 보아 두어라."
이어,
천천히 도끼를 들고 내쳐 치기 시작했다. 지난 번 보리타작 때도 느꼈지만, 비실비실 금방이라도 쓰러질 듯 구걸하는 늙은 거지가 아니었다.
소매 밖으로 드러난 바짝 마른 손이 흡사, 주부가 도마 위에서 식칼을 다루듯 부드러우면서도 빠르게 움직이며 나무를 찍어댔다.
통나무에 도끼가 닿는 순간 어김없이 쩍쩍 소리를 내며 쪼개지는 모양이 급소를 맞고 나동그라지는 왈패들 같았다. 넉쇠의 두 눈이 휘둥그레졌다.
"자, 이젠 네가 해 보아라."
넉쇠가 도끼를 얼른 받아 노인이 일러주는 대로 해보니 신기하게도 도끼질이 그리 어렵지 않게 느껴졌다.
통나무의 모양과 결에 집중을 하고 도리깨질과 마찬가지로 회전력을 이용해 떨어지는 힘만으로 툭툭 찍어야했다. 도끼질도 몸에 흐르는 기운을 따라 자연스럽게 박자를 맞추어야 한다는 것을 이제야 깨달은 것이다.
원체 근력이 좋고 영리한 넉쇠가 재미를 느끼며 신나게 도끼를 휘둘러 대자, 얼마 지나지 않아 산더미 같이 쌓여있던 장작이 동이 났다.
가르쳐주자마자 요령을 깨닫고 써먹는 넉쇠를 본 노인이 보일 듯 말 듯 미소를 지었다. 인정 많고 순박한 녀석이 기운도 세고 영리하기까지 하니 더 없이 만족스러웠다.
'사부님의 영령(英靈)이 보우하사, 이 아이를 내게 보내주신 모양이다.'
라는 생각을 하였으나, 겉으로는 전혀 내색하지 않고 가던 길을 가려는 듯 몸을 돌렸다.
이때,
넉쇠는 넉쇠 대로 노인이 가르쳐준 대로 도끼질을 하다 번뜻 이 노인이 '무공이 뛰어난 선인(仙人)'일지도 모른다는 생각이 스치고 지나갔다. 조금 전까지는 몰랐으나, 쩍쩍 쪼개지는 나무를 보니 신비롭기 이를 데 없는 분이 아닌가.

당시의 선인은 선비를 말한다. 도를 닦고 인격을 수양하며 학문과 무예를 익히는 문무겸비(文武兼備)의 지성인으로, 세상의 어렵고 의로운 일을 솔선하는 사람들을 지칭했다.

넉쇠는 노인을 우러러 보는 마음이 불길처럼 일었다. 평소 넉쇠가 찾고 있던 신비로운 분이 아닌가! 넉쇠가 도끼를 내던지고 무너지듯 무릎을 꿇으며 머리를 조아렸다.

"어르신, 아둔한 저를 제자로 받아 주십시오. 어른께 무예를 배우고 싶습니다."

거지 노인의 얼굴에 기쁜 빛이 스쳤으나, 겉으로는 귀찮은 듯 넉쇠를 돌아보았다.

"무예(武藝)는 무엇 하러 배우려 하는고? 네 신분을 알고 있지 않느냐."

넉쇠가 더욱 공손하게 대답했다.

"의로운 일을 하는 데 있어서는, 신분의 상하(上下)를 따로 두지 않는다고 들었습니다."

넉쇠의 예의바른 자세와 답이 기특했는지, 거지 노인이 고개를 끄덕였다.

사실, 5년 전 어느 날

산에서 굴러 내린 자기 키 만한 바위를 길가로 밀어 버리는 11~2세의 넉쇠를 보고, 거지 노인은 침을 꿀꺽 삼키며 넉쇠를 샅샅이 훑어보았다.

'오 하늘이 내린 근골(筋骨)이다!'

사문의 무예에 꽉 들어맞는 신력(神力)과 근골(筋骨)을 확인한 노인은 더 없이 만족해하며, 성주(城主)의 저택 앞에서 동냥을 하는 척 매를 맞으며 넉쇠의 심성(心性)을 알아본 것이다.

결과는 기대 이상이었다. 누구보다도 순수하고 선한 마음을 가진 소년이었다. 더구나, 마지막으로 도리깨질을 통해 알아본 넉쇠의 오성(悟性) 또한 일품이었다.

남은 것은 넉쇠 스스로 자기의 문하에 들고 싶어 하느냐가 관건(關鍵)이었는데,

짐짓, 장작패기를 가르쳐주고 다음을 기약하고 있었으나 이 또한 지금 풀린 것이다. 노인은 더 이상 지체하지 않았다.

진기한 보물(寶物)은 너나없이 알아보는 법, 더 이상 시간을 끌 일이 아닌 것이다.

"음, 일하면서 남몰래 무공을 익힌다는 것은 매우 힘든 일인데..."

"더 일찍 일어나고 더 늦게 자겠습니다."

노인은 지극히 공경하는 자세로 조아린 넉쇠를 따뜻한 눈길로 지켜보다 말했다.

"그만 일어나라. 일이 없을 때 북산 삼일암으로 오너라. 나는 그곳에 기거하고 있느니라."

그날 이후,

넉쇠는 시간이 나면 노인에게 찾아가서 무공을 배웠다. 그리고 산에 갈 때 마다 거지 노인의 음식을 가져다 드렸다. 그러나 그 도인은 삼년 동안이나 넉쇠에게 자기가 누구인지 이름조차 말해주지 않고 사부라고만 부르게 했다.

처음, 사부께서 무공을 가르쳐 줄 때 넉쇠는 조금 황당했다.

삼일암(庵) 마당에 멍석을 깐 후 그 위에 맷돌을 올려놓고 창고에

쌓여있는 도토리를 하루 종일 갈라고 시킨 것이다.
"사부님, 도토리묵을 만드는 것이옵니까?"
사부가 혀를 차며 말했다.
"쯧쯧쯧.

맷돌은 하늘과 땅이 서로 엇갈려 돌아가는 심오한 이치를 담고 있다. 하늘과 땅이 서로 돌아야 시간이 생기고 그 시간 속에 인간의 삶이 이루어지나니, 지금부터 네가 배우게 될 조이(鳥夷)의 장풍, 돌개바람은 이 이치로 '하늘과 땅의 기운'을 끌어 모아 펼치는 것이니라.

따라서, 돌개바람을 일으키려면 먼저 이 맷돌을 돌리며 힘과 내기(內氣)를 길러야 하는 것이다. 집안에서 여자들이 부엌일 할 때 사용하는 맷돌이라고 경시하지 말고 정성을 다해 돌려라."

그 날부터

넉쇠는 삼일암(庵: 초막)에서 맷돌로 도토리를 갈았고, 집에 돌아가서도 기회만 되면 여자들의 맷돌 일을 자청해서 해 주었다. 부엌일 하는 여인들은 너무나 좋아했다.

보통의 아이들 같으면 열심히 돌리는 척만 하고 게으름을 폈을 일을, 순박한 넉쇠는 마음을 다했다. 막연하고 지루한 시간이었으나 한 눈 한 번 팔지 않고 정성을 다해 맷돌을 돌렸다.

5개월이 지난 어느 날, 맷돌을 돌리던 넉쇠는 문득 음과 양의 상반된 기운이 온몸에 굽이치는 걸 느꼈다.

그제서야, 사부는 돌개바람의 구결을 자상하게 일러 주고, 구결에 따라 하늘과 땅의 기운을 끌어들이며 맷돌을 돌리라고 지시했다.

며칠 후,

넉쇠가 깊이 박힌 말뚝처럼 서서, 우장(右掌)을 힘차게 내지르자, 꿈

틀거리는 패도적인 기운이 손바닥을 통해 회전하며 쏟아졌다. 순간,
"스슛스스..!"
소리와 함께, 바닥에 깔려있던 낙엽들이 맷돌을 따라 돌듯 솟구쳤다. 이를 보고 놀란 넉쇠가 두 눈을 크게 뜨자
"이 녀석!
정신을 놓지 말고, 장심(掌心: 손바닥 가운데)으로 반공(半空)을 후려쳐라!"
사부의 일갈(一喝: 큰 소리로 꾸짖음)에 놀란 넉쇠가 벼락이 치듯 장(掌)을 휘두르자, 돌개바람이 거칠게 일며 낙엽들을 멀리 날려 보냈다.
넉쇠가 뛸 듯이 기뻐하며 신기한 듯 손바닥을 들여다보자, 사부가 말했다.
"지금의 성취는 극히 미약한 것이다. 더욱 분발해야 하느니."
"네, 알겠습니다."
이어, 사부가 말했다.
"돌개바람은 고대(古代) 조이(鳥夷)의 무공이었는데 오랫동안 실전된 무공이었다.
그런데 네 사조께서 우연히 이 무공의 비급을 얻으신 후, 다시 세상에 나오게 된 것이다. 열심히 연마하여 구이원의 대의(大義)를 바로 세우는 데에 네 힘을 보태야할 것이다. 돌개바람의 핵심은 강력한 회전력이다.
다음부터는 이곳에 맷돌 대신 큰 연자방아를 갖다 놓으마.
연자방아는 크고 무거워 소나 말이 돌리는 것이나, 네 손으로 직접 돌려야 하느니라."
그 후, 넉쇠는 돌개바람 구결을 주문처럼 외우며 거대한 연자방아를

한 마음으로 밤낮없이 돌렸다.

듣도 보도 못한 혹독하고 무서운 수련이었으나 봄, 여름, 가을, 겨울 황소처럼 쉬지 않고 방아를 돌리는 넉쇠의 신력(神力)과 뚝심은 가히 놀라웠다.

거지 노인이 넉쇠를 발견하고 '사부님이 보우하사, 이 아이를 보내주신 모양이다.'

라고 생각할 만한 재목(材木)이었다.

 사부는 넉쇠에게 쇠도리깨를 무기로 골라주었다. 수 없이 해온 보리타작, 콩 타작으로 도리깨질이 숙달된 데다 넉쇠의 다부진 체격과 잘 어울리고, 머슴아이가 검을 들고 다니면 사람들의 시비 거리가 될 수가 있다는 점에서였다.

일곱 자 박달 몽둥이 한 쪽 끝에 쇠두겁을 씌워 구멍을 뚫은 후 고리로 세 자 길이의 무쇠 젓가락을 연결하고, 회전 부위는 강쇠(- 단단하게 만든 쇠)로 조합(組合)한, 이루 말 할 수 없이 강력한 도리깨였다.

처음에는 자기도 검객들처럼 멋있는 검과 창을 갖고 싶었으나, 막상 사부님이 하사하신 쇠도리깨를 휘둘러보니 자기의 힘과 몸놀림 그리고 오밀조밀하지 않은 성격에 꼭 들어맞았다.

후일, 쇠도리깨와 돌개바람으로 종횡천하(縱橫天下)하는 장면을 상상하면서, 수련에 한층 더 박차를 가했다.

 동옥저는 땅이 비옥하고 풍광은 수려했으며 백성들은 모두 순박하고 부지런했다. 바다는 소금과 각종 해산물이 풍요로웠고, 하란평야는 곡식들로 넘쳐났으며, 산악지역에서는 조선 최고의 담비가죽이

나왔다.
이 때문에 '하란장(場: 시장)'이 설 때에는 상급의 담비 가죽을 사려는 제나라, 연나라, 마한연방의 상인들로 들끓었다.
남갈서성(城) 포구에는 북옥저, 진한, 변한, 왜(倭), 동남아를 오가는 무역선들이 끊임없이 들락거렸으며, 고기잡이 나간 배들이 만선(滿船)으로 돌아올 때마다 울리는 풍물(風物: 농악에 쓰는 꽹과리, 태평소, 소고, 북, 장구, 징)소리로 매일 같이 시끌벅적해지는 곳이기도 했다.
특히, 동옥저에는 아름다운 여인들이 많았다.
기후가 좋고 산천이 수려하고 물이 맑아서 그런지 고운 여자들이 많았다.
그러다 보니 힘이 센 용가국(國), 동예국(國) 호족들은 동옥저 가한 종저에게 매년 비첩(婢妾)으로 삼을 예쁜 여자들을 바치도록 강요해 왔다.
금년에는 어찌 된 일인지 소녀들을 보내라는 말이 없어 넘어가나 하고 좋아했는데, 용가국의 취악성(鷲岳城) 총관 소골이 비첩으로 쓸 여자들을 데려가려고 직접 찾아 왔다.
취악성은 용가국에서 동옥저 가까운 산에 있는 성(城)으로 일명, 독수리성(城)으로도 불렸다. 그곳은 무사들이 많은 까닭에 여인들이 많이 부족했다.
가까운 동예의 여인들을 데려와도 되나, 유목(遊牧)을 하며 거칠게 자란 동예의 여자들을 기피하는 경향이 있었다.
그리고 동예의 부모들 또한 딸을 이런 험한 지역에 시집보내기를 좋아하지 않는 실정이었다.
취악성은 용가(龍加)의 특별한 성(城)으로, 가한 사오의 명을 받아

흑룡방 살수(殺手)들을 양성하고 있었는데, 그들 중에는 중원에서 못된 짓을 하다가 쫓겨온 자들도 포함되어 있었다.
이는 사오의 최 측근이 아니면 아무도 모르는 비밀이었다.
사오는 최강의 살수들을 기르기 위해서 취악성 성주에게 모든 지원을 아끼지 않고 있었다.
성주 오찰랍은 휘하의 살수(殺手)들에게 어려운 임무를 맡길 때 마다 약속했다.
"흐,흐흐 네가 임무를 잘 완수하면 동옥저의 고운 계집을 안겨주마."
살수들에게는 꿈같은 이야기였다. 호족들이나 첩으로 품어 볼 수 있는 동옥저의 계집을 준다는 것에 입이 찢어졌다.
"헤---"
"감사합니다, 욕살어른."
성주가 남발한 약속들을 핑계 삼아, 이참에 자기도 첩을 하나 골라 갈 생각으로 다른 성(城)의 호족들이 선수 치기 전에 직접 방문한 것이다.
총관 소골은 생각만 해도 흐뭇했다. 벌써부터 첩을 들이고 싶었는데 마누라의 등쌀에 참고 지내오다 이제야 겨우 설득에 성공한 것이다.
소골은 이번 행차에 병사 십여 명과 무림 고수(高手) 세 명을 데려 왔다.
동옥저 왕이 말을 안 들으면 혼을 내줄 작정이었다. 고수들 중에는 연나라 출신 '연산독응(燕山禿鷹)'이라는 자가 있었는데 비조(飛爪)라는 절기의 소유자였다.
연(燕)에서 살인을 밥 먹듯 하다 협사들에게 쫓겨 조선으로 도망 온 자였다. 대머리에 날카로운 눈과 독수리 부리 같은 코를 가진 그는 독수리가 하강하듯 곤두박질치며 펼치는 조공(爪功)으로 이름을 떨친 악한이었다.
또 다른 두 명은 제나라에서 데려 온 산동이마(山東二魔)라고 불리는 자들로 하나는 긴 검을, 다른 한 사람은 곡상봉(哭喪奉: 장례식 때 쓰는 지팡이)을 무기로 쓰는 자였다.
용가(龍加) 사신 일행이 동옥저 왕궁에 도착했다. 가한 종저(鐘沮)가 소골 일행을 맞이했다.
"어서 오십시오. 총관께서 연락도 없이 어찌 직접 행차 하셨습니까?"
소골이 능청스럽게 겸양을 떨었다.
"일이 있으면 찾아뵈어야지요."
가한은 소골 일행을 객사로 안내하라 이르고 소골과 둘이 차를 마셨다.
소골이 치악성 욕살의 서찰을 전한다. 가한 종저가 서찰을 받아들고 읽다가 깜짝 놀란다.
"아니, 소총관, 동옥저 미인 서른 명을 데려간다고요! 그리고 총관이 낙점(落點: 여러 후보 중에 고름)한 여인들만 데려오라고 쓰여 있군요."
"아, 그렇게 적혀 있습니까?"
총관이 능청을 떨었다. 사실은 자기가 쓰고 성주의 도장을 찍어 온 것이었다.
"서른 명이라니요?"
"그럼, 그리 준비 해주시지요. 보름내로."
종저는 기가 막혔다. '용가(龍加) 성주의 일개 총관이 사오의 힘을 믿고 나를 욕보이고 있는 것이 아닌가.'

속이 부글부글 끓어올랐으나 도리가 없었다. 힘이 약한 나라가 무슨 자존심을 지킬 수 있겠는가.
만약 오십 명을 보내라면 또 어쩔 것인가. 이는 동옥저가 겪는 연중 행사였다.
신하들에게 시키고 자기는 모르는 척 하면 되는 것이다. 가한 종저는 일단, 알았다 하고 총관을 숙소로 보낸 후 왕궁으로 신하들을 불러 모았다.
남갈사성 성주 정이로가 남의 일인 양 말했다.
"어쩔 수 없지 않습니까. 그들의 요구에 따라야 합니다."
사자 정골이 말했다.
"시간이 너무 없습니다. 다른 때 같으면 가난한 집 딸이나 노비 중에서 반반한 애들을 고르든지, 아니면 젊은 과부를 단장해서 보내면 되었는데, 이번엔 총관이 저리 직접 와서 설치니, 백성들이 동옥저 대신들을 어떻게 여기겠습니까. 차마 얼굴을 들고 다닐 수 없게 되었습니다."
읍차 보해가 말했다. 그는 혈기 왕성한 젊은 장수였다.
"주군, 서쪽의 마한이나 남쪽의 조문국과 동맹을 맺고 용가(龍加)와 한번 죽든 살든 결전을 해야 하지 않겠습니까. 이런 수모를 당하고도 가만히 있어야만 합니까?"
보해가 분함을 참지 못해 호흡이 가빠졌다. 재상 루가가 읍차 보해를 달랬다.
"우리의 힘이 커질 때 까지는 참아야 하네. 계집 몇 명 때문에 나라 일을 망칠 수 없네. 어디 한두 번 있는 일인가. 이번에는 요구가 좀 심해서 그렇지.
그리고 섣불리 다른 나라와 동맹을 맺었다가는 곧 전쟁이 일어 날

걸세. 마한과 용가는 사이가 좋음을 알지 않는가?"
이윽고 가한 종저가 지시했다.
"경들이 잘 상의 하여 소총관의 요구대로 해주시오."
다음날부터 동옥저는 미인(美人)을 찾느라고 전국이 시끌벅적거렸다.
귀족이나 호족들은 여자들을 꼭꼭 감추어 버렸다. 그러다 보니 가난한 집 딸들만이 공출되게 생겼다. 늘 그렇지 않았던가.
소골은 직접 각 지역에서 올라온 여인들을 감상하며 골랐으나, 여인들 미모가 마음에 차지 않자 부하들을 데리고 직접 뒤지고 돌아다녔다.
그날 옥이는 뒷산에 가서 뽕잎을 따고 노래를 부르며 집으로 내려오고 있었다. 이 때 총관 일행의 눈에 옥이가 띄고 말았다. 기가 막힌 미모였다. 그야말로 들에 막 피어난 들꽃이 아닌가. 아니, 선녀가 하강한 듯 했다.
소골이 침을 꿀꺽 삼키며 감탄했다.
"호오, 촌구석에 이처럼 피부가 곱고 아름다운 여인이 숨어있었구먼. 입고 있는 촌뜨기 옷을 비단옷으로 갈아입히면 사람들은 너를 몰라 볼 것 이니라. 암! 달라 보이고말고. 자고로 사람은 발품을 팔아야 한다니까. 오늘 내가 발복이 터졌구나. 얘들아 저 아이를 데려가자."
옥이는 갑작스럽게 당하는 일이라 기가 막혀 말도 안 나왔다. 정신 차리고 보니 높은 분들 같은데, 아무 이유 없이 자기를 어디로 데려간다고 하지 않는가.
옥이가 야무지게 쏘아붙였다.
"댁들은 누군데 아녀자를 납치하려는 겁니까? 보아하니 높으신 분들 같은데 이 나라에는 팔조의 금법이 있소. 이렇게 대낮에 행패를 부리다니요!"
산동이마가 재미있다는 듯이 웃었다.
"히히히, 팔조금법이라! 애야 너무 어려운 이야기 하지 마라. 나는 들어 본적도 없다. 우리는 제나라 사람이란다.
쩝, 우린 너를 평생 부귀영화 속에 살게 해주려고 온 행복사자님들이다. 그렇게 앙탈 부리지 마라. 들고 있는 그까짓 뽕잎 다 필요 없으니, 길옆으로 내던져 버려라.
앞으로는 그런 구질구질한 일 하지 않아도 된다. 그리고 네 부모에게는 우리가 알아서 연락해주마. 얘야, 얼른 우리를 따라 가자꾸나."
무섭게 생긴 산동이마를 본 옥이의 얼굴이 새파랗게 질려버렸다. 산에서 따온 뽕잎을 담은 바구니를 버리고 몸을 돌려 도망쳤다. 산동일마가 소리쳤다.
"얘야, 넘어질라- 뛰지 마라."
어느새 옥이의 앞을 막아선 산동일마가 번개같이 옥이의 마혈(- 찍히면 마비가 되는 혈)을 찍어, 끌고 온 마차 안에 가볍게 던져 넣었다.
지켜보던 소골이 말했다.
"오늘은 너무 늦었다. 돌아갔다가 내일 다시 돌아보자."
동옥저가 생긴 이래 이렇게 법도 없이 파렴치하게 처녀 공출을 자행한 적은 일찍이 없었다. 온 나라에 원성이 자자했다. 그러나 어쩌겠는가.
힘이 없으면 개인이나 국가나 모두 똑같은 처지가 되는 것임을 동옥저의 조정 관료들은 누구보다도 잘 알고 있었다.

뜻 있는 선관들은 구이원의 핵심인 오가의 제후와 욕살들이 각처에서 저지르는 만행을 보고 조선제국의 종말을 피부로 느끼고 있었다. 조선 조정은 현재 단제가 없어, 오가의 가한들이 공화제를 실시하고 있다고 했다.
뜻 있는 선비들은 비웃었다
'썩은 머리들이 모인다고 해서 무엇이 달라지겠는가. 훌륭한 단제 한분이면 되는 것을, 괜히 구이원 백성들만 더 고생하지.'
보름 동안의 기분 좋게 엽기적인 처녀 사냥을 끝낸 소총관 일행이 서른 명의 소녀들을 다 채워 내일 취악성으로 떠날 준비를 하고 있었다.
그들은 머무는 동안 처녀를 고른다며, 수백 명의 양가집 부인들이나 처녀들을 닥치는 대로 유린하고 다녔다.

옥이는 넉쇠가 좋아하는 소녀였다. 나이는 넉쇠와 동갑이고 건너 마을 농부 이씨의 딸이었다. 수줍음이 많고 보조개가 있는 고운 얼굴이 마치 하늘의 선녀 같았다.
넉쇠는 그런 옥이가 보고 싶어서, 산에 나무하러 갈 때나 혹 뭔 일이 생기면, 조금 돌아가더라도 꼭 옥이네 집 근처를 지나다녔다. 멀리 옥이 모습이 보이면 가슴이 얼마나 두근거리는지 모른다.
옥이도 넉쇠가 싫지 않았다. 우선 부지런하고 착한 심성이 마음에 들었는데, 가슴이 딱 벌어진 넉쇠를 보면 저절로 얼굴이 **빨개지곤** 했다.
동네 사람들도 자연 두 사람이 서로 좋아한다는 걸 알게 되었고 둘이 잘 어울리는 한 쌍으로 생각하고 있었다.

넉쇠가 북산에서 무공수련을 마치고 집에 돌아오자, 옥이 아버지가 넉쇠 집에 와서 기다리고 있었다. 넉쇠는 옥이 아버지로부터 옥이가 용가(龍加) 취악성(城)에 비첩으로 끌려갔다는 청천벽력 같은 소식을 들었다.

넉쇠의 눈에 불길이 솟구쳤다.

"천지에 이런 법이 있다는 말입니까? 양민 처자를 제 마음대로 끌어다가 비첩으로 삼다니요. 이런 못된 놈들을 묵인하고 있는 조정이 한심스럽습니다."

분을 참지 못한 넉쇠가 담벼락에 세워놓은 쇠도리깨를 들고, 몇 번을 밖으로 뛰쳐나가려고 했다. 그럴 때 마다 넉쇠 어머니가 넉쇠를 끌어안았다.

"안 된다, 넉쇠야. 가면 안 된다. 내가 너 하나 보고 살아왔다. 가면 너만 죽는다. 조정의 왕과 성주, 대신들도 어쩌지 못하고 있다. 우리 동옥저가 힘이 약해서 지금까지 당해 온 일이다. 네가 가봐야 소용없다!"

호흡이 거칠어진 넉쇠가 눈을 부릅뜨자 얼굴이 달구어진 무쇠처럼 시뻘개 졌다.

"지금,

총관 일행은 성주의 객사에 있다고 하네. 소녀들이 도망을 못가도록 주변을 동옥저 병사(兵士)들이 철통같이 지키고 있다고 들었네."

옥이 아버지 말에 넉쇠가 분노를 삭이며 말했다.

"제가 정이로 성주님을 찾아뵙고 사정을 드려보겠습니다. 옥이를 돌려 달라고 말입니다."

"넉쇠야, 소용없다. 이미 다른 소녀들의 부모 모두가 매만 맞고 돌아왔다."

넉쇠의 아버지도 말렸다. 그러나 넉쇠는 그날 밤 왕궁으로 달려갔다. 그리고 무릎을 꿇고 애원했다.
"가한님, 부디 옥이를 돌려보내 주십시오. 나라님이 지켜주시지 않으면 저희 같이 천한 백성들은 누구를 의지하겠습니까?"
국왕 종저 곁의 사자가 대신 말했다.
"모두 나라가 힘이 없기 때문이다. 우리는 용가 취악 성주의 요구를 거절할 힘이 없구나. 옥이를 잊어버리고 돌아가라. 네가 옥이를 마음에 두고 있었던 모양이나, 다른 좋은 여자를 찾아 보아라."
넉쇠가 우직하게 따졌다.
"우리 동옥저가 왜 힘이 없습니까. 모두 일시에 들고 일어나 싸우면 될 것 아닙니까?"
"그래, 이놈아. 계집 몇 때문에 나라를 전란(戰亂)에 빠뜨려야 되겠나?"
"망하는 것이 두렵습니까? 나라님은 누구보다 의로워야 하지 않습니까!"
"네 이 놈! 천한 머슴 놈이 무얼 안다고 함부로 주둥이를 놀리느냐?"
넉쇠가 수그러들지 않고 계속 따졌다.
"소인은 외람되오나, 환웅님의 가르침을 말씀 드리고 있는 것입니다."
"아니, 네놈이 무얼 안다고 이리 질기냐. 여봐라!"
"예이-!"
위병 두 사람이 들어왔다.
"이놈을 끌어다 형틀에 묶고 곤장(棍杖) 삼십 대를 쳐라! 사사로운 감정으로 나라의 법도를 어지럽히는 놈이다."
넉쇠가 끌려가며 외쳤다.
"가한! 저희 백성들을 불쌍히 여기십시오!"
그날 넉쇠는 삼십대를 고스란히 맞고 풀려났다. 얼마나 매를 심하게 맞았는지 꼬박 하루를 누워있었다.
몸을 회복하는 동안 넉쇠는 많은 생각을 했다. 잘못된 세상이다. 백성을 천하게 생각하고 가볍게 여기는 벼슬아치들.
순진하고 착한 옥이가 취악성으로 끌려가며 고통스러워하는 모습이 떠올라 가슴이 한없이 저며 왔다. 넉쇠는 결심을 했다. 악마 같은 놈들에게서 옥이를 구해내기로.
결단을 내리자. 넉쇠는 이불을 걷어차고 벌떡 일어나 총관 일행을 쫓아갈 준비를 했다. 하루 동안 총관 일행에 대한 정보를 수집하고 무기를 챙겼다.
등에 활을 멘 넉쇠는 쇠도리깨를 천으로 싸서 들고. 옆구리에는 짧은 검을 찼다. 이번에 집을 떠나면 살아 돌아올 수 없을지도 모르고 시간이 많이 걸릴 것 같았다.
저녁을 먹고 자기와 옥이의 부모님들께 계획을 말씀드렸다. 돌아오지 않으면 죽은 줄 아시고, 옥이를 구해오면 모두 마한이나 진한, 아니면 깊은 산속으로 들어가 숨어 살자고 했다.
다음날 새벽 넉쇠는 눈물 흘리며 허리춤을 붙잡고 늘어지는 어머니 손을 뿌리치고 집을 나섰다. 소골이 남갈사성을 떠난 지 이미 하루 반이 지났다.
그러나 멀리 가지는 못하였으리라. 길이 험하고 끌고 가는 여인들이 많으니 길이 더딜 것이라 생각했다.
넉쇠는 경신술을 힘껏 발휘해 쉬는 시간 없이 건량을 먹어가며 달리고 또 달렸다.

동옥저 북쪽 변경을 벗어나 개마국 지경으로 접어들었다. 용가의 취악성(城)으로 가려면 개마국을 거쳐야 한다. 그렇다면 그곳은 길이 매우 험준한 고원지대로 험한 고개와 계곡을 수없이 지나가야 할 것이다.

넉쇠는 '어느 곳에서 공격하는 것이 적당할까? 그들은 총관 이하 일행이 모두 열여섯 명이나 된다. 총관과 연산독응 그리고 산동이마를 제외하면 나머지는 별것 아닐 것이다. 이 넷을 먼저 없애야 할 텐데, 죽기를 각오하는 수밖에.

그래! 후치령(厚峙嶺)이다!' 넉쇠는 후치령을 향해 경신술을 최고로 발휘하여 달려갔다.

후치령은 여전히 동옥저국 경내에 속했다. 후치령은 개마국 내(內), 중요한 역참이 있는 황수원성(城)으로 가려면 반드시 지나가야 하는 길목이었다.

소골 일행의 마차들이 후치령 정상에 올라설 때면 놈들은 힘이 다 빠져 기진맥진 할 터, 나는 먼저 가서 쉬면서 기다릴 것이다. 이틀 뒤 넉쇠는 산길을 가로 질러 후치령에 올라섰다.

사방을 둘러보니 탁 트인 평지로 사방이 들쭉 숲이었다. 수많은 야생화들이 바람에 흔들리고 몇 군데 낙엽송(落葉松) 숲이 보기 좋게 펼쳐있었다.

서쪽과 북쪽으로 끝없이 펼쳐진 개마고원의 준령들이 넉쇠의 가슴에 호방한 기운을 불러일으켰다.

멀리 자기가 살고 있는 도성(都城)을 보니, 동옥저 최대의 하란대야(合蘭大野, 함흥평야)가 내려다 보였다. 너무도 아름다운 동옥저였으나, 이곳을 떠나게 될지도 모른다고 생각을 하니 한숨이 저절로 나왔다. 어찌 나쁜 놈들과 선한 사람들을 이 땅에 같이 살게 하셨는지, 하늘이 원망스러울 따름이었다.

넉쇠는 어느 정도 피로가 회복되자 총관 일행이 올라오는 길을 향하여 내려갔다.

'후치령 수십 리 길을 올라오다 보면 모두 힘이 빠져 있을 것이니 때를 보아 공격하리라.'

넉쇠는 오리(- 2km)쯤 내려가 으슥한 곳에 몸을 숨기고 총관 일행을 기다렸다.

드디어 기다리고 기다리던 행렬이 보이기 시작했다. 그런데 다가오는 행렬이 어딘가 어수선해 보였다.

마차도 한 대 밖에 보이지 않았는데 모두들 기진맥진해 있었고 부상까지 입은 것 같았다.

총관 일행은 열여섯 명이라고 알고 있었는데 여섯 밖에 보이지 않았다. '이상하구나, 깃발을 보니 소골 일당(一黨)이 분명한데 다 어디가고 저놈들만 오는 걸까?'

혹,

멀리 따라오는 놈들이 있는지 자세히 살펴봤으나 아무도 보이지 않았고, 무료한 정적만이 흐르고 있었다. 그들이 가까이 다가오자 넉쇠가 길 한가운데로 뛰어나가 길을 막았다.

"이놈들! 이 몸이 여기서 기다린 지 오래다. 모두 무기를 버리고 항복해라!"

밖에서 소란한 소리가 들리자, 소골이 마차 안에서 목을 길게 빼고 내다보았다. '허! 웬 촌(村) 머슴이 도리깨를 들고 길을 막고 있지 않은가.

가뜩이나 오십 리(- 20km) 후치령을 오르느라, 몸에 진이 다 빠졌는데 별 것도 아닌 놈이 짜증나게 하는 것이다. 총관이 빽- 소리 질렀다.
"저놈이 겁 대가리가 없구나. 어서 놈을 잡아오든지 그 자리에서 죽이든지 하라."
"예이!"
호위무사 네 명이 창을 들고 넉쇠에게 달려들었다. 넉쇠가 도리깨를 든 채 우장(右掌)을 날리자 거센 돌개바람이 일며 앞장 선 둘을 휩쓸었다.
"퍼퍽!"
"윽!"
"악!"
하는 비명과 함께 둘 다 바닥에 고꾸라졌다. 이를 본 다른 두 명이 좌우로 흩어지며 덤벼들자, 넉쇠의 쇠도리깨가 전광석화(電光石火)처럼 날았다.
"훅-!" 소리와 함께 하나는 머리가 반이 부서졌고,
나머지는 접혔다 펴지는 쇠도리깨에 허벅지가 짓뭉개지며 주저앉았다.
"퍽!"
"어쿠!"
이어, 소골을 향해 거침없이 다가서는 넉쇠를 대머리 연산독응이 빠르게 막아섰다. 넉쇠의 솜씨가 보통이 아님을 알아본 독응은 평소답지 않게 신중했다.
"흐흐흐, 어린놈이 어째 이리 잔인하냐? 네놈이 도리깨 좀 쓴다고 못되게 구는구나. 난 연산독옹이라고 한다, 너는 누구냐? 우리는 네 놈과 원수진 일이 없는 것 같은데?"

넉쇠는 '연산독옹'이라는 말에 속으로 이상하게 생각했다.
'아니, 악랄한 산동이마는 어디로 갔을까? 일행은 이 자를 제외하고 저 마부 놈과 마차 안에 타고 있는 소골뿐인데, 옥이는 어디로 갔을까?
독응 저놈은 생긴 걸로 보아, 말보다 주먹이 앞서는 놈인데, 원수진 일이 운운 하는 게 어딘가 어색하다. 누군가와 한차례 싸움을 하고 온 것 같기도 한데.. 여하튼 내 이놈부터 처치하고 소골을 족쳐야겠다.'
"나는 넉쇠라고 한다. 원수진 일이 없다고? 동옥저 사람이라면 모두가 너희들을 씹어 먹지 못해 한인데?
그리고 넌, 연나라 놈 아니냐. 네놈 나라에서 하던 못된 짓을 조선까지 와서 하고 다니다니. 오늘 이 도리깨로 네 놈의 머리통도 부숴 버릴 것이니라."
연산독옹은 크게 노했다. 사정이 있어 잠시 부드럽게 대했더니, 머리에 피도 안 마른 놈이 주둥이를 함부로 놀리고 있지 않은가.
즉시 넉쇠를 마주보고 섰다. 넉쇠도 내심 긴장했다. 연나라 흑도의 고수라고 들었기 때문이다. 연산독옹이 빈손인 것을 보고 넉쇠가 물었다.
"맨손으로 나와 붙어보겠다는 게냐?"
독응이 웃었다.
"흐흐흐, 어린놈아 나는 평생 무기를 사용해 보지 않았느니라."
넉쇠는 사부로부터 들은 이야기가 생각났다.
'무기를 사용하지 않는 자들을 조심해야한다. 그만큼 빠른 신법과 기이한 권장(拳掌)을 가진 자들이다.'
넉쇠는 도리깨를 쓰지 않고, 대추권(大椎拳: 방망이 권법)과 돌개바람으로 대결하고 싶었다.
"그렇다면, 나도 주먹을 쓰지!"
"흐흐흐흐, 네놈이 정말 죽고 싶어 환장했구나!"
말이 끝나자마자 독응이 몸을 날렸다. 뭔가 부자연스러운 것 같으면서도 독응의 공격은 빠르고 매서웠다.
주먹을 내지르다, 열 개의 손가락을 상하좌우로 긁자, 쇠갈고리처럼 구부러진 응조(鷹爪)가 열 가닥의 바람을 일으키며 넉쇠를 덮쳐왔다.
넉쇠는 무림 고수를 처음 상대하게 되었으나 두려움이라곤 조금도 없었다. 옥이가 없는 세상은 상상조차 하지 못했던 넉쇠는 오늘 이 싸움에 생명을 걸었다. 넉쇠가 독응의 철지(鐵指)를 향해 몸을 날렸다.
순간, 좌장(左掌)이 일으킨 돌개바람이 독응의 철지를 밀어버리는 동시에 훅- 소리와 함께 우권(右拳)이 날았다. 일반적인 손바람을 예측했던 독응이 쇠 손가락을 밀어내는 나선형 돌개바람에 놀라는 사이, 어깨부터 주먹까지가 하나의 방망이처럼 급한 타원을 그리며 들이닥쳤고, 넉쇠의 급습에 뒷걸음질 치는 독응의 옆구리로 또 한 개의 방망이가 쇄도했다. 넉쇠의 왼 주먹이 팔꿈치가 펴진 채 횡(橫)으로 치고 들어간 것이다.
붕- 소리가 나는 것이 스치기만 해도 부상을 입을 것 같은 괴이한 초식에 독응이 다시 물러서며 거리를 벌렸다. 팔 전체를 방망이처럼 쓰는 타법(打法)에 밀린 독응이 화가 치밀었다. 권(拳)과 장법(掌法)이 기이한 놈을 만난 것이다. 어리다고 가볍게 볼 놈이 아니었던 것이다.
넉쇠의 수법을 파악할 때까지는 정면 격돌을 피해야겠다고 생각한 독응의 신형이 바람처럼 움직이기 시작했다. 독응이라는 별호답게 동에 번쩍 서에 번쩍 하며 쇠갈고리처럼 구부러진 쇠손가락으로 넉쇠의 전신요혈을 찍어갔다.

넉쇠도 쉴 사이 없이 위치를 바꾸며 반격했다. 독응이 넉쇠의 대추권(大椎拳)과 가급적 부딪치지 않으며 방망이 같은 주먹의 궤적과 거리를 계산하던 중, 넉쇠의 내공을 알아보기 위해 한 번 격돌해 본 후 가슴이 떨려왔다.

어린놈이 내상(內傷)을 입기 전의 자신과 비슷한 공력을 지니고 있지 않은가. 믿기 어려운 일이었으나,

'신력(神力)'을 타고난 넉쇠가 지난 4년 반을 불철주야(不撤晝夜)로 '연자방아'를 돌리며 쌓은 기운은 연산독응의 수십 년 수련과 맞먹는 수위였던 것이다.

두 사람은 막상막하의 공수(攻守)를 이어가고 있었다. 독응은 속으로 기겁을 했고, 마차 안에서 이를 지켜보던 소골도 경악했다. 변방 동옥저의 어린놈이 어찌 이리 고강하단 말인가.

연산독응이 정면 격돌을 하지 않는 것은 아무래도 자신이 없다는 것이다. 아, 하필 연산독응이 부상을 당한 때에 저 무식한 머슴 놈이!'

싸움은 점점 더 치열해지고 있었다. 수십 년간 강호를 누빈 독응은 어느 정도 넉쇠의 권법을 파악하자, 정면 격돌을 피하며 자신의 성명절학 비조(飛爪)를 펼칠 기회만 노리고 있었다.

치고 박는 난타전 속에 거꾸로 날아올라 열 개의 쇠손가락으로 놈의 머리통을 부숴버리려 했으나,

달리는 말처럼 가속도가 붙은 넉쇠가 점점 더 빠르고 강력한 방망이 주먹을 휘두르자, 이에 맞서는 연산독응의 내상(內傷)이 도지며

서서히 힘을 잃어가고 있었다.

상대의 머리 위로 3장 이상을 도약한 후, 거꾸로 곤두박질치며 기이한 궤적의 철조(鐵爪)를 펼치기에는 적지 않은 내력 소모와 큰 위험을 감수하여야만 한다는 뜻이다.

통렬한 일격을 가하지 못하며 끙끙 앓고 있는 독응과 달리, 넉쇠는 성난 황소처럼 차고 박고 지르고 휘두르며, 그동안 갈고 닦은 돌개바람 '용오름'을 펼칠 기회를 호시탐탐 엿보고 있었다. 신력(神力)을 지닌 몸으로 소나 말이 끌어야할 연자방아를 4년간 하루도 거르지 않고 돌려온 넉쇠는, 최근 들어 반 시진(- 1시간)을 치달리며 돌리는 경이로운 성취를 보이고 있었다.

돌개바람은 도, 개, 걸, 윷, 모 다섯 개 초식으로 구성되어 있는데, 다섯 번째 모의 '용오름'은 아직 육성의 위력 밖에는 전개 할 수 없었으나, 그 타격에 부러지거나 날아오른 나무들이 수도 없이 많았다.

돌개바람은 원래 조이(鳥夷)족 최고의 절기였다. 이미 선문에서조차 오래 전에 실전된 무공으로, 넉쇠의 사조가 함관령(嶺) 어느 동굴에서 비술(祕術)이 적힌 사슴 가죽을 발견함으로써 다시 그 맥을 이어가게 된 것이다.

돌개바람의 마지막 절초 '용오름'은 사부조차 십일성의 경지에서 답보(踏步: 제자리걸음)하고 있는 무서운 장법이었다.

사부는, 넉쇠가 아직 진수(眞髓)를 다 깨우치지 못하였다고는 하나, 천하 고수를 만나지 않는 한 돌개바람을 격파할 자를 만나기는 쉽지 않을 것이라고 자부하였다.

연산독옹과의 싸움이 길어지자 도리깨를 쓰지 않기로 한 것을 후회하면서, 넉쇠는 한 번도 사용하지 않은 '용오름'으로 독응을 격파하기로 했다.

연나라에서 한 지역을 주름잡던 독응은 독응대로 비록 내상을 입었다고는 하나, 어린놈에게 밀리는 것을 한탄하며 뭔가 결심한 듯 눈을 번득였다. 정체를 알 수 없는 놈들에 이어 넉쇠 조차 물리치지 못하면 그간 쌓아올린 취악성에서의 명예와 기반이 한 순간에 무너질 것이다.

연산독옹이 넉쇠의 무릎과 옆구리를 차는 탄력으로 희끗 4장을 솟구쳐 오르며 몸을 뒤집었다. 허공에 정지한 듯 거꾸로 선 독응의 눈이 차가운 살기를 뿜는 순간,

독응이 일직선으로 떨어졌고 쇠손가락 열 개가 기이한 각도로 난무하며 넉쇠의 머리를 긁어갔다. 하나하나가 송곳 같은, 이십여 개의 비조(飛爪)가 만든 그물이 넉쇠의 도주로(逃走路)를 봉쇄하며 덮쳤다.

어린놈의 무예로 보아, 시간이 갈수록 낭패를 당할 가능성이 높다고 판단한 독응이 위험을 무릅쓰고 온힘을 다해 공격을 감행한 것이다. 이제껏 보지 못한 초식에서 심상치 않은 기운을 느낀 넉쇠 또한 석탑 같은 몸을 바로 세우고 독응을 향해 두 손바닥을 강력하게 뻗으며 휘둘렀다.

좌장(左掌)은 '하늘에 기둥을 세우듯' 내질렀고, 우장(右掌)은 '천 길 절벽의 거암(巨巖)을 굴리듯' 휘둘렀다. 사문의 절예 '용오름'을 펼친 것이다.

일직선으로 강하게 회전하는 바람이 이에 반응한 쇠손가락의 그물에 막히기 직전,

급 곡선을 그리며 들이닥친 장풍(掌風)의 소용돌이가 비조(飛爪)를 수수깡처럼 부수고, 넋이 나가버린 연산독옹의 가슴을 비스듬히 타

격했다.
"꽝!"
소리와 함께 흉골(胸骨)이 함몰된 연산독옹이 땅바닥으로 나동그라지며 데굴데굴 굴렀다.

 연산독옹은 조선에서 야망을 펼쳐보기도 전에 강호초출(江湖初出) 넉쇠의 손에 허무하게 생을 마감하고 말았다. 곡선으로 쇄도하는 바람을 알았으나, 내상(內傷)에 의해 진기가 이어지지 않는 탓으로 돌개바람을 밀어내지 못한 것이다.
자신이 펼친 용오름의 위력과 결과에 놀라 고개를 젓던 넉쇠가 몸을 돌려 마차 앞으로 다가가자
"죽어라!"
소리와 함께 마차 안에서 서너 개의 쇠못 같은 암기가 빠르게 날아왔다.
넉쇠가 흥! 하고 코웃음을 치며 쇠도리깨를 들어 쳐내고 총관이 타고 있는 마차 지붕을 후려 갈겼다.
"우지끈!"
소리를 내며 마차 한쪽이 부서지자 총관 소골의 모습이 드러났다. 그는 왼팔이 잘린 몸으로 벌벌 떨고 있었다. 누군가에게 공격을 받고 도망치다 자기를 만났음이 분명했다.
"소골 이놈! 동옥저에서 데려간 여자들은 어디 있느냐?"
연산독응을 죽인 넉쇠의 화염 같은 눈을 본 소골은 정신이 반쯤 나간 듯 보였다.
오만방자(傲慢放恣)한 놈이 설설 기며 새색시처럼 고분고분하게 대

답했다.
"소협, 우리는 지금, 모두 부상을 입은 상태요. 여인들을, 어제 밤 괴한들의 습격으로 어비곡(魚鼻谷)에서 모두 빼앗겨 버렸소."
"무엇이라고! 네놈이 거짓말을 해? 어디로 빼돌려 놓고, 이놈을 당장!"
넉쇠가 충혈 된 눈을 부라리며 도리깨로 머리통을 깨버릴 듯 인상을 쓰자, 소골과 마부가 겁에 질린 채 살려 달라고 넙죽 엎드렸다. 도리깨에 다리가 부러져 엎어져 있던 호위무사도 두 손으로 바닥을 짚고 사정을 했다.
"정말이오.
검은 복면을 한 괴한들의 습격을 받아, 여인들이 탄 마차를 모두 뺏겨 버렸소.
그들의 무공이 괴이하고 뛰어나, 우리는 산동이마를 포함해 여덟 명이 죽고 모두가 이렇게 부상을 당했소이다. 연산독응도 그 싸움에서 고수를 만나 내상을 입었소.
그렇지 않았다면, 소협이 그리 쉽게 그를 죽일 수는 없었을 것이오."
사연을 듣고 보니 거짓이 아닌 것 같았다.
"그들은 도대체 뭐하는 놈들이며 누구란 말이냐?"
"모두 검은 옷에 검은 천으로 얼굴을 가리고 있어, 놈들이 누구인지는 정말이지 전혀 알 수 없었소.
얼핏 두목인 듯 보이는 자의 왼손 등에 붉은 거미 문양을 본 것이 우리가 아는 전부요."
"붉은 거미…?"
"그렇소, 소협."

"붉은 거미를 어디서 본 적이 없다는 말이냐?"
"나도 모르오. 강호에는 선문 외에 무수한 녹림(綠林: 화적이나 도둑의 소굴) 조직이 있으나, 붉은 거미 문양을 한 놈들은 처음 보오."
"그들이 어느 쪽으로 가더냐?"
"여인들을 태운 마차를 끌고 우리가 올라오던 길로 되돌아갔소이다."
넉쇠는 기가 막혔으나, 믿지 않을 수도 없었다. 자기가 봐도 처음부터 이들은 큰 싸움을 치른 모습이었다.
'고생 끝에 총관을 잡고 보니 헛일을 한 게 아닌가. 도대체 그 괴한들은 또 누굴까? 아, 옥이는 무사할까?'
산을 넘으니 또 산이었다.
분노가 치밀어 오른 넉쇠가 쇠도리깨를 번쩍 들자, 소골과 마부, 호위무사가 땅바닥에 머리를 박으며 엎어졌다.
"우와-!"
소리를 지르며 마차를 내리쳤다.
"네놈들 짓을 보면 당장이라도 머리통을 깨부수고 싶지만 살려주겠다.
다시는 옥저에 나타나지 마라. 또 한 번 내 눈에 뜨이는 날엔 용서하지 않을 것이다!"
넉쇠는 소골을 죽여 버리고 싶었으나, 마을에 남아계신 어른들에게 후환이 미칠까를 생각하지 않을 수도 없었다.
살려준다는 말에, 소골 등은 무릎을 꿇은 채 연신 절을 했다. 연산독응을 없앤 것으로 마음을 달랜 넉쇠는 미친 듯이 말을 내달렸다.
한 시진 후,
넉쇠는 어비곡에 도착했다. 과연 그곳에는 나무들이 부러지고 죽은 시체들이 여기저기 넘어져 있었다. 어제의 싸움이 매우 치열했던 것이다.
그런데 그들을 공격했다는 흑의 괴한들의 시체는 한 구도 보이지 않았고 총관 일행의 시체만 보였다.
넉쇠는 마음이 급했다. 마차 바퀴가 지나간 흔적을 따라 쉬지 않고 말을 달렸다.

붉은 거미방

 넉쇠는 마차의 흔적을 따라가다, 바퀴 자국이 처음에는 도성으로 되돌아가는 듯 보였으나, 도성을 백오십리 쯤 남겨 두고 동북쪽으로 바뀐 것을 포착했다.
 그 길은 동옥저 해안을 따라 동쪽으로 기운 북옥저 방향의 관도였다.
 넉쇠가 말에 채찍을 가했다. 함경산맥 아래 바닷가를 타고 북옥저를 향해 달리고 또 달렸다. 넉쇠는 태어나서 이렇게 멀리 나와 본 적이 없었다.
 말을 달리며, 언덕 아래 펼쳐지는 아름다운 동해의 풍경에 감탄했다.
 '내가 옥이를 구해낸다면 반드시 이곳에 함께 오리라.'
 그러나 사흘이나 동북으로, 동북으로 달렸건만 붉은 거미 무리와 여인들의 마차는 보이지 않았다.
 '이들이 대체 어디로 갔다는 말인가. 아! 우리 옥이를 어떤 놈들이 어디로 데려 갔는가 말이다.'

화가 끓어오르고 가슴이 답답해진 넉쇠는 몸도 마음도 지쳐버렸다. 넉쇠는 말을 길가의 그늘나무에 매어놓고, 풀 섶에 앉아 소골 일행에게서 빼앗은 술을 한 번에 다 들이켰다.

술이 목구멍을 타고 넘어가기 무섭게 불기운이 온몸을 타고 흘렀다. 독한 술을 뱃속에 쏟아 부은 넉쇠는 울적한 기분이 다소 풀렸으나 동옥저의 관료들과 여러 악인들을 떠올리니 울화가 치밀었다.

비첩으로 삼기 위해 백성들의 딸을 강탈하는 오가(五加)의 썩은 행태나,

백성을 지켜주지 못하고 저 살기 위해 주구 노릇을 하는 동옥저의 관리들 그리고 공출되어가는 처녀들을 납치해 간 놈들! 뭐 하나 제대로 돌아가는 것이 없었다.

넉쇠는 눈을 부릅뜨고 먼 바다를 노려보다 핏발이 섰다. 생각할수록 분노가 치민 넉쇠가 자리에서 벌떡 일어나 쇠도리깨를 들고 휘둘렀다.

도리깨 타법(打法)을 펼친 것이다. 쇠도리깨가 천천히 회전하다 윙윙 소리를 내며 허공을 날았다. 원을 그리던 도리깨가 문득 천지(天地)와 동서남북을 때리며 석탑 같은 넉쇠의 몸이 팔방(八方)으로 날았다.

동(東)을 딛고 서(西)를 치며 남과 북을 타격한 쇠도리깨가 사우(四隅: 서남, 서북, 동남, 동북)를 벼락같이 찍는 동시에, 넉쇠의 철각(鐵脚)이 좌우의 '상, 중단中段'을 격타 한 후 돌개바람처럼 돌려 찼다.

철봉(鐵棒) 같은 4개의 발그림자가 사라지기 전, 급회전하며 호(弧)를 그린 비각(飛脚: 나는 발)이 후욱-! 하며 묵직한 파공음을 일으켰다.

석탑 같은 사나이의 호쾌한 무예였다. 이어, 땅이 꺼질 듯 한숨을 내쉰 넉쇠가 쇠도리깨를 들고 너울너울 춤을 추며 슬픔과 분노를 토해냈다.

어허-
쇠도리깨는 내 친구이자 머슴
평생 나를 도와 일만하고
주인을 위해 내가 그랬듯
도리깨도 날 위해
불평 없이 몸 터지고 부서지게
콩 타작을 했지
아, 나는 도리깨의 혹독한 주인

아-
나의 사랑 옥이,
아름다운 옥이를 지키기 위해
도리깨를 들었네
도, 개. 걸, 윷, 모 다섯 가지
도리깨 타법은 나의 자랑
선한 사람을
괴롭히는 악의 무리는
벼슬아치 그 누구라도
쇠도리깨로 머리통을 깨버리리

아-
나는 일자무식
글 한 자 몰라도 스승님께 배운
도리깨질로
소중한 알곡을 고르듯
나..
쇠도리깨로 세상을 타작하여
시비선악을 분별하고
정의를 지키리
악마들아
죽기 싫거들랑 길을 비켜라
내 도리깨에 맞으면 살과 뼈가
튀고
눈알이 빠질 것이니
아-
내 이름은 저 무정한 쇠도리깨
넉쇠..

화주(火酒: 불이 붙을 정도로 독한 술)의 향기 속에, 미친 듯이 도리깨를 휘두르고 춤추며 노래하던 넉쇠의 큰 몸이 스르르 기울어지며 잠이 들었다.
며칠을 극도로 긴장하며 보낸 피곤한 상태였는지라 그대로 잠에 떨어졌다.
한참 후, 누군가 숲 아래를 지나가는 소리가 들리자 넉쇠의 몸이 자동으로 반응하며 일어났다. 상당한 거리였으나, 연자방아를 돌리며 얻은 그의 깊은 내공을 피해갈 수는 없었다.
"흐흐흐,
푸른 거미, 이번에 이 계집들을 데려가면 방주님께서 매우 좋아하시고 상을 내리실거야."
"물론 그렇겠지. 지금까지 잡아온 초원의 계집들과는 벌써 급이 다르지 않은가 말이야. 모두들 얼마나 예쁜가. 보기만 해도 살결이 보들보들하고 건드리면 톡 터질 것 같지 않은가. 아, 고것 참!"
"그래. 맞는 얘기야, 쩝-!"
"그 계집들만 보면 정신이 아뜩해지고 아무 생각도 나질 않아. 회색 거미, 자네는 어때?"
"나도 그래. 건조한 초원에서 유목을 하며 목욕도 제대로 안하는 계집들만 보다가 이 계집들을 보니, 용가국(國) 놈들이 비첩을 옥저에서 구하는 이유를 알겠어.
이번에 멀리 나와 보길 잘했어. 오가(五加)는 저희들끼리 싸우느라 정신이 없어서, 강호의 별의별 종자들이 활개 치며 재미를 보고 있는데, 우리 지주산 '붉은 거미방'만 산속에 처박혀 있으란 법이 있나.
이번에 이렇게 산에서 나와 약탈도 하고 술도 마음껏 마시고 재미도 보니 이제야 좀 살 것 같네. 후후후"
"푸른 거미,
우린 얼마나 운이 좋은가. 동옥저 계집들을 지주산(山)까지 데리고 가려면 힘이 들 텐데,
우리는 유람이나 하면서 북옥저에 계신 방주님의 사부 '만독(萬毒)거미님께 당신의 생일잔치가 열리는 날'만 알려드리면 되니, 얼마

나 편한 일인가. 흐흐흐흐흐."
"그러게, 험한 길을 따라 질질 짜는 계집들의 마차를 몰고 가는 일도 쉬운 일은 아니지. 또 계집들 얼굴이 조금이라도 어디 다쳐 봐! 아유! 삼독거미가 개지랄을 떨 텐데. 그놈의 밑에서 빠져 나오니 정말 살 것 같다."
순간, 넉쇠의 눈이 번득이며 미끄러지듯 움직였다. 석탑 같은 체구였으나, 바람 한 점 일지 않는 가벼운 움직임이었다.
두 명의 흑의인이 이야기를 나누며 걸어가고 있었다. 넉쇠는 속으로 쾌재를 불렀다.
'그래. 바로 네놈들이, 내가 눈이 빠지게 찾던 놈들이로구나.'
둘의 이름은 푸른 거미와 회색 거미였다. 검은 옷을 입고 있었으나 복면을 하고 있지는 않았다.
허리춤에 전대(纏帶) 비슷한 주머니를 두르고 옆구리에는 칼을 차고 있었다.
넉쇠는 잠깐 주저했다.
'소골 말로는 이놈들에게 산동이마가 죽었고 연산독응도 부상을 당했으며 무공이 기이하다고 했다.'
그러나 이들의 몸놀림에서 그리 특출 난 점을 발견할 수 없었던 넉쇠는 이들이 지나가게 될 앞쪽의 언덕 아래에서 기다렸다. 잠시 후, 세월아 네월아 하며 걸어오는 두 놈 앞으로 넉쇠가 불쑥 길을 막고 나섰다.
"야- 너희들, 나 좀 보자."
두 흑의인이 보니 아직 어린 머슴 같아 보였다.
힐끗 넉쇠를 훑어보던 둘은 서로를 마주보고 히죽 웃으며 눈길을 교환했다. 기도 안찬다는 표정이었다. 그리고 끌- 하며 혀를 차더니 낮은 목소리로 물었다.
"너는 누구냐? 우리를 아느냐?"
"생긴 꼴을 보니 좋은 놈들이 아닌 것은 알지. 얼른 내 앞에 무릎 꿇고 네 놈들이 요 며칠 간 지은 죄를 모두 이실직고해라. 그러면 살려주마."
하며 넉쇠가 쇠도리깨를 흔들어 보이자, 두 놈의 험한 얼굴이 확 찢어지며 칼을 빼 들었다.
"허- 대가리에 피도 안 마른 놈이 죽으려고 환장을 했구나! 오늘 네 놈의 생피 맛을 좀 봐야겠다!"
말이 떨어지기 무섭게, 푸른 거미의 칼이 넉쇠의 허리를 난폭하게 베어왔다.
넉쇠가 도리깨로 틀어막자 어느새 다가선 회색거미가 넉쇠의 머리를 향해 번개 같이 칼을 내리쳤다.
횡(橫)과 종(縱)으로 공격하는 모양이 약속이나 한 듯 유연하고 빨랐으나,
시퍼런 칼날이 머리를 가르는 순간, 맷돌이 돌듯 피한 넉쇠의 쇠도리깨가 야공(夜空)에 던져진 것처럼 사라지며 회색 거미의 턱을 부수고 지나갔다.
"퍽- 우득! 큭!"
소리와 함께, 얼굴 반쪽이 짓뭉개진 회색 거미가 눈을 뒤집고 숨이 넘어가며 고꾸라졌다.
넉쇠는 마음이 급했다. 이미, 걸음걸이로 이들의 무예를 짐작한 이상, 금쪽같은 시간을 허비하지 않고 어서 옥이에게 가야만 했다.
인정을 두지 않고 한 놈을 잡아, 나머지의 사기를 꺾는 동시에 사로

잡아야만 했다. 눈 깜빡할 사이에 동료가 죽는 것을 본 푸른 거미가 악을 쓰며 힘을 다해 칼을 휘둘렀다.

그러나 예측할 수 없는 방향에서 날아오는 쇠도리깨와 부딪힐 때마다, 불가항력의 힘이 푸른 거미를 압도했다. 검(劍)보다 길면서 창(槍)과는 또 다른 쇠도리깨가 콩을 타작하듯 푸른 거미의 전신 요혈을 공격하다,

몇 수 지나지 않아 눈과 손이 어지러워진 푸른 거미의 어깨를 기어이 부러뜨리고 말았다.

"으악!"

비명과 함께 푸른 거미가 쓰러졌다. 푸른 거미의 왼쪽 어깨가 조각조각 부서진 것이다.

피 떡이 된 살점이 사방으로 튀는 가운데, 눈을 뒤집고 쓰러지던 푸른 거미가 전대에서 뭔가를 쥐고 세차게 뿌리자, 한 무더기의 회색 가루가 넉쇠를 향해 날아갔다.

이어 어깨의 고통으로 찌그러지던 푸른 거미가 회심의 미소를 짓는 순간,

넉쇠의 손이 회색 가루의 정 중앙을 번득이자 나선형의 강력한 돌개바람이 가루를 쓸어 담으며 나동그라진 회색 거미를 무자비하게 타격했다.

"펑!"

최후의 수단이 무산된 푸른 거미가 절망하는 사이, 번개처럼 다가온 넉쇠의 철각(鐵脚)이 푸른 거미의 옆구리를 깊이 파고들었다.

"우드득! 뚝!"

소리와 함께 푸른 거미의 오른쪽 갈비뼈 태반(太半: 반 이상)이 부러졌다.

"크-윽! 으.."
넉쇠가 푸른 거미의 명치에 발을 얹으며 냉혹하게 물었다.
"네 놈들의 죄를 고하라."
"우리..가 무슨 죄를 지.. 었다는 말이오?"
푸른 거미는 극심한 통증으로 말을 제대로 할 수 없었다.
"묻는 말에 대답만 해라. 그렇지 않으면 네 골통을 부숴버릴 것이다. 너희는 어디서 굴러온 놈들이냐?"
"우리는 지주산(山) 붉은 거미방에서 왔소."
넉쇠는 처음 들어 보는 이름이었다.
"붉은 거미방?"
"그렇소."
"지주산은 어디 있느냐?"
"노야령(嶺)에 있소."
"옥저 여인들이 탄 마차는 어디에 있느냐?"
넉쇠가 옥저 여인에 대해 묻자 이제 알았다는 듯 푸른 거미가 말했다.
"여자 때문에 이러는 것이냐?"
"그렇다."
넉쇠의 말에 푸른 거미가 넉쇠를 보고 비웃었다.
"허허허, 계집은 많소. 여자 하나 때문에 우리 붉은 거미방과 맞서려 하다니 실로 어리석은 짓이오!"
넉쇠가 노하여 발에 힘을 주자, 푸른 거미가 숨이 넘어갈 듯 비명을 질렀다.
"으-악! 그만!"
"아직도 네 처지를 모르고 있구나. 고분고분하게 묻는 말에만 대답해라. 다시 묻겠다. 마차는 지금 어디에 있느냐? 여자들은 모두 안전한가?"
"안전하오. 지금 북쪽으로 가고 있소."
"어느 길이냐?"
"소협은 길을 지나쳤소. 온 길로 하루를 되돌아가, 수성천(川)에서 북쪽 무산령(嶺) 방향으로 가야하오."
넉쇠는 아차! 했다.
무산령이라면 수성천을 따라 올라가는 길인데, 자기는 해안을 따라 쫓았으니 길을 잘못 잡은 것이다.
"음, 무산령? 모두 몇 명이냐?"
"스무 명이오."
"모두 너희 패거리냐?"
"그렇소."
"대장은 누구냐?"
"삼독거미요."
"삼독? 무슨 뜻이냐?"
"붉은 거미방은 모두가 독을 쓰는데,
삼독 거미는 '뱀, 전갈, 거미' 세 가지의 독에 정통하여 붙여진 별호요."
"방주는 어떤 자냐?"
"흐흐흐흐, 왜? 우리 방주님을 만나고 싶나?"
넉쇠가 다시 발에 힘을 주었다.
"으악, 그만!"
"다시는, 네 목숨을 스스로 재촉하지 마라. 너희 방주는 누구냐?"
"붉은 거미님이시오."

"붉은…?"
"고비사막의 '붉은 독거미'를 줄인 말로 그만큼 독공(毒功)이 절정에 이른 분이라는 뜻이오."
"음, 지금 너는 어디로 가는 중이냐?"
"북옥저 바닷가 동굴에 은둔해 계시는 방주님의 사부 '만독거미'님을 뵈러 가는 길이오. 곧 그 분의 팔십 생신이 다가오는지라 모시러 가는 길이오."
"여인들은 왜 납치해 갔느냐?"
"우리 붉은 거미방도 여자가 있어야 대를 이어 갈 것이 아니오. 데리고 살기도 하고, 살다가 지겨워지면 독장(毒掌)을 연공 할 때 시험용으로도 쓰오."
"시험용?"
"흐흐흐, 중독과 해독을 시험하기도 하고, 독을 만들 때 살아있는 사람의 피를 이용하기도 하오."
넉쇠는 기가 막혔다.
"아니, 산 사람에게 독을 실험 한다는 말이냐?"
"그렇소."
넉쇠는 이것저것 더 물어본 후, 말없이 무언가를 궁리하다
"넌 지금 죽을 것 같으냐, 살 것 같으냐?
'이제 죽는구나.' 생각한 푸른 거미의 눈에 일순(一瞬) 허망한 빛이 흘렀다.
"뼈가 다 부러진 놈이 더 살아 무엇 하겠소? 예전의 무예를 펼칠 수 없느니, 차라리 이대로 죽는 게 나을 것이오. 단, 고통 없이 죽여주시오. 소협, 부탁하오."
그러나 모든 걸 체념한 푸른 거미의 말에 일말의 동정심이 인 넉쇠

가 푸른 거미의 몸을 몇 번 어루만지자 "우둑, 윽! 둑, 큭! 뚝, 악!..." 소리가 나며 부러진 어깨와 갈비뼈들이 모두 맞추어졌다. 이어 나무판을 부목(副木)삼아 묶어주고, 지팡이를 하나 만들어 주었다.
천성이 선한 넉쇠는, 순순히 정보를 알려주고 마음을 비운 푸른 거미에게 덕(德)을 베풀었다.
"아마, 죽지는 않을 것이오. 지난날의 죄를 뉘우치며 선하게 살도록 하시오."
죽을 줄로만 알았으나 저 무서운 쇠도리깨 넉쇠가 베푼 뜻밖의 온정(溫情)이, 죄악으로 물든 푸른 거미의 황량한 가슴에 격동을 일으켰다.
넉쇠는 이들의 전대에서 돈과 '거미방의 해독약' 그리고 독 묻은 암기들을 모두 챙기고 말을 돌려 수성천으로 달렸다.
꼬박 하루가 지나 수성천에 도착한 넉쇠는 북쪽으로 방향을 틀어 말을 달렸다.
그 길은 원래부터 있었으나, 많은 비가 내린 뒤, 흙이 파이고 사람들의 왕래가 없어진 탓으로 수풀이 우거져 넉쇠가 얼핏 지나쳐 버린 것이다.
넉쇠는 이틀이나 뒤쳐진 길을 따라잡느라 잠시도 쉬지 않고 길을 재촉했다.
옥이에게 제발 아무 일 없기를 삼신님께 빌고 또 빌며 가파른 무산령(嶺)을 넘었으나, 여전히 붉은 거미방(幇) 무리들을 발견할 수 없었다. 길은 갈수록 험해졌으며, 오봉산(山)의 남쪽 경사면(傾斜面)으로 이어지고 있었다. 멀리 소(小)흥안령 산맥으로 연결되는 길이었다.

넉쇠가 오봉산을 지척에 두고, 짙은 전나무 숲을 지나갈 때였다. 가까운 곳에서 싸우는 소리가 들려왔다. 넉쇠는 혹시나 하는 마음으로 가까이 다가가 보니 세 사람이 싸우고 있었다.

삼십대 후반의 흰 도포를 입은 두 무사가 검은 옷에 창살이 달린 쇠갈퀴를 든 자와 싸우고 있었는데,

한 무사는 검은 수염이 보기 좋았으며 이마에 푸른 띠를 묶었고, 다른 한 무사는 흰 띠를 멋지게 묶고 있었다. 둘 다 검을 사용하고 있었다.

쇠갈퀴를 든 자는 얼굴이 마르고 길며 턱에는 간신 수염이 나 있었는데 왼손이 무척 커보였다. 자세히 보니 왼손이 오른손 보다 유달리 컸으며, 검은 도포를 입고 있어 도인 같이 보이기는 하나,

시라소니 가죽 같은 잿빛의 얼룩무늬가 뭔가 불길한 느낌을 주고 있었다.

2대 1의 싸움이었으나, 두 검객은 조금도 우위를 점하지 못하고 있었다.

검은 도포가 소리쳤다.

"흐흐흐,

마한쌍협! 오늘 잘 걸렸다. 감히 흑골산(黑骨山)의 흑선(黑仙)에게 덤비다니, 스스로 무덤을 판 어리석은 놈들!"

이마에 흰 띠를 묶은 무사가 말했다.

"흥, 어디서 놀던 개뼈다귀 같은 놈이 웬 흑골(黑骨) 타령이냐!"

개뼈다귀라는 말에 노한 흑선이 쇠갈퀴를 휘두르자, 여섯 개의 갈퀴가 무사의 옆구리를 자갈을 고르듯 긁어갔다. 갈퀴가 일으킨 바람이 예사롭지 않은 힘을 짐작하게 했는데, 동시에 흑색으로 변하며 부풀어 오르는 좌장(左掌)이 푸른 띠 무사를 움직이지 못하도록 압박하

고 있었다.

두 무사는 흑선의 심후한 내공과 쇠갈퀴의 괴이한 움직임에 애를 먹고 있었다.

갈퀴의 간격이 검이 들어갈 정도여서, 검이 다섯 개의 홈 중 어딘가에 끼지 않도록 조심해야 하는 것이 이들의 움직임을 둔하게 만들고 있었던 것이다. 거기에 검은 손바닥은 또 어떤 위력을 보일지 알 수 없었다.

이때, 흰 띠 무사의 검이 비스듬히 호를 그리며 쇠갈퀴 목을 치려하자, 흥! 소리와 함께 쇠갈퀴가 떨어지는 검을 향해 빙그르르 뒤집혔다.

이를 본, 흰 띠 무사가 검 날을 검신(劍身)으로 돌려 갈퀴의 다섯 개 아가리를 막으며 뒤로 물러서자, 푸른 띠 무사의 검이 빛살처럼 흑선의 옆구리를 베어가며 추격을 막았다.

치고 빠지는 둘의 조화가 약세(弱勢)를 어느 정도 만회하는 듯 보였으나, 흑선이 쇠갈퀴로 이리 저리 긁어대면, 두 무사의 협공이 번번이 깨지며 수비 태세를 갖추기에 바빴다. 쇠갈퀴가 또 다시 허공을 휘저으며 치고, 돌려막고, 찌르고, 긁고, 사선을 긋자 여러 가닥으로 이는 파공음이 두 사람의 혼을 흔들었고, 왼손으로 후려치는 검은 귀영(鬼影: 귀신같은 그림자)에 이리 몰리고 저리 뒹구는 낙엽처럼 정신없이 쫓겨 다녔다.

이대로 가면 얼마 못가 흑선에게 질 것이 뻔했다. 아닌 게 아니라 흑선의 몸놀림은 점점 더 빨라지고 있었다. 기분 나쁜 얼룩 도포를 휘날리며 장풍을 쏟아내다, 어느새 앉은 자세를 취하며 쇠갈퀴로 발목을 찍어가는 모양이 고양이가 쥐를 갖고 놀 듯 빠르고 여유로웠다.

넉쇠는 사부로부터 흑선이라 불리는 악을 행하는 사악한 무리에 대해 들은 적이 있었다.

그들은 아주 오래 전부터 구이원의 선교(仙敎)를 무너뜨리려 기를 쓰고 있는 놈들로, 모두 기괴한 적악수련(積惡修鍊: 악을 쌓는 수련)을 하는 자들이며 무예가 뛰어나다고 들었다.

넉쇠는 망설였다.

'아, 빨리 옥이를 찾으러 가야 하는데. 남의 일에 끼어들어서는 옥이를 구할 수 없는데, 어쩌지? 그냥 가자니 두 선협이 당하고 말 것 같고...'

이때 '끼이-'하고 하늘을 찢는 소리가 났다. 흑선이 질러 대는 소리였다. 무서운 장풍과 갈퀴질이 마한의 두 무사를 나무들이 밀집한 곳으로 몰아가고 있었다.

무사들은 나무들에 길이 막혀 신법을 펼치기가 자유롭지 않았다. 문득, 쇠갈퀴가 광란의 춤을 추자, 천라지망과도 같은 갈퀴 그물이 두 무사의 머리를 덮어 갔다. 역습 기회를 노리고는 있었으나, 흑선의 괴이한 수법에 구석까지 밀린 두 사람이 비장한 얼굴로 마지막 저항을 하려는 순간,

"땅!-"

소리와 함께 돌멩이 하나가 흑선의 쇠갈퀴 목을 때렸고, 졸지에 길을 잃은 갈퀴가 발에 차인 듯 밀리며 곁에 있는 삼나무에 콱 박혀 버렸다.

얼마나 깊은 공력이 실렸는지 박힌 갈퀴의 삼분지일 밖에 보이지 않았다.

황급히 갈퀴를 뽑아든 흑선이 눈을 희번덕거리며 '내 공격을 빗나가게 할 정도면 내공과 무예가 상당한 고수일 것이다.' 라고 생각했

다.
"어느 고인이신지? 올빼미처럼 숨어있지 말고 나오시오!"
돌이 날아온 숲은 조용했다.
"......."
흑선이 빈정거렸다.
"흐흐흐, 왜 두려운가? 겁쟁이 같으니라고! 선협이라는 작자들이 다 그렇지."
그러나 큰소리치는 흑선도 상대를 모르는 상태에서 숲으로 뛰어들기는 조심스러웠다. 천천히 숲으로 다가가 검게 부푼 좌장(左掌)으로 장풍을 내갈기자, 공동묘지에나 있을 법한 요기(妖氣)를 띤 한랭한 바람이 세차게 몰려갔다.
"귀영장(鬼影掌)!"
위기에서 빠져나온 두 무사가, 위기의 순간 도움을 준 사람에게 들으라는 듯 큰 소리로 동시에 외쳤다. 푸른 띠의 마한무사가 흰색 띠를 묶은 무사에게 말했다.
"귀영장은 그 옛날 마왕의 무리가 사용했다는 장법으로 말로만 들었는데 오늘 다시 보게 되는군!"
넉쇠는 마한 쌍협(雙俠)의 소리를 듣고 경계하며 밖으로 몸을 날렸다.
흑선은 내심 긴장하고 있었으나, 어린 머슴 놈이 튀어나온 것에 부아가 치밀었다.
"아니? 대가리에 피도 안 마른 몸이 어른들 일에 끼어들어! 네놈을 이 갈퀴로 찢어놓겠다!"
고 하며 넉쇠를 덮쳤다.
그러나

넉쇠는 물러서지 않았다. 어느새 윙-윙 회전하는 도리깨가 삽시간에 쇠도리깨 망(網)을 형성하고 쇠갈퀴와 부딪치며 위, 아래와 팔방(八方)을 때리고 후려쳤다. 넉쇠의 쇠도리깨는 바람 같이 빨랐고 협곡을 구르는 바위처럼 강력했다.
옆에서 지켜보는 마한의 쌍협(雙俠)은 속으로 혀를 내두르고 말았다.
찌르고 훑고 긁는 쇠갈퀴를, 접으며 막고, 때리고 펴며 돌려 치고 후려 패는 쇠도리깨의 변화가 놀라웠다.
'우리 두 사람이 상대 못하는 흑선을 어린 사람이 혼자 상대하다니 대단하구나.
그러나, 나이가 어려 시간이 더 지나면 내공(內功)에서 불리하지 않을까?'
넉쇠와 흑선의 싸움은 점점 치열해지고 있었다. 오랜 만에 호적수를 만난 흑선은 호승심으로 피 끓는 기운을 전신으로 돌리고 있었고, 연산독응과 푸른 거미, 회색 거미를 연달아 제압한 넉쇠는 패기만만 했다.
관록의 고수와 강호초출의 신예(新銳)가 한 치도 물러서지 않고 치고 박으며, 여름날의 먹구름이 모였다 흩어지듯 공수(攻守)를 주고 받았다.
마한쌍협의 눈이 극도의 긴장으로 번득이는 순간, 흑선이 홀연, 갈퀴를 거두어들이며 왼손바닥으로 차가운 바람을 쏟아내자, 석탑 같이 몸을 세운 넉쇠가 전광석화와도 같이 좌장(左掌)을 내질렀다.
순간
"꽝!"
소리와 함께, 나뭇잎들과 흙먼지가 뿌옇게 떠오르며 두 사람을 감고 돌았다.

"오옷! 돌개바람!"

마한의 두 무사가 크게 놀라며 두 눈을 치켜뜨고 싸움을 지켜보았다.

돌개바람은, 사십 년 전 함경산맥 우각(牛角)동굴에 은거하던 무극도인의 절학으로, 마한과 동옥저 일대의 수많은 악인들을 제거하고 사라진 후, 그 자취를 찾을 수 없었는데 오늘, 자기들을 위기에서 구해준 쇠도리깨 소년이 펼치고 있는 것이다.

허공에는 여전히 흙먼지가 돌고 있었다. 누가 어떻게 됐는지 알 수 없었다. 잠시 후 먼지가 가라앉자 장승처럼 서있는 두 사람의 모습이 드러났다.

소년의 얼굴은 하얗게 질려 있었으며 흑선의 표정은 창백했다. 잠시 후 넉쇠가 울컥 선혈을 토했으나, 흑선(黑仙)을 응시하며 쇠도리깨를 짚고 서있는 자세는 천 년 세월의 석탑(石塔)과도 같이 허물어지지 않았다.

크게 놀란 쌍협이 넉쇠의 양 옆으로 몸을 날리며 흑선을 경계하는 순간,

역시 고통을 참고 있었던 듯 "카-악!"하고 한 덩어리의 검붉은 피를 뱉어낸 흑선이 몸을 날려 사라졌다. 흑선의 내공은 넉쇠보다 우위에 있었으나, 괴이한 궤적의 돌개바람이 흑선의 공격을 흘리고 파고들며 충격을 주었던 것이다.

아직 힘이 남아있는 넉쇠의 모습에, 상황이 좋지 않다고 느낀 흑선이 도망을 치자,

넉쇠가 허물어지듯 운기 조식에 들어갔고, 마한쌍협은 넉쇠 옆에 포진하며 호법을 섰다.

얼마 후, 어느 정도 기운을 회복한 넉쇠가 일어나자, 푸른 띠 무사가 말했다.
"소협, 고맙소이다. 어떻게 감사를 드려야 할 지 모르겠소. 우리는 마한 쌍협으로 불리는 안충(安衷)과 쇄우(鎖憂)라고 하오."
넉쇠가 대답했다.
"동옥저의 넉쇠라고 합니다. 우리는 다 같은 조선 사람이 아닙니까? 당연히 도와야지요."
안충과 쇄우는 뛰어난 무예를 지니고도 겸손한 넉쇠가 무척이나 존경스러웠다.
그때,
고마움으로 넉쇠를 보던 안충이 갑자기 손을 떨며 넉쇠의 맥을 짚고 놀라는 표정을 지었다. 품에서 금빛 선단을 꺼내 넉쇠에게 주며 말했다.
"소협의 눈 밑이 검은 색으로 변했소이다. 흑선의 귀영장이 독장(毒掌)이었던 모양이오. 먼저 해독해야 하는데 우리에게는 해독약이 없소.
우선 이 선단을 드시오. 내상치료와 독을 얼마간 눌러놓는 효과가 있소이다."
안충의 말에,
넉쇠가 다시 운기를 해보니 내상은 견딜 만했으나, 이상야릇한 기운이 느껴졌다.
넉쇠가 급히 물었다.
"귀영장의 독을 해독하려면 어찌해야 합니까? 어디로 가야 의원을 뵐 수 있나요?"
넉쇠는 옥이를 구출하러 빨리 가야하는데 하는 생각으로 한숨이 절로 나왔다. 넉쇠의 사정을 들은 쌍협은 서로를 쳐다보며 난감해 했다.
쇄우가 말했다.
"소협,
이 근처에는 의술에 능한 사람이 없고 마한이나 동옥저는 길이 험하고 거리가 너무 떨어져 있소.
의술은 선문이 밝은데, 그나마 가까운 곳이 백두와 금강선문으로 그곳 또한 멀기만 하오.
다만,
여기서 서남쪽으로 이백 리 떨어진, 관봉산(山) 망애곡(忘愛谷)의 모산신녀가 의술이 뛰어나다고 들었으나, 여자만 치료해 주고 남자가 들어오면 죽여 버린다고 하여 망애곡을 '남사곡(男死谷)'이라고도 부른다오.
그러니 우리도 장담할 수는 없으나, 소협과 함께 그곳에 한번 가보려 하오."
넉쇠는 자기가 죽을 수도 있다는 쇄우의 말이 의아했으나, 부딪혀보기로 했다.
별의별 사람들이 뒤섞여 살아가는 곳이 강호라는 사실을 마음씨 착한 넉쇠가 알 리 없었다.
"제가 죽게 되더라도, 누굴 원망하지 않겠습니다."
마한쌍협과 넉쇠는 즉시, 쉬지 않고 말을 달려 관봉산 망애곡에 도착했다.
입구에는 망애곡이라고 새긴 표석이 있었고 그 옆에 나무판자를 세워 놓았는데
'선(仙)을 따르는 여인만 들어오고, 남자는 들어올 수 없느니라. 이

를 어길 때에는 죽음을 면치 못하리라'는 글이 적혀 있었다.
넉쇠는 이미 독이 퍼져 가는지 어지러움 증이 조금씩 찾아오고 있었다.
막상 망애곡에 도착했으나, 쌍협은 넉쇠를 데리고 곡(谷) 안으로 선뜻 발을 들여놓지 못하고 있었다.
넉쇠가 미소를 지었다.
"저를 위해 여기까지 와주셨으니 두 분은 이제 돌아가셔도 됩니다. 생사는 한울님이 안배하시는 일 아닙니까? 염려마시고 돌아들 가십시오."
하고 두 사람에게 권하자, 생명의 은인을 두고 주저하고 있는 자신들이 한 없이 부끄러웠다.
쇄우가 말했다.
"소협을 두고 갈 수는 없소. 그러나, 우리가 계곡으로 몰려 들어가면 신니의 심기를 건드리게 되니, 소협 혼자 들어가서 부탁하는 게 어떻겠소?
우리는 이곳에서 기다리겠소이다. 만일 소협이 돌아오지 않으면 이 망애곡을 불 질러 버리겠소이다."
넉쇠는 불 태워 버린다는 쇄우의 말을 받아들일 수 없었으나, 더 이상 시간을 끌 수 없어 홀로 망애곡으로 들어갔다. 곡은 잘 단장되어 있었다.
관목으로 구분한 길 사이사이에 화초들과 생전 처음 보는 야생화들이 자라고 있었다. 반 마장 정도 들어가자, 기역 자(字) 모양의 초옥이 보였다.
초옥은 큰 싸리나무 울타리로 튼튼하게 둘러 쳐져 있었고, 마당에는 두 그루의 소나무가 서 있었다.

초옥에는 현판이 걸려있었는데 '멸애자필망(蔑愛者必亡: 사랑을 멸시한 자 반드시 망하리라)'이라고 적혀 있었다.

넉쇠는 그 글을 읽으며 이곳에 살고 있는 모산신녀의 마음을 짐작해보았다.

'아! 사랑하는 사람에게 받은 상처가 얼마나 컸으면, 평생의 한이 되어 이토록 증오하며 살고 있을까. 나도 지금 사랑을 찾아 이리 가슴 졸이고 있지 않은가.'

넉쇠는 새삼 인간의 정신을 마비시키는 무서운 것이 사랑이라는 생각이 들었다. 남녀의 사랑은 누구라도 한 번 빠지면 헤어나기 어려운 것이 아니던가.

'아- 사랑, 사랑이여!'

하고 자기도 모르게 외치며, 모산신녀도 사랑의 병을 평생 앓고 있는 것일 거라고 짐작했다. 넉쇠는 초옥 앞에서 모산신녀를 불렀다.

"신녀님-"

"········"

"신녀님"

하고 여러 차례 불러보았으나, 답이 없었다. 넉쇠는 신녀가 외출했을 것으로 짐작했다.

넉쇠는 조금 더 어지러워진 몸을 끌고 집 주위를 돌아보았다. 집 뒤에 작은 언덕으로 연결된 길이 하나 있었다. 넉쇠가 길을 따라 천천히 언덕에 올라서자 경치가 확 바뀌며, 잘 정리된 평평한 넓은 밭이 펼쳐졌다.

밭에는 수수가 자라고 있었다. 그러나 모산신녀는 보이지 않았다. 넉쇠는 머슴이라 농사일을 잘 알았다. 이 정도의 농사를 지으려면 상당한 수고를 해야 했다.

모산신녀가 분명 이곳 어딘가에서 일을 하고 있을 것이라고 추측한 넉쇠는 조금 떨어진 곳에 콩밭이 보이자 그 방향으로 발길을 틀었다.
그때였다. 어디선가 날카로운 목소리가 들려왔다.
"웬 놈이냐?"
넉쇠가 돌아보니 6장쯤 떨어진 콩밭 사이에, 수건을 쓴 채 일을 하던 노파(老婆)가 호미질을 멈추고 자기를 보고 있었다. 구부러진 몸이 작아서 콩 밭에 묻혀 잘 보이지 않았던 것이다. 나이는 팔십이 가까워 보였다.
얼굴은 검게 타 있었으나, 형형한 안광(眼光)이 쏟아져 나왔으며 피부는 나이보다 훨씬 젊어 보였다. 깊이를 알 수 없는 내공을 지닌 노파였다.
넉쇠는 이분이 '모산신녀'려니 생각하고, 얼른 공손하게 인사를 드렸다.
"처음 뵙겠습니다, 신녀님. 저는 동옥저의 쇠도리깨 넉쇠라고 합니다."
노파의 표정은 차가웠다.
"동옥저고 서옥저고 간에, 망애곡 입구에 적혀있는 경고를 보지 못하였느냐?"
넉쇠가 허리를 깊게 숙이고 대답했다.
"잘 보았습니다만, 악인으로부터 독에 당한 몸을 치료해 주십사 죽음을 무릅쓰고 들어왔습니다. 신녀님, 부디 저를 살려주십시오."
"떽!
네가 죽거나 말거나 나와 하등(何等)의 관계가 없거늘, 남자라고는 발 한 번 디딘 적이 없는 청정(淸淨)한 망애곡을 네 놈이 오늘 더럽

했다. 당장 나가지 않으면 네 숨통을 끊어버리겠다!"
"할머니,
저는 이리해도 죽고 저리해도 죽습니다. 한 번만 살려 주시면 평생 은혜를 잊지 않겠습니다."
"보아하니 머슴 같은데, 죽도록 일해 봐야 너 혼자 먹고살기도 힘들 텐데, 무슨 수로 은혜를 갚는다는 게냐!"
말이 통하지 않는 할머니였다. 맥이 탁 풀린 넉쇠는 그 자리에 털썩 무릎을 꿇었다.
신녀는 크게 노했다. 어린놈이 또박또박 말대꾸를 하는데다, 이젠 마음대로 하라는 듯 주저앉기까지 하니 짜증이 폭발하고 만 것이다.
"에잇!
고집불통에 거머리 같은 놈, 그럼 죽어버려라!"
하고, 손에 들고 있던 호미를 넉쇠에게 날렸다. 쐐액- 소리와 함께 콩밭을 매는 호미가 가공할 속도로 회전하며 넉쇠의 머리를 노리고 날아 왔다.
깜짝 놀란 넉쇠가 손을 번득이자, 와류(渦流)와도 같은 돌개바람이 호미의 강한 회전력을 상쇄(相殺)시키며 땅바닥에 떨어뜨렸다.
이어,
힘을 크게 쓴 탓으로 몸속의 독이 요동친 듯, 넉쇠의 몸이 쓰러질 듯 휘청거렸다.
"돌개바람!"
모산신녀가 소리치며 또 다시 세 개의 호미를 연속으로 집어 던졌다.
처음의 호미보다는 작았으나, 날 모양과 각도가 모두 제각각인 세 개의 호미가 저공(低空)을 비행하다 예측할 수 없는 각도로 휘어지며 무섭게 날아들었다. 사부에게 말로만 들었던 어검술과 비슷한 느낌이 들었다.
독이 퍼질까 두려워 가만히 있다가는 호미에 맞아죽게 생긴 넉쇠가 급히
'공전(公轉)을 따르는 자전(自轉: 스스로 회전함)'의 돌개바람을 펼치자, 어지럽게 날아오던 세 개의 호미가 멈추어 돌다 동시에 떨어져 내렸다.
신녀는 놀라움을 감추지 않으며, 어지러운 듯 한쪽 무릎을 꿇고 손으로 땅을 짚은 넉쇠를 응시했다. 그리고 밖으로 나와 호미들을 주워 허리춤에 걸었다.
모산신녀의 허리에는 모양이 다른 여섯 자루의 호미가 주렁주렁 걸려 있었다. 주먹만 한 작은 호미 다섯 자루와 한 자루의 큰 호미였다.
넉쇠에게 가까이 온 신녀가 차가운 목소리로 물었다.
"너는 무극 늙은이와 어떤 관계냐?"
넉쇠는 깜짝 놀라고 말았다. 모산신녀가 하늘같은 사조님의 존함을 알고 있지 않은가.
"네, 저의 사조님 되십니다."
"살아 있느냐?"
"스승님께 듣기를 오래전에 돌아가셨다고 들었습니다."
신녀는 사조가 죽었다는 말에 충격을 받았는지 잠시 말을 잃었다. 그리고 다시 묻기 시작했다.
"네 사부는 이름이 무엇이냐?"
"척정(斥情)이라고 합니다."
"척정...!"

신녀의 얼굴에 뜻밖이라는 표정이 빠르게 스쳐 지나갔다.
"예"
척정(斥情)이라면 정(情)을 배척하라는 뜻이다. 얼마나 정이 깊어 괴로웠으면, 자신의 제자에게 정을 끊으라는 법명(法名)을 지어줬을까?
순간 멍한 눈으로 아무 말 없이 하늘만 바라보던 신녀의 얼굴이 격동으로 일그러졌다. 넉쇠는 괴팍해 보이는 노파가 몹시 조심스러웠다.
신녀가 다시 물었다.
"네 사조는 어떻게 죽었다더냐?"
"사부님 말씀으로는, 사조께서는 함경령(嶺) 우각동굴(牛角洞窟)이라는 곳에서 일생(一生)을 한 발자국도 밖으로 나오지 않고 돌아가셨답니다."
"왜?"
"사조님은 중독(中毒)으로 병이 깊으셨답니다. 평생 약(藥)을 달고 사셨으며, 두 달에 한번은 혼수상태(昏睡狀態)에 빠졌다가 깨어나시곤 하였답니다.
그래서 사부님은 어릴 적부터 사조님과 동굴에서 같이 지내며 돌아가시는 날까지 병수발을 하셨다고 들었습니다."
무극노인이 독(毒)으로 고생했다는 말을 들은 신녀는 또 한 번 크게 놀라는 표정이었다.
"중독이라니? 지금 네 사부는 어디 있느냐?"
"제게 무공을 가르쳐 주시고 바로 어디론가 바람처럼 떠나셨습니다."
"언제 온다는 말은 하지 않더냐?"

"모든 일은 한울님이 안배해 놓으셨다고 하시며, 만나고 만나지 못하고에 집착하지 말라고 하셨습니다."
"음-
녀석도 무극 늙은이와 꼭 닮았구나. 혹, 네 사조가 죽기 전에 남긴 말은 없다더냐?"
어느덧, 신녀의 태도는 부드러워져 있었다.
"돌아가시기 직전, 자세히는 말씀하시지 않고 '진정으로 후회되는 일'이 있다고 하시며, 자기는 사랑하기 때문에 정인(情人)을 떠났으나,
네가 만약 누군가를 사랑하게 된다면 무슨 일이 있더라도 함께 있으라고 하셨답니다. 그 말씀에 사부님이 '그렇다면, 제 법명은 어찌하여 척정(斥情)으로 지어주셨습니까'
하고 여쭈니..."
말을 이어가던 넉쇠는 갑자기 온 몸이 떨려오며 정신이 혼미해졌다. 혀도 마비가 오는지 말하기가 힘들었다. 독이 퍼지는 현상이었다. 모산신녀는 아는지 모르는지 급하게 다그쳤다.
"그랬더니 뭐라더냐?"
"아이고, 할머니... 저 지금 독 기운이 퍼져 정신을 못 차리겠습니다."
"아니, 생긴 것은 멀쩡한 돌쇠 같은 놈이 잔꾀를 다 부리네?"
넉쇠는 힘이 빠지며 만사가 귀찮아졌다. 드디어 여기서 죽는구나 생각하며 대답했다
"잔꾀, 아..니..예..요."
"그래도, 이놈이? 에잇, 맛 좀 봐라!"
하고 신녀가 가슴과 옆구리의 몇 군데 혈도를 찍자 통증이 밀려 왔

다.
"으-악!"
"말할게요. 건드리지 말아주셔요!"
"음, 그래야 착한 아이지. 그래… 무극 늙은이가 또 뭐라고 했다더냐?"
이어, 넉쇠의 혈(穴)을 이 곳 저 곳 더 건드리자 신통하게도 마비되어 오던 몸이 풀어졌다.
"너는 아직 죽지 않는다! 그래, 제자의 이름을 왜 척정이라고 했다더냐?"
"예,
한 번 빠지면 벗어날 수 없고, 애증(愛憎)은 인간의 정신을 흔들고 마침내 몸까지 망치게 하니 정에 깊이 빠지는 것을 경계하라는 뜻으로 그리 지었다고 하셨답니다.
사조께서는 삼십여 년 전 구이원에서 갖은 악행을 저지르던 혈도방의 4대 악마와 싸우다, 암계(暗計)에 빠져 부상을 입고 남성으로서 불구가 되셨기에, 도저히 '사랑하는 여인'에게 돌아갈 수 없으셨다고 들었습니다.
'그분의 행복을 위해, 다른 여자를 좋아하는 척' 거짓말을 하고 이별하였답니다.
그러나 마음에 한 번 자리 잡은 사랑은 평생 지울 수 없었고, 잊으려 할수록 그리워지는 마음은 '불길 속에 몸을 던지고, 절벽을 구르고, 칼로 몸을 베고 그어도' 사라지지 않았으며 그 어떤 고행(苦行)으로도 억누를 수 없었답니다.
그녀에게 정직하게 이야기하지 못하고 떠나온 것을, 두고두고 뼈저리게 후회하셨다고 들었습니다.

그런 이유로, '구도의 길'을 가려거든 정(情)을 멀리하라는 뜻으로 척정이라 지으셨으며
그러나,
척정(斥情)의 진정한 의미는 어떤 경우에도 '사랑하는 사람을 지켜주겠다'는 각오가 되어있지 않다면, 처음부터 정(情)을 갖지 말라는 것이니라.
는 말씀을 남기고 탄식을 하시며 돌아가셨답니다."
넉쇠의 이야기를 듣고 있던 모산신녀(神女)는 웃는 것도 우는 것도 아닌 얼굴로 입술을 부르르 떨면서 씰룩거렸다.
미풍에 흔들리던 은백의 머리카락이, 문득 방향 없이 부는 바람으로 마구 헝클어지며 사방으로 어지러이 날았다. 백발이 풀어진 채, 망연자실 서 있는 신녀(神女)의 모습은 마치 돌아갈 길을 잃은 귀신같았다.
기울어진 시간에 기대어 끝없이 원망하면서도 그를 잊지 못했던 모산신녀는 이내 굵은 눈물을 떨구며 적막(寂寞)한 노래를 부르기 시작했다.
회한으로 가득한 노래가 끝없이 펼쳐진 준령을 타고 바람에 실려 퍼져나갔다.

『 사랑에 빠진 사람은 바보
　사랑을 떠난 당신은
　진짜 바보

　사랑을 미워한 사람은
　바보

사랑을 평생 의심한 나는
　　진짜 바보

　　사랑을 찾지 않은 사람은
　　바보
　　사랑을 잊지 못하고 떠난
　　사람은 더 바보

　　아.. 우린 정말 바보 연인 』

신녀는 넉쇠를 초옥으로 데려가 독을 치료하면서, 자기와 무극선인과의 일을 귀여운 손자에게 이야기하듯 들려주었다.
"네 사조(師祖) 무극과 나는 마한 54연방국 중의 하나인 신소도국 사람이었다.
우리는 소도에서 함께 자란 사형사매 사이였다. 어릴 때부터 같이 지내다 정이 들고 사랑하게 되었지. 그 후 사형은 구이원의 악의 본거지를 없애려고 나선 고죽문주 모연이 주도하는 선문의 연합전선에 가담하였다가 몇 년이 지나 돌아왔는데, 연나라 여자가 곁에 있었다.
나는 많은 세월을 눈물로 보냈고, 어느 날 갑자기 사형은 사라져 버렸다."
"사조님은 어디로 가셨나요?"
"소문에는 번조선 왕검성으로 떠났다고 하더구나. 나도 사형과의 일로 삼 년을 앓아누웠다가 일어나 신소도국을 떠났지. 그리고 이곳에서 평생을 지냈느니라."
"이곳에서 평생을요? 혼자서요?"
"혼자는 아니란다. 나도 두 명의 제자를 거두었지."
넉쇠는 두 사람을 못 본 것 같아 물었다.
"두 분은 어디로 갔습니까?"
"아이들도 강호에 나가보고 싶어 하던 차에, 마한에 악의 무리들이 나타났다고 하여 산에서 내려가 그들을 제거하라는 명을 내렸단다."
"아, 예"
넉쇠는 사랑하는 옥이를 찾아 지주산 붉은 거미방(幇) 무리를 추적하던 중, 우연히 위기에 빠진 마한쌍협을 구하려다 흑선의 귀영장에 중독되었다는 사정을 말씀드렸다.
"그럼, 지금 망애곡 밖에 마한쌍협이 기다리고 있다는 말이냐?"
"예"
"얼른 가서 데려 오너라."
넉쇠는 망애곡 입구로 가 마한쌍협을 모산신녀의 초옥으로 데리고 갔다. 가면서 안에서 있었던 일을 간단히 말해주자, 마한쌍협은 감탄을 하며 놀라워했다.
"소협, 참 잘 되었소."
모산신녀를 처음 본 마한쌍협은 공손하게 인사를 드렸다.
"반갑소, 두 분.
나는 오늘부로 망애곡의 금기를 해제했소이다. 다 여기 사손(師孫: 제자의 제자)의 덕이요."
모산신녀가 자기를 사손이라고 소개하자, 넉쇠는 신녀님이 '사형 무극선인'을 용서한 것이라고 여겼다.
초옥에서 치료를 받으며 다음 날이 되자, 마음이 초조해져 견딜 수가 없었다.
모산신녀가 넉쇠를 타일렀다.
"애야, 흑선의 귀영장은 환웅님에 대항하던 가달마황의 부하 혼세마왕이 사용하던 무공이다. 옛날에 사라진 줄 알았는데 다시 나타난 것이다. 그만큼 세상이 어지러워지고 선인들의 힘이 약해졌다는 뜻이지.
그들의 독공(毒功)은 선교를 따르는 사람과는 상극이다. 하루만 더 치료 받고 떠나거라."
넉쇠는 어쩔 수 없이 이틀을 채우고 망애곡을 떠났다. 그리고 마한 쌍협과도 작별했다. 그들은 마한연방의 도성 달지성(城)으로 간다고 했다.

이틀 동안 모산 할머니는 넉쇠에게 마한권(拳)과 선녀운보(仙女雲步: 구름이 나는 듯한 걸음)를 가르쳐 주고, 불의의 사고를 대비해 선단과 거의 모든 독을 막을 수 있는 해독약 한 갑을 주었다.
곡(谷)을 나와 모산신녀에게 배운 선녀운보(仙女雲步)를 전개하니 '바람에 실려 가는' 구름처럼 힘들이지 않고 빠르게 달려갈 수 있었다.
넉쇠는 신이 나서, 쉬지 않고 달리며 붉은 거미방도들이 간 길을 따라 추적했다.
이틀 후 회령 나루에 도착했다.
동옥저의 변경이고 교통의 중심지였으며 5일마다 장이 열리는 곳이기도 했다.
북옥저, 동옥저, 개마국, 동예나 북쪽 멀리 초원 각지의 상인들이 몰려드는 곳이었다.

회령 앞에는 넓은 두만강 흐르고 있었다. 두만강은 백두산에서 발원하여 동북쪽으로 흘러가다 동남으로 꺾이며 동해바다로 흘러들어가는 강이다.

강폭이 넓고 유량(流量)이 많았다. 강기슭 양쪽은 수풀과 갈대가 무성했다. 넉쇠는 나루터에서 배를 찾아보았으나 배도 사공도 보이지를 않았다.

혹시 붉은 거미방 놈들이 배를 모두 없애버리고 떠난 건 아닐까 생각한 넉쇠가 나루터 아래, 위를 초조하게 오가며 배를 찾아다녔다.

이때,

강 위에서 배 한 척이 천천히 흘러오고 있었다. 배에는 사공이 타고 있었는데, 수염이 시커멓게 나있는 장한(壯漢)이었다.

그는 기다란 장대를 이용해 배를 몰면서, 길게 휘파람을 불며 호탕하게 노래를 부르고 있었다.

『 하루에 한 건만 하면 충분
  더 이상은 안 돼
  낚시질 그물질 강도질도
  하루에 딱 한 번만
  오... 나는 의리의 사나이

  밥만 먹으면 되지 무얼 더
  바래
  그러나 시원한 막걸리는

한 사발로 안 돼
　　취하도록 마셔야 하루를
　　보내지

　　하루 한 건 하기가 요즘
　　너무 힘들어.　　』

무슨 뜻인지, 알 듯 말 듯한 노래였다. 넉쇠가 갈대밭으로 뛰어 들며 외쳤다.
"아저씨! 저 좀 태워 주세요!"
사공이 고개를 돌렸다. 손님을 보자 긴 장대로 강바닥을 짚으며 쓰 윽 방향을 틀어 넉쇠 쪽으로 미끄러지듯 다가 왔다. 넉쇠가 반가워하며 뱃전으로 뛰어 오르자, 사공이 긴 장대로 강기슭을 힘차게 밀었다.
배가 단숨에 강 가운데로 향해 나아갔다. 배를 모는 솜씨가 거침없고 노련했다. 장대를 힘차게 젓는 사공의 어깨가 무척 강인해보였다.
"강 건너에 내려주면 되는 거요?"
"예"
넉쇠는 뱃전에 앉아 강을 건너 갈 수 있어서 천만다행이다 생각하며 강 건너의 풍경을 구경하고 있었다. 배가 강 중심에 다가갔을 때였다.
문득, 배가 더 이상 나아가지 않고 그 자리에서 한 바퀴 빙그르르 돌았다.

사공이 장대를 창처럼 들고 얼굴을 일그러뜨리며 넉쇠를 향하여 호통을 쳤다.
"이놈, 품속에 지닌 것 모두 꺼내 놓아라! 그렇지 않으면 물속에 던져 버리겠다."
배는 물결 따라 흘러가고 있었다. 넉쇠는 기가 막혔다. 기껏 배를 잡아타고 좋아했더니 사공이 도적이었던 것이다.
"아저씨, 좋으신 분 같은데 왜 이런 짓을 하시오?"
순진해 보이는 어린놈이 질책을 하자 사공의 낯빛이 시퍼렇게 변했다.
"이놈이? 하룻강아지 범 무서운 줄 모르고!"
하며 장대로 후려치자, 넉쇠가 눈살을 찡그리며 가볍게 피해버렸다. 사공은 넉쇠의 몸놀림이 예사롭지 않자, 배 바닥에 숨겨 놓았던 칼을 들고 휘두르며 소리쳤다.
"무릎을 꿇어라. 그렇지 않으면 배를 뒤집어 물귀신 밥으로 만들어 줄 것이다."
넉쇠가 웃었다. 물이 전혀 두렵지 않은 것이다. 자기가 자란 곳 이 성천강(江) 유역이 아닌가. 그리고 바다가 멀지 않은 곳이었다.
넉쇠는 이자를 어떻게 혼내줄까 고민하고 있었다.
실실 웃던 사공이 넉쇠를 공격해왔다. 사공은 능숙하게 칼을 썼으나, 연산독응과 붉은 거미방의 두 거미를 물리치고 흑선과 한 판 승부를 벌인 넉쇠의 눈에는 한 없이 가소로웠다.
강 복판 싸움에 이골이 난 사공은 넉쇠를 어느 정도 얕보고 있었다. 그러나 일곱 번의 칼질을 피하기만 하던, 넉쇠의 철각(鐵脚)이 번쩍하며 사공의 머리를 타격했다.
"억!"

하고 사공이 맥없이 고꾸라지자, 발로 사공의 등을 무겁게 찍어 눌렀다.
"멀쩡하게 생긴 사람이 도적질은 왜 하시나?"
뇌에 가해진 충격으로 넋이 나가 있던 사공이 정신을 차리고 대답했다.
"소협, 살려주시오. 내 정말 잘못했소. 나라고 도적질이 재미있었겠소?"
하며 넉쇠가 뭐라고 하기도 전에 자기 처지를 구구절절 이야기했다.
"나는 원래, 두만강에서 물고기를 잡고 살던 불기(不棄)라는 사람이오.
삼년 전 결혼한 지 반 달 만에 지주산의 독거미 패들에게 색시가 잡혀갔는데, 나중에 구사일생으로 돌아 왔으나 몸은 만신창이가 되어 있었소.
나는 처를 끌어안고 통곡했소. 무슨 병이 들었는지 이날 까지 병석에 있는 처의 약값과 생계를 위해 도적질에 나선 것이오.
믿어 주시오.
한울님께 맹세하건대, 그물질도 하루 한 번 하루 먹을 것만 잡았고, 도적질도 하루 한 번 이상은 하지 않았으며,
살생은 결단코 한 번도 하지 않았소이다. 적당히 겁만 주고 몇 푼 얻어 갔을 뿐이오. 소협을 보기 너무 부끄럽소이다. 너그러이 용서해 주시오."
사내의 말을 들은 넉쇠는 가슴이 미어졌다. 지금 추격하고 있는 지주산 악당들에게 불쌍하게 당한 자가 아닌가.
곰 같은 사람이 사랑하는 처를 위해 도적질을 마다않고 두만강에서 연명하고 있는 것이었다. 동병상련만큼 전염성이 큰 것이 또 어디

있을까.
넉쇠는 지난 번 푸른 거미에게서 뺏은 돈을 당장 쓸 돈만 남기고, 모두 사공에게 주었다.
"이 돈으로 당분간 부인의 약값을 하시고 도적질은 당장 그만 두세요."
사공의 눈이 휘둥그레졌다.
"아니오.
받을 수 없소이다. 나도 염치가 있소. 소협도 보아하니 상민(上民)은 아닌 것 같은데, 돈을 아끼도록 하시오."
"아니,
염치 있는 자가 도적질을 했나요? 자, 받으시고 대신 나를 도와주면 되오."
사공 불기는 뜻밖의 말에 의아한 표정을 지으며 넉쇠를 바라보았다.
"내가 도울 일이 무엇이오?"
넉쇠가 사정을 이야기 하며 지주산(山)이 어디 있는지 그곳으로 안내를 해달라고 하자,
사공 불기가 두 눈을 부릅떴다.
"알고말고.
내, 붉은 거미방 놈들을 다 죽여 버리고 싶어도, 무서운 무공을 지닌 놈들이라 가까이 갈 수 없었을 뿐이오. 얼마나 가슴이 아프오? 무예가 높은 소협이 있으니 나도 함께 가서 싸우겠소."
"아녜요.
아저씨는 소굴만 알려주고 돌아가세요. 무슨 일이 생길지 모르니 빨리 가야 합니다. 혹 지름길이 있나요?"
불기가 골똘히 생각하더니

"지름길? 있소! 처를 찾으러 지주산 부근에 한동안 숨어 살아서 그 부근 지리는 잘 알고 있소!"
"그럼, 안내해 주세요."
"알겠소."
"아! 그 전에, 부인의 상태를 제가 좀 보겠습니다."
불기의 집은 멀지않은 강가 언덕 위에 있었다. 넉쇠가 부인의 맥을 짚어보니, 역시 중독이었다.
거미방(幇)에서 독공의 상대로 실험하다 내다버리자, 사공이 구해 온 것이다.
이어 넉쇠가 푸른 거미의 해독약을 먹이자, 잠시 후 부인이 자리에서 일어나 앉았다. 뱃사공 불기와 부인이 두 손을 마주 잡고, 뜨거운 눈물을 흘렸다.
"고맙소, 이 크나큰 은혜를 어찌 갚아야 할지.."
평생 누워있을 것 같던 처가 살아나자, 불기는 이루 말할 수 없이 기뻐하며 느닷없이 넉쇠에게 큰 절을 했다.
"소협,
고맙소. 마음이 바다 같이 넓은 소협을 지금 이 순간부터 형님으로 모시겠소."
넉쇠가 놀라며 거절했다.
"그러지 마십시오. 제가 형님이라니요?"
하지만, 불기는 막무가내였다.
"아니오, 그럼 소협을 주인으로 모시겠소. 주인어른, 불기이옵니다. 제 절을 받으십시오."
불기가 넙죽 엎드리며 자기에게 절을 하는 모습이, 산이 무너지고 땅이 갈라져도 자기 뜻을 그대로 밀고나갈 기세인지라,

그것은 더욱 안 될 일이라고 생각한 넉쇠는 다급하게 '형님으로 하자'고 타협하고 말았다.

 다음날 불기는 자기가 없는 동안 처(妻)가 혼자 지낼 수 있도록 챙겨준 후, 넉쇠를 데리고 지주산(山)으로 향했다.
불기는 넉쇠를 배에 태우고 두만강을 따라 회령 아래로 한참을 더 가더니 두만강 북안 어느 험한 산 아래 배를 대고 앞장서서 산(山)을 올라갔다.
"형님, 저 멀리 보이는 능선을 타고 질러가면 지주산이 나옵니다. 당초 형님이 가려던 길로는 벌어진 거리를 따라잡기가 어려울 것이오.
이곳은 원래 심마니들이 다니는 길인데, 사흘이면 따라 잡을 수 있을 거요. 붉은 거미방 놈들은 연약한 여인들을 데리고 가는지라, 생각보다는 그리 멀리 가지 못했을 것이니, 너무 초조해 하지 마시오."
그리고 갈수록 경사가 심해지는 절벽을 기어 올라가며 넉쇠에게 조심해서 발을 옮기라고 했다.
넉쇠는 속으로 웃었다. 아무리 험한 심마니 길이라 하나, 넉쇠는 이미 상승의 무예를 익힌 철골(鐵骨)의 사나이가 아닌가. 오히려 뱃사공 불기가 낑낑 대고 있었다.
넉쇠는 숲속을 전진하면서 틈이 나는 대로 마한권과 경신술 선녀운보(仙女雲步)을 가르쳐 주었다.
뱃사공 불기는 무예를 익히기에는 늦은 나이였으나, 배를 몰며 다듬어진 근골(筋骨)이 보통이 아니었고, 외모와 다르게 지극히 총명하여 빠른 속도로 배워나갔다.

불기는 스스로를 둔한 놈이라고 생각했으나, 넉쇠의 정성어린 지도 아래 대략의 이치를 습득했다. 불기는 어린 날 동경했던 무예를 접하고, 그 신비로움에 정신없이 빠져들며 깊은 감동으로 부르르 몸을 떨었다.

"넉쇠 형님!"

하고 철판 같은 어깨를 들썩이며 '나이 어린 형님'의 은혜에 눈물을 글썽였다.

불기는, 지주산 패거리에 대한 증오와 복수심으로 배우고자 하는 열의가 대단했다. 이틀 뒤 넉쇠와 불기는 지주산 뒤편 절벽을 기어오르고 있었다.

"형님! 이 절벽만 넘으면 바로 붉은 거미방이 있는 지주산(山)입니다."

지주산

 지주산은 노야령(嶺)에서 뻗어 나온 험준한 산악지대에 있었다. 지주산(蜘蛛山)은 거미 산이라는 뜻이다. 넉쇠는 불기와 함께 먼저 거미 산 전역을 돌아보았다.
산은 계곡이 깊고 험해 하루 종일 햇빛이 한 번도 들지 않는 음침한 곳이 많았다.
붉은 거미방(幇)의 소굴은 동, 남, 북쪽의 절벽이 높이 솟아 둘러싸인 곳에 자리 잡고 있었다. 절벽은 모두 칙칙한 가시 넝쿨이나 물기로 흠뻑 젖어있었고, 수많은 검은색 이끼류와 이름 모를 응달식물로 뒤덮여 있어 그곳을 타고 침입한다는 것은 아예 생각할 수도 없었다.
산채의 입구는 서쪽으로만 나 있었다. 서쪽은 두 길 정도의 높이로 방책을 만들어 안이 보이지 않았으며, 중앙으로 큰 출입문이 있었다.
경비는 여섯 명이었다.
그 뒤로 이십 장 거리에, 다시 한 길 높이로 내성(內城) 격인 목책

울타리가 둘러쳐 있었다. 목책의 가운데 중문에는 서너 명의 도적이 번(番: 차례로 일을 맡음)을 서고 있었고, 두 번째 목책을 들어서면 오십여 장 되는 곳부터 크고 작은 열네 채의 통나무 건물들이 있었다.
건물들 뒤편의 계단을 타고, 오 장 정도의 절벽 위로 올라가면 커다란 세 개의 동굴이 이어져있었다.
세 개의 동굴은 모두, 잔도(棧道: 절벽에 선반처럼 낸 길) 비슷한 통로로 서로 연결되어 있었다. 동굴의 입구는 육중한 문으로 굳게 닫혀 있었고, 종일 숨어 지켜보아도 열리는 경우가 없었다. 넉쇠가 불기에게 물었다.
"불기 형, 혹시 저 동굴이 뭘 하는 곳인지 아시오?"
"전에 와서 본 바로는 도적들이 독공을 연마하는 장소 같습니다. 제처도 독공의 실험 대상으로 쓰이다가 저 아래의 시체 구덩이에 버려졌습니다."
"저 놈들 숫자는 대강 얼마나 되오?"
"밖에 나가 있는 무리가 얼마인지 모르나, 족히 삼백 명은 되어 보였습니다."
넉쇠는 속으로 생각했다.
'지난 번 함경령(嶺)에서 해치웠던 푸른 거미와 회색 거미 수준이라면 두렵지 않으나, 방주 붉은 거미와 만독(萬毒)거미의 무공을 짐작할 수 없고, 그 외에도 많은 고수들이 있을 것이니 무작정 쳐들어 갈수는 없다.
음.. 밖으로 나오는 놈이 있으면 잡아서 동옥저 여인들이 어느 건물에 있는지 알아 볼 수밖에.'
넉쇠는 불기와 함께, 산채로 들어가는 진입로 가운데 멀찌감치 떨어진 짙은 숲에 숨어 누군가 지나가기만을 기다렸다. 반 시진(- 1시간)을 기다리니 멀리 두 명의 도적이 빠른 걸음으로 오는 것이 보였다.

그들이 가까워지자 넉쇠가 몸을 드러내며 막아섰다. 두 도적은 뜻밖이라는 표정으로 넉쇠의 아래 위를 훑어보며 물었다.

"뭐냐? 네놈은. 어린놈이 감히 여기가 어딘지 알고 얼쩡거리는 것이냐?"

넉쇠가 차갑게 대답했다.

"너희는 지금 어디 갔다 오는 것이냐? 사실대로 말하지 않으면 살아남지 못하리라."

어린놈의 말투가 기가 찰 정도로 싸가지 없자, 두 놈 중 하나가 스르릉- 칼을 빼들고

"흐흐흐흐,

이놈아. 간이 부어도 정말 제대로 부었구나. 오늘 가뜩이나 재수가 없어서 화풀이 할 곳이 필요했는데, 때 맞춰서 네 놈이 나타나 주다니."

하며, 번개처럼 넉쇠의 목을 치고 들어갔다. 민첩한 발놀림과 억센 칼바람이 왈패다운 관록(貫祿)을 보여주고 있었으나, 넉쇠가 허리를 트는 순간

"캉-! 뻑!" 소리와 함께 칼이 구부러졌고 어느새 펴진 쇠도리깨가 도적의 턱을 강타했다.

'칼을 비켜서고, 도신(刀身)을 때리며, 타격하는' 세 동작이 모두 한 번에 이루어진, 보고도 믿기 어려운 석화(石火)와도 같은 움직임이었다.

칼이 휘고 내장이 흔들릴 정도의 충격을 받은 도적이, 균형을 잡을

틈도 없이 날아든 쇠도리깨에 무참(無慘: 끔찍하고 참혹함)하게 고꾸라진 것이다. 넉쇠의 눈길을 받은 나머지 한 놈이 똥마려운 강아지처럼 움직이지 못했다.

넉쇠가 숲속의 불기를 돌아보며 말했다.

"불기 형, 나의 발과 주먹을 잘 보시오."

이어,

흩어지는 구름처럼 빠르게 다가선 넉쇠의 좌우 쌍권(雙拳: 두 주먹)이 비탈을 구르는 바위처럼 도적을 몰아갔다. 잔뜩 겁을 먹은 채 휘두르는 도적의 칼을 피해가며 마한오권을 천천히 전개했다. 이제 막 무술을 접한 불기에게, 실전에서의 변화를 가르치려는 의도에서였다.

바람을 탄 구름 같은 '운보(雲步)'와 '마한철권'이 어떻게 어울리는지와 적의 칼을 피하는 동시에 타격하는 '일격필살'의 무술을 세 차례나 반복하였다.

넉쇠의 주먹에 세 번이나 맞은 도적은, 자기를 죽지 않을 정도로만 때리며,

무예를 가르치고 배우는 넉쇠와 불기의 모습에 조금 전까지의 두려움이 분노로 바뀌며 눈깔이 홱 뒤집어지고 말았다. 나름, 날고 기던 몸이, 그것도 내 집 앞에서 어린놈에게 이런 수모를 당하게 될 줄은 몰랐다.

어금니를 꽉 깨문 도적이 죽음을 각오한 듯, 비상한 속도와 힘으로 베어가는 순간 '구름처럼 날아오른' 넉쇠가 놈의 어깨를 걷어차고 내려섰다. 뼈가 부서지는 충격으로 칼을 놓친 도적이 허수아비처럼 나동그라졌다.

연자방아를 돌리며 달리는 넉쇠의 발에 차이고도 온전한 몸은 이

세상에 없을 것이다. 넉쇠가 불기를 불러냈다.
"불기 형, 놈을 잘 묶으시오."
불기가 칡넝쿨을 잘라와 도적을 묶자, 넉쇠가 숲으로 끌고 가 심문을 시작했다.
"아까, 어디를 다녀오는 중이냐?"
도적이 말했다.
"이놈, 나한테 한마디도 들을 수 없을 게다."
넉쇠가 차갑게 응수했다.
"나를 잔인하다고 원망하지 마라. 불기 형, 놈의 오른 손목을 자르시오."
불기가 거리낌 없이 손목을 치자, 피가 분수처럼 솟구쳤다. 넉쇠가 몇 군데 혈(穴)을 짚어 지혈시켰다.
"악! 이 나,,,쁜 놈."
넉쇠는 어처구니가 없었다.
"뭐 나쁜 놈?
네가 그런 말을 할 자격이 있느냐? 순순히 답하지 않으면, 팔과 다리를 조금씩 잘라갈 것이고 마지막에는 '게(蟹)'의 몸통처럼 만들어 주겠다.
자! 이번엔 팔꿈치를 자르시오."
도적이 하얗게 질린 얼굴로 넉쇠를 보았다. 넉쇠의 얼음 같은 눈빛이, 악명을 떨치고 있는 자기들보다 더 무서운 놈일 지도 모른다는 공포를 몰고 왔다.
도적은 이내 모든 것을 포기하고 말았다.
"알았다. 뭐든지 다 말해주마."
넉쇠는 도적으로부터 붉은 거미방에 대한 정보를 알아내고, 두 도적의 옷을 벗긴 후 사혈(死穴: 찍히면 죽는 급소)을 찍어 수풀 속에 숨겼다.

붉은 지주방(幇)의 사정은 이러했다.

자기는 '말거미'이고, 아까 쓰러진 자는 '벌 거미'인데 방주의 명으로 가륵성(城) 일대를 순찰하고 돌아오는 길이라고 했다. 산채의 열네 채 건물은 숙식하는 곳이며 세 개의 동굴은 모두 조독굴(造毒窟: 독을 제조하는 굴)이라고 했다.

동굴에서 여러 종류의 독거미들을 기르고 있으며, 방주인 붉은 거미의 숙소는 뒤에서 두 번째 건물이라고 했다. 도적들은 모두 독공을 익혔는데, 한 종류의 독거미로 연공을 한 자는 일독거미, 두 종류는 이독거미, 세 종류는 삼독거미라고 부르며 그 가운데 오독거미가 서열이 제일 높다고 했다.

방주, 붉은 거미는 북쪽 고비사막의 붉은 거미들로 독공을 연마했다고 했다.

그의 독장(毒掌)을 맞으면 붉은 거미의 독문해약이 없으면 치료할 수 없다고 했으며 미인거미, 추남거미 두 호법과 '사방(四方) 거미'로 불리는 동방, 서방, 남방, 북방거미 그리고 '팔모(八毛)'라 불리는 흑모(黑毛: 검은 털), 백모(白毛), 적모(赤毛: 붉은 털), 황모(黃毛), 남모(藍毛), 자모(紫毛), 녹모(綠毛), 회모(灰毛) 거미가 졸개들 수백 명을 거느리고 있다고 했다.

현재 추남거미는 두 달 전 출타하여 산채에 없으며, 동방 서방 거미와 적, 녹, 남, 회색 털 독거미는 오십 명의 졸개와 함께, 오가(五加)와 열국을 돌아다니며 적악수행(積惡修行: 악을 실천함)을 하고 있다고 했다.

그리고 잡아온 여인들은 제일 뒤편 건물에 갇혀 있는데, 내일 '만독거미의 팔십 잔치'에 진상하기 위해 지금은 단장(丹粧)을 시키고 있을 것이라고 했다.
특히, 넉쇠와 불기가 듣고 기겁을 한 것은 만독거미의 신공(神功)에 대한 것이었다.
만독거미는 극악한 음독장(陰毒掌)을 완성하기 위해 북옥저 바닷가 울종산(山) 동굴에 있는데, 최후 6단계의 바로 아래 5단계까지 달성한 상태라고 했다.
음독장은 5단계까지는 독거미들을 이용하나, 마지막 단계에 가서는 처녀들의 순음진기가 필요하여 이번에 잡아온 처녀 중 제일 고운 열 명의 여인을 생신 축하 선물로 진상함으로써 사부 만독거미의 하늘같은 은혜에 보답할 계획이라고 했다.
처녀들의 음기를 뽑아 독공연마에 사용한다니, 그 사악함이 기절초풍하고도 남을 일이었다.
넉쇠와 불기는 붉은 거미방(幇)의 악마와 같은 행태를 보고 치를 떨었다.
'말거미'가 실토한 내용은, 함경령(嶺) 인근에서 푸른 거미와 회색거미로부터 알아낸 만독(萬毒)거미의 생일 이야기와 일치했다.
넉쇠는 이가 갈렸다. '옥이가 만독거미에게 진상될 수도 있다는 것이 아닌가.
머리를 쥐어뜯으며 괴로워하던 넉쇠가 핏발이 선 눈으로 이를 악물었다. '내 목숨을 걸고, 붉은 거미방(幇)을 기어이 없애고야 말리라.'
이어, 도적들의 옷으로 갈아입고, 날이 더 어두워진 후에 산채로 올라갔다. 자기들의 얼굴을 조금이라도 알아보기 힘든 시각을 선택한 것이다.
방책(防柵: 말뚝 울타리) 앞에 도착한 넉쇠가 대문을 두들겼다.

긴 여행으로 몹시 지친 듯한 목소리로 말거미의 말투를 흉내 내며 소리쳤다.
"나, 말거미다. 지금 북옥저에서 가륵성(城) 일대를 순찰하고 돌아오는 길이다!"
안에서 누군가 작은 구멍을 열고 내다보더니 이내
"오, 말거미. 돌아왔구나! 약속한 대로, 우리에게 줄 좋은 것 좀 가져왔어?"
하는 소리가 들리며 문이 서서히 열렸다. 넉쇠가 안으로 들어서자마자, 문을 지키는 졸개 여섯이 우르르 몰려오는 모양이, 죽은 말거미와 친한 사이로 보였다.
날이 어두워진 탓으로, 말거미의 얼굴이 잘 보이지 않은 점도 있었을 것이다.
강호 경험이 적은 넉쇠는 무얼 가져왔냐는 느닷없는 말에, 얼른 답이 떠오르질 않아 불기를 슬쩍 돌아봤다.
불기는 뱃사공이라 여러 유형의 사람들을 배에 태우고 살아와 눈치가 빨랐다.
"내 북옥저산(産) 물개 거시기 많이 가져왔네. 빨리들 와서 가져들 가."
"오! 그래? 그렇잖아도 그제 삼독거미님이 살결이 희고 야들야들한 동옥저 계집들을 서른 명이나 잡아왔네. 열 명만 빼고 나머지는 상(賞)으로 내린다고 하셨네.
쩝, 그것 참 때맞추어 기가 막힌 선물을 가져왔군.
홀애비들 목욕도 시키고, 총각 거미들 장가 갈 연습도 시키고 말이야. 낄낄낄낄낄!"
하며 한껏 가슴이 부풀어 오른 여섯 명의 경비 졸개들이 다가왔다.

넉쇠는 도적들이 가까이 다가오자 '선물'인 것처럼 들고 있던 쇠도리깨를 번개같이 휘둘렀다. 지근거리(至近距離)에서의 기습으로, 희희낙락하던 도적들은 비명 지를 틈도 없이 턱이 부서지고 머리통이 깨지며 다섯이 나동그라졌다.

뒤에 서 있던 불기도 득달같이 달려들어, 나머지 한 놈이 어? 하는 순간 베어버렸다. 평생 노를 저으며 살아온 사람이라 어깨와 팔뚝의 힘이 대단했다.

도적의 검을 집어 들고, 가볍게 성문을 통과한 넉쇠가 내성(內城)의 방책으로 다가갔다. 아직 외성(外城)의 무사들이 해를 입은 것을 모르고 있는 듯 했다.

방책은 높이가 기껏해야 한 길 정도였다. 넉쇠와 불기는 밖에서 미리 보아둔 곳을 뛰어 넘은 후, 몸을 숨기고 있다가 도적들의 이동이 뜸해지자 여인들이 갇혀있는 건물로 접근했다.

열려진 창문으로 안을 들여다 본 넉쇠와 불기는 기겁을 하고 말았다.

사방 벽으로 긴 나무 봉이 횡(橫)으로 걸려 있었고, 바닥은 봉을 따라 기다란 말구유 비슷한 것이 고정되어 있었다.

수십 명의 여인들이 마구간의 말처럼 긴 나무 봉에 밧줄로 목이 묶인 채 쓰러져 있었다. 사람을 말처럼 묶어놓고 사육하는 인간 마구간이었던 것이다.

기가 막혔다. 넉쇠와 불기는 붉은 거미방의 악행에 또 한 번 전율했다.

처녀들은 무슨 약을 먹었는지 대부분 의식 없이 쓰러져 있었고, 그 탓인지 도적들은 한 명도 보이지 않았다.

넉쇠가 문을 열고 안으로 들어갔다. 여인들은 모두 중독이 되어 있었다.
그 때 두 사람을 보고 약간 정신을 차린 한 여인이 일어나 앉았다. 얼핏, 도적으로 보이지 않는 넉쇠에게 힘이 빠진 목소리로 하소연했다.
"소협, 저 좀 살려주세요."
그러나 넉쇠는 그 말이 귀에 들어오지 않았다. 먼저 옥이를 찾아야만 했다. 의식이 혼미한 여인들의 몸을 뒤집어 가며 옥이를 찾았으나,
모두 모르는 여자들이었다. 옥이뿐 아니라 동옥저의 삼십여 명은 한 명도 보이지 않았다. 그 와중에 의식이 조금 돌아온 여자에게 물었다.
나이가 서른이 가까워 보였고, 이런 비참한 상황에서도 어딘지 모르게 기품이 엿보이는 사람이었다. 어느 귀족의 부인일 것이라는 생각이 들었다.
"부인, 동옥저 여인들이 어디에 있는지 혹시 모르시오?"
여인이 힘겹게 대답했다
"잘 모르겠습니다만, 어제 뒤쪽에서 울음소리가 들려왔습니다. 아마 새로 끌려온 여자들인 것 같습니다.
저는 북옥저 서천홀의 순옥이라고 하며 촌장 며느리입니다. 우리 마을 오십 명이 납치 당한지 석 달이 넘었습니다. 그 중 열세 명이 끌려 나간 후 돌아오지 않았습니다.
제발 도와주십시오. 이 창고에는 다른 곳에서 끌려온 사람까지 모두 육십칠 명입니다."
넉쇠는
끌려간 사람들이 모두 독공수련에 죽었을 것이라고 짐작되었으나

아무 말도 해줄 수 없었다. 그리고 순옥이라는 여인이 최악의 상황에서도 사람 수를 정확히 기억하는 것을 보고 보통 사람은 아니라고 생각되었다.
"모두가 독에 당한 겁니까?"
"네, 독에 중독되었습니다. 강제로 먹인 약에 몸이 굳어버렸습니다. 혀가 마비되고 정신이 없어서 이렇게 쓰러져 있는 날이 대부분입니다."
넉쇠가 여인의 목에 묶인 줄을 칼로 자르고 모산신녀가 준 해독약을 먹였다.
"독을 해독시켜 줄 겁니다. 그리고 이 검으로 다른 사람들을 풀어주고 밖으로는 절대 나오지 마시오. 수백 명의 도적들이 있으니 침착해야 하오. 내 다시 돌아와 모두를 데리고 나갈 것이니 기다리시오."
"소협, 고맙습니다."
넉쇠가 자기가 들고 있던 검을 건네주고 나오려 하니 순옥이 물었다.
"소협, 혹시 부싯돌을 갖고 계신가요?"
넉쇠가 부인의 의도를 짐작하고 불기를 돌아보았다.
"내게 하나 있는데 불기 형도 하나 가지고 있지요?"
"네, 형님. 가지고 있습니다."
"그럼,
내 것을 드리겠소. 동옥저 여인들을 찾으면 산채에 불을 지를 것이니, 그 때 부인도 불을 지르고 나오시오."
넉쇠는 순옥이 말한 건물을 찾았다.
희미한 불빛을 타고 여인들이 흐느끼는 소리가 흘러나왔다. 넉쇠가 다가가 창틈으로 보니 입구에 두 명이 보였다. 하나는 대머리였는데 뭐가 그리 좋은지 히죽히죽 웃고 있었고, 다른 하난 검은 옷을 입은 중년의 여자였다.
흑의녀(黑衣女)는 붉은 채찍을 휘두르며 여인들을 위협하고 있었고 구석에 몰린 여인들이 겁에 질린 채 울고 있었다.
"질질 짜지 마라. 우는 년은 제일 먼저 독거미 밥으로 보낼 것이다! 지금까지는 모두 독공(毒功) 용도로 쓰였는데, 네 년들은 운도 좋구나.
내일은 우리 붉은 거미방(幇) 방주님의 사부 만독거미님의 팔순 잔칫날이니라.
너희 동옥저 것들은 자색이 뛰어나, 열 명은 붉은 거미님과 만독거미님께 진상되고, 나머지는 부하들에게 상(賞)으로 주어질 것이다. 이 얼마나 너희들에게 얼마나 보람된 일이냐? 호호호호..."
넉쇠의 눈에, 흑의녀(黑衣女)는 미모를 지녔으나 사악한 요기(妖氣)로 가득했다.
'혹, 저 자가 미인거미가 아닐까? 필시 무공이 고강할 터, 조심해야겠구나.'
하고 둘러보니 그토록 찾던 동옥저의 여인들이었다. 반가운 마음에 눈이 번쩍 떠졌으나 옥이는 보이지 않았다. 넉쇠는 가슴이 철렁했다.
'아, 옥이. 도대체 어디에?'
넉쇠가 눈을 감자, 불기가 조심스럽게 물었다.
"형님, 안에 옥이 아씨가 있습니까?"
"음.. 없소."
"그럼, 어쩌죠?"

한참 말이 없던 넉쇠가 결심한 듯, 문을 밀고 들어갔다. 불기가 뒤를 따라 들어간 후 문을 닫았다.
갑자기 나타난 넉쇠와 불기를 본 흑의녀가 깜짝 놀라며 앙칼지게 소리쳤다.
"네 놈들은 누구냐? 여기에 어떻게 들어왔느냐?"
넉쇠가 담담하게 말했다.
"부인, 나는 사람을 찾으러 왔소. 묻는 말에 사실대로만 대답하면 살려주고, 그렇지 않으면 죽게 될 것이오."
흑의녀가 눈을 찢어져라 뜨며, 가소롭다는 듯 넉쇠의 아래 위를 쓸어보았다.
"뭐? 나보고 부인이라 했느냐? 넌, 예쁜 내 얼굴이 보이지도 않는 게냐? 그렇다면 네 눈이 먼 것 같으니, 쓸모없는 눈깔을 뽑아주겠다.
호호호호.. 결혼도 안한 나를 부인이라니? 그리고 또 뭐? 날 죽이겠다고? 하하하하,, 너 참, 어리석을 정도로 간덩이가 부은 녀석이구나."
곁에 있던 대머리가 낄낄거렸다.
"부인? 음.. 거미부인이라고 하면... 뭐, 그런대로 괜찮지. 좋아, 좋아..."
흑의녀가 신경질을 냈다.
"아니, 뭐가 좋다는 거예요? 백모(白毛), 당신까지 나를 놀리는 거예요?"
'둘의 호칭으로 보아, 둘은 '팔모' 중 흑모, 백모로 불리는 자들이며 흑의녀는 다름 아닌 '흑모거미'일 것이다.' 라고 생각한 넉쇠가 아..! 하고 머리를 긁적이며 말했다.

"어이쿠, 실수했군요. 그럼, 누님이라고 부르겠습니다. 누님.. 동옥 저의 여자 한 명이 안 보이는데 그녀는 어디에 있습니까?"
흑의녀는 넉쇠가 바로 '누님'으로 고쳐 부르자, 노한 표정이 눈 녹 듯 사라졌다.
"아, 너는 혹시 옥이라는 처녀를 말하는 것이냐? 옥이와 넌 어떤 사이지?"
넉쇠가 가슴을 펴고 대답했다.
"그녀는 내 여자요."
흑모가 고개를 끄덕이며 말했다.
"음, 대단하군. 애인(愛人)을 구하러 그 먼 길을 달려왔다는 게냐?"
"그렇소."
"호호호,,, 그런데, 딸랑 너희 둘이서?"
깔깔 거리는 흑모의 비웃음에 넉쇠의 얼굴이 나무 판처럼 굳어갔다.
"딴소리 말고 빨리 알려주시오."
흑모 거미는 씩씩하면서도 순진해 보이는 넉쇠가 마음에 쏙 들었다.
"하... 귀여운 것.
이 누난 동생을 부하로 삼고 싶어. 그렇잖아도, 너처럼 겁 대가리 없는 자가 하나쯤 졸개로 있었으면 했다.
어떠냐? 누나가 방주님께 특별히 천거해 줄 테니, 우리 방(幇)에 가입하는 것이."
농담을 하는 것처럼 보였으나, 사실 흑모는 애인을 찾아온 넉쇠의 기백이 너무도 마음에 들었다.
'남자라면 저 정도는 되어야 하지 않겠는가?' 하며 느닷없이 넉쇠가 탐이 난 것이다.
그러나 마음이 급한 넉쇠는 흑모의 농(弄)을 받아들일 여유가 없었다.
더 이상 시간을 끌 수 없는 넉쇠의 눈이 비수처럼 번득이며 달려들었다.
순간 좌우 철각(鐵脚)이 날고 방망이 같은 쌍권(雙拳)이 쇄도했다. 겉으로는 넉쇠를 가볍게 대하고 있었으나, 내심 넉쇠의 내공과 실력을 가늠하고 있던 흑모 또한 바람처럼 움직였다. 넉쇠의 발길질이, 단지 균형을 깨고자 하는 수라는 걸 알아본 흑모는 가볍게 피하며 공수(攻守)를 주고받다 넉쇠의 주먹과 맞부딪치는 난타전(亂打戰)을 감행했다.
"퍽, 팍, 툭-탁, 휙- 퍽! 퍼벅- 퍽퍽!..."
무림의 여자들은 육박전을 피하고 빠른 신법과 기예(技藝)로 승부를 보고자 하는 것이 보통이나, 흑모는 달랐다. 스스로의 내공을 믿는 듯, 한 걸음도 물러서지 않고 넉쇠의 권각을 막고 때리고 부딪치며 살풍경한 박투를 사양하지 않았다.
몇 수 지켜본 대머리의 눈에 이채(異彩)가 스치고 지나갔다. 고운 외모와 다르게 깊은 내공과 돌 판을 부수는 주먹을 지닌 흑모와 거뜬하게 치고 박는 넉쇠의 실력이 뜻밖이었다.
가깝지도 멀지도 않은 거리에서 좌우상하와 대각으로 치고 들어가는 팔뚝이 철봉(鐵棒) 같기도 했는데, 어깨부터 주먹까지가 '하나의 몽둥이'를 이루고 회전하는 궤적(軌跡)이 긴장감을 끌어올리고 있었으며,
몇 합이 지나자 발이 빠른 넉쇠를 타격하기 힘들다고 느꼈는지, 흑모가 전략을 바꾸어 넉쇠의 주먹이 자신을 타격하려할 때 정면충돌을 감행했던 것이다.
그러나 넉쇠와의 격돌이 열다섯 번째까지 이어지자 손목, 팔꿈치,

어깨, 옆구리로 전해오는 육중한 힘에 흑모는 자기도 모르게 위축이 되고 말았다. 체격만 큰 자로 생각했었으나, 권(拳)에 실린 내력(內力)과 정교한 타법이 놀랍기만 했다. 상상할 수 없는 힘을 지닌 소년의 기이한 무예에 흑모는 손과 발이 조금씩 굳어가는 것을 느끼고 있었다.

11~2세에 자기 키 만한 바위를 가볍게 밀어버린 넉쇠가 비가 오나 눈이 오나, 4년 반을 하루같이 거대한 연자방아를 돌리며 소와 말의 힘을 능가하는 '내, 외공(外功)'을 쌓았다는 사실을 흑모가 어디 짐작이나 할 수 있었겠는가.

획획 도는 주먹이 멈추지 않는 우박처럼 쏟아지자, 더 이상 부딪쳤다가는 팔이 남아나지 않겠다고 생각한 흑모가 이내 자존심이 상한 듯,

"이얏!"

하며 우장(右掌)을 활짝 펴자 후욱- 소리와 함께 강맹한 바람이 넉쇠의 명치를 향해 몰아쳤다. 근거리의 싸움에서 손해를 본 흑모가 장력(掌力)으로 승부를 내고자 한 것이다.

흑모의 기습에 불기가 놀라는 사이, 넉쇠의 좌장(左掌)이 바위를 굴리듯 타원을 그리며 무형의 공간을 끊어 쳤다. 사문의 절예, 돌개바람을 펼친 것이다.

순간, 흑모의 장풍(掌風)을 비스듬히 밀어내며 급가속 회전하는 강풍이 흑모를 넘어뜨렸다.

눈 깜빡 할 사이의 변화에 놀란 백모가 달려드는 찰나, 이미 흑모를 차고 팽이처럼 돌아선 넉쇠의 쇠도리깨가 섬광처럼 백모의 머리를 후려쳤고, 급히 칼을 들어 막는 백모를 질풍처럼 들이닥친 넉쇠의 왼 주먹이 무겁게 타격했다. 백모는 무림계의 고수였으나 겪어본 바

없는 쇠도리깨와 대추권(大椎拳)의 궤적에 힘 한 번 쓰지 못하고 쓰러지고 말았다.
설명은 길었으나, 전광석화(電光石火)처럼 이어진 격돌이었다.
흑모는 옆구리가 부서졌고 백모는 그 자리에서 절명(絶命)한 채 뒤로 날아갔다.
넉쇠를 상대로 두 거미는 처음부터 힘을 합해야 했으나, 적을 가벼이 보다 되돌릴 수 없는 참사를 불러들이고 말았다. 이때, 다 죽어가던 흑모가 마지막 힘을 다해 호각을 불었다.
"삑! 삑! 삑- 삐- 삑-!"
적의 침입을 알리는 신호였다. 불기가 황급히 달려들어 흑모를 차고 호각을 빼앗았다.
"윽!"
하고 자빠진 흑모에게 넉쇠가 다그쳤다.
"흑모! 옥이 있는 곳을 알려주면 살려 줄 것이고 그렇지 않으면 팔다리를 잘라내 죽일 것이오. 지금부터 다섯을 세겠소."
이어, 불기에게 말했다.
"대답이 없으면 발목을 자르시오."
불기가 말없이
흑모의 발목을 움켜쥐고 검을 갖다 대자, 흑모가 부들부들 몸을 떨었다.
넉쇠가 흑모에게 등을 돌리고 수를 세어 나갔다.
"하나, 둘, 셋, 넷."
흑모가 다급하게 소리쳤다.
"알려주마.
나를 죽이더라도 예쁘게 죽여 다오. 손목, 발목은 자르지 마라. 동옥저 애들은 절벽 위의 연독굴(練毒窟: 독을 연마하는 굴)에 있다.
오늘, 만독거미님이 달빛 없는 자시(子時: 밤 11시 반~ 새벽 1시 반)를 빌어 '흡기음독'의 마지막 단계를 거쳐 신공(神功)을 완성할 것이다.
너의 옥이도, 어둠의 사도(使徒)이신 만독거미님께 몸을 바치게 되었으니, 그 얼마나 가치 있고 보람된 삶이냐.
이놈, 너는 지주산을 벗어나지 못할 것이다. 호호호호... 윽-! 쿨럭, 쿨럭."
넉쇠는 사실 흑모를 살려주려는 마음이 있었으나 속을 뒤집는 말에 대노했다.
"흑모, 당신의 원대로 해주겠소."
하며 흑모의 사혈을 짚고, 구석에 몰려 벌벌 떨고 있는 여인들에게 다가갔다.
어제 도착해서인지 상태가 좋아보였다.
"나는 동옥저 남갈사성에 사는 넉쇠이고, 여기는 불기라고 하오. 잘 들으시오.
우리는 만독거미 등과 싸우러 가야하니, 모두 이곳을 탈출할 준비를 하고 기다리시오."
두 자루의 검을 취한 넉쇠는 백모, 흑모의 몸을 뒤져 단검과 아주 작은 병 두 개를 찾아냈다. 병에는 이들이 사용하는 독이 들어있는 것으로 보였다.
넉쇠는 검과 병을 나누어 주며
"이 병에는 털 거미 독이 들어 있을 것이오. 검보다 더 유용할 것이오.
도적들이 가까이 오면 조심해서 뿌리되, 반드시 바람을 등져야만 하오."
이때 밖에서 도적들이 몰려오는 소리가 들려왔다. 넉쇠는 불기를 데리고 문 밖으로 나가, 보란 듯이 절벽을 향해 내달렸다.
횃불을 든 도적들이 넉쇠와 불기를 발견하고 뒤를 쫓았다. 도적들은 넉쇠와 불기가 절벽 동굴로 가려는 의도를 짐작하고 절벽으로 오르는 계단을 막아섰다.
얼마 되지 않아 도적 수백 명이 모조리 몰려나와 두 사람을 빈틈없이 둘러쌌다. 넉쇠는 겹겹이 둘러싼 도적떼를 보고 불기에게 미안한 얼굴로 말했다.
"불기 형, 괜히 나를 따라와 죽게 되었소. 미안하오. 나 때문에..."
넉쇠의 말에, 불기가 가슴을 쫙 펴고 주먹으로 두드리며 호탕하게 웃었다.
"으하하하하! 형님!
하루를 살아도 사람답게 살아야 하지 않겠소. 강에서 강도질이나 하고 살다, 형님을 만나고 사람답게 살게 되었으니 후회는 조금도 없소.
내 아내도 형님과 마지막을 함께 한 나를 자랑스러워할 것이오.
형님, 아무 생각마시고 우리, 이 못된 놈들과 한 번 멋지게 싸워봅시다."
넉쇠는 불기의 씩씩한 모습에 감격하며 사기가 솟아올랐다.
"고맙소, 불기 형!"
하며
쇠도리깨로 맷돌을 돌리듯 큰 원을 그리기 시작하자, 웅-웅-웅- 하는 거친 파공음이 일기 시작했다. 이어, 천천히 계단을 향해 한 걸음 두 걸음 나아갔다.

도리깨는 넓은 공간에 어울리는 것이다. 지금 이 곳은 큰 멍석 열 개는 깔 수 있는 곳이었다. 이미 속도가 붙은 쇠도리깨가 가로막는 도적들을 번개처럼 타격하자 7~8명이 자빠졌고, 도적들을 상대하는 불기가 위기에 처할 때 마다 쇠도리깨가 귀신같이 도적들을 쓰러뜨렸다.

두 사람의 기세에 눌린 졸개들이 멈칫거리는 사이, 무리 가운데 두 명의 고수(高手)가 창(槍)을 들고 넉쇠를 향하여 사납게 돌진해왔다.

"캉, 캉, 퍽, 캉!"

무기들이 부딪치는 날카로운 소리가 밤하늘에 멀리 퍼졌다. 몇 초식을 겨루어 본 넉쇠는 대번에 붉은 거미방의 정예 고수라는 것을 알았다.

"멈추어라!"

창을 든 자 하나가 소리치자, 다른 고수도 창을 거두며 뒤로 물러났다.

넉쇠도 쇠도리깨 끝을 바닥에 내려놓으며 두 사람을 응시했다. 소리친 자는 머리가 큰 가분수였고, 다른 놈은 눈이 보통 사람보다 두 배는 커보였다.

"나는 붉은 거미방의 북거미다. 너는 누구이며, 무슨 일로 이 밤에 침범했느냐?"

넉쇠는 두 사람이 바로 사방(四方)거미 중 '남북거미'라는 것을 알았다.

말거미에게 들은 바로는, 이대 호법 중 추남거미는 벌써 두 달 전부터 산채에 없고,

동서(東西)거미와 적(赤), 녹(綠), 남(藍), 회색(灰色) 네 거미는 출타 중이라고 했으니, 자기가 상대할 거미방의 고수는 이 두 놈과 아직

보이지 않는 미인거미, 그리고 황모, 자모와 독굴(毒窟)에 있을 붉은 거미와 만독거미, 일곱 명일 것으로 짐작했다. 넉쇠가 차갑게 대답했다.
"나는 넉쇠라고 한다. 네놈들이 데려 온 여인들을 찾으러 왔다. 동옥저 여인들은 놓아 준다면 조용히 돌아갈 것이고, 그렇지 않으면 이 쇠도리깨로 네 놈들의 머리통을 모두 수박 통 깨듯 부숴버릴 것이다."
남북거미가 웃으며 창을 다시 넉쇠에게 겨누었다.
"낄낄낄, 누군가 했더니 동옥저의 머슴 하나가 왔구나! 어디 한번 실력을 보자."
이어, 쇠도리깨가 윙-윙 소리를 내자 넉쇠의 앞뒤에 선 남북거미가 동시에 몸을 날렸다. 흑모가 호각을 불었다면 이미 그녀와 백모는 이승을 떠났을 것이라고 짐작한 남북거미가, 한꺼번에 움직인 것이다.
남(南)거미의 창이 목을 찌르면 북(北)거미는 다리를 공격했고, 북거미가 왼편을 찍으면 남거미는 오른쪽을 찌르며 넉쇠의 둘레를 회전했다.
한 몸에서 나누어진 두 팔처럼, 거의 모든 공격을 일시에 펼치는 남북거미의 창술(槍術)이 홀연, '내려치고 횡(橫)으로 후려치는' 수법으로 바뀌며 넉쇠를 'ㅁ자(字)' 모양의 창법 속에 가두려 했다. 마치 거미 두 마리가, 먹이를 반반 씩 나누기로 타협하고 긴밀하게 공조하는 것 같았으나, 넉쇠는 조금도 동요하지 않고 두 사람과 백 십여 합을 치고 박았다.
위, 아래를 막고 좌우로 후려치며 역습의 기회를 엿보았으나, 빠르게 돌며 기습하는 두 개의 창이 교묘하게 어울리며 좀처럼 허점을 보이지 않았다. 흑모와 백모의 죽음이 넉쇠가 지녔을 비상한 술법 때문일 것으로 짐작했기에, 그들과 달리 넉쇠가 펼치는 돌개바람에 넋 놓고 당하지 않았으며
과거, 자기들의 '동시 타격술'에 죽어간 자들과 마찬가지로 넉쇠 또한 쓰러지고 말 것을 확신하며 길길이 날뛰었다.
지루한 시간 속에, 남북거미를 무너뜨릴 수를 찾던 넉쇠의 눈이 어느 순간 화염(火焰)을 일으켰다. 이 상황을 무한정 끌고 갈 수는 없었다.
나머지 거미방의 수하들은 남북거미의 승리를 확신했는지 불기를 공격하지 않고 지켜만 보고 있었다.
붉은 거미방에서 죽을 수도 있음을 느낀 넉쇠는 어떻게든 '남북'을 없앤 후, '거미방(幇)'에 일대(一大) 타격을 가하고 옥쇄(玉碎)하겠다는 각오를 다지다
문득
도리깨의 도, 개, 걸, 윷, 모 다섯 초식 중(中) 마지막 '모'식이 뇌리를 스치고 지나갔다.
넉쇠가 옥이를 찾으러 남갈사성(城을) 떠나겠다고 하자, 사부가 깊이 보관하고 있던 전체가 쇠로 이루어진 도리깨를 하사(下賜)하시며 말씀하셨다.
"이것은 2단으로 보이나 실제는 3단 도리깨다. 격공추(擊空推: 허공을 가격해 밀어냄)의 술법을 펼쳐, 두 번째 마디 속에 장착된 또 하나의 봉(棒)으로 적을 불시에 타격할 수 있느니라.
'천하 고수'가 아닌 한 누구든 대응하기 어려울 것이다. 용서할 수 없는 악인을 상대로 최악의 위기에 직면했을 때에만 펼쳐야 하느니…"

제5 초식의 위력은, 바로 '3단 도리깨'를 사용했을 때에야 비로소 극대화할 수 있는 것이었으나, 그동안 까맣게 잊고 있던 초식이었다.

생각은 길었으나 행동은 더 없이 빨랐다. 남거미의 창을 피한 넉쇠가 벼락 치듯 북거미를 향해 쇠도리깨를 날렸고, 북거미가 이를 막으려는 순간, 환영(幻影)과도 같이 나타난 3단 봉(棒)이 북거미를 타격하고 어느새 2단 도리깨로 돌아갔다.

"으악!"

비명을 지르며 북거미가 벼락 맞은 고목처럼 바닥으로 나동그라졌다.

사형 북거미가 어떻게 도리깨에 맞았는지 모르는 남거미가 앞뒤 안 가리고 공격해왔다. 그러나 혼자가 된 남거미는 신력(神力)을 가진 넉쇠의 상대가 될 수 없었다. 십여 합을 넘기기도 전에 도리깨를 맞고 쓰러졌다.

얼마나 강한 타격이었는지 옷과 살점이 뭉텅이로 뜯겨져 나가 허연 뼈가 그대로 드러났다.

이때 무리 속에서 두 놈이 뛰쳐나왔다. 황색 옷과 자색 옷을 입은 자들이었는데 부하들을 돌아보며 악을 썼다.

"모두 이놈을 공격하라!"

지금까지 북남거미의 싸움을 지켜만 보고 있던 수백 명의 도적들이 독거미 떼처럼 덤벼들었다. 넉쇠는 도리깨를 더욱 무섭게 휘둘러 댔다.

도리깨가 허공을 날 때마다, 콩 껍질이 터지듯 도적들의 머리가 터졌다. 강적 둘을 없애고 난 넉쇠는 사기가 용솟음쳤다. 사생결단의 각오를 한 넉쇠는 쇠도리깨를 거침없이 마음 가는대로 휘둘렀다. 석탑 같은 몸을 날리며 태풍이 몰아치듯 쓸고, 때리고, 찍고, 후려치는 도리깨가 미친 듯이 춤을 추었다.

동서남북을 휘저으며 사우(四隅: 서남 서북 동남 동북)를 짓뭉개는 신들린 도리깨질에 거미방의 졸개들이 골패 짝 쓰러지듯 나가떨어졌다. 천군만마를 두려워하지 않는 용장(勇將)의 3단 타격에 황의(黃衣)가 어깨를 맞고 뒹굴었고 자의(紫衣: 자색 옷)의 도적은 등이 터지며 절명했다. 이 둘도 예측불허의 3단 도리깨를 막지 못했던 것이다.

순식간에 도적들의 시체가 칠십여 구가 쌓였다. 불기도 온 몸에 피를 뒤집어 쓴 채 적들을 베어나갔다. 믿었던 황모, 자모 두 사람이 죽고 바닥에 쌓여가는 시체들의 피가 사방으로 튀며 냇물처럼 흐르자,

그제야 겁을 먹은 방도들이 도리깨의 권역 밖에서 더 이상 접근 하지 못한 채 소리만 지르며 멈칫거렸다.

넉쇠가 도적들을 훑어보며 계단으로 다가갔다. 넉쇠의 무예에 압도당한 도적들이 앞을 다투듯 길을 비켜주었다.

넉쇠가 계단을 오르기 시작하자, 도적들이 떼를 지어 뒤를 봉쇄하며 따라왔다.

넉쇠가 계단을 거의 올라갔을 때였다. 붉은 전포(戰袍)를 입은 오십 정도의 장한이 큰 칼을 들고 앞을 가로막았다. 칼처럼 번득이는 눈빛이 넉쇠의 위, 아래를 훑고 지나가자 차가운 바람이 이는 것 같았다.

"너희들은 누구냐? 감히 야밤에 거미 방에 들어와 사람들을 죽이고 소란을 떨다니!"

넉쇠는 이자의 기도로 보아 방주 붉은 거미일 것이라고 생각했다.

붉은 거미는 가운데 동굴에서 가장 중요한 단계에 들어서 있는 사부 만독거미의 호법을 서며, 사막거미와 붉은 털 거미의 독을 섞어 기상천외의 독을 만들고 있었다.

밖이 시끄러웠으나, 함부로 사부 만독거미의 지근거리를 떠날 수 없는 입장이었다. 스승이 수련 도중에 잘못되면 주화입마로 미쳐 버릴 수도 있었기 때문이었다.

"나는 넉쇠라고 한다. 동굴에 있는 여인들을 찾으러 왔다. 곱게 내놓지 않으면, 이곳을 모두 부수어 버릴 것이니라."

"흐흐흐,
네 놈이 여기가지 온 것을 보니 네 무공을 믿고 있는 모양이구나. 마침 새로 만든 거미 독을 실험해 볼 대상을 찾고 있었는데 제 발로 나타나 주어 고맙구나."

넉쇠가 더 이상 참지 못했다.

"이 마귀 놈아!"

하는 순간 쇠도리깨가 붉은 거미의 두 다리를 휩쓸어갔다. 그러나 가볍게 피한 붉은 거미가

"하룻강아지, 범 무서운 줄 모르는구나!"

하며 대도(大刀)를 휘두르자, 엄청난 기운이 넉쇠를 짓눌러왔다. 넉쇠가 도리깨로 막으며 돌개바람을 날렸다. 이를 본 붉은 거미가 좌장(左掌)을 뒤집자, 일진광풍(一陣狂風)이 일며 돌개바람과 격돌했다.

"펑!"

방주가 한걸음을 물러났고 넉쇠는 세 계단 밑으로 밀려났다. 불리한 위치에 있었으나, 크게 밀려나지 않은 것이다.

"아니, 이놈이?"

의외의 결과에 화가 난 붉은 거미가 대노하여 다시 대도를 휘둘렀다.
넉쇠는 급경사의 계단에서 도리깨를 자유롭게 휘두를 수 없었으나, 불굴의 투지로 수십 합을 교환했다.
대도를 막은 넉쇠는 손이 얼얼해 왔다. 붉은 거미의 내력은 사방거미나 팔모 거미들과 비교할 수 없을 정도로 강했다. 붉은 거미 또한 바위 같은 힘을 가진 넉쇠에게 내심 놀라움을 금치 못했다. 둘의 실력은 우열을 가리기 힘들었다. 단숨에 해치우려 했던 붉은 거미는 이백여 초가 지나도 어쩌지 못하고 시간만 흐르자, 동굴로 유인해 독을 쓰기로 했다.
붉은 거미가 돌연 몸을 돌려 동굴 속으로 사라졌다. 넉쇠가 즉시 뒤따라갔으나 방주는 보이지 않았다. 불기도 뒤따라 들어왔다. 동굴은 생각 밖으로 컸다. 좌우 벽에는 기름등잔이 두 개씩 활활 타오르고 있었다.
왼쪽 벽면에는 커다란 붉은 사막거미 그림이, 오른쪽 벽에는 세 마리의 팔모거미가 웅크리고 있는 벽화가 그려져 있었다.
중앙의 넓고 둥근 좌대(座臺) 우측으로, 수십 개의 크고 작은 항아리와 도기(陶器: 질그릇)들이 무수히 많은 거미줄이 덮인 채 쌓여 있었다.
각종의 독(毒)들이 담겨 있을 것 같았다. 넉쇠는 이곳이 붉은 거미의 '독공 수련장'이라고 짐작했다. 좌대 왼편으로 깊고 어두운 동굴의 입구가 보였다. 넉쇠가 들어가 볼까말까를 망설이고 있을 때,
"쿵!"
소리가 나며 들어왔던 동굴 문이 저절로 닫혀버리는 것이 아닌가. 크게 놀란 불기가 문을 밀어 보았으나 꿈쩍도 하지 않았다. 밖에서

잠가 버린 것이다. 넉쇠도 문을 밀어 보았으나, 조금도 움직이지 않았다. 함정에 빠진 것이다. 이 때 불기가 경악했다.
"형님, 저길 좀 보세요!"
넉쇠가 보니 어디서 멧돼지만한 거미가 두 사람을 노려보고 있었는데, 먹잇감을 발견하고 희열에 차 있는 것 같았다. 여섯 개의 다리가 창(槍)같이 날카로워 보였다. 오른쪽 벽에 그려진 모습 그대로였다.
사실, 거미들은 만독거미가 기르는 독물(毒物)로 독공(毒功)과 자신을 지키기 위해 훈련시킨 것들이었다.
그 중 만독거미가 말(馬)처럼 타고 다니던 끔찍한 흑거미가 있었으나,
조선의 백두선문을 멸문시키기 위한 사전 포석으로 백두산에 보냈다는 것을 넉쇠가 알 리 없었다.
상상을 초월하는 힘과 두뇌 그리고 감당할 수 없는 독을 가진 그놈이 있었다면,
넉쇠가 비록 일당백의 무예를 지녔다 할지라도 저항하기 힘들었을 것이다.

넉쇠가 쇠도리깨로 거미를 일격에 죽이려 했으나, 거미는 대적하지 않고 벽면과 바닥 천장을 재빠르게 오가며, 뒤꽁무니에서 국수 가락처럼 뽑아낸 흰색 줄로 두 사람을 얼기설기 가두어버렸다. 이어, 입으로 하얀 연기를 줄줄이 뿜어냈다.
"독 연기!"
하고 외친 넉쇠가, 모산신녀로부터 받은 해독약을 꺼내 불기와 한

알씩 입에 털어 넣고, 불기에게 눈짓을 하며 독 기운에 당한 척 스르르 바닥으로 쓰러졌다. 눈치를 챈 불기도 힘없이 그 자리에 엎어졌다.
앞이 보이지 않을 정도로 퍼진 독 연기에 두 사람이 쓰러지는 것을 본 독거미가 동굴 안으로 스르르 사라졌다. 얼마 후 붉은 거미가 몸을 드러냈다.
"역시 팔모거미 독은 지독하지. 오늘은 사부님이 신공을 이루시는 중요한 날인데,
여기가 어디라고 산채를 어지럽혀? 거미 무서운 줄 모르는 이놈들을 거미 밥으로 줘야겠다. 흐흐흐흐…"
하며
거미줄을 자르고 다가와 넉쇠를 발로 뒤집는 찰나, 넉쇠의 단검이 섬광(閃光)처럼 붉은 거미의 가슴을 파고들었다.
"으윽! 아니..?"
아직까지 한 번도, 팔모 거미 독(毒)에 쓰러지지 않는 자를 본적이 없던 붉은 거미는 크게 당황하였으나, 넉쇠의 단검에 찔리고도 고통을 참으며 마지막 힘을 다해 넉쇠의 가슴에 오독장(五毒掌)을 내질렀다.
"펑!"
소리와 함께, 넉쇠의 몸이 돌멩이처럼 날아가며 벽에 부딪혔다.
"형님-!"
불기가 달려가 넉쇠를 끌어안았다. 넉쇠는 입에서 피를 꾸역꾸역 토하고 있었다.
놀란 불기가 돌아보니, 단검이 박힌 붉은 거미가 벽에 기댄 채 눈을 감고 앉아 있었다.

숨을 제대로 쉬지 못하고 창백한 것을 보니 가볍지 않은 상처였다. 불기가 붉은 거미를 경계하며 넉쇠의 품속을 뒤졌다. 그리고 두 개의 상자에서 한 알씩 꺼내 넉쇠의 입에 넣어 주었다.

지난 번 자기 처가 먹은 '거미방(幇) 해독약'과 모산신녀의 선단이었다.

일각(- 15분)이 지나자 넉쇠의 의식이 돌아왔다. 힘이 없어 보였다.

"불기 형, 단검에 찔린 붉은 거미는 어찌되었소?"

"저쪽에..."

붉은 거미는 여전히 눈을 감고 있었다.

"그자는 폐를 찔렸으니 살 수 없을 것이오. 그러나 나 또한 힘을 쓸 수 없으니 만독거미를 상대할 수 없게 되었소. 아- 옥아, 거의 다 와서 구해주지 못하는구나. 이승에서의 우리 인연은 여기까지인 모양이다."

이때, 불기가 작심한 듯 붉은 거미에게 다가갔다. 붉은 거미는 점점 더 숨이 가빠지고 있었다.

불기가 줄을 찾아 붉은 거미를 꽁꽁 묶고, 넉쇠의 품에서 꺼낸 선단을 붉은 거미의 입에 쑤셔 넣었다. 선단을 삼킨 지 이각(- 30분)이 지나자 붉은 거미가 눈을 떴다.

자기가 침입자에게 묶인 것을 안 순간, 불기가 두 눈을 치켜뜨고 붉은 거미의 목에 검을 들이댔다.

"살고 싶다면 내가 시키는 대로 해라. 그렇지 않으면 팔, 다리를 잘라 팔모거미에게 주겠다."

팔모거미는 인육(人肉)을 먹는 독물이었다.

자기가 그렇게 길러 왔던 터라, 잘 알고 있었다. 붉은 거미가 고개를 끄덕였다.

"말해라. 시키는 대로 하겠다."
"문을 열고 우리가 나갈 수 있게, 부하들을 멀리 떨어지도록 명령해라."
"알았다. 문 옆 천장에서 내려온 줄을 당기면 문을 열어 줄 것이다."
불기가 다가가 줄을 당기자
"딸랑, 딸랑, 딸랑, 딸랑"
소리와 함께
"끼-이익"
하고 문이 열렸다.
"방주님, 두 놈을 잡았습니까?"
문이 열리자 밖에서 낭랑한 여인의 목소리가 들려왔다. 마치 은쟁반에 옥구슬이 구르듯 아름다운 목소리였다. 불기가 방주의 목에 칼을 겨누었다.
"누구냐? 저 여자는."
방주가 힘없이 대답했다.
"좌(左)호법 미인거미다. 왼편 끝 동굴에서 만독거미님이 신공 수련 중인데 밖이 너무 시끄러우니 호법을 서던 미인거미가 나온 것이다. 내가 미인거미에게 너희들을 밖으로 데려다주라고 하겠다. 그러면 되겠느냐?"
그 때 지켜보고만 있던 넉쇠가 잘라 말했다.
"안 된다!"
불기가 놀란 눈으로 돌아보자, 넉쇠가 단호하게 말했다.
"놈을 데리고 만독거미에게 가서 옥이와 방주의 목숨을 교환해야겠소."

극한 상황에서도 연인을 구하려는 넉쇠의 모습에, 오늘 둘 다 죽게 될 수도 있으나, 얼마 전 목숨 걸고 처를 구하고자 했던 자기를 떠올리며 넉쇠의 말에 따르기로 했다. 불기가 붉은 거미를 세게 걷어찼다.
"들었느냐? 만독이 수련하고 있는 곳으로 가자."
순간,
방주의 눈에 교활한 빛이 흘렀다. 방심하다 당한 것이 너무도 원통했는데,
넉쇠가 스스로 무덤을 파듯 스승에게 가자고 하니 속으로 쾌재가 터져 나왔으나, 거꾸로 격장지계(激將之計)를 썼다.
"흐흐흐, 후회할 것이다. 나의 사부님은 너희를 절대 살려주시지 않을 것이다. 그래도 괜찮겠느냐?"
넉쇠가 대답했다.
"이미 죽기를 각오한 몸, 죽더라도 내 여자와 함께 할 것이다. 잡소리 말고 안내하라."
하며 도리깨를 짚고 몸을 일으켜 세웠다.
방주가 밖을 향해 소리쳤다.
"좌(左)호법은 부하들을 데리고 아래로 내려가라. 여기 일은 내가 알아서 하겠다."
"괜찮으시겠습니까?"
"괜찮다"
"네, 방주님!"
미인거미가 부하들을 이끌고 계단 아래로 내려가는 소리가 들려왔다.
밖에 아무도 없는 것을 확인한 불기가 넉쇠에게 말했다.

"형님, 도적들이 모두 내려갔습니다."
"방주는 내가 지키고 있을 테니, 불기 형은 불을 지르고 문을 닫아 독거미들을 모두 태워버리시오."
불기가 탈만한 것들을 모으고 벽(壁)의 등잔을 던졌다. 불길이 삽시간에 옮겨 붙자, 밖으로 나와 문을 닫아걸었다.
넉쇠가 방주를 끌고 난간을 따라 끝에 있는 동굴로 갔다. 동굴 문은 굳게 닫혀 있었다.
방주가 외쳤다.
"사부님 제자이옵니다."
"……."
그러나 아무 반응이 없었다. 방주가 문을 두드리며 뵙겠다고 사정을 했으나 여전히 아무 기척이 없었다. 이에 넉쇠가 더는 참을 수 없다는 듯 소리쳤다.
"당신의 제자, 붉은 거미는 내 손에 잡혀있다. 살리고 싶으면 문을 열어라. 문을 열지 않으면 동굴 문에 기름을 붓고 불을 싸지를 것이니라."
이윽고 늙은 내시 같은 놈의 한탄하는 소리가 흘러나왔다.
"아아, 아쉽구나! 조금만 더 있으면 만독신공(萬毒神攻)을 완성할 수 있었을 터인데. 오! 가달마황님, 여기까지가 저의 한계(限界)이옵니까?"
잠시 후, 문이 열렸다. 동굴 안에서 어둡고 음산한 기운이 흘러나왔다.
넉쇠는 방주를 앞세우고 거침없이 안으로 들어갔다. 동굴은 사악한 음기와 차가운 귀기(鬼氣)로 가득했다.
넉쇠와 불기는 겉으로 태연하려 했으나, 머리카락과 온몸의 털이 저절로 쭈뼛 서는 것을 느꼈다.

동굴은 조금 전 붉은거미와 싸우던 곳보다 다섯 배는 커보였다. 바닥은 전체가 마루로 깔려 있었고, 넓은 평상 위에 만독거미로 보이는 늙은이가 흉악한 눈빛을 쏟아내며 앉아있었다.

그 옆에는 세 명의 여인이 엷은 옷을 걸친 채 죽은 듯이 누워 있었다.

가운데의 여자가 바로 옥이였다. 넉쇠는 가슴이 쿵쿵 뛰었다. 드디어 천신만고 끝에 사랑하는 옥이를 찾아낸 것이다. 넉쇠는 반드시 옥이를 데리고 돌아가겠다고 다짐하며 입을 한 일자로 굳게 다물었다

만독거미는 조금 전 만독신공의 제6 단계 수련에 진입하려는 순간이었다.

만독신공의 완성을 위해서는 먼저 본인의 양물(陽物)을 없애야 하며, 다음으로 순음지기로 가득한 처녀 셋을 준비하고, 마지막으로 실행에 옮길 음기(陰氣) 충만한 시각을 기다려야만 했다.

만독거미는 천하를 제패(制霸)하기 위하여 이 모든 과정을 해내었다.

스스로 과감히 거세(去勢)하고, 방주 지위를 붉은 거미에게 넘겼으며, 지주산(山)의 토굴에서 음기가 절정에 이르는 시각을 기다리고 있었던 것이다.

　만독거미는 기다리던 시각이 되자, 팔만 사천 개의 모공으로 지주산(山)의 음기를 흡수하며 환희에 몸을 떨었다.

이어 처녀들의 기해혈(氣海穴: 배꼽 아래)에 솥뚜껑 같은 손을 붙이

고 순음(純陰)의 기운을 빨아들이는 순간, 붉은 거미가 문을 두드리고 말았던 것이다.
고도의 마력(魔力)을 집중하여 모은 음기가 일순간에 흩어져 버렸다. 모든 것이 공염불이 되었던 것이었다. 만독거미는 끓어오르는 화를 누르며 넉쇠와 불기에게는 눈길 한번 주지 않고, 그들에게 끌려 들어온 제자 붉은 거미에게 말했다.
"너는 어찌해서, 이 중요한 순간에 외부인을 막지 못하고 방해를 하는 것이냐?"
방주가 몸을 부르르 떨며 무릎을 꿇었다.
"이놈들의 속임수에 한 순간 실수하여 사부님의 큰일을 망쳤습니다. 죽여주십시오."
만독거미가 넉쇠와 불기를 돌아보며 말했다.
"네 놈들은 누구냐? 왜 이곳에 왔느냐?"
넉쇠가 대답했다
"나는 내 여자를 데리러 왔다."
만독거미가 가소롭다는 듯 말했다.
"세상에 계집은 많다. 비천한 계집 하나 때문에 너의 목숨을 걸다니 어리석은 놈이로구나."
"독거미족(族)이 순수한 사랑을 어찌 알겠느냐. 쓸데없는 소리 말고, 평상의 여인들을 내놓아라. 그렇지 않으면 방주의 목을 잘라 버리겠다."
넉쇠가 쏘아붙이며 방주의 등짝에 검 끝을 들이댔을 때였다.
이 때 동굴 밖이 매우 소란스러워졌다. 산채를 뛰어 다니는 소리가 요란하게 들려왔다.
넉쇠와 불기는 동옥저 여인들이나 서천홀의 순옥이 도망을 치고 있는 것이라고 짐작했다.
만독거미는 어린놈이 붉은 거미를 인질로 협박하는 것을 보고 눈을 부릅떴다. 그는 더 이상 참을 수가 없었다. 그는 방주의 목숨을 고려하지 않는 일장(一掌)을 내질렀다.
바로 그의 절기 음독장이었다. 으스스한 한풍(寒風)이 노도(怒濤)와 같이 밀려갔다.
넉쇠와 제자를 같이 죽여 버릴 속셈으로 보였다. 넉쇠는 이미 내상이 심해, 음독장이 아니더라도 제대로 맞받을 수 있는 상황이 아니었다.
의외의 공격을 본 넉쇠는 붉은 거미를 음독장(陰毒掌) 정면으로 밀면서 등을 타격하고 좌측으로 몸을 날렸다. 눈치 빠른 불기 또한 몸을 굴려 오른쪽으로 피했다. 붉은 거미가 구슬프게 외치는 소리가 들렸다.
"사부님!"
그러나 만독거미는 장풍을 거두어들일 생각이 없는 듯, 마지막 순간에 더욱 내력을 주입하였다.
"꽝!"
소리와 함께 붕- 떠오른 붉은 거미의 몸뚱이가 빙글빙글 돌며 동굴 벽에 사정없이 부딪혔다. 머리를 부딪친 붉은 거미는 일그러진 얼굴로 눈을 뜬 채 세상을 하직했다.
괜히 제자만 죽이게 된 만독거미는 불길처럼 타오르는 화를 억누를 수가 없었다.
입으로 빠르게 주문을 외우며, 양손으로 허공을 미친 듯이 크게 휘저어댔다.
정신 나간 늙은이 같았으나, 거미다리 같은 그림자를 무수히 만들어

내며 쌍장(雙掌)을 벼락 같이 내질렀다. 조금 전과는 비교할 수 없는 강력한 음독장이 넉쇠를 덮쳐갔다.
그는 평생의 원(願)이었던 독공(毒功) 완성을 방해한 넉쇠를 잘근잘근 씹어 먹고 싶었다.
더 이상 피할 힘이 없는 넉쇠가 '이젠 다 끝났다.'하고 체념하며 조용히 눈을 감는 순간, 벼락 같이 문이 열렸고 십삼 장의 거리를 단숨에 접은 그림자가 만독(萬毒)거미를 막아서며 음독장을 받아냈다.
"꽝!"
소리와 함께 동굴이 울리며 천장이 부서져 내렸다. 태산과도 같은 웅혼한 손바람에 부딪친 음독장이 얼어붙은 강의 표면이 갈라지듯 허공으로 흩어졌다.
철벽을 때린 듯한 충격에 앉은 채로 죽- 밀려난 만독거미가 소스라치게 놀라며 자리에서 튀어 올랐다. 유령 같은 경신술과 무한(無限)한 힘의 장력(掌力)이 절대 흔히 볼 수 있는 고수가 아니었던 것이다.
무림계에 막아낼 자가 몇 안 될 자신의 독공(毒功)을 타격한 자를 살펴보는 순간, 바위를 부수고 황소라도 주저앉힐 주먹이 광풍(狂風)처럼 날아들었다.
만독거미는 피하는 순간부터 반격의 기회를 잡기 어려운 상대라는 것을 직감하였으나,
불가항력(不可抗力)의 패도적인 기세에 또 다시 경악하며 나동그라지듯 '늙은 거미' 같은 몸뚱이를 날렸다.
숱한 세월 강호를 오만하게 바라보던 만독거미에게 어울리지 않는 낭패한 모습이었다. 죽음 직전에 살아난 넉쇠는 고마움을 떠나 가슴

에 차오르는 놀라움을 감출 수 없었다.
한 차례의 격돌과 단 한 번의 주먹으로 독(毒)의 지존, 만독거미를 발에 차인 돌멩이처럼 구르게 만든 천신(天神) 같은 사나이를 보고 있는 것이다.
조금 전 자기를 덮친 만독거미의 장(掌)은, 붉은 거미의 오독장(五毒掌)에 맞지 않았다 할지라도, 감당할 수 없는 내력이 실려 있었다는 것을 알고 있는 넉쇠가 눈을 크게 뜨는 찰나, 사나이의 권각(拳脚)이 가파른 계곡을 구르는 바위처럼 만독거미의 전(全) 방위를 치고 들어갔다.
일권(一拳) 일각(一脚)이 눈에 잡히지 않는 속도로 들이치자, 더 이상 물러설 수 없는 만독거미가 죽을힘까지 끌어올리며 응수(應手)하기 시작했다.
"퍽, 탁, 휙, 퍽퍽, 후욱- 뚝...."
권각(拳脚)이 부딪쳤다 떨어지고 다시 충돌하는 가운데, 문득 날아오른 사나이가 귀조(鬼鳥)처럼 곤두박질치며 찍고, 긁고, 할퀴고, 두 발로 차고 머리로 박다 쇠갈고리처럼 구부러뜨린 열 개의 손가락으로 언 땅을 깨고 먹구름을 잡아 찢듯 만독거미를 구석으로 몰아갔다.
만독거미는 일찍이 응조공(鷹爪功)을 펼치는 자들의 목숨을 취한 바 있었으나, 이자의 수법은 그들과 크게 달랐다. 상식적이지 않은 손가락의 궤적을 예측할 수 없었고, 알았다 할지라도 그 속도가 전광석화 같았으며,
철지(鐵指)의 파괴력은 한 자 두께의 쇠판을 갈라버릴 정도였다.
더구나,
잠깐 사이 자신의 독공(毒功)을 은밀하게 펼쳐도 보았으나, 조금의

타격도 주지 못해 똥마려운 강아지처럼 전전긍긍할 수밖에 없었다.
'아, 도대체 이자는 누구란 말인가?'
아무리 머리를 굴려도 위기를 타개할 방법이 없는 국면을 한탄할 수밖에 없었다.
이름도 모르는 자에게 속절없이 물러만 서던 만독거미가 이내 죽음을 각오한 듯, 모든 힘을 끌어올린 일권(一拳)을 내질렀고, 어느새 폭풍 속의 파도처럼 비켜선 사나이가 만균(萬鈞)의 철권(鐵拳)으로 만독거미를 타격했다.
"우둑 뚝!"
소리와 함께 안면이 짓뭉개진 만독거미의 몸뚱이가 뒤로 날아가며 벽과 충돌했다. 신음도 없는 것이 이승과 작별할 것이 분명하였으나. 극통(極痛)으로 눈을 치뜬 만독거미의 입에서 들릴 듯 말 듯한 소리가 흘러 나왔다.
"창해.. 신, 거-엄"
간신히 한 마디를 내뱉고 난 만독거미가 눈을 감으며 목을 떨구었다.
자기의 최후 공격을 피하는 '파도(波濤)와 같은 신법'에서 창해신검을 떠올린 것이다.
사나이가 나타나 만독거미를 없애는 과정이 너무도 빠르게 지나간지라,
잠시 무슨 말인지 모르고 귀를 쫑긋하며 미망(迷妄)을 헤매던 넉쇠의 눈이 문득 세상에 태어나 한 번도 겪지 못한 경악(驚愕)과 감동으로 물결쳤다.
강호를 제 것 인양 주름잡던 만독거미가, 누구에게 당했는지도 모르고 생을 마감하기 직전 상대의 정체를 파악함으로써 이승에서의 마

지막 의문을 남기지 않고, 그나마 홀가분한 마음으로 떠나게 된 것을 알아차린 것이다.
사나이는 다름 아닌, 중원 제일의 참수도(斬手刀)를 꺾으며 양원(兩原: 구이원과 중원)의 하늘에 태양처럼 솟아오른 창해신검(滄海神劍)이었던 것이다.
강호의 경험이 없다고는 하나, 삼척동자도 다 아는 창해신검 여홍을 모르는 자가 어디 있겠는가.
단지, 여홍 만이 자신에 대한 소문을 모르고 있을 뿐 가달오귀, 흑살귀, 쌍산쾌검, 도림이걸, 개마국의 마천금을 물리치고 대천성을 지나며 널리 퍼진 협명(俠名)은
급기야 참수도(斬手刀)와의 일전으로 절정(絶頂)에 올라 있었으며, 무림에 몸을 담고 있는 사람이라면 누구나 한 번 만나보기를 학수고대하는 천하영웅이었다.
이윽고 넉쇠를 향해 돌아선 여홍이 차분한 눈빛으로 말을 건넸다.
"어디 다치신 데는 없습니까?"
넉쇠는 여홍의 호흡이 너무도 고요하여 조금 전까지 박투(搏鬪)를 벌인 사람으로 보이지 않자, 내심 또 한 번 놀라며 급히 포권(抱拳)을 취했다.
"대협, 저는 동옥저의 넉쇠라고 하고 여기는 불기라고 합니다. 오늘 저희 두 사람의 목숨을 구해주신 은혜 일생을 두고 잊지 않겠습니다."
여홍이 미소 지으며 대답했다.
"나는 동예의 여홍이라고 합니다. 인사는 나중에 하시고 먼저 사람들을 구합시다."
본인의 입에서 직접 여홍이라는 말을 들은 넉쇠는 감격하며 평상

의 옥이에게 달려갔다. 불기도 따라 달려갔다. 옥이와 두 여인은 혈도를 눌려 기절해 있었다. 넉쇠가 혈도를 풀어주고 깨웠다. 여홍은 두 사람이 여인들을 구하는 것을 보고 만독(萬毒)거미의 시체를 메고 밖으로 나왔다.

여홍이 이곳에 나타난 경위는 이랬다. 구포리의 왕 미꾸라지를 해치운 여홍은 납치된 여인들을 구하기 위해 촌장을 따라 서천홀에 왔다.
얼마 전 지주산 공격에 참가했다가 돌아온 사람들로부터 거미방의 정보를 수집하고, 아직 싸울 수 있는 마을 남자 오십 명을 모아 구조대를 조직하도록 했다.
그리고 산채의 지형을 그리도록 하고 창, 칼 외에 모두에게 활을 준비시켰다.
산악에서는 활이 절대적이기 때문이었다.
구조대 용사들은 여홍에게 지난 사흘간 단병접전(短兵接戰)에 필요한 무술지도를 받은 후,
오늘 오후, 지주산에 숨어들어 산채를 내려다보며 밤을 기다리다 두 건장한 사내가 외성의 도적들을 단숨에 해치우고 내성 목책을 타고 넘는 것을 지켜보고 있었다.
여홍과 촌장을 비롯한 마을 장정들은 두 사람이 산채를 뒤지고 다니는 것을 보고, 자기들처럼 누군가를 구하러 온 것이라고 짐작했다.
한참 후 절벽 아래 빈 터에서 수백 명의 도적들과 두려움 없이 도리깨를 휘두르며 싸우는 넉쇠를 본 여홍이 감탄하며 말했다.

"촌장님, 두려움을 모르는 사나이군요. 수백 명의 도적들에 둘러 싸여 있어도 조금도 위축된 모습을 보이지 않고 있습니다.
저들을 도와야 할 것 같습니다. 먼저 중문(中門)의 도적을 없애고 나머지 도적들을 제거 할 터이니, 촌장님은 구조대를 둘로 나누어 불화살로 산채에 불을 지르고, 놈들이 혼란에 빠지거든 진입하십시오."

촌장은 즉시 구조대를 둘로 나누고 제1 대는 자기가 이끌고 제2 대는 마을의 씨름꾼 원도라는 청년에게 이끌도록 했다. 여홍이 산채(山寨)를 가리키며 지시했다.

"촌장님은 중문을 지나 여인들을 찾아보며 왼쪽으로 진입하시고, 원도님은 우측으로 진입해 저기 두 사람이 싸우고 있는 곳으로 오십시오. 저는 먼저 가겠습니다."

말을 끝낸 여홍이 몇 차례 도약하자, 어느새 중문(中門)으로 화살처럼 날아가고 있었다.

이를 지켜보던 촌장 이하 마을 사람들이 놀라서 벌린 입을 다물지 못했다.

"오! 도력(道力)이 높은 선인들의 신법!"

이어, 중문의 목책을 뛰어 넘은 여홍이 도적들을 간단하게 해치웠다.

여홍은 손에 인정을 두지 않기로 했다. 도적들이 너무나 잔인했고 그 수가 많았기 때문이었다. 여홍은 중문을 열어 놓고, 넉쇠와 불기가 있는 곳으로 질풍처럼 달려갔다.

이때 산채 옆 숲속에 숨은 구조대원들이 불화살을 쏘아대기 시작했다.

불꽃들이 어두워지고 있는 하늘을 밝히며 산채의 건물로 날아들자,

건물들은 모두가 목조(木造) 건물이라 삽시간에 불이 옮겨 붙었다.
"불이야!"
"적이다!"
그 사이 비조(飛鳥)처럼 날아든 여홍이 절벽 아래에 도착하였으나, 두 무사는 이미 동굴 안으로 들어갔는지 보이지 않았고, 도적들을 지휘하는 검은 망사(網紗)의 여인과 맞부딪쳤다. 거미방의 좌(左)호법 미인거미였다.
그녀는 미인이었으나 사갈보다 잔인한 여자였다. 독공을 연마하다 거미 독을 잘못 다루어 추하게 변한 얼굴을 늘 망사로 가리고 다녔다.
언젠가, 방(幇)의 간부급 하나가, 거미 방에 추남거미가 있으니 그녀의 별호를 추녀거미라고 바꾸고,
두 사람을 '양추(兩醜)거미'로 부르면, 강호의 모두가 두려워하지 않겠느냐고 말했다가, 화가 치밀어 오른 미인거미의 손에 목숨을 잃은 일이 있었다.
"네놈은 또 누구냐? 안으로 들어간 놈들과 한패냐?"
앙칼진 목소리였다.
여홍이 대답했다.
"그렇다면 어쩔게냐?"
순간, 미인거미가 득달같이 달려들며 검을 휘둘렀다. 시퍼렇게 날이 선 검이 불빛을 번득이며 쇄도했으나, 연기가 흩어지듯 비켜선 여홍의 철각(鐵脚)이 후욱 소리를 내며 미인거미의 명치를 무섭게 타격했다.
이를 지켜본 도적들은 기겁을 했다.
조금 전 쇠도리깨를 쓰는 놈도 벅찬데, 더 없이 간결한 무예와 폭발

직전의 화산(火山) 같은 기도(氣度)를 지닌 고수(高手)가 나타난 것이다.
흑도의 인물이면 누구나 한 수 양보하고, 거미 방에서도 방주와 우(右)호법 추남거미 외에는 상대할 자가 없는 좌(左)호법 미인거미를 일합에 꺾어버리다니, 도적들은 가슴이 오그라들고 다리가 후들거렸다.
이때, "쌔-액!" 소리와 함께 유성(流星)과도 같은 푸른 섬광(閃光)이 도적들을 스치고 사라졌다, 맨 앞줄에 서있던 도적 다섯이 영문도 모르고 쓰러졌다.
여홍이 도적들의 기세를 꺾기 위해 유(酉: 닭) 신장(神將)의 선풍비(旋風匕)를 벼락같이 펼친 것이다. 그 많은 도적들이 어느 하나, 비수가 나는 것을 포착하지 못할 만큼 여홍의 출수(出手)는 신기(神技)에 가까웠다.
여홍이 동료들의 죽음에 놀라 물러서는 도적들을 쓸어보며 외쳤다.
"무기를 버리고 무릎을 꿇어라. 너희들은 포위됐다. 저항하는 자는 나, 창해신검이 모두 없애 버리겠다!"
불길 같은 웅후한 일갈(一喝)이, 도적들의 귀와 팔 다리를 마비시키는 가운데,
여홍의 손에서 춤을 추듯 꿈틀거리는 비수가 시퍼런 검광을 번득이며 눈 폭풍 같은 검기를 쏟아냈다.
일순, 패배와 두려움을 모르는 일대(一代) 고수의 기도(氣度)에 압도당한 도적들이 아연(啞然)한 표정을 지으며 나동그라지듯 뒷걸음질 쳤다.
여홍이 백두산에서 흑(黑)거미를 해치울 때에는 일격필살을 위해 거미의 몸에 박아 넣었으나, 오늘은 선풍(旋風: 회오리)의 술법으로 금

비수를 회수(回收)하였다.

살기를 뿜어내고 있는 적의 비수(匕首)가 조금 전의 섬광(閃光)이라는 것을 직감하는 순간 고막을 파고드는 상대의 별호에 도적들은 팔, 다리가 오그라들고 말았다. 지금 자신들의 앞에 서있는 자가, 중원 제일의 고수 '참수도(斬手刀)'의 손목을 부러뜨린 창해신검이라니!

이미 구이원과 중원을 강타한 그의 명성은 팔황(八荒)을 뒤흔들고 있었다.

게다가, 많은 암기들 중에 상대의 목숨을 빼앗은 후, 시전자의 손으로 되돌아간 비수는 들은 바도, 본 적도 없었다. 앞줄에 서있던 자들이 경악(驚愕)하며 뒷걸음질 치자, 뒤의 도적들도 앞에 서지 않기 위해 정신없이 물러서다 엉키며 그 뒤의 졸개들까지 와륵처럼 무너져 갔다.

여홍이 화염(火焰) 같은 눈을 이글거리며 두 걸음을 내딛자, 놀란 도적들이 또 다시 진흙처럼 뭉그러졌다.

그렇잖아도, 그 무서운 붉은 거미가 넉쇠에게 묶인 채 끌려가는 것을 본 도적들은,

여기저기 울리는 침입자들의 함성과 불길에 휩싸인 건물들 그리고 무엇보다

좌(左)호법 미인 거미와 다섯 명의 고수를 나뭇가지 꺾듯 저승으로 보낸 '창해신검 여홍'의 신위(神威)에 굴복한 누군가가 무기를 내던지자, 수백 명이 기다렸다는 듯 앞을 다투어 무릎을 꿇고 엎드렸다. 이 때,

촌장과 마을 용사들이 황급히 달려왔으나, 이미 무릎을 꿇고 있는 수백 명의 도적들을 보고 할 말을 잃고 말았다. 도적들이 여홍의 가

공할 금비수(金匕首)와 '창해신검'이라는 별호 앞에 무기를 버리고 굴복했다는 것을 어디 상상이나 할 수 있겠는가.
이어,
도적들을 결박하도록 지시한 여홍이, 만독거미의 동굴로 들어갔고, 얼마 되지 않아 만독거미를 도적들 앞에 내던진 것이다. 도적들은 다시 한 번 놀라며 머리를 바닥에 박고 말았다. 하늘처럼 여긴 독(毒)의 지존(至尊)이 이토록 짧은 시간에 죽어버릴 줄은 누구 하나 짐작하지 못했다.
창해신검의 무위(武威)에 굴복하고 말았으나, 만독지왕(萬毒之王)이 혹 여홍을 없앨 수도 있지 않을까 한 가닥 희망을 버리지 않고 있었던 것이다.
"방주 붉은 거미와 만독거미는 죽었다. 이제 붉은 거미 방은 세상에 없다.
산채는 불태울 것이다.
네 놈들은 지금 당장 지주산을 떠나 각자의 살 길을 찾아라. 앞으로는 선량한 사람들을 괴롭히지 말고 착하게 살도록 해라. 내 한동안 인근을 돌아다녀 볼 것이다. 그 때 내 눈에 뜨이면 살아남지 못하리라!"
고 말한 후, 삼독거미로 보이는 도적 셋만 남겨놓고 모두 산 아래로 쫓아버렸다.
동굴에 있던 넉쇠와 불기는 옥이와 같이 있던 여자 둘을 깨워 동옥저 여인들이 있는 건물로 갔다.
다행히 동옥저 여인들은 무사했고, 서천홀에서 끌려온 여자들은 순임이 묶인 줄을 풀어주고 함께 도망치려고 했으나, 대부분 중독이 심해 정신을 차리지 못하고 있었다.

한편 원도는 마을 제2 구조대 용사들을 이끌고 중문을 들어선 후 산채 오른쪽으로 진입한 후 주위를 살피며 전진했다. 도중에 서너 명의 도적을 만났으나, 씨름의 고수 원도의 손에 바닥에 내꽂혀 졌다.
그리고 밖을 살피러 나온 순임을 만나게 되어 서촌홀 여자들이 있는 건물로 들어가 여인들을 구호했다. 이 소식을 들은 촌장은 급히 용사들을 데리고 건물로 달려갔다. 여인들은 오랜 시간 잡혀있었기에 상태가 좋지 않았다.
촌장이 여홍과 상의했다.
"대협, 죽은 사람 열 셋을 제외하면 모두 구출했습니다. 그러나 이들 대부분이 중독되어 당장 데리고 가기가 어렵습니다."
여홍이 끌고 다닌 삼독거미에게 물었다.
"해독약은 어디 있느냐?"
"절벽 오른쪽 동굴에 있을 겁니다."
"가서 해독약을 전부 가져 오너라."
촌장이 원도에게 지시했다.
"자네가 이 자를 데리고 해독약을 가져오게."
얼마 후 원도가 해독약을 가지고 왔다. 여홍은 약을 하나하나 살펴 본 후 또 다른 삼독거미에게 주며 말했다.
"네가 먼저 먹어 봐라."
도적이 군말 없이 알약 하나를 삼켰다. 도적의 몸에 아무 탈이 없자, 삼독거미 셋을 감시하라고 한 후, 촌장을 데리고 서촌홀 여인들이 갇혀있는 곳으로 갔다.
육십여 명이 벽에 기대 있거나 바닥에 쓰러져 있었다. 여홍은 원도에게 해독약을 먹이도록 지시한 후, 품속에서 중앙정사로부터 받은 한 개의 옥침(玉針)을 꺼내들었다.
그녀들의 맥을 짚어 본 후, 각자의 몸 상태에 따라 몇 군데의 혈(穴)에 침을 놓자, 신통하게도 모든 여인들의 정신(精神)이 돌아왔다.
촌장과 마을사람들은 그의 신비로운 침술(鍼術)에 혀를 내두르며 감탄했다.
"아! 의술에도 저리 밝으시네!"
"오, 신의(神醫)!"
여홍이 치료를 끝내고 촌장과 내일 일정에 대하여 논의하고 있을 때였다. 넉쇠와 불기가 여홍과 촌장에게 다가오자, 촌장이 반갑게 맞이했다.
"서촌홀 촌장 인돈이라고 합니다. 두 분의 싸움을 산위에서 지켜보았습니다. 무서운 쇠도리깨 타법이었습니다. 진정 죽음을 두려워하지 않는 의협들이시더군요.
두 분이 먼저 거미방을 휘저어주셨기에 우리가 산채를 수월하게 접수하게 되었습니다."
여홍은 일찍부터 사나이 넉쇠에게 마음이 끌리고 있었다.
"여인들은 모두 구하셨습니까?"
"네, 대협 덕분에 모두 구했습니다."
"정인(情人)을 구하러 오셨다고요?"
넉쇠가 쑥스러워 하며 대답했다.
"네, 대협이 위기의 순간에 만독거미를 해치워주셔서 구할 수 있었습니다."
이때 마을의 장정 몇이 주방 쪽 건물을 뒤져보다 고기와 음식, 술을 찾아왔다. 촌장이 반기며 원도에게 지시했다.

"오늘 수고 많았다. 마을 용사들을 교대로 번을 서고 술과 고기를 들도록 해라." 그리고
마을 용사들에게 자리를 만들고 한 상을 차려달라고 한 후 여홍, 넉쇠, 불기에게 말했다.
"이리 오십시오. 제가 세 분 영웅께 감사의 잔을 올리도록 하겠습니다."
자리를 잡은 촌장과 여홍, 넉쇠, 불기는 서로 술잔을 주고받으며 그간의 일을 이야기 나누었다.
매년 용가국(國)에서 노비나 처첩의 공출을 요구하며 동옥저를 괴롭힌다는 넉쇠의 말에 한숨을 내쉬었다.
불기가 분개했다.
"용가는 오가 중 제일 강하다고 들었습니다. 그런데 힘으로 같은 조선의 열국을 핍박하고 괴롭혀 가난한 백성들의 딸을 첩으로 끌어가다니요!"
촌장 인돈이 말했다.
"오가가 그 꼴이니, 변방에 붉은 거미방 같은 도적떼가 활개를 치고 다니지요.
우리 북옥저도 중원에서 흘러들어온 유민들과 북쪽의 야인, 요괴들이 나타나 조정이 감당을 하지 못하고 있습니다."
하더니 여홍에게 뜬금없이 물었다.
"대협, 구도포자에서 무서운 왕 미꾸라지를 죽인 이야기를 한번 들려주셨으면 합니다."
여홍은 몇 번 사양하다 모두가 듣고 싶다고 하여 왕 미꾸라지와 싸운 과정을 들려주었다. 그러나 용궁(龍宮)의 거북이 꿈 이야기는 하지 않았다.

모두가 놀라고 감탄해하며 탄복을 했다. 촌장이 거품을 물고 찬사를 보냈다.
"대협(大俠)은 과연 하늘이 내리신 불세출(不世出)의 신장(神將)이십니다!"
여홍은 넉쇠가 애인을 구하기 위하여 겪은 험난한 이야기를 듣고 그의 순수함과 사나이다운 불퇴전의 용기에 감탄하며, 나이를 물어 보았다.
"올해 열일곱입니다."
"나는 올해 열아홉이니 두 살 더 많군요. 초면이라 말을 꺼내기 어려웠으나, 술자리를 빌어 하고자 합니다. 의기남아(義氣男兒) 넉쇠님과 의형제를 맺고 싶은데 혹 가능할는지요?"
여홍의 느닷없는 말이 떨어지자, 벼락을 맞은 듯 몸을 떨던 넉쇠가 입으로 가져가던 술잔을 황급히 내려놓고 석탑(石塔)이 무너지듯 넙죽 엎드렸다.
"가능이라니요, 대협!
천하 영웅, 창해신검(滄海神劍)의 동생이 되는 영광을 마다할 사람이 어디 있겠습니까?
감히 형님께 청할 수는 없었으나, 처음 뵙는 순간부터 꿈꾸던 일이었습니다.
감사합니다. 아무쪼록 미련한 저를 이끌어주십시오. 형님!"
"아우가 그리 생각한다니 나 또한 고맙소. 좋습니다.. 연세가 많으신 촌장님께서 이 자리에서 저와 넉쇠의 결의형제 의식을 맡아주십시오."
촌장이 호탕하게 웃었다.
"하하하하, 지주산(山)에 올 때는 저와 마을 용사들은 모두 죽을 생각이었으나, 한사람도 다치지 않고 거미 방을 소탕하고 여인들도 다 구하게 되어 더 없이 기뻤는데, 거기에 대협과 넉쇠님이 의형제를 맺겠다고 하시니 이 얼마나 흐뭇한 일입니까. 나 또한 무한한 광영(光榮)이올시다.
당장 예(禮)를 진행하십시다."
촌장은 북두칠성을 향해 상을 새로 차리게 하면서 사람들을 불러 모았다. 이어, 여홍과 넉쇠에게 천지신명(天地神明)께 잔을 올리게 했다.
"한울님, 한배님, 한검님이시여.
하늘을 지키는 천극성이시여. 이십팔수(宿)을 거느리신 북두칠성이시여.
동예의 여홍과 동옥저의 넉쇠가 의형제(義兄弟)가 되길 맹세하오니 굽어 살피소서. 이 두 사람은 비록 한 날 한 시에 태어나지 않았으나, 죽을 때가지 의(義)를 행하며 형제(兄弟)로서 함께 하고자 합니다.
만일 이를 어길 시에는 천벌을 내리시고 지옥(地獄)불로 태워 죽이소서."
그리고 두 사람에게 밤하늘에 높이 떠있는 북두칠성을 향해 삼배(三拜)를 올리게 했다.
"자, 다 되었습니다.
나이가 위인 여홍 대협이 형이 되고 두 살 어린 넉쇠가 동생이 됩니다.
동생 넉쇠는 형인 여홍에게 술을 한 잔 올리시오."
넉쇠가 여홍에게 공손히 술을 올리자, 여홍이 술잔을 받아 기쁘게 들이켰다.

이어 여홍이 넉쇠에게 술을 가득 따라주자, 넉쇠도 단숨에 벌컥 하고 마셨다. 그리고 두 사람은 서로를 끌어안았다.
"형님!"
"오, 아우!"
두 사람은 촌장과 마을 용사들의 축하를 받으며 밤새도록 술을 마셨다.
 다음날 마을 용사들이 산채를 뒤져 여러 대의 마차와 마구간에 묶여 있는 말들을 찾아냈다. 촌장이 모두 끌고 와 적당히 나누어 주었다. 넉쇠와 불기는 동옥저 여인들을 데리고 가고 서천홀 여인들은 촌장이 데리고 가기로 했다.
그리고 다른 곳에서 끌려온 여인들은 넉쇠를 따라가든지, 촌장을 따라가든지 자유롭게 선택하게 하고, 언제든지 자기 고향으로 갈 수 있도록 했다.
마지막으로 촌장은 산채에 쌓인 재물을 끌려왔던 모든 여인들과 넉쇠에게 나누어 준 후 나머지는 모두 마차에 실었다.
그리고 다시는 도적들이 자리 잡지 못하도록 산채의 건물과 동굴들을 깡그리 불 질러 버렸다.
지주산 입구에서 여홍은 넉쇠와 작별했다.
"동생, 조심해서 돌아가시게."
넉쇠가 울먹였다. 만난 지 하루 밖에 안 되었지만 여홍과 함께 있으면 든든하고 편안했었다.
"형님,
만나자 마자 이별이군요. 아무쪼록 형님이 여인국에 가셔서 어머님을 찾게 되기를 삼신님께 기도하겠습니다."
"고맙네. 언제가 기회가 되면 아우를 보러 동옥저에 꼭 갈 것이네."

"예, 형님이 오시기만을 주야(晝夜)로 기다리고 또 기다리겠습니다."
"음-"
여홍은 넉쇠와 헤어진 후 하루를 촌장과 함께 가다 북옥저의 가륵성으로 가는 갈림 길에서 헤어져야만 했다.
촌장은 서천홀에서 며칠 대접하고 싶다며 여홍의 손을 놓아주지 않았다.
"대협의 은혜를 조금이라도 갚지 않으면, 평생 가슴에 한이 될 겁니다."
여홍은 구도포자와 지주산에서 보낸 시간이 너무 많았다며 정중하게 거절했다.
"이미 마음으로 충분히 받았습니다. 얼른 서천홀로 돌아가 납치되었던 여인들을 요양시키고 돌보시기 바랍니다. 모두 충격이 컸을 겁니다."
촌장과 용사들은 여홍을 더 이상 붙잡아 둘 수 없다는 것을 알았다. 여홍이 모두에게 손을 흔들어 보이고 몸을 돌리자, 떠나가는 여홍의 뒷모습을 향해서 촌장이 엎드려 절을 올렸다.
"대협의 은덕을 잊지 않겠습니다."
이를 본 오십 용사들과 여인들도 촌장을 따라 땅바닥에 무릎을 꿇고 머리를 조아렸다.
"가시는 길, 평안하시길 빌겠습니다."
여홍이 가다가 돌아보고 놀라, 돌아서서 정중히 답례를 했다.
"지금처럼 영원히, 촌장님 이하 모두가 서로를 사랑하며 행복하십시오."
여홍은 서촌홀 사람들의 다정한 인정에 이별을 아쉬워하며 몸을 돌렸다.

이 날 이후, 구이원과 중원의 무림계는 붉은 거미를 제거한 넉쇠의 협객행과 참수도(斬手刀)에 이어 '독왕(毒王) 만독거미'를 몇 수만에 저승으로 보낸 창해신검의 놀라운 무예로 한동안 조용한 날이 없었다.

가륵성

　여홍이 지나온 동예국 매가성, 아악성, 개마국 도성 조악성(鳥岳城), 대천성 등은 북옥저의 도성 가륵성 만큼 크고 번화하지 않았다. 상점마다 물산(物産: 그 지방에서 나는 산물)이 넘쳐났고 많은 사람들이 거리를 활보하고 있었으며 다양한 부족들을 볼 수 있었다. 예족, 맥족 뿐만 아니라 연해주 이북 지역에 거주하는 여러 부족들도 눈에 띠였다.
가륵성은 조선 동북지역의 각종 물산 교역중심지였다.
특히 가륵성은 동쪽으로 항구를 끼고 있어 뱃길이 좋아 멀리 북옥저 최북단의 비리성(城), 구막성, 깜짝 반도, 왜(倭), 탐라, 달지성, 목양성, 왕검성, 바다 멀리 제나라와 오월(吳越)지방에서도 상선들이 오갔다.
여홍은 백두선문의 중앙정사로부터 북옥저 도성 가륵성에 대한 이야기를 들었다.
　가륵은 조선 제3 대 단제의 이름이라고 했다. 가륵님은 재임 시(時) 흐트러진 선교(仙敎: 삼신교)를 바로잡는 것 외에 많은 일을 하셨고, 특히 한글의 원형이 되는 가림토를 만드신 분이라고 했다. 그리고 가륵 단제님이 한때 황금 천막을 치고 여러 달 머무르셨던 연해주 지역에 지금의 가륵성이 세워진 것이다.

북옥저는 연금술, 의술, 점성술, 천문과 역법(曆法: 역학曆學에 관한 여러 법), 셈법이 구이원에서 최고로 발달한 나라였다.

이는 초대(初代) 옥저 국왕이 나라를 건국한 후, 대혜관(大慧館)을 만들어 북해선문(바이칼), 백두선문 등 선문에서 수행하고 있는 선인들을 모셔와 여러 분야의 학문을 연구 발전시켜 왔기 때문이라고 했다.

특히 북해, 백두선문에서 천문, 역법, 셈법의 자료들을 상당수 전해 주어 북옥저 학문 발전의 토대를 닦았다. 북옥저의 학문 연구는 주로 도인들이 도맡아 왔다.

그들은 해와 달의 변화와 수성, 금성, 화성, 목성, 토성의 주천을 관찰하며

하루도 거르지 않고 병적일 정도로 깨알 같이 기록해 왔는데, 동이(東夷)의 간지(干支)와 60진법에 근거한 역법으로 단제께 보고 하는 일이 감성대의 역할이라고는 하나, 알 수 없는 또 다른 사정이 있는 것처럼 느껴졌다고 했다.

북옥저는 북극에 가깝고 동쪽으로 바다가 열려 있어 천문을 관찰하기 좋았으며, 무엇보다 하늘의 28수(宿)를 이끄는 칠성대군(- 북두칠성)의 움직임이 선명하게 보이는 위치였다.

우(宇)는 '공간'을 의미하고 주(宙)는 '시간'을 의미한다. 그러므로 우주는 '공간과 시간의 집'이다.

동이의 간지법은

'홍익인간'의 철학적 산물로, 시공간을 한 치의 착오 없이 주천하는

별들과 일월의 운행을 간지법으로 구분하여 현재와 미래를 알게 함으로써 지혜롭게 살아갈 수 있도록 해주었다.
환웅천황은, 사람들이 하늘과 땅의 법도가 교차하는 가운데 창조된 '때의 변화'를 알고 스스로 때에 맞추어 운명을 개척할 수 있도록 하셨다.
배달국의 간지법은 정확했다. 해와 달과 별들의 운행과 자연의 질서에 맞춘 역법을 제정하여, 사람들이 순리에 따라 살아갈 수 있도록 하였으니 하늘을 우러러 감사할 따름이다. 따라서 역대(歷代)의 단제들은 모두 감성(監星: 별을 살핌)과 역법을 중요하게 생각하고, 동이의 천도 변화에 맞춘 칠회제신력(七回祭神曆)을 만들어 제천의식을 행하였다.
스스로 하늘의 자손이라고 생각한 그들은 나라의 주요일정을 정하거나, 백성들이 농사를 짓는데 도움이 되도록 오가(五加)를 비롯한 제후국(國)들에 배포하였으며, 자신들이 떠나온 하늘의 변화를 한시도 눈을 떼거나 소홀히 하지 않았다.

 여홍은 아침 일찍부터 가륵성 이곳저곳 돌아다니며 구경하다가 배가 출출해졌다.
저자거리에 망해루(望海樓)라는 이층 주루가 있어, 전망이 좋은 2층 창가에 앉았다. 마침 식사 때라 그런지 주루는 사람들이 상당히 많았다. 점원이 달려와 주문을 받았다.
"소협, 무엇을 드시겠습니까?"
"삶은 돼지고기 한 근과 술 한 병 가져오시오."
점원이 주문받은 지 오래지 않아 그럴 듯한 술과 음식을 쟁반에 내왔다. 여홍이 고기 한 점을 집어 맛을 보았다. 시장기 때문인지 맛이 무척 좋았다.
'아, 음식이 맛있구나.' 하며 술을 마셔보았다. 향긋한 술이 요리의 맛과 어우러지니 기가 막혔다. 계속해서 몇 잔을 들이키고 나니 그동안의 피로가 감쪽같이 풀리는 것 같았다.
"음-"
한껏 기분이 좋아진 여홍이 잠시 눈을 감고 있자니, 다른 탁자에서 술을 마시는 사내들의 이야기가 들려왔다.
"이보게, 장이.. 얼룩장에 오늘 얼마나 많은 무사들이 모일까?"
장이라는 사내가 대답했다.
"주팔이, 주루 아래를 내려다보게. 저 무사들이 모두 그리로 가는 사람들이네. 아마 수백 명은 될 게야. 어중이떠중이 다 모일 것이네.
내가 아는 어느 집 돼지 키우는 머슴도 쇠스랑을 들고 갔다고 하더군. 킥킥킥킥…"
다른 사내가 말했다.
"흐흐흐흐, 모두들 저 죽을 줄 모르고 돈에 환장해서 가는 게로군."
또 다른 사내가 말했다.
"아니, 무삼이. 그런 소리 말게. 이게 어디 자주 있는 일인가. 얼룩장주 갈단이 누군가?
가륵성 최고의 부자 아닌가. 멀리 중원의 제나라나 양자강 남쪽 오월(吳越)까지 오가는 무역선을 스무 척이나 가지고 있고, 어마어마하게 넓은 목장에는 소, 말, 사슴, 양 등이 셀 수 없을 정도로 많다고 하네.
그런 그가 누가 되었든, 자기 외동딸을 구해 오는 영웅에게 재산의 절반을 주고, 본인이 원하면 사위까지 삼겠다고 했으니 이런 기회가 어디 또 있겠는가.
더구나 그의 딸은 열여덟에 절세의 미인이라는데, 남자라면 누구나 한 번 도전해 볼 만하지 않은가 말일세."
무삼이라 불린 자가 다시 물었다.
"무달이 자넨 갈단에 대해서 많이 알고 있구먼. 그런데 갈단의 저택을 왜 얼룩장이라고 부르는지 혹시 아는가?"
"그건 말일세, 저택의 지붕에 금빛, 은빛의 기와를 얹어 지어진 집이라 멀리서 보면 누렇게 얼룩 거린다고 해서 사람들이 그리 부른다네."
"뭐라고? 기와가 금, 은으로 만들어졌다고! 그렇다면 정말 부자임에 틀림없군!"
"기와뿐이 아닐세."
무삼이 반문했다.
"또 뭐가 있는가?"
"저택의 벽과 바닥도 귀한 청금석으로 만들었다는구먼."
"아!"
무달의 말에 모두가 입을 다물지 못했다.
"오!"
이들의 말을 듣고 있던 여홍도 놀랐다.
'세상에! 지붕에 금칠, 은칠을 하고 청금석으로 바닥을 만들었다니 매가성, 아악성, 개마국의 황조궁을 보았으나 그 어디에서도 금은으로 지어진 저택은 보지 못했다. 저들 말이 사실이라면 정말 대단한 부호다.
그런데 그런 갈단의 딸을 납치한 모양인데, 누구의 짓일까? 내 저

들을 따라가 어떻게 된 사연인지 한번 들어나 봐야겠다.'
여홍은 이야기를 들으며 식사 속도를 맞추다 그들이 일어나자 그들을 따라갔다.
얼룩장으로 가는 길에는 과연 각종 무기를 든 많은 군웅들이 몰려가고 있었다. 성 밖으로 나가 북쪽으로 한 시진을 넘게 가니 얼룩장이 나왔다.
얼룩장은 흰색 칠을 한 나무 울타리로 둘러져 있었는데, 초원 언덕을 따라 길게 이어져 그 끝이 보이지 않았다. 여홍이 무리에 섞여 얼룩장에 들어선 후, 작은 언덕을 하나 넘자 멀리 망망대해가 보였다.
창해였다. 푸르디푸른 바다가 넘실대고 있었다. 여홍은 한 동안 창해의 아름다움을 감상하며 우두커니 서 있었다. 과연, 바닷가 절벽 위로 청금석(靑金石)으로 지어진 작은 성(城) 같은 얼룩장이 햇빛 아래 얼룩얼룩 휘황한 빛을 발하고 있었다.
본관의 넓은 마당에 들어서니 마당에는 수십 개의 연회용 탁자가 준비되어 있었고 탁자마다 음식과 술이 푸짐하게 놓여 있었다. 여홍은 사람들 틈에 끼어 술을 마시며 다양한 모습의 협객들을 지켜보았다.
올 사람은 거의 다 온 것 같고 식사도 대강 끝이 나자, 흰 도포를 입고 자단나무 지팡이를 든 오십대 중반의 중후한 남자가 총관인 듯한 노인을 앞세우고 나타났다. 노인이 군웅들에게 포권을 취하며 말했다.
"저는 얼룩장 총관, 노얀이라고 합니다. 식사들은 잘 하셨는지요?"
군웅들이 잘 들었다고 대답하자,
노얀은 뒤에 서 있는 흰색 도포의 남자를 앞으로 모시며 소개했다.

"얼룩장의 장주이신 갈단님이십니다."
남자가 앞으로 나섰다. 위엄을 갖추고 있었으나, 안색이 매우 어두운 것이 마음고생이 심하다는 것을 알 수 있었다.
"얼룩장주 갈단입니다.
오늘 이렇게, 제 외동딸 선화를 구해주시고자 왕림하신 영웅들께 진심으로 감사드립니다.
저의 딸은 세달 전 사냥을 나갔다가 악인 중의 악인이라는 오림요마(烏林妖魔)에게 납치되었습니다. 당시 세 명의 호위무사들이 있었으나, 그들 모두 이 노파에게 까마귀 독장을 맞고 죽음을 당했습니다.
이후 저는 황급히 얼룩장을 지키는 사십 명의 무사들을 모두 파견해 망나니 할멈을 추적하였으나, 모두 죽거나 반병신이 되어 돌아왔습니다.
할멈은 가라무렌강(江: 흑룡강) 너머의 밀림 속으로 유유히 사라졌다고 합니다.
조사를 해보니 할멈은 '오림요마(烏林妖魔: 까마귀 숲의 요사한 악마)'라 불리우며, 달지성(城)과 달강(江) 일대에서 살인과 인신매매를 전문으로 하던 자입니다.
이 노파는 평생에 착한 일을 한 적이 전무(全無)하며, 무공 또한 매우 높다고 합니다.
특히 까마귀 독장은, 고대 마계(魔界)의 한 흑선이 왕(王)까마귀가 들소 시체를 놓고 독사 떼와 치열하게 싸우는 것을 보고 창안한 무공으로 강호(江湖)에서는 사라진 것으로 알고 있었던 독장(毒掌)입니다.
그녀의 아들 비각(飛脚: 나는 발) 망태발은 온갖 못된 짓을 하는 놈이며, 딸 요설(妖舌: 요사스러운 혀) 망뚜순은 천하의 사기꾼으로 독을 잘 쏜다고 합니다.
이 둘이 딸을 납치할 때 함께 있었다고 하며, 오림요마가 사라진 북옥저 북쪽 황사산(山)에는 살인, 강도, 방화, 약탈을 전문으로 하는 흑전방(幇)이라는 조직이 있는데, 이들의 본채는 흑림에 있다고 합니다.
그러나 그들이 오림요마 가족과 한 패인지는 정확히 알 수 없었습니다.
이것이 제가 알고 있는 전부입니다. 여러 영웅들의 도움을 간절히 부탁드립니다. 제 딸 선화를 구해오시는 분께는 제 전(全) 재산의 반을 드리고, 그 영웅이 원하실 경우 딸의 배필(配匹)로 삼겠습니다.”
얼룩장주의 말이 끝나자, 마당의 한 가운데 탁자에 앉은 건장한 사나이가 창을 움켜쥐고 물었다.
“장주님, 그럼 선화 아씨가 잡혀 있는 곳이 어디인지는 아무도 모른다는 말씀 아닙니까?”
장주가 괴롭고 비통한 목소리로 대답했다.
“네, 안타깝게도 말씀드린 것이 제가 아는 전부입니다.”
그러나
길단의 외동딸을 납치한 자가 악명 높은 달지성 오림요마와 두 자녀라는 이야기를 들은 대다수의 군웅들은, 저절로 떨려오는 몸을 어찌하지 못한 채, 머리를 좌우로 털며 하나 둘 앞을 다투어 자리에서 일어났다.
누군가 작은 목소리로 소곤댔다.
“오림요마와 비각 그리고 딸 요설은 마한 연맹에서 가장 무섭고 사악(邪惡)하기로 유명한 자들이 아닌가!"
그의 동행인 듯한 다른 무사가 말했다.
"셋 중에, 망뚜순이 제일 악독하지!"
뒤쪽에 삿갓을 쓰고 앉아 있는 무사가 모두에게 들으라는 듯 말했다.
"흐흐흐, 요마의 아들 망태발은 발길질의 고수여서 놈의 발에 다친 자가 많다오. 달지성에서 다리를 절룩이는 자들 대부분이 망태발에게 당한 자들일걸? 흐흐흐... 그 딸 망뚜순의 무공도 무시할 수 없지!"
옆의 사냥꾼 차림에 얼굴빛이 붉은 사나이가 맞장구를 쳤다.
"그도 그렇지만, 할멈이 사라진 곳은 야인들과 맹수 떼가 우글대는 곳이 아닌가. 할멈이 어디 있는지도 모르고 함부로 밀림을 헤매고 다니다 야인들 손에 잡아먹힐 수도 있겠어. 이만 돌아가세. 아무렴 언감생심이지.
얼룩장주의 돈을 넘보다가는 오래 못살아."
하는 소리가 들리며, 되돌아가는 군웅(群雄)들로 장내가 소란스러워졌다.
군웅들이 우르르 떠나는 것을 우두커니 바라 볼 수밖에 없는 얼룩장주 갈단과 총관 노얀의 심사는 처참했다. 얼마 후 군웅들이 떠나간 연회 탁자에는 여홍을 포함해 열 네 명의 장한이 드문드문 앉아 있었다.
이 때 두 사람의 젊은 협객이 앞으로 나왔다. 군웅들은 이들을 보자 조용해졌다.
그들은 연해이협(沿海二俠)으로 연해 지방에서 검객(劍客)으로 명성이 자자한 비연과 비창이었다. 비연이 남은 사람들을 둘러보며 말했다.

"오림요마가 그렇게 무서운 노파인 줄 몰랐습니다. 모두 꽁무니를 뺏으나, 아직 열네 명의 협객들이 남아있습니다. 사람이 많아야 성공하는 것은 아니지요. 이 정도면 충분하다고 생각합니다. 우리 함께 힘을 모아 못된 노파 일가족을 없애고 선화 아씨를 구하러 가십시다.

차라리 잘 되었습니다. 떼로 몰려가면 망나니 할멈이 놀라서 숨어버릴 지도 모릅니다. 속담에, 수풀을 건드려 뱀을 도망치게 하지 마라는 말이 있습니다. 그리고 상금은 공평하게 나누는 것이 어떻겠습니까?"

그때 창을 든 사나이가 자리에서 일어나 비창에게 말했다.

"나는 비리성에서 온 삭요라고 합니다. 저는 두 분의 의견에 찬성합니다. 구조대는 소수 정예가 좋겠습니다. 군웅들이 줄어든 덕에 상금(賞金)이 늘지 않았습니까?"

탁자에 남아있던 군웅들이 하하하하 웃으며 크게 박수를 쳤다. 비창의 의견에 찬성한다는 뜻이었다.

망연자실 앉아 이를 지켜보던 얼룩장주 갈단이 일어나 눈물을 글썽이며 말했다.

"감사합니다. 정말 고맙습니다.

저는 모두 가버리시는 줄 알고 마음이 조마조마 했습니다. 불초의 여식을 위해 영웅들이 나서주신다니 이보다 마음 든든한 일이 어디 있겠습니까. 무기, 건량, 말, 노자 등 필요한 것들은 모두 준비 하겠습니다."

여홍은 뒤에서 얼룩장주 딸의 구조대가 가까스로 구성되는 모습을 조용히 지켜보았다. 열세 사람의 협객들을 살펴보니 모두 나름대로 절기를 지닌 고수들로 보였다.
그런데 그 중 한 사람 특이한 무사가 있었다. 스물 서넛 정도의 청년으로 무기가 특이했다.
칼이나 창이 아니라 돼지축사에서 쓰는 쇠스랑이었는데, 얼마나 날을 갈았는지 상당히 날카로워보였다. 객잔에서 들었던 돼지 치기하는 사람 이야기가 생각이 났다. 행색을 보니 과연 머슴 노릇을 하던 자가 분명했다.
옷은 허름해 보였으나, 어깨가 튼튼하고 믿음직 해보였다. 다부진 모습을 본 여홍은 호감이 같으나, 문득 해가 서쪽에 걸린 것을 보고 조용히 일어나 얼룩장을 빠져 나갔다.
이를 본 군웅들이 회의를 하다 멈추고, 여홍에게 들으라는 듯 한마디씩 했다.
"흥! 젊은 사람이 아무리 생각해도 겁이 났던 모양이군!"
"그렇게 안 보았는데..."
하며 냉소했다.
여홍은 감성대를 향해 질풍처럼 달리며, 그동안 이 조선에 악독하고 사악한 할멈을 처치할 선협과 의협(義俠)들이 없었다는 것을 한탄했다.

먼저 감성대를 찾아 가라고 한 분은 중앙정사였다. 그는 여홍이 백두선문을 떠날 때
"감성대는 조선 제일의 천문대요. 그곳에서는 천문을 관찰하여 구이원에서 사용하는 역법을 만들어 왔소.
역법이란 달력을 만드는 법을 말하는데, 역법은 치국의 기본이 되며

단제 만이 만들게 되어있소. 나라를 다스리려면 백성들에게 모든 일의 적기(適期)를 잡아 주어야하지 않겠소이까.
언제 파종을 하고 김을 맬 것인지 달력이 알려주는 것이오. 역법은 천지의 변화를 인간이 따를 수 있도록 한 것으로, 수리(數理)로 표현한 것이오. 수(數)는 신(神) 또는 천지자연과 대화하는 언어라 할 수 있소이다.
감성대에 가면 삼양 법사라는 분이 계실 것이오. 법사는 백두선문 출신이오.
당시 북옥저 가한이, 감성대의 대장(臺長)이 세상을 뜨자, 감성대를 관리할 분을 요청해 와서 아리운 대선사님께서 삼양법사를 보낸 것이오.
백두선문에서 왔다 하고 소협의 비단 손수건을 보여드리면 도움을 줄 것이오."
여홍이 감성대를 보니, 가륵성 북쪽의 돌출된 치(雉)에 의지하여 벽돌로 지은 3장 높이의 둥근 탑이 보였고 그 위로 팔각의 목조 망루가 있었다.
망루는 성벽보다 무려 10장은 높아 보였다. 맨 위에는 거대한 솔개의 조형물이 있었다. 그곳이 바로 천문을 볼 수 있는 감성대(監星臺)였다.
여홍은 감성대에 도착해서 백두선문의 중앙정사 소개로 왔다고 말하고 '삼양법사'를 찾았다.
사십 정도의 인물이 나와 여홍을 접견실로 들어오게 한 후 솔잎차를 한잔 내왔다. 그의 별빛 같은 눈과 유연한 걸음걸이가 수행이 매우 깊은 도인임을 알 수 있게 했다.
"저는 감성대를 책임지고 있는 삼양 법사님의 제자 아돈이라고 합니다. 무슨 일로 법사님을 찾으시는지요?"
"저는 동예의 여홍이라고 합니다. 백두선문의 중앙정사님 소개를 받고 왔습니다. 법사(法師)님을 뵙고 여쭈어 볼 것이 있어서 있어서입니다."
여홍의 말이 떨어지기 무섭게, 아돈의 안색이 변하며 두 손을 황급히 모으고 포권을 취했다.
"마조(魔鳥)가 키운 마천금을 죽여 국왕 마천웅과 개마국의 사직을 지키고,
백두선문을 기습한 중원제일의 참수도(斬手刀)를 물리쳤으며,
구도포자의 왕 미꾸라지와 지주산(蜘蛛山)의 만독거미를 눈 깜짝 할 사이에 해치운 '창해신검(滄海神劍)' 여홍 대협(大俠)이 아니십니까?"
쉴 사이 없이 내뱉는 아돈의 말에 여홍은 '이건 또 무슨 소리인가?' 하고 정신이 멍해졌다.
'내가 노야령(嶺)의 지주산을 떠난 지 얼마 되지 않았는데 어찌 벌써 알고 있는 것일까?'
여홍도 자리에서 일어나 답례하며 물었다.
"제가 왕 미꾸라지를 죽이고 만독거미를 없앤 것은 사실이오만, 그 일을 어찌 알고 계십니까?"
아돈이 얼굴에 화색을 띠며 반겼다.
"오, 역시 대협이군요! 하하하하, 정말 반갑습니다."
궁금해 하는 여홍의 표정을 본 아돈이 설명했다.
"대협,
풍문(風聞)이라고 하지 않습니까. 바람이 못가는 곳이 어디에 있겠습니까. 대협의 협행(俠行)은 이미 양원(兩原: 구이원과 중원)에 널리

알려져 있습니다."
발 없는 말이 천리를 간다더니 여홍은 새삼 세상의 풍문에 놀랐다.
이어 아돈은
"중앙 정사님 말씀을 하셨는데, 아주 오래전에 한 번 뵌 적이 있지요. 그런데 대협, 저의 사부님이신 삼양 법사님은 지금 이곳에 안계십니다."
삼양 법사가 없다는 말을 들은 여홍은 크게 실망했다.
"아, 그럼 법사님은 언제쯤 돌아오시는 지요?"
아돈이 들려주는 이야기는 의외였다.
"스승님은 지금으로부터 십구 년 전, 여인국(國) 보리울 신모님으로부터 연락을 받고, 다섯 명의 제자를 이끌고 떠나신 후 지금까지 돌아오지 않으셨습니다."
여홍은 법사가 여인국으로 갔다는 말을 듣고 반기며 물었다.
"네.. 법사님은 여인국에 계시겠군요. 제가 그리로 가면 되지 않겠습니까?"
"아닙니다. 스승님은 거기에도 안계십니다. 스승님은 여인국에 가신지 한 달 후 전서구로 소식을 전해오셨습니다. 흑림의 야인들의 동태를 파악하러 갔다가 실종된 신녀들을 찾으러 흑림으로 들어가신다며,
제게 이곳의 모든 일을 맡기셨습니다. 그리고 지금까지 아무 소식이 없으셨습니다."
여홍은 아돈의 말을 듣고 놀랐다.
"흑림이라니요? 저는 처음 듣습니다. 흑림은 어디를 말하는 것인가요?"
아돈은 여홍이 흑림(黑林: 어둠의 숲)에 대해 물어올 것이라고 미리

짐작한 듯

"대협, 가라무렌강(江) 북쪽 검은 숲지대와 추운 동토의 땅을 일러 흑림이라 부릅니다."

그 곳은 침엽수림과 잎과 줄기가 뚜렷한 이끼 그리고 뿌리, 줄기, 잎의 구분이 없는 조류(藻類: 번식이나 꽃, 열매를 맺지 않는 하등 식물)와 균류(菌類: 버섯, 곰팡이류)가 자라는 한랭한 늪지대로, 배달국 당시 홍익인간의 이념을 따르지 않고 환웅천황님께 저항하다 죽은 가달마황의 부하들이 도망쳤던 지역입니다.

그들이 수천 년간 여전히 만악(萬惡)을 숭배하고 신국(神國)을 저주하면서, 깊고 깊은 굴속에서 눈에 불을 켜고 이를 갈며 지내온 것입니다.

사납고 괴이한 짐승들과 별의별 요괴(妖怪)들이 곳곳에 숨어있고 인육(人肉)을 먹는 식인들과 맹수들의 수가 헤아릴 수 없이 많아, 사냥꾼이나 무예가 뛰어난 강호(江湖)의 무사들도 몹시 꺼려하는 곳입니다.

최근 삼십여 년의 감성대 천문기록을 보면 그 지역의 하늘에 요기가 왕성해지고 있고, 사악한 기운이 서린 계곡이나 동굴에는 어김없이 어둠의 세력들이 무리를 이루고 있습니다.

그뿐이 아닙니다.

중원과 구이원의 악한들이 앞을 다투어 흑림(黑林)으로 몰려가고 있으며, 그들은 수시로 조선 연방의 국경을 침범하여 사람을 죽이고, 불을 지르며 약탈과 강도, 강간 등 천인공노할 짓들을 저지르고 있습니다.

그들 중에는 무서운 무공을 지닌 야인과 요괴들도 많이 있다고 들었습니다."

여홍이 짚이는 것이 문득 있어서 물었다. 그것은 오래 전부터 궁금했던 것이기도 했다.

"혹시 가달성이라는 곳도 흑림(黑林)에 있나요?"

아돈이 깜짝 놀라며 눈을 반문했다.

"아니, 대협이 어떻게 가달성(城)을 알고 계십니까?"

여홍이 대답했다.

"가달성에서 왔다는 살수들이나 마물들과 몇 차례 싸운 적이 있습니다.

그리고 남모르게 가달성이 어디에 있으며 어떤 곳인지 알아보았으나 알 수가 없었습니다."

아돈이 외쳤다.

"아! 가달성의 살수들과 만나보셨습니까?"

"예, 개마국과 아악성 그리고 대천성에서 상대해 보았지요."

여홍은 자기가 겪은 가달성(城) 살수들과 마물(魔物)들에 대하여 이야기를 해주었다.

여홍의 말을 듣고 난 아돈은 또 한 번 놀라는 표정을 지었다.

"대협,

우리 북옥저의 선계나 바이칼 선문의 선인들이 지금까지 확인한 바로는 가라무렌강(江) 너머 험준한 고원의 산악지대에 가달성이 있을 것으로 짐작하고 있으나, 진짜로 가보았다는 사람은 아직 보지 못했습니다.

그들은 장차 조선을 무너뜨리고 단제를 죽임으로써, 환웅천황에게 죽은 가달마황의 복수를 하겠다고 절치부심(切齒腐心)하고 있답니다.

가달성주가 누구인지는 아무도 모르며, 절세의 무공을 지니고 있는 악의 화신이라는 소문만이 파다합니다."
여홍은 이해가 된 듯 고개를 끄덕였다.
"아돈님, 이곳에 오기 전 얼룩장으로 몰려가는 군웅들로부터 들은 사건입니다.
얼룩장주의 외동딸 선화아씨가 오림요마에게 잡혀갔는데, 그녀의 아들 망태발, 딸 망뚜순과 함께 가라무렌강(江) 너머에서 사라져버렸답니다.
이 할멈도 흑림과 관련이 있지 않을까요?"
아돈은, 얼룩장에서 들은 이야기를 좀 더 상세하게 물어본 후
"얼룩장주의 외동딸 납치 사건은 가륵성(城) 사람들은 이미 다 알고 있는 사실이지요.
그러나 그 범인이 마한의 악녀, 오림요마이고 그녀가 가라무렌강(江)을 건넜다는 사실은 놀라운 일입니다."
"무엇이 놀랍습니까?"
"흑림의 가달성이 구이원 사마외도 무리를 벌써 상당히 포섭하였다는 의미가 아니겠습니까? 흑림이 악의 근원지가 되고 있다는 얘기가 되는 것입니다."
여홍이 놀라 물었다.
"아돈님, 그럼 북옥저 조정에 정벌(征伐)해달라고 하지 않는 것입니까?"
아돈이 한숨을 쉬며 대답했다.
"왜 안 했겠습니까? 십칠 년 전 삼양법사님이 여러 차례 조정에 알렸으나.
조정은 읍차들의 반란과 다물의 난 그리고 구리국 해모수와의 전쟁, 오가(五加)의 권력투쟁으로 가라무렌강(江) 너머 흑림의 야인들까지

지켜볼 여유가 없었습니다.
그들은 늘 그렇듯 강호(江湖)의 귀찮은 일은 칠대선문과 선협들이 해결해 주길 바라고 있지요. 그러나 지금의 흑림은 어느 한 선문(仙門)의 도인들이 단독으로 상대할 수 없는 거대한 힘을 가지고 있습니다."
여홍은 아돈의 말을 이해했다.
상도(常刀) 사부와 백두선문의 중앙정사로부터, 고열가 단제가 물러나고 조선 조정이 오가의 권력투쟁에 빠져있다는 것 그리고 조선 연방과 중원의 전란(戰亂)에 대해 들었기 때문이다.
여홍은 아돈과 밤늦도록 강호 이야기를 했다. 그리고 마지막으로 어머니가 적발, 백발마군에게 살해당한 자기의 사연을 말하고, 어머니가 운명하시기 전 알려준 자신의 출생과 관련된 비단 손수건을 보여주었다.
"제가 아기 때 두레박을 타고 떠내려 왔다고 하는데 이 비단손수건을 쥐고 있었답니다. 중앙정사님은 손수건을 보시고 북옥저 여인국에서 생산된 비단이라고 하셨습니다. 제가 법사님을 뵙고자 하는 이유는 바로 손수건의 주인을 찾아보고 싶어서입니다."
아돈이 여홍에게서 손수건을 받아들고 이리저리 살펴본 되돌려 주었다.
"북옥저의 양잠업은 조선에서 가장 뛰어납니다. 그 중, 여(女)신전 신녀들의 양잠기술은 초대 단제이신 단군의 부인이시며 '양잠의 신(神)'으로 불리는 비서갑신모(非西岬神母)님이 신녀들에게 직접 전수해 준 것입니다.
그래서
여인국의 비단은 구이원에서 제일 아름답습니다. 대협의 그 비단은 여인국(國)에서 만들어진 것이 틀림없습니다. 그러나 손수건의 주인이 꼭 여인국(國)에 있으리라고는 장담할 수 없습니다."
여홍은 손수건을 들고 생각에 빠졌다.
'아,
이 손수건이 신녀들이 만든 것이라면 아돈님의 말씀대로 나의 생모는 신녀셨을까? 아니면 북옥저의 어느 댁 부인이셨을까?
백룡선사께서 말씀하시길,
부모 자식의 인연이란 '억겁의 연'이 쌓여야만 맺어지는 관계라고 하셨는데... 일단 여인국으로 가보자. 손수건에 수(繡)가 놓아져 있으니 혹 나이 드신 신녀님들 중에 알아볼 분이 있을지도 모른다.'
다음날,
여홍은 아돈님으로부터 신녀국(- 여인국)의 위치를 들은 뒤, 감성대를 나와 북으로 향했다. 떠나기 전 아돈이 여홍에게 말했다.
"대협,
나도 흑림을 뒤져 사부님의 생사를 알아보고 싶소만, 장당경 대소도에서 책력을 만들어 달라하여, 이곳을 떠날 수 없습니다. 염치없지만, 가시거든 사부이신 삼양법사님에 대한 소식도 알아봐 주시길 부탁드립니다."
"네, 알겠습니다."
며칠 후 여홍은 오제하(烏啼河)에 도착했다. 오제하를 건너면 여인국이었다. 사방 백여 리가 넘는 지역이 여신전(女神殿)에 속한 땅이었다.
강가에서 서성거리며 배를 찾고 있던 중, 건너편에서 나룻배가 건너오고 있었다.
두 명의 이십대 여인들이 타고 있었는데 한 사람은 긴 삿대를 들고 있었다. 복장을 보니 등에 칼을 멘 경장차림으로 신녀들 같았다. 한 신녀는 잘록한 허리에 파란 띠를 매고 있었고, 다른 신녀는 노란 띠를 매고 있었다.

배가 강기슭에 이르자, 푸른 띠 신녀가 포권을 취하며 낭랑한 목소리로 말했다.

"저는 난초당 신녀 제영이라 하고, 여기는 상연이라고 합니다. 창해신검 여대협이시지요?"

여홍이 깜짝 놀라며 물었다.

"아! 제영, 상연 신녀님이시군요. 네, 제가 여홍입니다. 그런데 어떻게 제가 올 줄 아셨습니까?"

신녀 제영이 웃으며 대답했다.

"감성대 아돈님이 창해신검 여대협이 오신다는 걸 전서구로 알려오셨습니다. 신모님께서 모셔오라고 하셨습니다. 얼른 배에 오르시지요."

여홍은 아돈님의 깊은 배려에 감사하며 배에 올라탔다. 여홍이 올라타자, 신녀(神女) 상연이 발을 가볍게 구르며 삿대로 물속을 짚자 나룻배가 휙 선회하며 힘차게 나아갔다. 신녀의 수법을 본 여홍은 신녀들이 저 정도의 실력이라면 여인국에는 수많은 고수들이 있을 것이라고 짐작하였다.

신전에 들어서자 여홍은 왠지 모든 것이 자기를 따뜻하게 반기는 것 같았다.

솔솔 부는 바람이 여홍을 알 수 없는 정겨움과 그리움에 빠져들게 했다. 언제가 와보았던 곳 같기도 했다. 신녀 제영과 상연의 안내로 보리울 신모가 계시는 신당 아만당(阿曼堂)으로 갔다. 방에는 보리울 신모가 기다리고 있었다.

신모(神母)는 80대로 보였고 목에 360개 대(大)단주를 두르고 있었다. 여홍이 방에 들어서자 여홍을 보는 신모의 눈에 이채(異彩)가 흘렀다.

여홍이 신모(神母)에게 인사를 드렸다.

"처음 뵙겠습니다. 여홍이라고 합니다."

그때, 어린 신녀가 환화차(茶)를 내왔다. 차에서 은은한 향이 느껴졌다.

신모가 환하게 웃으며 반겼다.

"창해신검은 신룡(神龍)과 같은 분이라고 들었는데, 뵙고 보니 의외로 약관(弱冠)이시군요."

여홍이 포권(抱拳)의 예(禮)를 취하며 대답했다.

"신모님, 모두 과장된 소문일 뿐입니다."

천하 무림을 뒤흔들고 있는 여홍의 말과 몸가짐은 자연스러웠으며 조금의 가식(假飾)도 없었다.

무예계를 오만하게 바라보던 참수도(斬手刀)의 손목을 부러뜨리고, 만독거미를 손바닥 뒤집듯 해치운 창해신검이 이토록 젊고 소탈하며 겸손한 사나이인줄 몰랐던 보리울 신모는, 별빛 같은 신광(神光)이 일렁이는 여홍의 눈에서 측량(測量)할 수 없는 공력(功力)을 느끼며 고개를 끄덕였다.

"여인국에는 어쩐 일이십니까?"

"제가 백두선문에 머물 때에 백룡선사님과 중앙정사님께 저의 기구한 사연을 말씀드린 적이 있었는데, 두 분은 저와 여인국(國)이 무언가 명주실만큼 질기고 가는 인연이 있는 것 같다고 말씀하셨습니다."

여홍은 보리울 신모에게 동예국 매가홀에서 자라온 이야기와 사부상도(常刀)를 만난 이후의 일들을 모두 말씀드리고 품속에서 비단손수건을 꺼내 건넸다. 사연을 듣는 내내 신모는 아무 말이 없었으나 중간 중간 신음을 토하며, 여홍의 금척(金尺)과 관련된 기나긴 여정(旅程)과 그 과정에 검산도림(劍山刀林)을 뚫고 걸어온 의협(義俠)의 길에 놀라움을 감추지 못했다.
특히,
적발, 백발마군에게 적염장을 맞은 어머니가 자기는 생모(生母)가 아니며, 십팔 년 전 강에 흘러가는 두레박에서 갓난아기였던 자기를 건져 길렀다는 것을 알려주고 돌아가셨다는 말을 하는 순간, 신모(神母)의 눈에 망연(茫然: 떠오르지 않아 막막함)한 눈빛이 떠오르다 사라졌다.
여홍의 말이 끝나자, 손수건의 별 세 개와 반달을 이리저리 살펴보던 신모의 눈이 한 귀퉁이의 흐릿한 수(繡)에 머무르다 돌연 안색이 바뀌었다.
"아...! 대협, 손수건을 만든 비단은 이곳 신녀들이 짠 것이 맞습니다. 그리고 세 개의 별과 반달은 모르겠으나, 귀퉁이의 무늬는 진달래꽃입니다.
우리 진달래 당의 신녀(神女)라는 표식이지요.
그러나 어떻게 해서 두레박의 아기 손에 쥐어져 있었는지는 알 길이 없습니다,
이 손수건이 누구의 것인지 알아보는 것은 워낙 오래 전의 일이라 시간이 좀 걸릴 것입니다.
내가 신모(神母)로 있는 삼십여 년 간 결혼한 신녀들은 한 명도 없었습니다.
여긴 여인들의 수행 도장으로, 손수건의 주인이 나의 어머니라고 갑

자기 찾아다니면 여신전(女神殿)의 권위가 훼손됩니다. 집법장로가 가만히 있지 않을 것입니다.

대협, 일단 객사로 돌아가 기다리시지요. 대협도 이미 아시겠지만, 이곳은 남자가 들어올 수 없는 곳입니다. 내일 직녀(織女)들을 총괄하는 직조(織造)장로 양임을 만나보도록 하시오."

말을 마친 신모가 손수건을 돌려주었다. 생모에 관한 단서를 찾을 수 있을 것이라고 기대했던 여홍은 신모(神母)의 확인이 너무나 반가웠다.

"느닷없는 저의 방문을 내치지 않고 살펴봐 주신 신모님의 온정(溫情) 잊지 않겠습니다.

소생(小生), 물러가겠습니다."

여홍이 방바닥에 두 손을 짚고 머리를 깊이 조아렸다.

신모는 여홍의 말에서 일대(一代) 영웅의 기품(氣稟)과 태산 같은 무게를 느꼈다.

'강호 영웅들이 추앙하며 오매불망 만나보기를 갈망하는 신협(神俠) 창해신검이 어머니를 찾기 위해 내 앞에 머리를 숙이고 있다. 아.........'

여홍이 몸을 일으키는 동안 신모는 여홍의 모습을 측은한 눈빛으로 지켜보았다.

그때, 무언가 생각이 난 듯 여홍이 말했다.

"신모님, 제가 감성대를 떠나올 때 아돈님이 삼양법사님의 소식을 알아보아 달라는 부탁을 했습니다. 혹시 그간에 소식은 있었는지요?"

여홍의 말을 들은 신모(神母)가 긴 한숨을 내쉬었다.

"십팔 년 전 야인들의 대규모 침략이 있었소. 그 후, 야인(野人)들의 동태를 살피기 위해 파견한 신녀들이 돌아오지 않아, 이들을 찾으러 신녀들을 두 차례 보냈는데 모두 사라졌소이다.
이어, 삼양법사가 북옥저의 다섯 무사들과 신녀 두 사람을 이끌고 흑림으로 들어갔으나 그 또한 지금까지 소식이 없어 모두 죽은 것으로 생각하오.
나는 더 이상 야인과 야수들이 우글대는 흑림으로 보낼 엄두가 나지 않았기에, 북옥저 가한에게 몇 차례 서한을 올려 보고를 드리고 도움을 청했으나, 정치는 선계의 일에 관여해서는 안 되며 선계(仙界)의 일은 선문(仙門) 스스로 해결하는 것이 좋겠다며 아무런 지원을 해주지 않았소이다.
그래서 바이칼선문과 백두선문에 전갈을 보냈지만 각 선문에서도 선뜻 대책을 내놓지 못했고, 몇 차례 더 상의를 해보아도 결과는 늘 마찬가지였소.
세월이 흐르자, 야인들도 더 이상 여인국 주변에 나타나지 않았소이다. 그렇게 오늘까지 유야무야(有耶無耶) 흘러온 것이오. 지금이라도 흑림(黑林)으로 가보고 싶지만, 이제는 나도 늙어 자신이 없소이다."
신모는 다시 소단주를 돌리며, 들릴 듯 말 듯 선도(仙道) 경전의 가르침을 암송하기 시작했다.
감성대의 아돈이
"여인국은 성모(聖母) 웅녀님을 모시는 신전이며, 그곳에는 웅녀님이 전해주신 각종 선(仙)음악과 경전을 읽는 여러 독송법이 전해지고 있습니다.
21일 간의 수련 후 우주의 이치를 깨달으신 웅녀님이 여러 가지 주문으로 만들어 제자들에게 전해주신 것들입니다."

라고 한 이야기가 생각났다. 음악에 밝은 여홍의 귀에는 독송하는 곡조가 어렵지 않게 들려왔다. 얼마 후 신모의 독송이 끝나자, 정신이 돌아왔다.
"대협은 그만 쉬시지요. 나는 신전(神殿)으로 가서 할 일이 있소이다."
신모가 나가고 여홍은 어린 신녀의 안내로 객사에 들었다. 객사는 여인국 입구 쪽에 있었다. 객사 마당에는 천년이 넘게 자란 암수 두 그루의 은행나무가 있었다.
객사에 든 여홍은 창문을 열고 팔을 괸 채 나무를 바라보며 이런저런 생각을 했다.
'여인국에 오면 어머니 소식을 조금이라도 알 수 있을 것이라고 생각했는데, 드디어 희망이 보이는구나.'
여홍은 가벼워진 마음으로 밖으로 나와 주변 숲을 걸었다. 숲속에는 수많은 새들이 살고 있었다. 새들이 지저귀고 시원한 바람이 불자 기분이 상쾌해졌다. 발길 닿는 대로 걷다보니 몇 그루의 느티나무 아래에 우물이 있었다.
여홍은 호기심을 느끼며 우물로 다가갔다.
우물을 들여다보니 밑이 보이지 않는 깊은 우물이었다. 맑은 물이 넉넉하게 차 있었다. 문득 갈증을 느낀 여홍이 두레박으로 물을 길어 벌컥벌컥 마셨다. 시원한 우물물이 가슴에 꽉 찬 근심을 씻어 내리는 듯 했다.
여홍이 두레박을 자리에 내려놓으려다 다시 올려들고 눈여겨보았다. 보통의 마을 두레박 보다는 커 보였다.
'그렇지,
내가 두레박을 타고 강을 내려왔다고 하던데, 바로 이런 두레박이었

을까?'
하며 객사로 돌아와, 객사의 신녀가 차려준 식사를 하고 자리에 누웠다.

 다음날 직조장로가 보낸 신녀가 객사로 왔다. 눈같이 하얀 띠를 매고 있었다. 신녀를 따라 직조당(織造堂)으로 올라갔다. 직조당은 큰 건물 한 채와 세 개의 작은 건물로 이루어져 있었다. 건물 안에는 백여 대의 베틀이 있었고 베틀마다 신녀들이 앉아 부지런히 베를 짜고 있었다.
수많은 신녀들이 베를 짜는 모습은 대단한 광경이었다. 여리고 가는 손이 섬세하면서도 눈이 부시도록 빠르게 움직이고 있었다. 북을 던지고 발을 놀리는 박자와 율동이 한 치의 흐트러짐이 없이 일사불란했다.
여홍이 구경하고 있자니, 오십 대로 보이는 직조장로 양임이 나와 맞이했다.
"대협, 어서 오십시오. 천하의 창해신검이 이렇게 젊은 분이라니 그저 놀라울 따름입니다."
"부끄럽습니다. 장로(長老)님, 모두가 과장(誇張)된 소문입니다."
여홍이 양임을 따라 장로실로 들어갔다.
안에는 직사각형의 큰 탁자 한 개와 열 개의 의자가 있었다. 양장로가 자리를 권하자 여홍이 맞은편에 앉았다. 시중드는 신녀가 뽕잎차 한 잔을 내왔다.
장로가 차를 권하며 입을 열었다
"신모(神母)님 말씀을 들으니, 비단 손수건을 하나 가져오셨다고요?"
"네, 여기 있습니다. 오래된 손수건이지만 혹 주인을 찾을 수 없겠습니까?"
양장로가 손수건을 받아들고 탁자 위에 펼쳐놓았다. 손수건에 놓은 수를 자세히 살펴보던 장로(長老)의 얼굴에 놀라는 기색이 역력했다.
이를 본 여홍은 가슴이 뛰었다.
양장로가 물었다.
"손수건의 주인은 누구입니까?"
"저의 어머니 것입니다."
"어머니? 대협의 어머니란 말인가요? 이곳은 혼인하지 않은 여인들만 들어올 수 있는 곳입니다. 수백 년 이래 아기를 낳았다는 신녀는 없었습니다."
"장로님, 손수건의 임자가 이곳의 신녀(神女)님일까요?"
장로가 대답했다.
"네, 그렇습니다."
여홍이 조심스럽게 물었다.
"아! 그럼 손수건의 주인이 누구신지 알 수는 있겠습니까?"
"세 개의 별과 반달은 모르겠으나, 귀퉁이의 작은 무늬는 분명 진달래꽃입니다. 진달래 당의 신녀(神女)라는 표식이지요. 그러나 진달래 당 신녀들만 해도 백오십 명이나 됩니다. 그리고 이 일은 조용히 알아보아야만 합니다.
자칫, 우리의 명예(名譽)에 흠이 갈 수도 있기 때문입니다.
제가 더 알아 볼 테니, 대협(大俠)은 객사(客舍)로 돌아가 기다리시지요."
사실, 양임 장로는 이십년 전 신정(神井)의 물을 마시고 수태한 솔이의 사건을 모르고 있었다.

십 구년 전 솔이의 출산 후, 집법장로와 교무장로의 추궁을 받고 소스라치게 놀란 보리울 신모는 소문의 발원지를 찾아 출산을 도운 신녀들을 엄히 단속하고, 소문의 경로를 따라 사실을 알고 있는 장로 수 명과 몇몇 신녀들의 입을 어떻게든 틀어막아, 신녀국 전체에 알려지지 않도록 덮었으며, 그 시기에 양임 장로는 비단공급과 관련한 외부의 일로 장기간 출타하여 신녀국(國) 내에 없었기 때문이었다.

 여홍은 드디어 자기를 낳아준 어머니를 찾을 수 있다는 기대를 하면서 객사로 내려왔다. 이틀 뒤 연락이 와 찾아갔다. 아만당에 들어가니 보리울 신모와 직조장로 양임이 함께 있었다. 신모(神母)가 말했다.
"대협, 어서 오시오."
여홍이 인사를 드리고 자리에 앉았다. 양장로가 손수건을 여홍에게 돌려주며 말했다.
"대협,
손수건의 주인을 조사해 보았습니다. 진달래당 신녀들은 모두 오래된 일이라 기억들이 나지 않는다고 했는데 다행히 손수건의 수를 본 진달래 당주가 기억을 해내더군요. 대협, 손수건을 한번 보시지요."
여홍이 손수건을 펼쳐 놓았다. 반짝반짝 빛나는 세 개의 작은 별과 금빛 반달이 마주보고 있는 그림은, 어머니를 상상할 때마다 들여다보아서 펴보지 않고도 세세히 기억하고 있었다.
"대협, 이곳의 신녀들은 진달래당, 모란당, 국화당, 난초당, 매화당

중 어느 한 곳에 소속되어 있습니다. 진달래꽃은 진달래당을 가리킵니다. 진달래당 신녀들은 모두가 손수건에 진달래꽃을 수놓고 있습니다.

그런데 이 손수건은 다른 것과는 달리 세 개의 별과 반달이 더 그려져 있습니다. 한 명 한 명 확인해 본 결과, 어느 신녀(神女)가 '반달'을 보고서 손수건의 임자는 '달이'라는 신녀일 것 같다고 말하더군요."

여홍이 뛰어오르는 가슴을 누르며 물었다.

"그럼 신녀 달이님을 제가 한번 뵐 수 있겠습니까?"

"달이 신녀는 지금 이곳에 없습니다.

십칠 년 전, 흑림(黑林)으로 정찰 나갔던 신녀들과 이후 신녀들을 찾으러 간 삼양법사 일행이 돌아오지 않자, 이년 뒤 각 당에서 신녀 두 명씩 열 명으로 구조팀을 꾸려 다시 보낸 적이 있었는데 신녀(神女) 달이는 그때 여기에 포함되었다가 아직까지 돌아오지 않았습니다."

여홍은 실망했다. 금방 잡힐 것 같다가 거품처럼 사라져 버리는 것이 아닌가.

"아, 예..."

"대협, 혹시나 해서 달이를 아는 신녀들에게 물어보니, 달이는 수행이 깊은 신녀로 여인국에 들어 온 이후 흑림으로 파견될 때까지 결혼을 한 적도 임신을 한 사실도 절대 없었다는 것입니다.

여인들이 수태 사실을 열 달 동안 감추기 어렵다는 것을 잘 알고 계시겠지요?

두레박 속의 아기 손에 어떻게 신녀(神女) 달이의 손수건이 있었는지는 저희도 알 길이 없습니다."

양장로 옆에 앉아 있던 신모가 알 수 없는 고뇌에 찬 얼굴로 말했다.
"대협, 우리가 도와드릴 수 있는 것은 여기까지인 것 같소. 이곳은 웅녀님을 모시고 수도를 하는 도량이오. 이 일로 신녀들이 소곤거리는 일이 생기고 있소이다. 서운하시겠으나, 이만 돌아가 주셨으면 합니다."
여홍은 낙담했다. 맞는 말씀이었다. 스스로 생각해도 손수건 하나 들고 여인국에 불쑥 찾아와 생모를 찾는다며 신전을 어지럽힐 수는 없는 일이었다.
그러나 여홍은 포기하지 않았다. 돌아오지 않는 '달이'라는 신녀를 찾아 손수건에 대하여 물어보고 싶었다. 그곳이 지옥이라 할지라도 어머니와 관련이 있을 것으로만 생각되는 신녀님을 꼭 한 번 만나보고 싶었다.
여홍은 자기도 모르게 눈물을 글썽였다.
"제가 흑림으로 들어가 달이 신녀님과 삼양법사님의 흔적을 찾아보겠습니다."
보리울 신모와 양임 장로는 깜짝 놀랐다.
"아니! 마귀, 요괴, 악의 무리가 우글거리는 흑림으로 신녀들을 찾으러가겠다고요?"
"예, 흑림으로 들어가 볼까 합니다."
보리울 신모(神母)와 직조장로 양임은 서로의 얼굴을 쳐다보았다.
'말릴 수 없는 일이다.
부모와 자식의 연은 억겁의 연이 쌓여 맺어진다고 하지 않았던가.
더욱이, 절세고수인 삼양법사와 용맹스러운 그 제자들마저 돌아오지 못했고 다시 보낸 열 명의 신녀들도 아무 소식이 없었으며 더 이상 파견할만한 신녀가 없었기에, 그동안 마음은 있었으나 움직이지 못하고 있던 터, 창해신검 여홍이 나서준다면 이 이상 적당한 사람이 어디에 또 있겠는가.'
하는 눈빛을 주고받았다.
"대협이 흑림에 가 신녀들의 소식을 알아봐 주신다면 우리 여인국에 큰 은혜를 내리시는 것입니다. 그러나 저희 여인국이 대협께 어떻게 보상해드려야 할지...?"
여홍이 포권(抱拳)을 취하며 담담하게 말했다.
"신모님, 저는 선객입니다. 마음으로 의(義)를 쫓을 뿐, 달리 무엇이 필요하겠습니까?"
긴 세월을 흑림으로 간 신녀들과 삼양 법사와 그 제자들에 대한 죄책감(罪責感)으로 짓눌려 살아온 신모는 여홍의 말에 깊이 감동했다.
"흑림으로 가신다면, 우리 신녀들은 매일 아침 대협의 무운(武運)을 비는 기도를 올릴 것입니다.
대협께 하늘의 28수(宿)를 거느리는 칠성님의 가호가 있을 것입니다."
여홍이 미소를 지었다.
"감사합니다. 그럼, 그동안 정찰을 떠날 당시의 신녀님들과 법사님에 대한 참고할 만한 것을 제게 알려 주십시오."
보리울 신모와 양임 장로는 즉시 여홍을 데리고 신전 옆의 지제관(持提館)으로 갔다.
지제관은 여인국의 장로 회의실이었다. 가로 다섯 자, 세로 일곱 자 길이의 비단에 수(繡)를 뜬 아름다운 북옥저 지도가 벽에 걸려 있었다.

조선 제후국, 북옥저 북쪽의 세밀한 경관(景觀)이 한 눈에 들어왔다. 신모는 신녀들에게 무공을 지도하는 호법장로 찰떡구를 불렀다.
한참 후 호법장로가 나타났다. 사십대 중반의 호법장로는 그 이름에 걸맞게 큰 떡시루 같이 생겼다. 기골이 장대하여 부드러운 느낌은 찾아보기 어려웠다.
그러나 호법장로의 걸음걸이에서 한눈에 내공이 높은 고수임을 알아 볼 수 있었다.
장로는 그동안 돌아오지 못한 신녀들과 삼양법사 구조 대책을 담당해왔다고 했다. 신모로부터 여홍을 소개받은 호법장로는 지도를 짚어가며 흑림의 지리와 그동안 수집한 야인들에 대한 정보를 이야기 해주었다.
"그동안 구이원 각지로 정찰 나갔던 우리 신녀들이 수집해온 정보로는 이십년 전부터 가라무렌강(江) 너머에 살인, 약탈, 강간, 방화 등을 전문으로 하는 흑전방(黑箭幇)이라는 조직이 등장했다고 합니다.
흑전방은 흑림 황사산(荒邪山)에 있다고 들었습니다만 황사산이 어디에 있는 지는 우리도 알 수 없었습니다. 흑전방 부하를 한 명 잡아 문초(問招)하면 야인들의 근거지를 알아낼 수 있지 않을까 생각하오."
흑전방이라는 조직이 북옥저의 북쪽 지대를 휘젓고 다닌다는 말은 여홍으로서는 처음 듣는 얘기였다.
"찰장로님, 그럼 야인들을 조정하는 배후가 흑전방이란 말입니까?"
"잘은 모르겠소만, 그들이 어떤 식으로든 관련이 있는 것은 분명합니다. 흑림은 평원, 늪, 소택(沼澤), 호수 등이 끝없이 펼쳐져 있다고 합니다.

이 지도는 우리가 여러 가지 정보를 수집하고 끼워 맞추어 그린 것입니다. 꼭 맞는다고는 장담할 수가 없으니 참고만 해주시면 되겠습니다."

아닌 게 아니라 가라무렌강(江) 건너 인근 지역만 대강 그려져 있었고 그 외의 지역은 많은 부분이 텅 비어 있었다. 잠시 생각에 빠져 있던 여홍이 물었다.

"장로님, 가달성은 어디쯤에 있습니까?"

신모와 찰장로, 양장로의 안색이 바뀌었다.

"대협, 가달성을 아십니까? 저희도 말로만 들었지, 그 실체를 모르고 있습니다.

다만 그곳이 만악(萬惡)의 본거지 일 것이라고 짐작만 할 뿐입니다."

"예. 제가 가달성(城)의 살수(殺手)들과 몇 차례 싸워 본 적이 있습니다."

신모와 장로들이 더욱 놀라워했다.

"네? 가달성의 고수들과 싸워 보신 적이 있다고요!"

여홍이 그동안 겪었던 일들을 이야기해 주자, 신모와 장로들이 탄성을 질렀다.

"아! 그들이 조선 열국에까지 이미 세력을 뻗치고 있었군요. 아마도 가달성이 흑림을 거의 장악한 모양입니다."

여홍은

신모와 찰장로로부터 삼양법사와 신녀들이 흑림의 어느 곳에서 실종 되었을지, 어느 곳을 조사해 보아야 할지에 대해 늦도록 대화를 나누다 객사(客舍)로 돌아왔다. 다음날, 아침 일찍 찰장로가 객사로 찾아왔다.

여홍에게 어떤 무기를 사용하는지를 물어보고
"신모님의 지시입니다. 대협이 절세의 신공을 지니셨으나, 가시는 곳이 워낙 험한지라 흑도의 무리와 싸울 때 조금이라도 도움이 될 만한 것을 찾아보라고 하셨습니다.
저희 신녀들은 남성보다 힘이 약하고 몸집이 작아 위급할 때 암기를 사용합니다. 여인국에는 신녀들이 지니고 다니는 몇 가지 종류의 암기가 있습니다.
그 중에 북은 우리 여인네들이 베를 짤 때 손에 쥐었다 던지는 기구로 손에 익숙하지요.
그래서 북 모양으로 작게 만들었는데, 좌우(左右)가 뾰족해서 몸에 박히면 치명적이고 잘 빠지지 않으며 오히려 몸 안에서 돌아다닙니다.
이번에 대협께 드리는 북에는 특별히 극독을 넣었습니다. 정정당당하지는 않으나, 악마들을 상대하는 부득이한 경우이니 만큼 한울님도 용서하실 겁니다.
제가 던지는 방법을 말씀 드릴 터이니 위급할 때 사용하시기 바랍니다."
하며 북을 쥐고 던지는 수법을 상세하게 알려주었다. 여홍은 찰장로의 정교하고 유연한 솜씨에 내심 감탄했다.
'이 술법은 무섭기도 하지만, 신녀들의 우아함과 잘 어울리며 아름답기까지 하다!'
여홍은 암기를 쓰는 것이 내키지 않았으나, 찰장로가 애원하듯 선물하는 북 세 개를 차마 거절할 수 없었다.
여홍은 호법장로가 어제 빠뜨렸다는 흑림의 지리와 야인들에 대한 정보를 더 들은 후, 준마(駿馬)와 건량을 준비해 주며 신녀들 중 고수(高手) 몇을 데려가면 어떻겠느냐고 묻는 보리울 신모의 의견을 정중히 사양하고 홀로 길을 떠났다.

구조대

여홍이 신녀국으로 가고 있을 때, 얼룩장에서는, 장주의 딸 선화를 구출하기 위해 모여든 군웅들 중 마지막까지 남아있던 십 삼인의 무사가 며칠을 더 머물며 전략회의를 한 후, 구조 준비를 마치고 흑림으로 떠났다.

십 삼인은 열국 각지에서 온 호걸들이었다. 그들은 먼저 구조대장을 선출했다. 대장은 연해이검 중 비창이 맡되, 가라무렌강(江)을 건너면 두 조로 나누어 움직이기로 했다.

제1 조는 연해이검 비연과 비창, 돼지치기 목부(牧夫) 저동아, 조문국의 쌍검(雙劍) 우수, 마한연맹 독로국(瀆盧國)의 유유, 달성의 채찍 땅개, 흥개호(湖) 월아창(槍)의 달인 곽부로, 조장(組長)은 비연이 맡았다.

제2 조는 읍루에서 온 영고검객 청완, 동옥저의 사슬낫 곰치, 마한연맹 아림국(兒林國)의 검객 명호, 비리성의 삭요, 야성(城)의 명궁 시철, 맥성(城)의 약막으로, 조장(組長)은 영고검객(迎鼓劍客) 청완이 맡았다.

그들은 우선 선화 아씨가 사냥 나갔던 곳과 구조대 40명이 오림요마와 싸워 패했던 지역을 살펴보고 그들이 지나간 길을 따라 북으로 올라갔다.

인근을 탐문해보니 오림요마는 그의 아들 비각(飛脚) 망태발과 딸 요설(妖舌) 망뚜순을 데리고 동강홀을 경유해 가라무렌강(江)을 건넜다고 했다.

동강홀은 송화강이 가라무렌강에 합수(合水)되는 곳이었다. 송화강 하류 일대는 읍루국 변경에 속하는 지역이었다. 동강홀 까지는 얼룩장주 갈단이 직접 자신의 호위무사들과 함께 가라무렌강(江)을 건너는 배편을 마련해주어 모든 것이 마치 유람(遊覽)하는 것처럼 수월하였다.

그러나 그들이 강을 건넌 후에는 상황이 돌변했다. 사람이 사는 마을 자체가 없고 황량한 초원 지대가 펼쳐지고 있었다. 사람 키의 두 세배나 되는 갈대와 수풀이 자라고 있었고, 곳곳에 괴상한 짐승들이 사는 소택(沼澤: 늪과 못)과 검은 늪 그리고 이름 모를 이끼들로 가득한 호수들이 즐비했다. 까딱 잘못 들어섰다가는 길을 찾다 지쳐서 죽고 말 곳이었다. 그들은 가라무렌강으로 흘러드는 지류(支流)를 따라 멀리 산악지대를 바라보고 달려갔다.

그나마 다행스러운 것은 할멈 일행도 저 산악을 보고 갔을 것이라는 사실이었다. 군웅들은 각자가 지닌 경신술을 최대로 발휘하여 달려갔다.

사흘 뒤, 구조대는 초원을 빠져나왔으나 밀림으로 이어진 산악지대로 접어들었다. 그들은 어느 방향으로 가야할 지 막막했다. 지도에도 없는 흑림에 들어섰기 때문이었다. 구조대는 일단 얼룩장주가 말한 흑전방이 있다는 황사산(山)을 찾아보기로 했다. 그러나 그들 가운데 황사산이 어디를 말하는지 아는 사람은 아무도 없었으며, 수많은 준령(峻嶺: 높고 가파른 고개)이 그들의 전방 서남쪽에서 동북으로 뻗어있었다.
조장을 맡은 비연이 말했다.
"지역이 광활하니 아무래도 2조로 나누어 수색해 보는 것이 좋을 것 같습니다. 멀리 보이는 제일 높은 봉우리를 '구조봉'이라고 부르기로 합시다.
1조는 구조봉을 보고 전진하고, 2조는 동쪽으로 돌아 이틀 뒤에 구조봉에서 만납시다."
수색을 하다 적의 소굴을 발견하거나 만나면 명적(鳴鏑: 우는 살)을 쏘아 올려 신호를 주기로 했다.
제1 조 연해이검 일행은 계속 강을 따라 올라가다 숲으로 통과하는 길을 잡았는데, 가시덤불 사이에 우뚝 솟은 바위 덩어리 하나를 발견하였다. 바위에는 다음과 같은 경고가 붉은 글씨로 새겨져 있었다.
"삼신(三神)을 따르는 자들은 들어오지 말라. 이를 어길시 가죽을 벗겨 마군(魔軍)의 북을 만들고, 뼈다귀와 살은 국을 끓여 요괴들의 밥상에 올릴 것이니라."
연해이검 비연 이하 군웅들은 등골이 서늘해져 왔다. 비연이 냉랭하게 말했다.
"모두 이 정도의 글귀로 두려워하지 않으리라 믿소. 이는 우리가 제대로 찾아왔다는 증거가 아니겠소?
망나니 할멈 가족도 분명 이곳을 지나갔을 것이오. 계속 전진합시다."
조문국(國)의 쌍검(雙劍) 우수가 가슴을 쫘악 펴며 호기롭게 말했다.

"어떤 놈들인지 흑림을 아예 자기 소굴이라고 표시를 해놓았군. 기분 나쁜 이 바위를 언덕 아래로 굴려버립시다."
무사들이 찬성하며 거머리처럼 바위에 들러붙었다. 이 때 제일 뒤에 따라오던 쇠스랑을 든 저동아가 말했다.
"선객님들, 이 돌은 건드리지 말고 그대로 두는 것이 좋을 듯합니다."
비연이 물었다.
"저소협, 이유가 무언인가요?"
"우리는 정체도 모르는 적을 공격하기 위해 흑림에 몰래 들어왔습니다. 이들의 표지 석을 넘어뜨리면, 그들이 자기들 영역에 침입자가 들어온 것을 알아차리지 않겠습니까?
그리고 우리가 돌아갈 때 이정표도 될 수 있으니 건드리지 말고 그대로 두고 가는 게 좋을 것 같습니다."
무사들은 저동아의 말을 듣고 탄복했다. 북옥저의 달성에서 온 땅개가 말했다.
"으하하하, 나는 소협이 돼지우리에서 쓰는 쇠스랑을 들고 와서 돼지처럼 미련한 줄 알았네만, 이제 보니 매우 주도면밀(周到綿密)하오. 소협의 말대로 하는 것이 좋겠소이다."
"하하하하.."
모두들 한바탕 호탕하게 웃으며 앞에 보이는 산(山)을 보고 올라갔다. 계곡들을 수색하며 다음날 오시(午時: 11시 반~ 13시 반)가 되서야 능선에 올랐으나, 도적떼 소굴(巢窟) 같은 것은 발견 할 수 없었다.
다만 탁 트인 북쪽으로 수백 리 되는 곳에, 구름을 뚫고 높이 솟은 음침한 기운이 맴도는 산(山)을 보고 모두가 할 말을 잃고 말았다.

일행 중 그 산에 대해서 아는 사람은 없었다. 월아창을 든 곽부가 신음하듯 한마디 했다.
"음.. 기분 나쁜 산이군."
이어 능선 바로 아래의 바위굴에서 반 시진(- 1시간)을 쉬고 다시 구조봉으로 향했다. 두 시진이 지나 이윽고 구조봉에 도착한 후 2조가 올라오길 기다렸다.
그러나 2조는 올라오지 않았으며, 다음날 오후 2조가 올라 올 산(山) 동쪽을 눈이 빠지도록 바라보던 중, 산속에서 명적이 솟구치는 것을 발견했다. 위험을 알리는 신호였다. 연해이검 비승이 소리쳤다.
"2조가 위험에 처한 모양입니다!"
군웅들은 즉시 명적이 솟아오른 방향으로 능선(稜線)을 타고 내달렸다.

한편, 구조대 제2 조는 동쪽으로 돌아 산악지대 동사면(東斜面: 동쪽 비탈)을 수색하며 나아갔으나, 험한 계곡과 깊은 늪지대가 이어져 시간이 많이 소요되었다. 그들은 이틀 째 되는 날 석양이 되어서야, 간신히 늪지대를 빠져나와 구조봉이 올려다 보이는 계곡에 들어섰다.
1조와 약속한 시간이 넘어버렸으나 날이 어두워지고 있어 할 수 없이 적당한 동굴을 찾아 눈을 붙이고 다음날 아침 일찍 산(山)에 올랐다.
조장 영고검객 청완을 선두로 5인의 무사가 뒤를 따르고 있었다. 계곡을 타고 한참을 오르다 앞서 가던 영고검객이 다급히 몸을 숨기라는 신호를 보내자, 모두 가까운 수풀로 몸을 숨겼다. 잠시 후, 희한하게 생긴 짐승 두 마리가 내려오고 있었는데 그 기이한 모습에 군웅들은 깜짝 놀랐다.

사람 얼굴에 흰 수염이 나 있었으며, 붉은 돼지 갈기와 긴 꼬리가 달려 있었다. 기어 내려오는 앞뒤의 발은 원숭이의 사지(四肢)를 닮았으며 늑대 발톱을 가지고 있었다.

그동안 소문으로만 들어온 흑림의 인두요괴(人頭妖怪: 사람 얼굴의 요괴)가 아닌가.

요괴들은 인간의 말을 하고 있었다.

"오늘 밤 마제(魔祭) 때는 흑무(黑巫)님이 오신다고 했지?"

"흐흐흐, 그렇다는군... 틀림없이 훌륭한 마제가 될 거야."

"가달마황님께 올리는 제물은 준비되었겠지?"

"이면족 추장이 오늘을 위해 잡아들인 조선 처녀 삼십육 명을 마제(魔祭)에 몽땅 올리겠다고 했다네."

"크크크, 오늘 오랜만에 부드러운 인육 맛을 보겠군!"

"계집들의 야들야들한 고기를 뜯어먹을 것을 생각하면 벌써부터 막 흥분이 돼!"

"크크, 이러다 늦겠다. 빨리 가자. 마제에 늦으면 마각대왕에게 잡아먹혀!"

하며 요괴들이 달리려고 할 때였다.

"흐흐흐.. 요괴들아, 어딜 가느냐!"

요괴들이 보니 숲속에서 여섯 명의 무사들이 나와 길을 막는 것이 아닌가.

한 요괴가 입 꼬리로 침을 질질 흘리며 좋아했다.

"키키키키키키키, 웬 횡재냐! 먹을거리가 떼로 몰려서 나타나다니!"

다른 요괴가 맞장구를 쳤다.
"흑림에 겁도 없이 들어오다니! 틀림없이 저놈들은 간이 클 거야. 술안주로 딱 맞겠는 걸!"
요괴들이 노는 꼴을 지켜보던 비리성(城)의 선객 삭요가 창을 들고 호통을 쳤다.
"요괴들이 보자보자 하니 가관이로구나! 우리는 이곳에 사람을 찾으러 왔다.
네놈들이 협조를 하면 살려주고, 그렇지 않으면 네놈들의 껍데기를 벗겨 가죽신을 만들어 버리겠다!"
삭요의 말을 들은 두 요괴가 서로를 마주 보면서 킥킥킥 비웃다가
"크아!"
하고 납작 엎드리며 웅크렸다. 날카롭고 긴 이빨을 드러내며 두 눈에 시퍼런 불을 켰다. 요괴들은 맹수였다. 영고검객 청완이 요괴들의 움직임을 보고 검을 뽑으며 외쳤다.
"사나운 놈들이오! 모두 조심하시오!"
요괴 하나가 빠르게 솟구쳤고, 다른 놈은 삭요를 향해 바람처럼 돌진해 왔다.
"캬악!"
"크악!"
호걸들이 요괴들을 노리고 무기를 휘둘렀다. 그러나 요괴들의 움직임은 빠르고 날렵했다.
"찍-!"
삭요를 노린 듯 보이던 요괴가 돌연 방향을 꺾으며 맥성(城) 선객(仙客) 약막의 오른쪽 어깨를 할퀴고 지나갔다. 대번에 피가 흐르며 옷을 적셨다. 천방지축으로 날뛰는 원숭이와 같은 민첩한 몸놀림이

었다. 공중으로 도약한 요괴가 호걸들이 무기를 피해 내려앉으며 다시 공격할 자세를 잡았다.
군웅들은 두 요괴의 사나우면서도 유연한 공격에 아연실색했다.
상대가 몇 명이든 조금의 두려움도 없는 왈패들이었다. 두 마리를 잡아 정보를 캐낼 생각이었는데 막상 상대하고 보니 헛된 망상이었다.
영고검객이 외쳤다.
"세 명이 편을 짜고 한 놈씩 상대합시다!"
이어 영고, 명호, 곰치가 한 놈을 협공하자 삭요, 시철, 약막이 나머지를 맡아 싸우기 시작했다.
"캬악!"
"얏!"
인간과 요괴의 살벌한 싸움이 이어지던 중 기회가 호걸들에게 먼저 찾아왔다.
좌우로 치고 들어오는 영고와 명호의 검을 피해, 삼장이나 뛰어오른 요괴가 몸을 뒤집는 순간,
긴 흑영(黑影: 검은 그림자)이 버드나무 가지가 휘어지듯 요괴의 발목을 감고 돌았다.
요괴(妖怪)가 시선을 뺏긴 틈을 타고 곰치가 사슬낫을 풀어 던진 것이다.
"사삭!"
"크악!"
발목이 끊어지는 소리와 함께 비명을 토한 요괴가 툭 떨어졌고, 빛살처럼 날아든 명호의 검(劍)이 요괴의 목을 가르고 지나갔다.
"크으윽!"

동료가 즉사하자 남은 요괴가 도망을 치기 시작했다. 그러나 십사장을 벗어나기도 전에, 어느새 시철이 날린 화살이 요괴의 등에 박혔다.
기가 막히도록 빠른 솜씨를 보인 명궁(名弓) 시철의 눈빛은 평소와 다름없이 고요했다.
두 요괴를 해치운 군웅들이 안도의 숨을 내쉬었다. 영고검객이 보니 선객 약막이 오른쪽 어깨를 조금 다쳤을 뿐 다친 사람이 없었다. 영고가 말했다.
"정말 무서운 요괴들이었소. 흑림(黑林)에는 별의별 요괴가 있다고 하더니 정말이었구려. 앞으로는 더욱 조심해서 전진해야 할 것 같소."
삭요가 영고에게 말했다.
"1조와 만나기로 한 시간이 어제 오후였는데, 시간을 너무 지체했소. 빨리 서둘러야 하오. 그리고 이 산은 황사산(山)이 아닌 것 같소이다."
상처에 약을 바르며 파요도(破妖刀)을 움직이던 선객 약막이 말했다.
"나도 그렇게 생각하오.
황사산에는 흑전방이라는 흑도 소굴이 있다고 했는데 엉뚱하게 요괴 두 마리가 내려오지 않았습니까? 다음엔 또 어떤 요괴가 나타날지...."
군웅들의 생각은 맞았다.
그러나 그들은 이곳이 흑전방이 있는 황사산보다 더 험한 계곡이 수십 개나 있는 파곡산(山) 지경이라는 것을 모르고 있었다.
어느 정도 피로가 풀리자, 군웅들은 다시 계곡을 타고 오르기 시작했다.
얼마쯤 가니, 숲이 없어지고 바늘 같이 뾰족한 가시나무들과 칼끝보다도 날카로운 이름 모를 억새 풀 그리고 징그러운 색깔의 열매들이 주렁주렁 매달린 괴상망측한 나무들이 자라고 있었다. 군웅들은 검과 창으로 앞을 막는 것들을 쳐내며 전진했다. 날카로운 가시덤불에 상처를 입지 않은 사람은 하나도 없었다.
한 마장을 나아가 언덕에 올라서니, 지금까지의 가시나무 장애물은 사라지고 풀 한포기 나무 한 그루 보이지 않는 황폐한 계곡이 나타났다.
강한 바람으로 뿌연 흙먼지가 날리고 있는 가운데, 계곡의 건너편은 높은 절벽으로 막혀 있어 산 위로 올라가는 길이 도무지 보이지를 않았다.
영고검객이 말했다.
"허! 길이 없군! 우리가 길을 잘못 잡은 것 같소이다."
야성의 시철이 말했다.
"그렇지 않아요. 영고검객님, 저기 왼쪽 편에 큰 바위들 뒤로 동굴이 보이지 않습니까? 그곳이 산 위로 오르는 통로일 것 같습니다만.."
군웅들이 시철이 가리키는 곳을 보니 과연 동굴이 있었다. 얼른 보기에는 바위들에 가려 잘 보이지 않았다.
시철은 명궁으로 남다른 안력(眼力: 시력)으로 대번에 알아보았던 것이다.
모두들 큰 바위 쪽으로 몸을 날렸다. 바위 뒤로 돌아서자 생각보다 큰 동굴이 입을 쩍 벌리고 있었다. 동굴은 세 사람이 함께 들어갈 수 있을 정도로 넓었으며 어둡고 컴컴했다.
"음, 이 동굴이 산위로 올라가는 통로가 맞는 것 같소. 그러나 안에 무언가 숨어 있을지 모르니 조심들 하시오."
구조대는 모두 긴장한 채 동굴 속을 전진했다. 동옥저의 곰치와 야성의 시철이 나뭇가지로 횃불 2개를 만들어 나누어들고 앞장을 섰다.
굴 안은 깊었다. 삼십여 장을 나아가자 앞에서 역겨운 냄새가 풍겨왔고, 안으로 들어 갈수록 점점 심해져 군웅들은 손으로 코를 움켜잡다시피 했다.
문득 굴 안의 풍경이 돌변했다. 구조대 앞에 넓은 공간이 나타났는데, 얼마나 큰지 수백 명이 들어갈 수 있을 정도의 광장(廣場) 같았다.
역한 냄새는 한쪽 바닥의 '장방형(- 직사각형)'으로 한 자쯤 꺼진 부분에서 나고 있었으며, 군웅(群雄)들이 다가가 살펴보니 억새와 갈대들이 두툼하게 깔려있었다. 비리성(城)의 창(槍) 잽이 삭요가 말했다.
"꼭, 돼지우리 같은데…"
하고 말이 채 끝나기도 전에
"킁킁킁킁! 꽤-액!"
소리가 동굴 안을 크게 울리며 어디선가 송아지만한 멧돼지 2마리가 나타나 군웅들은 노려보는 것이 아닌가.
한 마리는 희고 한 마리는 검었다. 입 밖으로 튀어나온 두 개의 어금니가 불빛을 받으며 날카롭게 번득였다. 모습은 꼭 멧돼지 같았으나,
말갈기만큼 길고 대젓가락처럼 굵은 털로 가득했고, 머리에는 뿔이

하나 있었으며 무섭게 찢어진 눈이 네 개였다. 위 두 개는 데굴데굴 구르며 주위를 살폈고, 아래쪽 두 개는 화난 사람처럼 부릅뜨고 침입자들을 노려보고 있었다. 발톱은 철판이라도 찢을 듯 강해 보였다.
여섯 명의 군웅들은 무섭게 생긴 요괴들을 보고 또 한 번 놀라며 무기를 뽑아 들었다.
그 때 의외에도 갑자기 검은 멧돼지 요괴가 사발이 깨지는 소리로 말을 걸어왔다.
선객들은 깜짝 놀라 기겁을 했다.
"네 놈들은 이곳 저웅동(猪雄洞)에 무슨 일로 들어 왔느냐?"
영고검객이 태연히 대답했다.
"당신들은 누구요?
우리는 얼룩장주의 딸을 납치해간 오림요마 망나니 할멈을 찾으러 왔소. 그래서 이 산봉우리를 조사하러 올라가고 있는 중이오."
검은 멧돼지가 말했다.
"킁킁킁킁,
우리는 요괴곡(谷)의 수문장 저마이웅(猪魔二雄: 돼지 마귀 둘)이다.
여긴 인간이라고는 한 명도 살고 있지 않다. 혹 있다면 먹다 남은 인육과 인간의 갈비 덩어리뿐이니라.
이곳을 지키며 수백 년을 살아왔으나, 사람이 들어온 것은 오늘 너희가 처음이다.
그러나 한 번 들어온 이상, 여기서 살아 나갈 수는 없다. 너희 주인 단제가 가르쳐 주지 않더냐. 예의를 지키라고 말이다.
남의 보금자리에 함부로 들어와 냄새나는 더러운 발로 밟고 다녔다. 크흥!

예의라고는 눈 네 개를 다 씻고도 찾아볼 수 없는 못된 것들...."
군웅들은 깜짝 놀랐다.
생전 처음 보는 멧돼지 같은 놈이 나타나 협박을 하고 단제까지 들먹이며 훈계를 하고 있지 않은가. 지켜보던 명호검객이 탄식을 했다.
"허! 세상이 거꾸로 돌아가는군. 요괴가 인간을 가르치려 하다니!"
이 말에 두 멧돼지가 여덟 개의 눈을 모두 부릅떴다. 여덟 개의 눈에서 흉측한 살기가 물줄기처럼 쏟아져 나왔다.
"꽤액!"
하고 멱따는 소리를 내며 군웅들에게 득달같이 달려들었다. 군웅들도 자리를 박차고 맞부딪쳤다.
"이-얏!"
"꽥-꽥!"
하며 멧돼지 요괴들과 군웅들이 수십 차례 엉켰다 떨어지며 치열한 싸움이 벌어졌다.
영고검객과 명호가 멧돼지들을 검으로 내리쳤으나 멧돼지의 털이 대나무처럼 단단하고 매끄러워 검이 옆으로 미끄러졌다.
시철도 협객들이 뒤엉켜있어 활을 쓰기 어려워 검을 휘두르며 싸웠다.
강아지도 자기 집 앞에서는 한 수 먹고 들어간다고, 멧돼지 요괴들은 자기들의 터에서 거침없이 덤벼들었다. 군웅들은, 명호가 드잡이질 속에 횃불을 놓쳐버려 곰치가 들고 있는 횃불 한 개만으로는 어둠 속에서 몸을 놀리기가 불편했다.
곰치 또한 횃불 때문에 사슬낫을 마음먹은 대로 던질 수 없어, 실력을 발휘하기가 어려웠다. 흑백(黑白)의 멧돼지들은 너무나 힘이 세고 빨랐다.
"으악!"
소리와 함께 아림국에서 온 명호검객이 쓰러졌다. 흰 멧돼지의 앞발굽에 정강이를 채이며 바닥으로 나동그라졌다. 다리가 뚝 부러진 것이다.
군웅들은 이러다 모두 당하고 말겠다는 생각이 들었다.
이 때, 곰치가 돼지우리 바닥으로 횃불을 휙- 던져버렸다. 사람들은 위기에 몰린 곰치가 몸을 피하기 위해 버린 줄 알고 크게 당황했다.
"앗! 곰치님! 안돼!"
하고 외쳤다.
그러나 의외로 상황은 달라졌다. 바닥에 깔려있던 마른 억새와 갈대로 불이 옮겨 붙으며 동굴 안이 대낮처럼 밝아졌다. 곰치는 그것을 노린 것이다.
두 손이 자유로워진 곰치는 사슬낫을 양손에 잡고 빠르게 돌려댔다. 그동안 하나 밖에 없는 횃불을 지키느라, 마음껏 움직이지 못했는데,
이제는 싸움에 온힘을 쏟아 부을 수 있었다. 멧돼지 요괴들은 자기들의 집에 불이 붙자 무섭게 화를 내며 미친 듯이 달려들었다.
"꽤애액!"
이때 명궁(名弓) 시철의 손이 바람처럼 움직이자, 굳센 화살이 거친 파공음을 일으키며 짧은 순간 불빛 속에 어지러이 뒤섞인 군웅들의 그림자를 뚫고 흑(黑)멧돼지의 아래 왼쪽 눈에 깊숙이 틀어박혔다.
"꽤애애액!"
하고 고통스런 비명을 지르며 멧돼지가 뒤로 쓰러졌으나 바로 다시 일어나 길길이 뛰며 달려들었다. 이를 본 흰 멧돼지가 토사(土砂)가

무너지듯 빠르게 들이박아 왔다.

미처 피하지 못한 약막이 흰 멧돼지 어금니에 옆구리를 찔리며 넘어졌다.

"윽!"

약막의 몸이 뒤로 허물어지자 흰 멧돼지가 약막을 짓밟기 위해 덤벼들었다. 순간, 영고검객의 검이 전광석화처럼 호를 그리며 멧돼지의 머리에 난 뿔을 후려쳤다.

그러나

"땅!"

소리와 파란 불꽃만 튀었을 뿐 영고검객은 팔꿈치까지 울려오는 충격으로 검을 놓칠 뻔 했다. 그러나 멧돼지 또한 영고검객의 두터운 내공이 실린 검에 목이 뒤로 젖혀지며 거친 털이 드문드문 난 목살을 드러내고 말았다.

이때, 눈을 치뜨고 내던진 삭요의 창(槍)이 불길 속을 나는 이무기처럼 꿈틀거리며 흰 멧돼지의 목 밑을 무자비하게 파고들었다. 삭요가 비장의 창술(槍術) 비창관후(飛槍貫喉: 나는 창이 목을 꿰뚫다)를 펼친 것이다.

"캬-!"

하는 비명과 함께 네 개의 눈이 동시에 뒤집힌 흰 멧돼지가 숨을 거두었다.

눈 한 개를 화살에 맞은 흑(黑)멧돼지는 동료가 죽어버리자 미친놈처럼 달려들었다. 뱅글 뱅글 돌고 꽥꽥 소리를 지르며 이리저리 날뛰었다.

화살이 박힌 눈에서는 피가 줄줄줄 흐르고 있었다. 곰치가 사슬낫을 날리자, 흑 멧돼지는 짜증이 난 듯 발로 쇠사슬을 감아 바닥에 내려

놓고, 다른 발굽으로 광분하며 서너 번을 때렸다. 쇠망치가 부딪치는 것 같은 소리가 몇 차례 이어지자

"땅!"

하고 낫이 매달린 쇠사슬이 끊어졌다. 쇠사슬이 끊어진다는 것은 상상도 할 수 없는 일이었다. 곰치가 끊어진 쇠사슬을 들고 멍하니 놀라는 사이, 흑 멧돼지가 발을 세차게 휘둘러 감고 있던 쇠사슬을 곰치에게 날렸다.

이를 보고 놀란 시철이 소리쳤다.

"쇠사슬!"

하는 외침에 정신을 차린 곰치가 피하려 했으나 쇠사슬이 귀를 스치고 지나갔다.

이어 흑 멧돼지가 바위가 구르듯 달려들었다. 화살이 눈에 박혀 핵 돌아버린 놈이, 수백 년을 같이 살아온 흰 멧돼지마저 죽자, 전술을 따지지 않고 생사를 도외시한 채 덤벼든 것이다.

세 개의 눈이 희번덕거리는 가운데, 네 발굽으로 땅을 박차며 곰치를 향해 몸을 날렸다. 두 개의 어금니를 불길 속에 번득이며 내달리는 흑 멧돼지의 기세가 가히 집을 허물고 산이라도 무너뜨릴 것만 같았다.

죽음을 각오한 자는 막기 어려운 법. 물불을 가리지 않는 요괴의 광폭(狂暴)한 기세에 밀리던 곰치가 아차 실수로 발이 미끄러지며 허수아비처럼 맥없이 나동그라졌다.

설명은 길었으나 쇠사슬이 곰치의 귀를 스치는 동시에 벌어진 일이라 모두가 속수무책(束手無策)으로 놀라는 사이, 어느새 흑 멧돼지의 네 발굽이 들이닥쳤다.

이제 짓밟히고 뭉그러지며 내장이 터지고 늑골이 부러질 일만 남은

곰치의 얼굴이 흙빛으로 바뀌는 찰나, 뼈가 부러져 벽에 기대고 있던 명호가 몸을 굴리며 흑 멧돼지를 향해 필생(畢生: 평생)의 힘을 다해 검을 던졌다.

정강이가 부러졌다고는 하나, 명호는 검의 고수(高手)였다. 하얀 기운이 서린 검광(劍光)이 번쩍 하며 흑(黑)멧돼지의 위아래 눈 한 가운데에 박혔다.

"크악!"

하고 흑 멧돼지가 단말마(斷末摩)의 비명을 지르며 자빠져 버렸다. 위아래 눈의 정중앙은 요괴의 급소였는데, 곰치를 구하고자 던진 검이 정확하게 박혀버린 것이다.

싸움이 끝났으나 모두들 자리에서 움직일 줄 몰랐다. 영고검객이 말했다.

"빨리 이 동굴을 빠져 나갑시다."

모두들 부지런히 동굴을 빠져 나왔다. 밝은 곳으로 나와 잠시 정신을 추스르고 있을 때 동굴 입구에서 십장 거리에 있는 나무 꼭대기의 까마귀가

"까악! 까악!"

하고 심하게 울어댔다.

두 개의 머리를 가진 까마귀였는데 각각의 머리에 뿔이 나 있었다.

"기분 나쁜 놈!"

하며 시철이 활을 들자 까마귀 요괴가 시철의 의중을 알아본 듯

"까악, 까!"

하며 후드득 어디론가 날아가 버렸다. 시철이 입맛을 다시며 활을 등에 걸쳤다.

동굴 밖은 산(山) 정상으로 향하는 길이 언덕과 절벽을 돌아 멀리

이어지고 있었다. 사방을 살펴보니 근처에는 요괴들이 없어 보였다. 호걸들은 잠시 쉬어 가기로 했다.

약막은 다친 상처를 치료했고 곰치는 상처 난 귀보다 끊어진 사슬과 낫을 서둘러 수리했다.

영고검객이 다가와 곰치와 검객 명호의 상처를 보더니 시철에게 곰치의 귀에 약을 바르고 잘 싸매주라고 부탁 한 후, 검객 명호에게 물었다.

"다리는 좀 어떠시오?"

명호가 대답했다.

"부러진 상태에서 몸을 굴려 골절이 더 심해졌소이다."

"좀 봅시다."

영고검객은 명호를 접골술(接骨術)로 치료한 후 고약을 꺼내 발라주었다.

"우리 사문의 비방(祕方)으로, 부러진 호랑이 뼈도 붙이는 약이오. 일단 부목(副木)을 대고 조심해서 움직이시오."

두 사람을 지켜보던 삭요가 숲으로 들어가 한참 후 목발을 만들어 왔다. 명호는 정성스럽게 돌보아주는 영고검객과 삭요에게 감격했다.

"고맙소이다."

영고검객이 말했다.

"우리가 흑림을 너무 쉽게 생각했던 것 같소. 오림요마 할멈 가족을 찾기도 전에 벌써 곰치님, 약막님, 명호님이 부상을 당했으니 말이오.

전력(戰力)에 차질이 생겼으니, 1조와 합류해서 움직여야만 할 것 같소."

명궁(名弓) 시철이 고개를 끄덕였다.
"동감이오"
삭요가 봉우리를 가리키며 말했다.
"저 위로 보이는 산봉우리가 구조봉이며 1조와 만나기로 한 곳이죠?"
영고검객이 대답했다.
"그렇소, 바로 저 봉우리요. 시간이 그리 많이 걸릴 것 같지는 않을 것 같소. 명호님은 고생스럽더라도 참아주시오."
명호가 대답했다.
"잘 따라 갈 터이니, 너무 걱정하지 마시오."
영고검객, 창 잽이 삭요, 명궁 시철, 검객 명호, 사슬낫 곰치, 선객 약막은 산봉우리 쪽으로 길을 잡아 올라가기 시작했다. 한참을 오르다 보니 앞쪽에 또 하나의 동굴이 보였다. 이제 동굴이라면 겁부터 났다.
모두 수풀에 몸을 숨긴 채 살펴보았다. 동굴 입구의 바위에 '뿔족나라' 라는 글이 새겨져 있었고, 굴 앞에는 칼을 찬 세 마리의 요괴들이 경계를 서고 있었다. 요괴들은 아이처럼 작아 군웅들의 허리 정도밖에 되지 않았으나,
하나같이 늑대처럼 사나운 얼굴을 하고 있었으며, 그들의 머리에는 뿔이 한 개씩 나 있었다.
영고검객이 말했다.
"산 위로 가려면, 반드시 굴 앞을 지나야 하는 데 걱정이 태산이오."
창 잽이 삭요가 몸을 일으켜 세우며 말했다.
"저놈들을 잡아 물어 봅시다. 세 요괴를 창으로 한꺼번에 꿰어 오겠

소이다."
곁에 있던 명궁(名弓) 시철이 깜짝 놀라며 삭요의 허리를 끌어안았다.
"참으십시오. 동굴 안에 얼마나 많은 요괴들이 있을지 모르지 않소?
좀 더 지켜보고 결정합시다."
그 말을 듣고 삭요가 다시 몸을 낮추었다. 몸을 막 감추자마자, 아니나 다를까
"뚜-!"
하는 뿔 고동 소리가 들리며, 동굴 안에서 우두머리로 보이는 요괴를 선두로 졸개들이 우르르 몰려 나왔다. 우두머리는 머리에 파란 뿔이 세 개가 있었다.
잠시 후, 사백 명이 넘는 요괴들이 뿔 요괴 둘의 인솔 하에 집결하였다. 뿔 요괴들은 머리에 나있는 뿔의 수로 서열을 구분하고 있는 듯 했다. 요괴들은 경비를 서던 세 명과 생김새가 비슷했다. 우두머리가 격앙된 목소리로 말했다.
"삼신을 추종하는 인간들이 요괴곡을 침범했다는 '머리둘 까마귀님'의 전갈이다. 그들이 요괴곡을 지키는 저마이웅을 처참하게 살해했다고 한다.
저마이웅은 삼백년 동안이나 곡(谷)을 지켜준 다섯 뿔 부족의 수호자였다.
조상님들이 그 옛날 환웅에게 머리에 뿔이 났다고 박해를 받고 쫓겨나 마귀, 괴수, 요괴들과 함께 요괴곡(谷)에 온 지 수천 년이 지나도록
우리는 단제의 땅, 선계를 침범하지 않고 춥고 척박한 이 어둠의 숲

에서 살아왔다. 그런데 단제의 노예들이 먼저 제멋대로 흑림을 침범해왔다.
도저히 참을 수 없는 일이다. 인간들을 잡아 죽이자!"
"와-! 죽여버리자!"
요괴들은 수문장 저마이웅이 선객들의 손에 죽었다는 말을 듣고 분노했다.
뿔족은 옛날, 악 그 자체인 가달마황을 따르는 마왕, 마귀, 요괴들 가운데 한 무리였다.
그들도 원래는 인간과 함께 살았으며 처음부터 머리에 뿔이 있지는 않았으나,
가달마황을 따르며 못된 짓만 골라서 하고 다니자, 한울님이 키를 멈추게 하고, 지은 죄에 따라 살인을 저지르고 다니는 놈은 빨간 뿔, 강도질은 파란 뿔, 사기는 노란 뿔, 강간은 초록 뿔, 게으른 놈은 까만 뿔이 나도록 하셨던 것이다.
이들은 악을 많이 저지를수록 성질이 더러워지는데, 악행이 일정 단계를 넘으면 뿔이 한 개씩 더 자라게 되어있었다.
뿔이 많아지면 부끄러워해야 하나 오히려 자부심을 가졌고, 뿔이 적은 놈들은 그들을 존경하고 두려워하며 복종했다. 뿔족은 요괴곡에서 뿔 색깔 별로 나뉘어 살고 있었는데, 그 어떤 음식보다 인육을 좋아했다.
　세 뿔 요괴는 일장의 연설을 한 후 따로 전령(傳令) 요괴 이십 명을 불러냈다.
"너희들은 즉시 이 소식을 요괴곡의 칠십이 동굴에 사는 까만 뿔, 빨간 뿔, 노란 뿔, 초록뿔 부족들에게 못된 인간들이 요괴곡을 침입했으니 다섯 부족(部族)이 힘을 합쳐서 죽이자고 알려라!"

"네!"
요괴 전령들은 뭐가 신이 나는지 엉덩이를 촐랑거리며 쏜살같이 흩어졌다.
우두머리 요괴가 말했다.
"너희들을 지금부터 골짜기 계곡과 숲속을 샅샅이 뒤져 인간들을 찾아내라!"
숲에 숨어 요괴들을 지켜보던 영고검객이 사정이 좋지 않게 돌아가자 침중하게 말했다.
"빨리 피해야하겠소. 난쟁이들이지만 숫자가 너무 많고 더구나 대오(隊伍)를 이루는 모양이 조직적인 훈련을 해온 강병(强兵) 같소이다."
사방을 살펴보며 도망칠 길을 찾고 있던 명호가 말했다.
"이쪽으로 내려가 계곡을 건너면 저 절벽 옆으로 올라갈 수 있고, 바로 능선을 탈 수 있을 것이오. 경사가 급하고 외길이니 지형에 의지하면 요괴들을 상대로 싸우기도 수월할 듯하오."
모두들 서로를 쳐다보고 고개를 끄덕이며 조용히 이동하기 시작했다.
영고검객, 삭요, 시철, 약막, 곰치, 명호가 계곡을 건너 절벽 옆 경사진 곳을 막 올라가려 할 때였다.
"까악! 까악 까악!"
아까, 동굴 입구에서 보았던 망할 놈의 '머리둘까마귀'가 날아다니다 이들을 발견하고 시끄럽게 울어댔다.
"흥, 이놈이!"
"훅-훅-훅!"
명궁 시철이 어느새 세 개의 화살을 뽑아 번갯불이 치듯 잇달아 날렸다. 시철의 손이 환영(幻影)처럼 움직이는 순간 첫 번째 화살을 피해 날아오르는 까마귀의 동선을 예측하고 날린 2대의 화살이 빛살처럼 하늘을 갈랐다. 가히 명불허전의 신수(神手)가 아닐 수 없었다.
선객들의 탈출을 요괴들에게 일러바치던 머리둘까마귀가 두 개의 활은 피해냈으나, 세 번째 날아든 화살이 여지없이 머리를 꿰뚫었다.
"꺄악!"
하고 추락했다. 까마귀의 처절한 비명을 들은 파란 뿔 요괴들이 달려와서 이를 갈며 통곡을 했다.
"머리둘까마귀님이 돌아가셨다! 저놈들이다! 절벽을 타고 인간들이 도망치고 있다!"
머리둘까마귀는 오백년을 살아온 괴조였으며 요괴곡의 다섯 뿔 부족으로부터 숭배를 받아왔는데 그들을 요괴곡으로 인도한 것이 바로 머리둘까마귀의 조상이었기 때문이다.
머리둘까마귀의 조상은 원래 쌍둥이였는데, 형 까마귀가 유달리 인간의 눈알을 좋아해서 콕콕 파먹고 다니다 4대 신장(神將) 중 뇌공에게 벼락을 맞아 죽자, 동생 까마귀가 뿔 요괴들을 요괴곡으로 이끌고 도망쳐왔던 것이다. 지금 죽은 까마귀는 동생 까마귀의 후손이었다.
뿔 족들은 인간을 잡아오면, 먹기 좋은 눈과 간을 머리둘까마귀 요괴에게 먼저 바칠 정도로 존경했다. 그런 까마귀가 인간의 화살에 맞아 횡사(橫死)했으니 요괴들의 눈이 뒤집히지 않을 수 없었다. 분노와 증오심으로 돌아버린 이들의 파란 뿔이 더욱 시퍼렇게 빛을 뿜었다.

우두머리 세뿔 요괴가 급히 목이 터져라 외쳤다.
"빨리 쫓아가 죽여라!"
파란 뿔 요괴들이 군웅들을 쫓기 시작했다. 요괴(妖怪)들의 파란 뿔에서 뿜어져 나오는 요기(妖氣)가 요괴곡의 하늘을 자욱하게 덮었다.
영고검객 일행은 있는 힘을 다해 절벽 위로 기어 올라갔다. 제일 먼저 올라선 시철의 손이 현란하게 움직이자, 이십여 개의 화살이 유성처럼 날았고 미친놈처럼 달려오던 요괴들이 한쪽 눈을 감싸며 어쿠! 소리와 함께 절벽 아래로 굴러 떨어졌다.
이를 본 요괴들이 두 손으로 눈을 가리고 올라왔으나, 동요하지 않는 시철의 활이 바람을 가르며 요괴들 십삼 명의 가슴을 뚫어버렸다.
요괴들이 가슴을 부여잡고 쓰러졌다. 숨이 막힐 정도의 신궁(神弓)이었다. 자빠지는 동료들을 보고 겁이 난 요괴들이 이리저리 피할 곳을 찾아 숨었다. 이를 본 우두머리 요괴(妖怪)가 화가 나서 소리쳤다.
"겁내지 마라! 저들은 몇 명 안 된다, 우리도 궁수를 불러오고 방패를 가져와라!"
그동안 영고검객 일행은 모두 올라섰다.
잠시 후 둥근 방패를 든 요괴들과 요괴 궁수들이 사십 명쯤 나타났다.
방패에는 파란 뿔이 그려져 있었다. 요괴들이 화살을 쏘아대는 동안 방패 요괴들은 방패를 뿔에 꽂아 삿갓처럼 쓰고 절벽을 타고 올라왔다.
호걸들은 기가 막혔다. 선객(仙客) 약막이 말했다.

"하..! 정말 영악한 요괴들이군. 빨리 갑시다."
그러나 경사가 매우 급한 지형이었고, 다리를 다친 명호가 있어서 빨리 갈 수가 없었다.
명호가 일행에게 말했다.
"나를 돌보다가는 요괴들에게 따라 잡힐 것이오. 나는 걱정하지 마시고 먼저들 가서 1조와 만나시오."
영고검객 등이 동시에 외쳤다.
"명호님, 절대 그럴 수는 없소. 이왕 함께 한 이상 살더라도 함께 살고 죽더라도 함께 죽을 것이오."
자기 말을 결코 듣지 않을, 그들의 기개에 검객(劍客) 명호가 호탕한 웃음을 터뜨렸다. 허허로운 웃음소리가 하늘을 울리며 퍼져나갔다.
"으하하하.. 고맙소이다. 내 이리도 의로운 분들을 만나 짧은 시간이나마 함께한 것을 하늘에 감사하고 있소. 나의 마지막 소원이오. 요괴들의 추격을 막으며 이곳에서 장렬(壯烈)하게 죽을 수 있도록 해 주시오."
영고검객이 명호에게 말했다.
"아니오. 우리는 죽더라도 모두 함께 갈 것이오. 더 이상 아무 말도 하지 마시오."
창 잽이 삭요가 씩씩하게 말했다.
"우린 인(仁)과 의(義)를 실천하는 선객들이오. 어찌 어려움에 처한 협객을 버리고 간다는 말이오. 그것은 우리가 배운 도(道)가 아니오. 아무리 저 파란 요괴들의 수가 많아도 우린 조금도 두렵지 않소이다."
그러자 다른 호걸들도 이구동성으로 말했다.

"맞소!"
영호검객이 단호하게 말했다.
"더 이상 다른 말을 마시오."
그리고는 시철을 보며
"이 지점에서 명적을 쏘아 올리면 1조가 볼 수 있겠소?"
시철이 산세를 살펴보며 말했다.
"좀 더 올라가 팔부능선 이상의 위치에서 쏘아야 하오."
"그럼 빨리 갑시다."
모두 부지런히 산을 올랐다. 팔부능선에 이르자마자 시철이 전(全) 내공을 실어 명적을 쏘아 올렸다. 화살이 꼬리에 긴 연기를 달고 하늘 높이 힘차게 솟구쳤다.
그러나 시철이 쏘아올린 화살은 구조대 말고도, 다른 지역에서 침입자 들을 찾는 요괴들도 보았다.
그들은 빨간 뿔 부족이었다. 파란 뿔 요괴 동굴에서 두 마장쯤 떨어진 곳에 빨간 뿔족의 동굴이 있었던 것이다.
파란 뿔 전령으로부터 긴급 연락을 받고, 주변을 수색하고 있던 그들은
다섯 뿔족 가운데 가장 잔인한 성질을 지니고 있었다. 빨간 뿔족 우두머리 세뿔 요괴가 졸개에게 말했다.
"저기가 침입자들이 있는 곳이다. 빨리 뿔 고동을 불어라!"
"부웅-!"
소리가 나자 빨간 뿔 요괴들이 무기를 들고 화살이 솟구친 곳으로 몰려오기 시작했다. 호걸들이 능선을 달리며 산 아래를 보니, 산을 빨갛게 물들이며 수 없이 많은 빨간 뿔 요괴들이 올라오고 있었다.
영고검객이 말했다.

"저 놈들은 파란 뿔 부족과는 다른 빨간 뿔 요괴들이오. 아까 들었듯이 이곳에는 칠십이 동굴이 있으며 동굴마다 다섯 뿔족이 사는 것 같소.
보아하니 놈들이 모두 몰려오면 요괴곡을 절대 빠져나가지 못할 것이오. 어서 달립시다."
그러나 밑에서 볼 때는 가깝게 보였던 산봉우리가 막상 능선에 올라서서 보니, 산줄기가 이리저리 휘어져 있는 것이 상당히 멀어보였다.
가는 길도 오르내리막이 심했고 칼바위 같은 암벽 지형도 보였다. 그들은 요괴들이 추격하며 질러대는 괴성(怪聲)을 들으며 능선을 내달렸다. 능선이 접힌 한 고개 길에 막 들어서는 순간, 군웅들의 얼굴이 굳어졌다.
그곳에는 이미 수백 명의 노란 뿔 요괴들이 가로막고 있었다.
"낄낄낄... 어서 오너라."
호걸들은 한 바탕 싸움을 피할 수 없음을 알고 무기를 빼들고 진형(陣形)을 갖추었다.
영고검객이 무리 가운데 있는 노란 뿔이 세 개 난 요괴를 보고 소리쳤다.
"우리는 오림요마 할멈을 찾으러 왔을 뿐이다. 우리를 막으면 너희들의 하찮은 목숨 또한 바쳐야할 것이니라."
두령인 세 뿔 요괴가 앞으로 나오며 말했다.
"그래, 마음대로 지껄여 봐라.
너희들은 함부로 들어와 수문장 멧돼지 요괴를 죽였고 머리둘 까마귀님도 죽였다.
순수한 악령으로 가득한 우리의 요괴곡을 더럽혔으니, 너희들의 머리를 전부 잘라도 부족하다. 모두 무기를 버리고 항복해라. 그럼, 네 놈들을 고통 없이 죽여주겠다."
영고검객이 호걸들을 돌아보며 말했다.
"파란 뿔, 노란 뿔 요괴들이 독이 올랐소. 선두는 나와 삭요님이, 가운데는 명호님과 시철님이, 다음은 약막님, 끝은 곰치님이 맡아주시오."
호걸들이 고개를 끄덕이자, 영고검객이 노란 뿔 요괴들의 진영으로 치고 들어갔다.
"이얏!"
"얏-!"
상황이 급박한지라, 각자가 지닌 가장 악독한 초식을 전개했다. 검광(劍光)이 번득이고 사슬낫이 회전하며 무턱대고 덤벼드는 요괴들을 사정없이 베어 넘겼다.
그러나 요괴들은 숫자를 믿고 앞선 요괴의 등을 떠밀며 몰려왔다. 호걸들은 더욱 힘을 내어 앞을 가로막는 것들을 쓰러뜨리며 요괴들의 시체를 딛고 나아갔다.
이때 곰치의 사슬낫은 진정 무시무시했다. 윙-윙-윙- 울며 허공을 휘젓는 시퍼런 낫이 요괴들의 머리를 옥수수 대 자르듯 베고 지나갔다.
요괴들도 겁이 났는지 소리만 질러댈 뿐 곰치 가까이로는 접근하지 못했다. 호걸들은 가까스로 노란 뿔 요괴들의 포위를 뚫고 도망을 쳤다.
그들이 칼바위 지대를 지나 울창한 숲으로 들어섰을 때, 갑자기 초록 뿔 요괴들 수백 명이 튀어나와 호걸들을 둘러쌌다. 영고검객이 가소롭다는 듯 코웃음을 쳤다.

"흥!"

하고 검을 휘두르자, 하얀 검광이 일며 차가운 검기(劍氣)를 실은 바람이 요괴들을 휩쓸었다. 요괴들이 화들짝 놀라며 뒤로 물러나는 순간,

삭요의 긴 창이 요괴들을 횡(橫)으로 휩쓸었고, 목발을 짚은 명호의 검이 두터운 원을 그리며 요괴들의 접근을 가로막았다. 호걸들은 이번에 처음 알게 된 사이였으나, 일정 수준을 넘어선 고수(高手)들인지라 몇 차례의 격전을 통해 익힌 효과적인 합격술(合擊術)을 누가 먼저랄 것도 없이 펼치고 있었다.

영고가 돌격하면 삭요의 창(槍)이 쓸고, 시철이 좌(左)를 치면 약막이 오른 쪽을 유린하고, 명호가 지키면 곰치의 사슬낫이 펄펄 날자, 처음 대하는 인간들의 술법에 당황한 요괴들이 일순 어찌할 바를 몰랐다.

때로는 명호의 검이 요괴를 찌르고, 놈을 축으로 도약한 명호가 요괴들을 목발로 타격하였다. 호걸들의 사나운 공격이 폭죽 터지듯 이어지자, 느닷없이

"뿡뿡뿡뿡 뿡뿡뿡!"

하며 괴이한 박자의 북소리가 들려왔고, 시들시들 해지던 요괴들의 초록색 뿔이 진한 녹색 빛으로 바뀌며 다시 호걸들에게 악을 쓰며 덤벼들었다.

호걸들이 북소리를 찾아보니 빨간 뿔, 파란 뿔, 노란 뿔 요괴들이 개미떼처럼 몰려오고 있었다. 영고검객이 한 쪽이 절벽인 언덕을 가리켰다.

"저쪽으로 올라갑시다."

호걸들이 영고검객이 말한 곳으로 뛰어올라갔으나 그곳은 사방이

막혀 지키기에는 좋아도, 좌우(左右)가 막혀 도망칠 수 없는 곳이었다.
그러나 별 다른 뾰족한 수가 없었다. 호걸들은 각자 자리를 잡고 공격해오는 요괴들을 막아냈다.
무공으로는 요괴들이 이들을 따를 수 없었으나 워낙에 숫자가 많아 싸움은 날이 저물 때 까지 계속되었다. 호걸들 중에 부상을 입지 않은 사람은 없었다. 영고검객은 요괴의 뿔에 옆구리를 찔렸으며, 삭요와 시철은 팔과 얼굴을 베였다.
해가 떨어지자 공격을 멈춘 요괴들은 호걸들이 도망칠 길을 막고 지키기만 했다. 호걸들도 몇 군데 불을 피워 놓고 상처투성이인 몸을 쉬면서 건량을 꺼내 먹었다.
도움을 요청한 1조는 어찌된 일인지 나타날 기미가 전혀 보이지 않았다. 그들 또한 요괴들의 공격을 받고 있는 것은 아닌지 걱정이 들었다.
산에 어둠이 짙어지다 얼마 후 밝은 달이 떠올랐다. 곧 보름이라 그런지 달이 밝았다. 호걸들이 긴장 속에서도 달을 감상하며 담소를 나누고 있을 때였다.
어디선가 요상한 음악소리가 들려왔다.
"둥둥둥둥"
"이히히히"
호걸들이 놀라 살펴보니, 요괴들이 뒤쪽 절벽 건너 아래쪽 봉우리의 분지에서 머리의 뿔에 불을 켠 채, 봉우리 중앙에 불을 피우고 술 마시고 노래하며 돌아가면서 춤을 추고 있었다.
불꽃이 너울대는 가운데 하늘에는 언제 왔는지 사람 머리를 한 요괴 새들이 춤을 추며 날아다녔다. 귀기(鬼氣)로 가득한 봉우리의 오색(五色) 뿔빛이 아름다워 보이기까지 헀다. 호걸들은 행여 무슨 일이 일어날까 경계하며 지켜보았다.
낮에는 없었던 까만 뿔 요괴도 보였는데, 뿔이 다섯 개나 있는 몸집이 큰 마신(魔神)같이 생긴 자를 다섯 뿔 부족의 우두머리 세 뿔 요괴들이 호위하고 있었다.
그자가 요괴 곡(谷)의 큰 두목 같았다.
산봉우리에는, 호걸들을 지키는 요괴들을 빼고는 모두 모인 것 같았으며 얼마나 미친 듯이 춤을 추는지 말 그대로 요괴(妖怪) 춤이었다.
밤이 깊어지자, 그들은 달빛에 빛나는 뿔들을 서로 쓰다듬고 비벼대며 즐거워했다.
뿔을 비빌 때마다 오색 뿔이 찬란하게 빛을 내며 하늘을 물들이는 '도깨비 뿔 잔치'가 밤이 다 가도록 이어졌다.

둥-둥-둥-둥
악은 우리의 혼, 인간 저주는 우리 삶의 이유
악(惡)을 행하는 건 더 없는 기쁨
살인, 강도, 약탈, 파괴로 남을 괴롭히며
살아가는 우리
선을 추구한다는 단제의 무리를 보라
얼마나 뒷구멍으로 악행을 저지르고 다니는지
그들이야말로 위선(僞善)의 무리, 구이원은 곧
가달마황님의 세상이 되리

둥-둥-둥-둥
중원(中原)의 족속들은 말로만 백성을 위하고
허구한 날 전쟁을 하네
키득 키득 키득
사십만 명 산 채로 묻어버린 영정(嬴政)아,
흑림에서 네가 얼마나 존경을 받는지 아느냐
선과 악은 원래 한 형제
히히힛, 중원은 곧 우리 요괴의 세상이 되리

둥-둥-둥-둥
우리는 뿔이 너무 좋아 우리들의 자존심
이젠
자기가 준 뿔이지만 환웅도 도로 빼앗지
못할 걸
파란 뿔 빨간 뿔 노란 뿔 초록 뿔 까만 뿔
부족은 마계(魔界)의 귀족
여우보다 영리한 우리의 주인 가달님이 다시
오시는 날
오색(五色) 뿔 대왕님 따라
도인들을 잡아서 삶고, 찌고, 저미고, 다지고
구워
마제(魔祭)를 올리고 악을 찬미하며 아흐으윽
배불리 우적우적 먹으리로다

요괴들은 밤새도록 술을 마시며 꽥꽥 소리를 질러대다가 몇 번이나 절벽 쪽으로 와 긴 이빨을 드러내 보이며 호걸들이 몰려있는 절벽을 올려다보며 으르렁댔다.
영고검객이 호걸들에게 말했다.
"앞으로 싸움이 더 힘들어 질 것 같소. 그럴 바에는 우리가 먼저 동이 트기 전에 요괴들을 치고 이곳을 빠져 나갑시다."
팔을 베고 누워 달을 바라보고 있던 선객 약막이 갑자기 생각이 난 듯 일어나 앉으며 말했다.
"아... 영고대협,
좋은 생각입니다. 제게 한 가지 수가 있습니다. 맥성에서 떠나올 때, 친구인 성주 아들 방호가 흑림으로 가게 되면 혹시 필요 할지 모르니 지니고 있으라 하며, 관저에서 관리하는 독(毒)을 주었습니다.
저는 처음에는 사마외도나 사용하는 것을 몸에 지녀서는 안 된다고 했으나, 친구가 어둠의 숲, 흑림(黑林)은 도(道)가 없는 곳이라고 하며 억지로 권해 받아 놓은 것을 잊고 있다 지금에야 생각이 났습니다."
약막의 말을 들은 영고검객의 눈이 달빛에 반짝하고 빛났다.
"약막님, 무슨 독이오?"
"맥독이라고 했습니다. 삼족오가 수많은 괴조들과 싸우던 전설의 시절에 예족과 맥족이 삼족오를 도와 싸웠는데, 맥궁을 쏠 때 화살촉에 이 독(毒)을 발라 괴조들을 떨어뜨렸다고 했습니다.
친구 방호가 일 년 전 맥성(城)의 무기고를 수리하던 중, 동굴 창고에서 거미줄이 가득 쳐진 항아리를 발견했는데, 살펴보니 예맥 부족에게 전해오던 고대(古代)의 '맥독' 이었다고 합니다.

극독이라 버릴까 했으나, 혹시 몰라서 제자리에 갖다 놓은 것이라고 했습니다.
그러나 너무나 오래 전에 만들어진 것이어서 맥성의 장로들이나 선관들도 독의 성분이 무엇인지는 모르며, 수천 년간 사용한 일도 없어 까맣게 잊어버린 물건이랍니다."
영고검객이 손뼉을 치며 반가워했다.
"그렇다면 바로 마물들에게는 치명적인 독이겠군요. 우리 사용해봅시다."
약막이 품에서 작은 회색 곽을 꺼내 열어보였는데 검붉은 색의 가루가 들어있었다.
"사용법은 여러 가지가 있으나, 지금 바람이 산 아래쪽으로 불고 있으니, 기회를 보아 마른 풀이나 나뭇가지에 불을 붙여 독 연기를 피워 보내면, 길을 막고 있는 요괴들을 단숨에 해치우고 탈출할 수 있지 않을까요?"
곰치, 삭요, 약막이 요괴들이 있는 방향으로 마른 나뭇가지를 쌓고 그 위에 다시 연기가 많이 나는 생나무를 쌓아 연기를 피울 준비를 해놓고, 요괴들의 축제가 끝나기를 기다렸다.
축시(丑時: 새벽 1시 반~ 3시 반)를 넘기자, 미친 듯이 춤추던 요괴들이 술이 떡이 되어 하나 둘씩 자빠지기 시작했다.
인시(寅時: 새벽 3시 반~ 5시 반)가 되자, 요괴들의 봉우리에 이윽고 깊은 정적이 찾아왔다.
"자, 이제 시작합시다."
영고검객이 말하자 약막이 환약을 한 알씩 호걸들에게 나누어주었다.
"해약입니다. 침으로 삼키십시오."

호걸들은 약막이 나누어준 환약을 삼켰다.

환약을 모두 먹은 것을 확인한 약막은 맥독(毒)을 나무더미 위에 풀었다. 이어 곰치와 약막이 바람의 방향을 다시 확인한 후 불을 붙였다.

아래의 마른 나무에 불이 붙자 금방 커진 불이 위쪽의 생나무에 옮겨 붙으며 연기가 피어올랐다.

맥독 연기가 삽시간에 산 아래 숲속으로 퍼져나가기 시작하자, 영고검객과 명호가 펼친 장풍이 독 연기가 흩어지지 않도록 하며 요괴들 쪽으로 빠르게 몰아갔다.

일을 마친 호걸들은 조용히 눈을 부릅뜨고 캄캄한 숲속을 지켜보았다.

일각이 채 되기도 전에 숲속 여기저기서

"캑캑, 큭, 캐캑...꿍, 꽈당..."

하며 요괴들이 넘어지는 소리가 시원하게 들려왔다. 영고검객이 말했다.

"자, 갑시다!"

"숨을 멈추시오."

호걸들은 능선으로 길을 잡아 내달렸다. 맥독이 얼마나 독한지 능선에 숨어있던 요괴들 이백여 명이 독(毒) 연기를 마시고 모두 죽어있었다.

그들은 맥독의 무서움에 혀를 내둘렀다.

호걸들은 일단 큰 위기에서 벗어났으나 그렇다고 안심할 수는 없었다.

1조와 약속한 장소를 향해 부지런히 나아갔다. 그러나 이각(- 30분)이 채 지나기 전에, 인간들을 지키던 요괴들이 떼로 죽어있는 것을 순찰 나온 두 뿔 요괴들이 발견하였다. 그들은 다급하게 뿔 고동을 불었다.

"뚜뚜뚜뚜-"

시끄러운 뿔 고동소리가 밤새 놀다 곯아떨어진 요괴들을 깨웠다. 인간들이 요괴 수백을 독살하고 도망친 것을 알아챈 요괴들은 분노하며 뿔에 불을 켜고 길길이 날뛰었다.

다섯 뿔 마왕(魔王)이 황소 눈 같은 눈깔을 뒤집으며 큰 소리로 외쳤다.

"가달마황님의 제사(祭祀)에 올릴 제물들이 도망갔다. 빨리들 쫓아라!"

파란 뿔, 빨간 뿔, 노란 뿔, 초록 뿔, 까만 뿔 요괴들이 각기 무리를 이루고 길을 달리해서 호걸들의 뒤를 쫓았다.

다친 명호와 도망치다 보니 호걸들의 움직임이 아무래도 더뎠고, 요괴들은 자기들이 노는 곳이라 불과 한 시진(- 2시간) 만에 다시 포위되고 말았다.

호걸들은 다시 고된 싸움을 하면서 도망칠 수밖에 없었다. 새벽부터 요괴곡(谷)의 능선 위에서 처절한 싸움이 벌어졌다. 영고검객이 약막에게 물었다.

"혹시 맥독(毒)이 더 남아 있습니까?"

약막이 탄식하며 대답했다.

"아까, 다 써 버렸습니다. 조금 남겨 놓을 걸 그랬습니다."

"아..! 1조가 우리들의 구조 요청 신호(信號)를 보지 못한 모양입니다."

영고검객이 모두가 들리도록 말했다.

"우리는 흑림 속에서 선(善)을 지키기 위하여 죽을 때까지 싸울 것입니다. 각자 삼신(三神)께 마지막 기도를 올립시다."
호걸들은 영고검객의 말을 이해했다. 묵묵히 기도한 후, 무기를 단단히 쥐고 요괴들을 찍고 베어나갔다.

다섯 뿔 마왕이 나타나 지휘하는 뿔 요괴들은 어제와는 달랐다. 마왕은 뿔이 다섯 개였는데 색깔이 모두 다른 것이, 다섯 개 뿔 부족의 색깔을 띠고 있었다.

요괴들은 조직적으로 움직였다. 까만 뿔 요괴는 앞을 막았고, 뒤로는 빨간 뿔과 파란 뿔 요괴가, 좌우에서는 초록 뿔과 노란 뿔 요괴들이 공격해왔다.

요괴 하나하나는 두렵지 않았으나, 뿔에 불을 켜고 떼로 달려드는 데에는 방법이 없었다.

닥치는 대로 베고, 찍고, 막고, 차고, 박는 혈투가 이어졌다. 시간이 흐를수록 요괴들의 시체는 쌓여갔고 호걸들의 전진은 그만큼 늦어졌다.

호걸들은 몸이 성한 자가 없었다. 칼에 베이고, 이빨에 물리고, 뿔에 찔린 곳에서 검붉은 피가 흘러내렸다. 시간은 흐르고 흘러 신시(申時: 오후 3시 반~ 5시 반)를 넘기고 있었다. 또 하루가 저물어가고 있는 것이다.

이제는 어제 밤처럼 안전한 장소를 찾을 수도 없었다. 호걸(豪傑)들 중에는 최후의 순간 어떻게 죽을 것인지를 생각하는 사람도 있었다. 그들은 무의식적으로 무기를 휘두르고 있었다.

이 때 뿔 요괴들의 괴수 다섯 뿔 마왕은 세 뿔, 두 뿔, 한 뿔 요괴 삼십여 명의 호위를 받으며 산 위의 높은 곳에서 싸움을 지휘하고 있었다.

그는 지휘하면서 마음대로 풀리지 않아 화가 날 때 마다 날카롭고 누런 이빨을 내보이며 하늘을 보고 으르렁거렸다.
"어엉! 어엉! 어엉!"
괴이한 울음이 그렇잖아도 심란한 호걸들의 귀를 파고들며 괴롭히는 그 때
"쉬-익!"
소리와 함께, 다섯 뿔 마왕을 호위하는 두 뿔 요괴 한 명이 느닷없이 목에 화살을 맞고 쓰러졌다.
이를 본 요괴들이 당황하는 순간, 빗줄기가 떨어지듯 나타난 여섯 개의 신형(身形)이 요괴들의 진(陣)을 휩쓸기 시작했다.
질풍 같은 두 개의 검이 동(東)과 서(西)를 양분하며 요괴들을 유린하자
남으로 긁고, 북으로 나는 쇠스랑과 채찍이 활로를 열었고, 눈과 가슴을 뚫는 철궁(鐵弓)이 요괴들의 손과 발을 얼어붙게 만드는 가운데
찌르고, 베고, 꿰는 월아창과 검화(劍花)를 나부끼는 쌍검(雙劍)이 붉게 타오르는 석양(夕陽) 아래 분노의 춤을 추었다.
느닷없는 기습에 영고 등에 정신이 팔려 있던 요괴(妖怪)들이 어떻게 된 일인지도 모르고 자빠지며 사발이 깨어지듯 무너지기 시작했다.
그들은 연해이검 비연이 이끄는 구조대 제1 조의 영웅들이었다.
연해이검 비연과 비창, 저동아, 조문국의 쌍검 우수, 마한 독로국의 궁사 유유, 북옥저 달성의 채찍 땅개, 흥개호 어촌의 월아창 곽부였다.
이를 본 다섯 뿔 마왕과 부족장 세 뿔 요괴 소(小)두령 두 뿔 요괴들은 새로운 적들의 숫자가 몇 명 되지 않자 마음 놓고 덤벼들었다.

이미 반 시진(- 1시간) 전에 구조대 1조는 요괴곡 봉우리 바로 밑에 도착하여 몸을 숨기고 있었다.

연해이검 비연은 2조의 호걸들을 추격하는 요괴들이 산을 뒤덮자, 덩치가 큰, 얼굴 반쪽이 새빨간 '다섯뿔 마왕'이 높은 지대에 서서 다섯 부족장과 세 뿔 요괴들을 지휘하는 것을 보고 마왕을 습격한 것이다.

비연이 다섯 뿔 마왕과 마주섰다. 마왕이 비연의 머리를 깨뜨릴 듯 도깨비 방망이 같은 철퇴를 내리치자, 비스듬히 몸을 피한 비연의 검이 마왕의 다리를 베어갔다.

마왕의 움직임은 괴이하게 빨랐다. 커다란 몸집과 달리 가볍게 발을 들어 피해내며 철퇴를 내갈겼다. 붕- 소리가 비연의 귀를 덮쳐오자 비연의 검이 일순(一瞬) 철퇴를 막고 뒤집히며 마왕의 목을 그어 갔다.

순간, 양 발을 좌우로 쫙 벌리며 검 날을 머리 위로 흘린 마왕의 철각(鐵脚)이 비연의 옆구리로 날아들었다.

비연은 의외의 각법(脚法)에 한 걸음 물러서며 긴장의 수위를 끌어올렸다.

검(劍)과 철퇴가 일진일퇴 속에 피하고, 베고, 치고 박으며 누구 하나 죽어야만 끝나는 혈풍일색(血風一色)의 치열한 공방을 주고받았다.

어느 쪽도 우세하다고 볼 수 없는 시간이 흘러가는 사이, 어느새 세 뿔 요괴 둘을 해치운 비창이 합세하자 싸움의 양상이 달라졌다. 오랜 세월 손발을 맞춰온 연해이검의 공수(攻守)가 마왕을 거칠게 몰아 붙였다.

비창을 치면 비연의 검이 날아들었고, 비연을 공격하면 비창의 검이 베어왔다. 너 죽고 나 죽자는 마음이 아닌 마왕이 수비로 돌아서면, 두 개의 검이 좌우와 상하(上下)를 후려치며 앞뒤를 그물처럼 봉쇄하였다.

싸움이 점점 힘들어지고 부하 요괴들이 호걸들에게 절반 이상 죽어가자 전의(戰意)를 잃어가던 마왕이 갑자기 철퇴를 마구잡이로 휘두르다

갑자기 머리의 노란 뿔을 뽑아 비연에게 휙- 던졌다. 비연과 비창이 마왕의 뿔이 쑥 빠지는 걸 보고 놀라, 뒤로 삼장이나 나동그라지듯 피하자

"펑!"

소리가 나며 노란 연기가 사방으로 퍼져갔다. 호걸들 모두가 숨을 멈추고 바람이 불어오는 쪽으로 몸을 날리며 연기가 사라지기를 기다렸다.

잠시 후 연기가 사라지자, 다섯뿔 마왕과 지휘부 그리고 수많은 졸개요괴들이 산 아래로 물러나고 있었다. 노란 뿔의 연기는 마왕의 후퇴 신호였던 것이다.

포위가 풀리자, 숨을 돌린 영고검객 일행이 1조가 있는 곳으로 달려왔다.

연해이검 비창이 2조의 호걸(豪傑)들에게 소리쳤다.

"정말, 고생들 많으셨소이다!"

1조의 호걸들은 온몸이 만신창이가 되어버린 2조 영웅들을 끌어안았다. 호걸들은 적당한 자리를 찾아 쉬면서 그동안 겪은 일들을 이야기했다.

비연이 말했다.

"그래도, 모두 무사해서 천만다행이오. 그런데 우리 구조대는 길선

화 아씨도 없는 엉뚱한 곳에서 고생만 한 것 같소이다. 할멈 가족과 아씨는 도대체 어디에 있단 말이오? 이제 어떻게 해야 좋겠소이까?"
산 밑을 감시하고 있던 쌍검 우수가 말했다.
"흐흐흐흐, 앞으로가 아니라 당장 지금이 문제요. 아래쪽을 보시오!"
호걸들이 놀라 쌍검(雙劍) 우수가 가르치는 곳을 바라보니 기가 막혔다.
아까 싸우다 물러났던 다섯 뿔 부족이 뿔 색깔 별로 전열(戰列)을 정비하고 온 산을 뒤덮으며 올라오고 있었는데 숫자는 더 많아져 있었다.
선두에 달려오는 것들을 자세히 보니 요괴들은 머리에 뿔이 난 멧돼지 같은 짐승을 타고 있었는데 왼손은 고삐를 쥐고 오른손에는 칼을 들고 있었다.
수십여 마리의 짐승들은 가파른 산악지대를 평지(平地)처럼 내달렸다.
"꺼엉, 껑- 껑"
목부(牧夫) 저동아가 혼자 말로 중얼거렸다.
"저건 멧돼지 같아 보이는데, 내가 돼지라면 좀 알지요. 그런데 저놈들은 뿔이 있군요!"
쌍검 우슈가 말했다.
"흐흐흐흐흐, 자네는 돼지 전문 아닌가? 한 번 상대 해 보시게나."
저동아가 말했다.
"저건 멧돼지보다 훨씬 빠르군요!"
짖는 소리도 예사 짐승이 아닌 것 같았다. 머리의 뿔도 한 자는 되어 보였다.

구조대장, 연해이검 비창이 호걸(豪傑)들에게 다급히 말했다.

"어서 산봉우리 쪽으로 올라갑시다. 1조는 뒤를 엄호해주시고, 2조는 먼저 올라가 싸우기 적당한 장소를 잡아주시오."

모두 비창의 지시에 따라 즉시 대형(隊形)을 갖추고 능선을 치달렸다.

산 위로 향하던 2조가 한쪽이 절벽이어서 방어하기에 적합한 길목을 찾았다.

길목은 창 잽이 삭요와 곽부가 맡았다. 뒤를 이어 1조가 자리를 잡자마자 요괴들이 들이닥쳤으나, 삭요의 창과 곽부의 월아창이 찌르고, 막고, 후려치고, 당기고 휘두르자 좁은 길목으로 들어선 짐승들이 열두 마리나 절벽 아래로 굴러 떨어졌다.

이를 본 다른 요괴들은 더 이상 덤벼들지 못하고 으르렁 거리기만 하였다.

이를 본 요괴들이 십여 마리의 짐승들을 몰고 산 아래를 돌아 호걸들의 뒤를 공격하기 위해 달려갔다. 그 뒤로 수백 명의 요괴들이 따라가는 것이 보였다.

지켜보던 선객 비연이 말했다.

"요괴들이 후미를 공격하면 우리는 꼼짝없이 앞뒤로 적을 맞게 됩니다. 저 뒤쪽 경사진 곳에 동굴이 하나 보이는데 그곳으로 옮겨 가십시다."

호걸들이 보니 과연 커다란 동굴이 시커먼 입을 벌리고 있었다. 호걸들은 죽기 살기로 동굴로 이동했다. 해는 이미 산을 넘어간 지 오래였다.

비연이 대원들과 선택의 여지가 없이 동굴 안으로 쫓겨 들어가자 동굴 앞에 들이닥친 요괴들은 웬일인지 더 이상 쫓아오지 않고 입구에 불을 피웠다.

여홍 흑림으로

 신녀국(神女國)에 머물던 여홍은 찰떡구 장로가 가르쳐 준 대로 우수리강(江)을 따라 북상하다, 가라무렌강(江)과 만나는 도고륵홀에서 강을 건넜다. 그곳은 얼륵장 구조대가 강을 건넌 곳과는 다른 곳이었다.
찰장로의 말로는 가라무렌강(江)의 발원지는 긍특산(肯特山) 악눈하(鄂嫩河)라고 했다. 자기도 가보지 못해 어딘지는 모르나 바이칼선문의 선인들로부터 들었다고 했다.
'가라' 라는 말은 검다는 의미인데, 어떤 사람은 땅 빛이 검어서 그렇다고 했고, 그물을 던지는 어부들은 물빛이 검은 빛을 띤다고 해서 붙여진 것이라고 말했다.
여홍이 강을 건너며 강물을 들여다보았으나 물빛이 검기는커녕 다른 강과 조금도 다르지 않았다.
도고륵홀은 강 양안에 조성되어 있는 나루터 마을로, 강의 남쪽을 남(南)도고륵, 북쪽을 북(北)도고륵으로 구분해서 부르고 있었다.
도고륵홀은 북옥저국의 가장 동쪽 변방인 어촌이었다. 그곳 사람들은 강과 숲에서 어로(漁撈)와 사냥으로 먹고 살았다. 북도고륵에서 북쪽으로 며칠을 가면 비리성(城)이 있고, 그곳에서 다시 북으로 연안을 따라가면 아주 먼 곳에 최북단의 성, 구막성(城)이 나온다고 했다.

구막성은 요괴, 마귀, 야인들로부터 구이원을 지키기 위하여 배달국 당시에 지어진 성이다. 북도고륵 서쪽으로 백 리를 가면 거기서 부터 흑림이라고 하였으니, 북도고륵은 흑림 지대로 들어가는 길목에 있는 셈이었다.

여홍은 허름해 보이는 한 객잔에 들었다. 쉬면서 앞으로 어떻게 해야 할 지를 생각해보았다.

'어디부터 시작해야 할까?

곧바로 신녀들과 삼양 법사님의 행적을 추적하기보다는, 최근 북옥저의 북쪽에 출몰 한다는 흑전방이나 가륵성(城) 얼룩 장주의 딸의 행방을 찾으며 신녀님과 법사님의 소식을 함께 알아보는 것이 좋을 같다'

는 판단을 했다.

여홍은 일단 이곳에 며칠 머무르면서 흑림에 대한 정보를 수집해보기로 했다. 아무래도 흑림과 가까운 지역이니 만큼 무언가 정보가 있을 듯해서였다.

저녁을 일찍 먹고 객잔주인에게 물었다.

"이곳에서 제일 연세가 많은 사냥꾼이 누군지 혹 아십니까?"

"예, 알고말고요.

늙은 사냥꾼이라면 삼리촌(村)에 사는 '목다리'라는 사냥꾼입니다."

"목다리라니요?"

"후후. 소협, 목다리는 이름이 아니고 별명입니다. 다리 하나가 없어서 목발을 집고 다니니까, 이곳 사람들은 다 목다리라고 부른답니다."
"다리가 하나 밖에 없는데, 어떻게 사냥을 하시나요?"
"하하,
원래부터 다리가 하나는 아닙니다. 그는 원래 맹수 사냥꾼이었는데, 오래 전 밀림에서 호랑이에게 다리 한 짝을 뜯어 먹혔어요. 그 후로 맹수사냥은 하지 않고 올무나 덫, 그물을 가지고 다니며 노루. 토끼, 새 사냥을 하고 있지요."
여홍은 그제야 이해가 갔다.
"사정이 그렇게 되었군요."
여홍은 객잔에서 제일 좋은 술 두 병과 양고기 다섯 근을 떠서 삼리촌(村) 목다리의 집으로 찾아갔다. 집은 마을에서 동떨어진 곳이었고 사냥꾼은 마침 집에 있었다.
목다리는 육십이 넘어 보였다. 다리가 하나 없는 것 말고는 건장해 보였다.
여홍은 술과 고기를 목다리 앞에 잘 보이도록 내려놓으며 인사를 했다.
"동예의 여홍이라고 합니다."
노인이 고개를 끄덕이며
"어흠, 나를 목다리라고 부르시게. 보아하니 선객(仙客) 같은데 다 늙은 사람에게 무슨 볼일이 있으신가?"
말하며 흘깃 흘깃 술과 고기를 훔쳐보았다.
"예,
저는 도고륵 서쪽의 흑림(黑林: 검은 숲)에 대해 여쭈어 보러 왔습니다."

목다리는 '검은 숲'이라는 말을 듣자, 아연 긴장하는 눈빛으로 변했다.

여홍이 정중하게 부탁했다.

"최근 납치된 가륵성(城) 얼룩 장주님의 딸 선화 아씨와 십팔 년 전 흑림으로 들어간 여인국 신녀들에 대한 소식을 알아보고자 찾아뵈었습니다.

신녀들이 야인들의 동정(動靜)을 살피러 들어갔으나, 여태 아무도 돌아오지 않았습니다. 야인들이 거주하고 있는 곳을 알고 싶습니다."

"야인들? 소협 혼자 가려고 하시는가?"

"예, 저 혼자 갈 생각입니다."

"허! 뭐라고? 혼자 흑림에 들어가겠다고? 우선, 우리 술이나 한 잔 걸치면서 천천히 얘기해 보세."

하고 여홍이 가져온 술과 양고기를 덥석 집어 들고 부엌으로 들어가더니 얼마 후 삶은 고기와 소채 두 가지가 차려있는 개다리 상을 들고 오며 말했다.

"여긴 나 혼자 사는 곳이라 제대로 된 잔이 없다네. 소협, 이해하시게."

상에 놓인 술잔을 보니 목다리 자신의 잔은 큰 사발이고, 여홍의 술잔은 도토리만한 잔이었다.

여홍이 미소를 지으며 얼른 술병을 들어 목다리의 잔에 술을 가득 따라 주고 자기 잔에도 따랐다.

목다리가 처음에는 입맛을 다시며 젊잖게 바라만 보다, 더는 참지 못하겠는지 사발을 들어 작은 동굴 같은 커다란 입 안으로 벌컥 벌컥 들이부었다.

"카-!"
소리에 이어, 삶은 고기를 입안에 우겨 넣었다. 여홍이 다시 술병을 들어 잔에 술을 채워주었다. 목다리는 숨 쉴 틈도 없이 술을 들이켰다.
연거푸 넉 잔을 들이킨 그가 여홍을 힐끗 보며 미안한 표정으로
"소협도 한잔 하시게."
하며 권했다.
여홍이 잔을 비우자 목다리가 술을 채워주며
"웬만하면 흑림에 들어가지 말라고 하고 싶네만, 피치 못할 사정이 있는 것 같으니 아는 대로 이야기 해줌세. 흑림은 별의별 괴수(怪獸)들이 살고 있네.
사람들의 발길이 전혀 닿지 않았던 곳이지. 전설로는 환웅천황에게 쫓겨 온 마귀, 요괴, 악인, 야인들이 숨어들어 터를 잡은 곳이라고도 하네.
내 다리도 이십년 전 맹수를 쫓아 흑림에 들어갔다가 집채만 한 요괴 적호(赤虎)를 만나 끊어진 게야. 그러나 나도 놈의 한 쪽 눈을 창으로 뽑아 먹었으니 어느 정도 빚은 갚았다고도 할 수 있지. 으흐흐흐."
목다리가 다시 술 한 사발을 들이키며 그 날의 처참한 싸움을 회상하는 듯 눈을 감았다.
여홍이 물었다.
"목아저씨, 혹시 흑전방(幇)이 있는 황사산(山)이라는 곳을 아시나요?"
"황사산(山)!"
"네..."

"흑전방은 잘 모르겠네만 황사산(山)은 알지. 그곳이 바로 내가 다리를 잃은 곳이네."

여홍은 속으로 옳다구나 하며 목다리에게 북옥저 북쪽 지방에서 살인, 납치, 방화 등 악행을 저지르는 사마 외도의 무리가 바로 흑전방이며 그들이 야인들을 훈련시켜 조선을 침략하고 있다고 말해주었다.

목다리가 크게 놀랐다.

"흑전방이니 납치니 하는 말은 소협에게 오늘 처음 듣네만, 듣고 보니 흑림에는 혼자 들어가서는 더더욱 안 될 것 같네."

"북옥저나 읍루국(國)이나 선문(仙門)도 흑림에 대한 정확한 정보가 없습니다.

그래서 일단 제가 탐색해보고 그때 가서 판단할 생각입니다. 아저씨가 아시는 데로 황사산의 위치와 야인들의 특징이나 동태 그리고 각종 괴수들의 이야기를 좀 해주셨으면 합니다."

목다리는

오래도록 혼자 외롭게 살아온 자였다. 싹싹하게 굴며 술시중을 드는 여홍에게 호감을 느낀 목다리는 밤늦도록 자기가 보았던 야인들이 사는 골짜기와 밀림을 누비며 사냥을 하던 일들을 신나게 이야기했다.

여홍도 꼼꼼하게 새겨들으며 흑림의 분위기를 파악해갔다.

일부 과장된 이야기도 있었으나, 그의 사냥 이야기는 정말 재미있었다.

한 밤중이 되어서야 객잔으로 돌아온 여홍은 다음 날, 도고륵이 흑림으로 들어가는 길목이니

혹 얼룩 장주의 딸 선화의 구조대가 먼저 오지 않았을까 시장과 객

잔, 주점 등을 찾아다녀 보았으나, 도륵홀 어디에도 그들의 모습은 그림자도 보이지 않았다.

하는 수 없이 유시(酉時: 오후 5시 반~ 7시 반)쯤 최고로 맛이 좋은 멧돼지 고기 다섯 근과 술 한 병을 사들고 목다리 아저씨를 다시 찾았다.

목다리는 웃통을 벗고 큰 대자로 누워 낮잠을 자다가 여흥을 반겼다.

"흐흐흐흐, 여소협, 어서 오시게. 마침 나도 어제 다 못 다한 이야기가 있어서 보고 싶었데. 소협과 난 이심전심으로 잘 통하는 사람이구먼."

여흥은 귀가 번쩍 뜨였다.

"하하하하. 아저씨, 무슨 이야기인데요?"

목다리가 대답은 않고 여흥이 손에 들고 있는 것만 뚫어지게 쳐다보다

"근데, 지금 들고 있는 것이 무언가?"

"멧돼지 고깁니다."

목다리의 눈이 휘둥그레졌다.

"흐흥, 멧돼지라면 빨리 구워야지. 이런 날씨에 그냥 두면 금방 상하고 마네. 얼른 이리 주게, 내가 잘 구워옴세."

목다리가 여흥의 손에서 고기를 빼앗다시피 하여 부엌으로 가지고 갔다.

그리고 한참 후 상을 차려 들고 나왔다.

"자, 우리 마시면서 이야기하세."

여흥이 술을 가득 채워주자, 목다리는 역시나 어제처럼 먼저 넉 잔의 술을 거푸 마신 뒤에야 입을 열었다.

"어제, 소협의 이야기를 듣고 보니 오랫동안 잊고 있었던 일이 생각나지 않았겠나.
내가 적호와 싸우다 한 다리를 잃고 도망치다 정신을 잃고 쓰러졌는데 나를 치료해 준 사람들이 있었네."
목다리의 말을 듣자 여홍은 대번에 귀를 쫑긋했다.
"어떤 사람들이었나요?"
"선객들이었네. 모두 여섯 명으로 한 분은 나이가 많았고 다른 다섯은 제자들 같았는데, 모두 용맹스러워 보였네. 나는 당시 출혈이 심해 비몽사몽이었는데, 선객은 지혈을 한 뒤 약을 발라주고 귀한 선단까지 먹여 주었네.
그리고 어느 정도 정신을 차리자 산을 내려갈 수 있도록 목다리를 만들어 주고 건량을 주며 급히 자리를 뜨셨네. 그들은 누군가를 쫓고 있는 것 같았는데 야인(野人)들이 사는 곳으로 가는 것 같았네. 생각해보니 그들이 내가 흑림에서 본 처음이자 마지막 조선 사람들이었네. 소협, 도움이 좀 되겠는가?"
여홍이 따져보니,
삼양법사 일행이 신녀들을 찾으러 떠난 시기와 목다리가 호랑이에게 물린 시기가 비슷했다.
'그들은 아돈님이 말한 삼양법사님과 제자인 다섯 무사들이 틀림없어.'
"도움이 되고말고요.
어제, 삼양 법사의 이야기를 못했는데 아저씨 말씀을 듣고 보니, 그들이 바로 돌아오지 않는 신녀(神女)를 구조하러 온 삼양(三陽) 법사님 일행으로 보입니다."
"날 치료해주신 분이 삼양 법사님이란 말인가?"

"네, 북옥저 감성대의 삼양 법사님 말입니다."
이어, 여홍은 여인국 신녀들이 야인들을 추적하러 떠났다가 돌아오지 않은 사실과 그들을 구조하러 간 법사님 그리고 그 후의 신녀구조대 이야기를 들려주었다.
목다리는 그제야 모든 것을 이해한 듯
"나 같이 토끼 사냥이나 하는 사냥꾼이 관여할 차원의 일이 아니네만,
흑림에 악의 세력이 커지고 있다니 걱정이 되네. 그렇다고 몸이 이러니 내가 나서서 도울 수도 없고..."
여홍이 공손하게 말했다.
"마음만으로도 큰 도움이 됩니다. 정의는 세상을 바라보는 관심에서 출발한다고 봅니다. 악을 벌하고 선을 지키는 싸움은 저희 젊은이들이 하겠습니다."
여홍의 얼굴에서 그 어떤 악마에게도 굴하지 않는 철한(鐵漢)의 기개를 본 목다리는
여홍이야말로 이 시대를 이끌어갈 소년 영웅이라는 생각이 들었다.
여홍은 목다리에게서 다시 한 번 호랑이와 싸운 장소와 삼양 법사를 만났던 곳 그리고 야인들 거주지 주변의 산, 강에 대하여 자세히 듣고 객잔으로 돌아왔다.
다음날 아침 여홍은 흑림(黑林)으로 향했다. 목다리에게서 들은 대로 서쪽으로 말을 달렸다.

백여 리를 지나 말을 달리기 어려운 길이 나오자, 걷다 말을 타다 하며 나아갔다.

오후에 북쪽 산악지대에서 가라무렌강(江)으로 유입(流入)되는 지류인 이름 모를 강가에 도착했다. 목다리는 이 강을 귀어강(鬼魚江)이라고 불렀다.
강에 귀신같이 생긴 물고기들이 있어서 자기가 붙인 이름이라고 했다.
목다리는 밀림보다는 강둑을 따라가는 게 좋을 것이라고 했다. 여홍은 강을 따라 멀리 보이는 산악지대를 향해 올라갔다. 그러나 가도 가도 야인들의 기척은 느낄 수 없었고, 대낮인데도 야수들이 울부짖는 소리가 들려왔다.
여홍은 오후 늦게 쉬어 갈만한 숲을 발견하고 들어가려 하자, 웬일인지 말이 들어가지 않으려고 꿈쩍도 하지 않았다. 이상한 느낌이 들어 말을 그 자리에 묶어놓고 숲속으로 들어간 여홍은 깜짝 놀라고 말았다.
숲에는 큰 동굴이 하나 있었고 동굴 앞에는 수많은 **뼈**들이 여기저기 흩어져 있었는데, 대부분이 짐승들의 **뼈** 같았으나 그 가운데에는 사람의 **뼈**도 간혹 보였다. 자세히 보니 모두 알 수 없는 괴수에게 잡아먹힌 것 같았다.
여홍은 '그렇잖아도 새 한 마리 날지 않고, 짐승 한 마리 볼 수 없는 것이 이상했다.' 하며 검을 뽑아들고 사방을 살펴보기 시작했다. 그리고
조심스럽게 동굴 안을 살펴보았으나 역겨운 냄새만 가득했고 아무것도 보이지 않았다.
그 때였다.
"히이이잉!"
하고 말이 울부짖는 소리가 들렸다.

여홍이 환영(幻影)처럼 돌아서며 말이 있는 곳으로 몸을 날리자, 커다란 뱀이 입을 쫙 벌리고 있었는데 길이가 이십오 장은 되어보였다.
그런데 기이하게도 사람의 머리를 가진 뱀이었고 벌어진 입은 집채만큼이나 커 보였다.
나무에 묶인 말은 도망치지 못해 날뛰고 있었고 먹이를 보고 흥분한 뱀의 아가리가 말 머리로 접근하고 있었다.
순간,
표범처럼 날아오른 여홍이 반공(半空)을 후려치자, 번갯불이 치듯 날아든 작은 그림자가 뱀의 아가리를 파고들며 푸욱- 하고 목구멍에 깊숙이 박혔다. 여홍이 신녀국의 찰장로가 준 북을 암기로 날린 것이다.
"크아악!"
고통스러운 비명을 지르다 이내 머리를 쳐들고 경계의 눈빛으로 여홍을 노려보았다.
자기의 두꺼운 살을 뚫은 북의 힘에서 여홍이 가벼이 볼 상대가 아니라는 것을 느낀 것이다. 이어 켁켁켁 거리며 토해내려 했으나, 워낙 깊은 곳에 박힌 북의 뾰족한 날개가 속살을 걸고 있어 요지부동이었다.
그동안 괴수와 인간들 중 그 누구에게도 당한 적이 없었던 탓으로 여홍의 접근을 무시하고 말부터 삼키려 한 것이 뱀의 크나큰 실수였다.
화가 머리끝까지 난 뱀이 이십오 장이나 되는 긴 몸을 감았다 풀며 여홍을 덮쳤다.
그러나 육봉산의 청 구렁이와 구도포자의 왕 미꾸라지를 해치운 경

힘이 있는 여홍은 뱀의 공격을 가볍게 피해냈다. 북두칠권과 칠성검을 수련하는 가운데 근(近) 칠십 년의 내공(內功)을 지니게 된 여홍은,

이리저리 둥글게 꿈틀대는 뱀의 공격을, 바람 따라 움직이는 연기처럼 피해냈다.

여홍이 자기의 아가리를 대여섯 번이나 여유롭게 피해내자, 화난 인간처럼 눈을 부릅뜬 뱀이

"츠측츠측츠측측치치…."

소리를 내기 시작했다.

개마국에서 마음(魔音)으로 흡혈박쥐를 조종했던 여홍은 괴음(怪音)을 듣자마자,

뱀이 자신의 혼(魂)을 빼앗기 위해 이상한 소리로 최면을 걸고 있다는 것을 바로 알아차렸다.

너무 빨라서 잡을 수 없는 여홍의 움직임을 둔하게 만들려는 의도인 것이다.

'이 정도의 술수를 쓸 정도라면 수 없이 많은 짐승과 인간들이 아까운 목숨을 바쳤을 것이다.'

라고 생각한 여홍이 돌연 뱀을 중심으로 전광석화와도 같이 네 바퀴를 돌다 연기처럼 사라졌다. 드디어 극한의 신보(神步)를 발휘한 것이다.

시종(始終) 여홍을 놓치지 않던 뱀의 눈알이 갑자기 증발한 여홍을 찾다 흠칫 놀라며 뒤를 보려는 찰나

어느새 여홍이 후려친 다섯 줄기의 창날 같은 내경(內勁)이 뱀의 뒤통수와 몸통을 통렬(痛烈)하게 타격했다. 무적의 탈명장을 펼친 것이다.

"빠각!"

소리와 함께 머리뼈가 조각나는 충격을 받은 뱀이 몸을 뒤틀고 괴성을 지르며 입을 다물지 못했다.

이때,

목에 박힌 북의 독(毒)이 머리의 균열과 처절한 몸부림으로 전신으로 빠르게 퍼져가며 뱀의 눈이 맥없이 흔들리기 시작하자, 추(錘)가 사라진 저울대(- 玉衡)처럼 날아 오른 여홍의 검(劍)이 포착하기 어려운 궤적을 그리며 유성(流星)과도 같이 뱀의 목을 가르고 지나갔다.

여홍이 백두선문의 칠성검(七星劍)으로 뱀의 마지막 숨을 마무리한 것이다.

"크으윽!"

고통에 찬 신음을 내뱉으며 뱀이 스르르 쓰러졌다. 여홍이 뱀의 목을 들고 강(江)으로 달려가 북을 회수한 뒤 집어던지자, 즉시 물속에서 머리털이 한 줌밖에 없는 머리가 쑤욱 올라오더니 뱀 머리를 들고 사라졌고

이어

"캬-"

소리와 함께, 두 마리의 괴어(怪魚)가 솟아오르며 두리번거리다 '한 줌머리털'이 사라진 방향으로 급히 헤엄쳐 따라갔다. 괴어들은 놀랍게도 인면어(人面魚)였다.

여홍이 죽인 뱀과 같이 얼굴은 사람이었던 것이다. 이 장면을 본 여홍은 기가 막혔다.

사냥꾼 목다리가 이곳을 귀어강(鬼魚江)이라고 이름 붙였다더니 사실이었던 것이다. 여홍은 또 다른 괴물이 나타나기 전에 이곳을 벗

어나기로 하고, 그날 밤 안전한 동굴을 찾아 여러 군데에 불을 피우고 잠을 청했다.
모든 것을 조심하는 수밖에 없었다.
다음날, 일찍 강을 타고 계곡으로 올라갔다. 강에서 벗어나 계곡 방향으로 밀림 속을 전진한 지 한 시진, 홀연히 흰 바위 절벽이 나타났다.
바로 사냥꾼 목다리가 쓰러져 있다가 삼양 법사 일행에게 치료를 받았다는 지점이었다.
여홍은 이곳에서 법사 일행이 떠났다는 방향으로 향했다. 목다리의 말로는 바위 절벽 아래에서 서로 반대 방향으로 헤어졌다고 했으니 계곡 위쪽이 분명하다. 능선에 올라서니 이윽고 산악의 윤곽이 잡히기 시작했다.
거대한 산악은 사방으로 끝없이 이어지고 있었다. 여홍은 그 중 멀리 제일 높아 보이는 산의 괴이함에 놀라며 목다리 사냥꾼의 말이 떠올랐다.
"흰 바위 절벽 위로 올라가 늑대 능선을 타고 동으로 넘어가면 그곳이 황사산이네.
황사산은 반경이 백 리에 달하는 큰 산이라네. 능선에 올라섰을 때 서북쪽 멀리 구름을 뚫고 치솟은 산이 보이면 제대로 가고 있는 것이네.
언젠가 야인들에게서 들었는데 그 산을 악종산(惡宗山)이라고 부른다는군."
목다리 아저씨가 황사산을 찾아가는 이정표로 알려준 악종산을 들을 땐,
그저 그렇게 여겼는데 저토록 높고 괴이(怪異)하고 으스스한 산일

줄은 짐작 밖이었다. 사나운 검은 구름들과 사악하고 흉악한 기운이 어려 있는 것만 같았다.
'아,
두려운 일이다. 흑전방은 황사산에 있다고 했는데, 길잡이 산부터가 마치 마귀 산 같아 보이는군.
어째 산 쪽에서 불어오는 바람이 온갖 음산한 기운을 세상에 퍼뜨리는 것 같구나'
여홍이 발길을 재촉해 능선을 넘어 황사산 지경으로 들어섰다. 말에 재갈을 물리고 흑전방의 흔적을 찾으며 산을 내려가다 하룻밤 쉬어 가기 적당한 동굴이 보였다.
'날이 어두워지면 마물들이 많아 돌아다녀 위험하니 오늘은 여기에서 쉬고 내일 아침 살펴보는 것이 좋겠다.'
고 생각한 여홍은 건량으로 요기를 하고 일찍 잠자리에 들었다.
다음날 아침
사람들 말소리가 들려 살펴보니, 두 명의 장한이 여홍의 말을 발견하고 말 주인을 찾으며 이야기를 나누고 있었다. 순찰을 도는 흑전방의 살수들 같았다.
"어떤 놈인지 감히 황사산에 까지 들어오다니 겁이 없는 자로군."
"전팔,
얼마 전 우마산 분타가 불에 타고 부하들 상당수가 누군가의 도끼에 당한 이후 '등에 방주'의 성질이 아주 더러워졌어. 이 말 주인을 잡아가면 방주가 대단히 좋아할 걸세."
여홍은 주위에 아무도 없고 두 명뿐인 것을 확인 하자, 산책을 하듯 천연덕스럽게 두 사람에게 다가갔다. 두 놈이 여홍을 발견하고 검을 뽑아들고 달려왔다.

"너는 누구냐?"
순간, 여홍의 손이 번득이자 전팔이라 불리는 흉한이 그 자리에서 숨을 거두었다. 나머지 동료는 하얀 빛이 번쩍 하고 사라지는 것만 보았을 뿐, 더 없이 빠른 여홍의 손속에 소스라치게 놀라고 말았다. 여홍이 시간을 낭비하지 않기 위해 선풍비(旋風匕)의 술법을 펼친 것이다.
"아니, 이놈이...?"
말이 채 끝나기도 전에 환영(幻影)처럼 들이닥친 여홍의 철지(鐵指)가 괴이한 궤적을 그리며 놈의 어깨를 찍었다.
황조(黃鳥)와 겨루던 마조(魔鳥)의 조공(爪功)을 펼쳤으니 일류 고수라 할지라도 피할 방법이 없었을 것이다. 여홍이 한기(寒氣)가 풀풀 나는 어조(語調)로 물었다.
"묻는 말에 사실대로 말하면 고통 없이 죽여주고, 그렇지 않으면 눈을 뽑고 뼈를 전부 부러뜨려 죽을 수도 살 수도 없는 몸으로 만들어 줄 것이니라."
도적은 분한 듯이 악을 썼다. 자기의 동료들이 들으라고 외치는 것 같았다.
"흐흐흐흐, 어린놈이 황사산에 들어오다니, 죽으려고 환장을 했구나!"
여홍은 말없이 놈의 아혈(- 찍히면 벙어리가 되는 혈)을 찍으며 두 개의 쇄골(鎖骨)을 부러뜨렸다. 무서운 고통에 도적이 눈을 뒤집으며 기절했다 깨어났다.
여홍이 다시 물었다.
"묻는 말에 순순히 대답을 하겠느냐?"
도적이 고개를 급히 끄덕이자, 여홍이 아혈을 풀어주고 물었다.

"여기에 망나니 할멈과 갈선화라는 낭자는 있느냐?"
"당신은 지금 엉뚱한 곳에서 남의 다리를 긁고 있소. 이곳은 외지인이 없는 흑전방의 본채요."
여홍은 흑전방에 대한 정보를 모두 듣고 도적의 목숨을 조용히 거두었다.
이어 산채가 잘 보이는 숲에 몸을 감추고 도적의 말이 사실인지 살펴보기로 했다. 산채의 건물은 십여 개나 되었다.
그 중 제일 큰 건물은 산 위에 있었고, 다른 건물들이 큰 건물을 호위하듯 서 있었다.
계곡의 양쪽으로 야인(野人)들이 사는 듯 보이는 수많은 동굴들이 있었다.
엄청난 규모의 강도와 야인 소굴이었다. 족히 수천 명은 될 것 같았다.
신광(神光)을 번득이며 소굴을 쓸어보던 여홍은, 문득 건너편 숲에 나타난 일단의 무사들이 눈 깜짝할 사이에 경비를 해치우고 잠복하는 것을 발견하였다.
흑도의 무리들 같지는 않고 묘한 호기심이 일어 지켜보기로 했다.

제6권 "조선 디아스포라" 계속

고조선 역사대하소설
구이원(九夷原) 제 5권 - 백두선문

초판 1쇄   2023년 1월 13일

지은이	무곡성(武曲星)
발행인	나현
총괄/기획	경쟁우위전략연구소장 강성근
마케팅	강성근
디자인	안준원

발행처	삼현미디어
등록번호	841-96-01359
주소	고양시 덕양구 원흥1로 11, 1206-407호
팩스	0504-045-0718
이메일	kmna1111@naver.com
가격	16,500원
ISBN	979-11-974951-6-8 04810

무곡성(武曲星) 2023, Printed in Korea.
- 이 책은 저작권법에 따라 보호받는 저작물이므로 무단전재와 무단복제를 금지하며, 책 내용의 일부 또는 전부를 이용하려면 저작권자와 삼현미디어의 서면 동의를 받아야 합니다.
- 파본이나 잘못된 책은 구입처에서 교환해드립니다.